LINDSAY GORDON (Hg.)

Mach mich an!

Herausgeberin

Lindsay Gordon ist Herausgeberin der erotischen Black-Lace-Reihe, die in Deutschland bei Blanvalet erscheint. Immer wieder gelingt es ihr, die besten Autorinnen des Genres zu versammeln, um einzigartige Anthologien der Sinnlichkeit zu schaffen.

Lindsay Gordon (Hg.)

Mach mich an!

Scharfe Stories

Übersetzt von Melanie Meyer

Deutsche Erstausgabe

blanvalet

Die englische Originalausgabe erschien unter dem Titel
»Seduction« bei Black Lace, London.

FSC
www.fsc.org
MIX
Papier aus verantwortungsvollen Quellen
FSC® C014496

Verlagsgruppe Random House FSC-DEU-0100
Das FSC®-zertifizierte Papier *Holmen Book Cream*
für dieses Buch liefert Holmen Paper, Hallstavik, Schweden.

1. Auflage
Deutsche Erstausgabe Juni 2011
bei Blanvalet, einem Unternehmen der
Verlagsgruppe Random House GmbH, München.
Published by Arrangement with Virgin Books Ltd., London, England
Dieses Werk wurde vermittelt durch die
Literarische Agentur Thomas Schlück GmbH, 30827 Garbsen.

Umschlaggestaltung: HildenDesig, München
Foto: © Günter Hagedorn/www.hagedorn-photography.com
Redaktion: Thomas Paffen
HK · Herstellung: sam
Satz: DTP Service Apel, Hannover
Druck und Einband: GGP Media GmbH, Pößneck
Printed in Germany
ISBN: 978-3-442-37564-6

www.blanvalet.de

Janine Ashbless

Honigfalle

Wenn man abends durch den romantisch illuminierten Garten des Royal Aqaba Hotels flaniert und zufällig ein sommerlich leichtes Flatterkleid trägt, hat man eigentlich schon verloren. Je nachdem nämlich, in welchem Winkel das Licht der hellen Scheinwerfer auf die Kleidung fällt, enthüllt es sämtliche Dessous, die man darunter trägt. Aber das war mir anfangs nicht bewusst. Ich brauchte sogar ein paar Stunden, bis ich es endlich merkte.

Rhys hatte uns einen Aperitif von der Bar geholt, die unter Palmen versteckt lag. Ich nippte an einem Tequila Sunrise, während wir die üppig blühenden Bougainvillea-Hecken entlangspazierten und die Fische in den künstlich angelegten Bächen bewunderten, die neben den Wegen verliefen. Obwohl frisches Wasser in diesem Land kostbar war, ging das Hotel maßlos verschwenderisch damit um. Tagsüber war es drückend heiß gewesen, und wir hatten die meiste Zeit am Meer verbracht, gegen Abend wurden die Temperaturen angenehm erträglich. Wir blieben vor einem der hellen Strahler stehen. Rhys schlang einen Arm um meine Taille und küsste mich.

»Gefällt es dir hier?«, murmelte er in mein Haar.

»O ja, es ist traumhaft schön hier.«

»Liebst du mich denn noch? Nach all den Jahren?«

»Nach all den Jahren?« Gott, klang das dramatisch. Vier Jahre Ehe waren nun wirklich keine Ewigkeit. Ich grinste fröhlich. »Mmh, ich glaub schon.«

»Gut.« Sein Blick löste sich von meinem Gesicht. Seine Augen weiteten sich kaum merklich. »Hey, Marcus. Guten Abend.«

Ich drehte mich neugierig um. Der Angesprochene lehnte an dem Pfeiler von einem der malerisch geschwungenen Brückengeländer. Und nickte in unsere Richtung. »Hi, Rhys.«

»Astrid, das ist Marcus Stringer. Wir haben uns am ersten Abend in der Bar kennen gelernt. Marcus, das ist Astrid, meine Frau.«

Wir begrüßten einander höflich-distanziert. Dass Rhys unseren ersten Abend und das mit der Bar erwähnte, war ein taktischer Fehler. Zumal ich innerlich gekocht hatte, als er unbedingt noch auf einen Drink hatte losgehen wollen – ich konnte es nämlich kaum erwarten, das Hotelbett auszuprobieren. Stattdessen hatte ich meine Mordswut kultiviert und eine halbe Stunde lang gelesen. Als mein Göttergatte zurückkam, hatte er sich mächtig etwas einfallen lassen müssen, dass ich ihm verzieh.

Wie sich herausstellte, war Marcus Amerikaner – und hatte eine sagenhafte Ähnlichkeit mit George Clooney. Er war an dem Abend solo unterwegs, und ich hatte nichts dagegen, als Rhys ihn einlud, sich mit an unseren Tisch zu setzen.

»Machen Sie alleine Urlaub, Marcus? Ist Ihre Frau nicht mitgekommen?«, fragte ich, während ich die Serviette auf meinem Schoß ausbreitete. Ich hoffte, es klang ganz beiläufig und nicht allzu neugierig.

Er grinste. »Ich bin nicht verheiratet.«

»Ach so.« Ich griff nach der Wasserkaraffe.

»Sie erlauben.« Er nahm mir die Karaffe aus der Hand und goss Wasser in unsere Gläser. »Nein, da ich als Ehemann bestimmt eine glatte Niete wäre, habe ich beschlossen, den Frauen dieses Fiasko zu ersparen. Außerdem reise ich gern allein. Da lernt man viele nette Leute kennen.«

Das klang himmlisch aufregend. »Wo waren Sie denn schon überall?«

»Diesmal hab ich den Nahen Osten bereist. Ich war im Jemen, in Syrien, Ägypten – und dann bin ich hier gelandet. Eigentlich bin ich als Rucksacktourist unterwegs, aber ich brauchte mal etwas Hotelkomfort, zum Ausspannen und so.«

Unwillkürlich formten meine Lippen ein stummes O. Es verblüffte mich, dass er den Mumm hatte, sich allein und auf eigene Faust in irgendwelchen arabischen Ländern zu tummeln. Zumal die meisten Amerikaner total auf organisierte Gruppenreisen standen. »Der Jemen?«, hakte ich nach. »Oh, dorthin würde ich auch gern mal fahren. Ist bestimmt toll, uns völlig fremde Kulturen kennen zu lernen.«

Während des Dinners erzählte Marcus uns, wo er schon überall gewesen war. Und ich fragte ihm Löcher in den Bauch. Rhys lehnte sich entspannt zurück, hörte zu und lächelte stillvergnügt. Wie sich herausstellte, lebte Marcus gar nicht in den USA; er arbeitete für ein deutsches Unternehmen und jettete zwischen den europäischen Niederlassungen hin und her. Einfach super, was der Mann schon alles erlebt hatte! Dann erzählte Rhys von unseren Urlaubsaktivitäten: Er war ein begeisterter Taucher und seit Tagen mehr bei den Fischen als bei mir.

»Tauchen Sie nicht?«, wollte Marcus von mir wissen.

Ich zog ein Gesicht. »Nicht wirklich.«

»Eigentlich«, begann Rhys und stellte eine leere Weinflasche beiseite, »wollten wir beide vor der Reise den Tauchschein machen, um dann hier die Korallenriffe zu erforschen. Aber Astrid fing sich eine Woche vor dem Kurs einen blöden Virus ein und hatte eine schwere Mittelohrentzündung.«

»Folglich durfte ich nicht tauchen.«

»Logisch.« Marcus nickte bekräftigend.

»Deshalb bekam sie den Schein nicht. Jetzt macht sie hier den Anfängerkurs mit Schnorcheln und so, aber das ist natürlich nicht das Gleiche.«

»Ehrlich gesagt bin ich darauf nicht wirklich wild«, räumte ich ein. »Ich meine, die Korallen sind schön und die bunten Fische fantastisch, aber ich muss das nicht jeden Tag haben. Anders als Rhys.«

»Ich könnte die ganze Woche da unten bleiben, ganz im Ernst.« Rhys seufzte. »Für Astrid ist es bestimmt langweilig. Wenn man kein Wassersportfan ist, ist das hier nicht der richtige Urlaubsort.«

»Es ist okay«, versicherte ich ihm. »Ist eben mal was Anderes.«

»Hmm, hätten Sie vielleicht Interesse, sich Ruinen aus der Römerzeit anzuschauen?«, warf Marcus ein. »Ein paar Kilometer stadtauswärts wurde vor Kurzem eine Ausgrabung abgeschlossen, es handelt sich um die historische Via Trajana Nova. Ich fahr morgen mit dem Taxi hin. Wäre das was für Sie?«

Meine Augen weiteten sich. Ich liebte es, durch Ruinen zu streifen und mir dabei vorzustellen, ich hätte damals dort gelebt. »Das wäre fantastisch! Macht es Ihnen auch wirklich nichts aus, wenn wir mitfahren?«

»Nein, überhaupt nicht.« Um seine Augen herum bildeten sich winzige Lachfältchen.

Marcus verließ uns nach dem Dessert, Rhys und ich leerten noch den letzten Rest Wein aus der zweiten Flasche, bevor wir uns auf den Rückweg zu unserem Apartment machten. Unterwegs beobachtete ich ein Pärchen, das an einem der hellen Scheinwerfer vorbeiging, die die Hotelfassade in gleißendes Licht tauchten. Für einen kurzen Moment war das Kleid der Frau total transparent, sodass sich die Konturen ihres Körpers sexy darunter abzeichneten. Mir stockte der Atem bei dem Gedanken, dass es sich bei mir sicherlich nicht anders verhalten hatte. Ach Unsinn, versuchte ich mich zu beruhigen. Rhys war die ganze Zeit bei mir gewesen. Er hätte mich bestimmt darauf aufmerksam gemacht, wenn mit meinem Outfit irgendwas nicht gestimmt hätte.

Da ich es nicht gewöhnt bin, zum Essen Alkohol zu trinken, war ich ziemlich überdreht und aufgekratzt. Das machte Rhys offenbar scharf. Er warf mich aufs Bett, mit der festen Absicht, mir den Allerwertesten zu versohlen, obwohl ich wie eine Verrückte unter ihm herumstrampelte. »Was hältst du von Marcus?«, fragte er. Er bekam meine Hände zu fassen und drehte mir die Arme auf den Rücken.

»Scheint mir ein ganz netter Typ zu sein.«

»Hmm. Ich tippe mal, du findest ihn mehr als *ganz nett*. Du findest ihn attraktiv, stimmt's?« Er versohlte mir hemmungslos den Hintern, und ich kreischte in die Matratze.

»Okay, er hat sich gut gehalten«, räumte ich ein. Rhys, schwante mir, war ein bisschen eifersüchtig. »Für einen Typen in dem Alter, meine ich.«

»Willst du mich eifersüchtig machen oder was?« Danach fetzten wir uns und vögelten, was das Zeug hielt.

Am nächsten Morgen hatte Rhys wohl das Interesse an unserem Ausflug verloren. »Weißt du was, Liebes«, schlug er vor, während er sehnsüchtig nach den Booten schielte, die am Strand die Taucher abholten, »fahr doch allein mit Marcus zu diesen Ruinen. Macht euch einen schönen Tag, was hältst du davon?«

»Ich soll *allein* mit ihm fahren?«

»Bei Marcus bist du gut aufgehoben. Du hast doch gehört, er kennt sich im Nahen Osten aus. Er spricht ein bisschen Arabisch und kommt hier viel besser klar als ich.«

Das war nicht unbedingt das, was ich mir unter einem gemeinsamen Urlaubstag vorstellte. Ich runzelte die Stirn, leicht angesäuert, dass Rhys das bescheuerte Riff reizvoller fand als meine Gesellschaft. Andererseits mochte ich es mir zwar selbst nicht eingestehen, aber der Gedanke, den Tag allein mit Marcus zu verbringen, hatte etwas Erregendes. Der Kerl war attraktiv und interessant und schon weit rumgekommen. Im Grunde meines Herzens war ich enorm happy über seine Gesellschaft, auch allein. Vielleicht gerade deshalb.

Marcus wirkte auch nicht wirklich traurig, als ich allein

in der Hotellobby aufkreuzte. »Ihr Mann muss sehr viel Vertrauen haben«, bemerkte er mit einem entwaffnenden Augenzwinkern. Ich verstand ihn bewusst falsch.

»Sie wollen mich doch wohl nicht kidnappen, oder?«

»Nicht wirklich.« Er musterte mich aus den Augenwinkeln heraus. »Gut schauen Sie aus. Und goldrichtig für dieses Klima angezogen.«

Zum Schutz vor der Sonne hatte ich mich für ein leichtes Sommerkleid mit langem Rock und halblangen Ärmeln entschieden. Dazu trug ich einen breitkrempigen Strohhut. »Ich bin schließlich nicht blöd«, konterte ich.

»Ganz bestimmt nicht. Aber so, wie sich manche Touristen anziehen, könnte man meinen, sie hätten keinen Funken Grips im Hirn.«

Wir schlenderten nach draußen zu unserem Taxifahrer. Er sprach nur gebrochen Englisch, folglich erklärte Marcus ihm in einer Mischung aus Arabisch und Französisch, wohin wir wollten. Ich vertraute meinem Reisebegleiter, dass er alles locker auf die Reihe bekäme. Dann setzten wir uns auf den Rücksitz des Taxis, und der Fahrer brauste los.

Obwohl ich leidenschaftlich gern reise und fremde Eindrücke sammle, achtete ich kaum auf die staubige Wüstenlandschaft, die an uns vorüberzog, da ich mich angeregt mit Marcus unterhielt. Es zeigte sich, dass wir dieselben Bücher und Filme schätzten und einen ähnlichen Musikgeschmack hatten. Als ich erwähnte, dass ich jedes Jahr das Glastonbury Festival besuche, meinte er, dass ich dann unbedingt mal zum Burning Man müsse – was ich mir sowieso fest vorgenommen hatte.

Es ist enorm schmeichelhaft, sich von jemand anderem

in seinem Geschmack bestätigt zu wissen; irgendwie fühlte ich mich dadurch aufgewertet.

Und ich begriff allmählich, wieso dieser attraktive, selbstbewusste Mann kein Typ für die Ehe war. Das realisierte ich zwischen den Zeilen seiner Lebensgeschichte; er war als Entwicklungshelfer in Botswana gewesen, wo er ein paar Jahre als Lehrer gearbeitet hatte. Danach war er eine Zeit lang als Reiseleiter in Arabisch sprechenden Urlaubsländern tätig gewesen. Inzwischen nutzte er seine Erfahrung, um die schnelle Kohle zu machen, indem er lukrative Ein-, Zweijahresverträge bei großen Konzernen unterschrieb, denn er hielt es nirgendwo lange aus. Business as usual war nicht sein Ding. Eine steile Karriere interessierte ihn nicht, für übersteigerten Ehrgeiz hatte er lediglich ein müdes Lächeln übrig; er brauchte bloß das nötige Kleingeld, um sich seine Reisen leisten zu können. Er war bestimmt nicht der Typ, der eine Familie gründete und sesshaft wurde. Er würde ständig nach neuen Horizonten, neuen Erfahrungen und – so vermutete ich – neuen Sexabenteuern suchen. Das war für mich aber kein Grund, ihn unsympathisch zu finden. Ganz im Gegenteil: Umso dankbarer war ich, dass Rhys und ich zusammengehörten. Marcus führte ein Leben, das ich zwar traumhaft, aber keineswegs nachahmenswert fand.

Der Fahrer mischte sich in unsere Unterhaltung ein. »Sie sind verheiratet?«, fragte er, dabei beobachtete er uns im Rückspiegel.

»Ja«, sagte Marcus ohne zu zögern. Er legte seine Hand auf meinen Schenkel und strich besitzergreifend über mein Knie. Ich war dermaßen baff, dass mir die Spucke wegblieb.

»Ah. Wie viele Kinder?«

»Noch keine.« Marcus nahm seine Hand nicht weg. »Wir sind erst ein Jahr verheiratet. Und Sie – wie viele Kinder haben Sie?« Prompt kreiste das Gespräch um die Familie des Taxifahrers, und Marcus gab aufgeräumt irgendwelche Anekdötchen aus unserem vermeintlichen Familienleben zum Besten. Ich hätte mich fast an meiner Zunge verschluckt. Währenddessen lag Marcus' Hand auf meinem Schenkel, ich fühlte seine Finger warm unter meinem Baumwollrock. Irgendwann lehnte er sich entspannt in das Sitzpolster zurück und warf mir einen verschwörerischen Blick zu.

Ich starrte aus dem Fenster, irritiert über sein Verhalten – und meine Reaktion darauf. Die Wärme seiner Hand jagte einen heißen Schauer durch meinen Körper, in meinen unteren Regionen prickelte es verheißungsvoll. Das Gefühl hielt zum Glück nicht lange an, da wir die Hauptstraße verließen und durch ein windgepeitschtes Tal fuhren. Laut hupend bretterte unser Fahrer durch eine Horde Ziegen, ehe er vor den umzäunten Ruinen anhielt, hinter einigen Cafés und Souvenirläden. Wir schlängelten uns durch einen Strom penetranter Händler, zahlten unseren Eintritt und glitten in die himmlische Ruhe der Ausgrabungsstätte.

»Alles okay?«, fragte Marcus, als wir über den asphaltierten Weg liefen.

Ich blieb stehen. »Das vorhin war ganz schön anmaßend von Ihnen. Von wegen verheiratet und so.«

Er schien belustigt. »Das ist in diesem Kulturkreis allemal besser, als mit zwei wildfremden Männern im Taxi zu sitzen, oder?«

»Oh, mir ist schon klar, warum Sie das gesagt haben, aber …«

»Aber«, griff er grinsend meine Argumentation auf, »Sie sind exakt so eine.«

»Hey! Das heißt noch lange nicht …«

»Natürlich nicht. Ich weiß das. Dass Sie neben einem fremden Mann sitzen und sich mit ihm unterhalten, bedeutet noch lange nicht, dass Sie mit ihm vögeln, weil er das gern will. Sie würden mit ihm vögeln, wenn *Sie* es wollten, aber das ist die feine Nuance, die uns Männern Rätsel aufgibt: weibliche Lust.«

Ich biss mir auf die Lippe, völlig perplex. Er ließ mich nicht aus den Augen. »Das war das Thema meiner Diplomarbeit«, räumte ich schließlich ein. Ich bewegte mich auf verdammt dünnem Eis. »›Weibliche Lust in der viktorianischen Literatur‹.«

»Echt?« Er hob die Brauen. »Das trifft sich gut. Sie wissen also, wovon ich rede.«

»Jaaa …«

Er gab mir den bebilderten Führer, den er an der Kasse gekauft hatte. Ohne mich zu fragen, ob ich überhaupt einen wollte. »Hier, Astrid. Wir können so lange bleiben, wie Sie möchten.«

Als ich das Buch nahm, fiel mir ein, dass ich seine Behauptung unwidersprochen gelassen hatte: *Sie würden mit ihm vögeln, wenn Sie es wollten.* Jetzt war es für eine Erwiderung ein bisschen spät.

Wir schlenderten gemächlich über das Ruinenfeld. Es war nicht besonders weitläufig, hatte jedoch einen Marktplatz, einen Jupitertempel, ein kleines Theater und mehrere Villen, in denen sich noch die Reste von Mosaiken befanden. Ich war überglücklich, dass ich das Terrain auf eigene Faust erkunden durfte. Einige Häuser waren teilweise restauriert, die stirnhohen Wände bildeten die einzigen schattigen Fleckchen. Während ich die Mosaiken betrachtete, streunte Marcus in irgendwelchen verfallenen Katakomben umher. Obwohl die kunstvoll arrangierten Marmorsteinchen größtenteils verwittert oder herausgebrochen waren, entschied ich, dass die Abbildung Leda mit dem Schwan darstellte. Als ich genügend Fotos gemacht hatte, machte ich mich auf die Suche nach meinem Begleiter.

Er stand vor eine der Schatten spendenden Mauern gelehnt und fächelte sich mit seinem Outback Luft zu. Als er mich sah, legte er grinsend den Kopf schief und inspizierte meine Schultern. »Hoffentlich haben Sie sich keinen Sonnenbrand geholt, Astrid.«

Ich seufzte frustriert und griff unwillkürlich nach der Tube Sunblocker in meiner Tasche. Ich bekomme leicht einen Sonnenbrand. Kein Wunder: Wenn man kupferrote Haare, jede Menge Sommersprossen und blaue Augen hat, ist man für so was prädestiniert.

»Lassen Sie mich das machen.« Er nahm mir die Tube aus der Hand.

»Ah – ich bin mir nicht sicher, ob das eine gute Idee ist.«

Er grinste entwaffnend. »Hey, wir beide sind verheiratet, schon vergessen?«

»Selbst wenn wir verheiratet wären ... ich glaube nicht, dass es hier gern gesehen wird, wenn man einander in aller Öffentlichkeit berührt.«

»Okay.« Er spähte sich verschwörerisch um. »Kein

Mensch weit und breit. Drehen Sie sich um, ich creme Ihnen den Nacken ein.«

Ich gab nach. Mein Nacken und meine Schultern brannten nämlich schon ein bisschen. Mit einer Hand raffte Markus meine stylisch gestuften Haare zusammen, während er mit der anderen behutsam Sunblocker auf meinem Nacken verteilte. Ich nahm folgsam den Kopf nach vorn und wünschte mir, meine Libido würde nicht so verrücktspielen. Der Zug an meinen Haaren suggerierte unterschwellig erotische Gewalt. Das Sonnengel war himmlisch kühlend und seine Fingerspitzen kreisten zärtlich massierend über meine Schultern bis zu meinem Haaransatz. Es fühlte sich gut an. Rhys machte es immer schnell und mechanisch; Marcus dagegen war unwiderstehlich sanft und verführerisch. Ich presste die Lippen aufeinander, sonst hätte ich bestimmt wohlig aufgestöhnt.

»Okay. Und jetzt Ihr Gesicht.«

Ich drehte mich zu ihm um und errötete. Er ließ meine Haare los. »Nöö, ich mach das schon selbst.«

»Pssst. Schließen Sie die Augen, damit nichts reinläuft.« Er verteilte kleine Tupfer auf meinen Wangen, steckte die Tube in seine Jeans. Ich fühlte mich hin- und hergerissen in einem mittleren Gewissenskonflikt, als er die Creme sanft auf meinem Gesicht verteilte. Dann schloss ich die Augen. Er streichelte mein Gesicht, mit seinen Handflächen strich er zu meiner Stirn hin, die Daumen massierten von meinen Nasenflügeln aus über meine Wangen. Mir stockte der Atem. Diesmal bestand kein Zweifel: Es war eine Liebkosung. Seine Finger streiften meine Kinnpartie, und ich hatte Mühe, stillzuhalten. Dann umschloss er mein Gesicht. Ich öffnete zaghaft die Lider.

»Sie haben wunderschöne Sommersprossen«, murmelte er mit leuchtenden Augen.

Ich entzog mich seinen Fingern wie in Trance, versuchte zu Atem zu kommen. »Äh …«

»Sollen wir uns nicht lieber ein bisschen in den Schatten setzen? An der Mauer hinter dem Theater streicht immer ein kühlender Wind aus dem Tal vorbei.«

»Mir ist schon etwas heiß«, räumte ich ein. Ob er mich geküsst hätte, wenn ich die Augen nicht geöffnet hätte?, sann ich. Und hätte ich mir das gefallen lassen?

Wir fanden ein schattiges Plätzchen, setzten uns auf die nackten Felsstufen und blickten in das Tal, das ein staubiges Flussbett durchzog. Bäume und Sträucher wirkten struppig vertrocknet. Zwei kleine Jungs hüteten ein paar Ziegen. Wir tranken aus unseren mitgebrachten Wasserflaschen. Ich betrachtete Marcus heimlich aus den Augenwinkeln heraus. Er saß mit angezogenen Beinen da, stützte den Arm auf sein Knie, in einer Hand die Wasserflasche. Auf seinen Lippen ein leicht entrücktes Lächeln, das mich zu der Frage provozierte. »Woran denken Sie gerade?«

Er antwortete langsam und ohne mich dabei anzusehen: »Ich denke gerade, welchen Teil von Ihnen ich als Erstes ficken möchte, wenn sich die Gelegenheit dazu ergibt.«

»Oh.« Ich war kein bisschen schockiert, nachdem wir vor ein paar Minuten die Schwelle zum Tabu überschritten hatten.

»Sorry«, grinste er. »Finden Sie ›Liebe machen‹ besser als ›ficken‹?«

»Ich steh mehr auf ›ficken‹.«

»Das dachte ich mir.«

»Ist trotzdem nicht drin.«

»Wenn Sie es sagen.«

»Ich bin verheiratet. Das wissen Sie.«

»Klar weiß ich das.«

Eine Pause entstand. »Und? Für welchen Teil haben Sie sich entschieden?«, fragte ich.

Er sah mich fest an und konterte breit grinsend: »Auf diese Frage gebe ich keine Antwort. Das müssen Sie schon selbst herausfinden.« Er stand auf. »Was halten Sie von einem Happen zu essen?«

Neben dem Haupteingang befand sich ein Café. Inzwischen brannte die Mittagssonne glutheiß vom Himmel. Auf der verzweifelten Suche nach einem schattigen Plätzchen glitten wir in den Innenbereich, statt draußen einen Tisch zu nehmen. Drinnen saßen noch ein paar andere Gäste, die ich schemenhaft wahrnahm, denn nach dem grellen Sonnenlicht mussten sich meine Augen erst einmal an den dämmrigen Raum gewöhnen. Marcus führte mich an einen freien Tisch im hinteren Teil des Cafés, wir setzten uns auf eine der gepolsterten Bänke, die die Wände säumten. Auf meiner Seite war ein geöffnetes Fenster, vor dem ein Rattanrollo hing, daher hatten wir ein wenig Kühlung und waren zugleich vor der Sonne geschützt. Ein Kellner brachte uns die Speisekarten, und Marcus bestellte eine Tasse Kaffee und einen Tee.

»Hey, Moment mal, ich darf doch sehr bitten!«, protestierte ich. »Sie haben mich gar nicht gefragt, was ich trinken will!«

»Möchten Sie etwa lieber einen Kaffee?«, fragte er halb ungläubig. Hatte er noch alle Tassen im Schrank?

Ich fand die dicke schwarze Pampe, die sie in winzigen Tassen servierten, widerwärtig.

»Ich möchte was Kaltes zu trinken!«

Er winkte dem Ober und bestellte zwei *limons*.

»Hey! Sie haben es schon wieder gemacht!« Ich fand es nicht wirklich lustig, von ihm bevormundet zu werden.

»Wetten, es schmeckt Ihnen? Frischer Zitronensaft mit Zuckersirup und Wasser vermischt – sehr erfrischend. Ich hab extra darum gebeten, dass er dazu Mineralwasser aus der Flasche nimmt.«

»Das ist nicht der Punkt, Marcus«, fauchte ich. »Sie hätten mich vorher fragen können, worauf ich Lust habe. Das Phänomen weibliche Lust, schon vergessen?«

Er wackelte mit den Brauen. »Sie haben Recht; die Qual der Wahl ... Aber dem Verlangen nachzugeben ist auch verdammt lustvoll.«

»Was?«

»Das ist eine andere Form der Obsession.«

»Kapier ich nicht.«

»Ich zeig's Ihnen.« Seine weißen Zähne schimmerten in dem dämmrigen Raum. Als er erneut sprach, raunte er mit gesenkter Stimme: »Streifen Sie Ihren Rock hoch.«

Ich starrte ihn an, mein Herzschlag beschleunigte sich.

»Streifen Sie Ihren Rock hoch«, wiederholte er, leicht über mich geneigt. »Ich möchte Ihre Schenkel sehen.«

Ich schaute auf meine Beine. Das Sonnenlicht, das durch die schmalen Rattanritzen fiel, malte helle Punkte auf meinen weißen Rock.

»Los, zeigen Sie sie mir.«

Der Tisch schirmte mich halbwegs vor neugierigen Blicken ab. Ich legte meine Hände auf den Stoff und begann ihn langsam hochzuschieben, entblößte meine Knie. Na und?, redete ich mir heimlich zu. Es waren bloß Knie, was war schon dabei?

»Gut. Noch höher.«

Ich zog den Rock langsam höher, fast bis zu meiner Möse. Ich zeigte ihm nichts, was er nicht auch am Pool gesehen hätte, überlegte ich, meine Logik ähnlich scharf wie ich. Die Lichtpunkte auf meinen blassen Schenkeln flimmerten weiß.

»Sehr gut. Braves Mädchen.« In seiner Stimme schwang ein kehlig rauer Unterton. »Und, fühlen Sie es?«

Okay, ich fühlte etwas: mein Höschen war heiß und feucht, meine Klitoris pulsierte, und mein gesamter Unterleib prickelte. Marcus streckte eine Hand aus und streichelte mit den Fingerkuppen über meinen Schenkel. Ich biss mir auf die Unterlippe.

»Sie glauben nicht, dass mich das scharf macht? Sehen Sie sich mal an, was Sie angerichtet haben.«

Ganz behutsam und ohne ihn eines Blickes zu würdigen, glitten meine Finger über seine Hose. Zu seinem Schritt. Ich fühlte seine Erektion, die sich hart wie ein Knüppel unter dem Stoff abzeichnete. Mein Mund war mit einem Mal staubtrocken, mein Höschen glitschig feucht und ich halb ohnmächtig vor Erregung.

Dann kam der Ober von der Bar mit einem Tablett Gläser in unsere Richtung. Mit einer geschmeidigen Bewegung zog Marcus mir den Rock wieder hinunter, und ich zog meine Hand weg. Ohne zu murren und zu meutern, ließ ich ihn den Lunch bestellen. Ich war dermaßen feucht, dass auf dem Polster ganz bestimmt ein verräterisch nasser Fleck zurückblieb.

Das Essen und die Rückfahrt verliefen ziemlich einsilbig. Was gab es auch groß zu reden? Es war schließlich nichts passiert, oder? Ich war weder bereit, mich in aller Öffentlichkeit von ihm vögeln zu lassen, noch hatte ich Lust auf eine Affäre, womöglich im Hotel, heimlich, damit mein Mann nichts merkte. Es war unmöglich, eine abstruse Sexfantasie. Marcus wirkte ziemlich zufrieden und gefasst. Und ich war scharf wie ein Radieschen, immerhin war es das erste Mal seit meiner Hochzeit, dass ich mich neben Rhys für einen anderen Mann interessierte. Ich war froh, dass nichts passiert war. Das hätte bloß für Chaos gesorgt. Na ja, ein Teil von mir war froh. Ein anderer Teil von mir beobachtete Marcus heimlich auf der Rückfahrt und malte sich dabei aus, was passieren könnte, wenn er mir auf dem Rücksitz den Rock hochschieben würde, um mit der Hand über die Innenseite meines Schenkels bis zu meinem klatschnassen Zwickel zu streicheln. Während er mich leidenschaftlich umarmte, würde der Taxifahrer uns im Rückspiegel halb entsetzt, halb erregt zusehen.

Wieder im Hotel, brachte Marcus mich zu meinem Apartment. Er erzählte unterwegs davon, dass er das Wadi Rum besuchen wolle, aber ich hörte ihm nicht wirklich zu, weil mir das Blut in den Ohren rauschte und ich wahnsinniges Herzklopfen hatte. Ich werde ihn nicht fragen, ob er noch mit reinkommen will, ermahnte ich mich. Ich lass ihn an der Tür stehen – und das war's dann.

Die Tür war jedoch verschlossen, und niemand reagierte auf mein Klopfen. Ich fluchte stumm in mich hinein und focht einen inneren Kampf mit mir aus. »Er ist bestimmt noch mit dem Boot unterwegs«, seufzte ich. »Mist.«

»Kommen Sie mit. Sie können so lange bei mir warten.«

Ich rollte mit den Augen, der Vorschlag war sündhaft reizvoll. »Nein. Ich muss duschen. Oh, es ist so verdammt heiß ... Und mein Badeanzug liegt da drin, folglich kann ich nicht in den Pool ...«

Er zuckte wegwerfend mit den Schultern. »Sie können bei mir duschen.«

»Das ist ... eine ganz schlechte Idee«, rutschte es mir spontan heraus.

Er lachte. »Ich verspreche, ich komm auch nicht mit rein. Es sei denn, Sie wollen es unbedingt. Sie vertrauen mir doch, oder?«

Statt einer Antwort hob ich bloß vielsagend die Brauen. Ob ich ihm vertraute? Die große Preisfrage war doch, inwieweit ich mir selbst vertraute. Ich hatte das Gefühl, ihn schon ewig zu kennen, dabei waren es nicht einmal vierundzwanzig Stunden.

»Und?« Er betrachtete mich halb gefrustet, halb geschmeichelt. »Sie könnten beispielsweise die Badezimmertür hinter sich abschließen. Und wenn Sie nicht duschen wollen, kann ich Ihnen immerhin Klimaanlage und Zimmerservice anbieten.«

Irgendwann gab ich mich geschlagen und ging mit ihm in sein Apartment, das ähnlich ausgestattet war wie unseres: mit großem Doppelbett, Miniküche und Wohnzimmer. Ich benutzte seine Dusche und eines seiner flauschig weichen Badetücher. Ich schloss die Tür hinter mir, drehte den Schlüssel dabei aber ganz leise im Schloss, um ihn nicht zu vergrätzen. Dann stand ich unter dem plätschernden Duschstrahl und beobachtete die Türklinke, ob sie sich vielleicht bewegte. Das Ding rührte sich nicht, einmal glaubte ich seine Stimme zu hören, aber so leise, dass er bestimmt nicht mich meinte.

Nach der Dusche fühlte ich mich zwar sehr erfrischt, aber kein bisschen relaxter. Ich reiß jetzt die Badezimmertür auf, überlegte ich. Dann lauf ich splitternackt raus, er sieht mich, wirft mich aufs Bett und fickt mein nasses Loch. Ich fragte mich, wie sein Schwanz wohl aussah. Er ist bestimmt beschnitten, mutmaßte ich, wie viele Amerikaner. Wie groß er wohl sein mag? Ob er lieber oben oder lieber unten liegt? Ich stellte mir vor, wie er meine Fesseln packte, mir die Beine breit auseinanderspreizte und seinen dicken Steifen in meine Möse schob. Er steht bestimmt auf die schwierigen, gymnastikmäßigen Stellungen, vermutete ich.

Bei der Vorstellung wurde meine frisch gewaschene Muschi sofort wieder ein bisschen klebrig. Ich stand da und starrte für eine lange, lange Weile auf die Tür. Offen gestanden glaubte ich, dass es eher Feigheit war als eheliche Treue zu Rhys, die mich davon abhielt, nackt aus dem Bad zu laufen. Letztlich konnte ich mich nicht dazu aufraffen, also zog ich mein Kleid wieder an und wünschte mir, ich hätte frische Sachen gehabt. Da ich meinen verschwitzten BH und den feuchten Tanga nicht mehr tragen mochte, stopfte ich beide Teile in meine Handtasche.

Die Klimaanlage war in der Zwischenzeit auf Hochtouren gelaufen; im Wohnzimmer war es angenehm kühl.

Marcus saß auf einem niedrigen Diwan, dem traditionellen Sitzmöbel, das den Wohnbereich des Apartments dominierte. Statt zu lesen oder fernzusehen oder sonst irgendwas zu machen, hielt er sich an seinem Whiskyglas fest und wartete auf mich. Er hatte ein frisches Hemd angezogen und grinste warm. »Wie wär's mit einem Drink?«

»Gin Tonic«, erwiderte ich. »Oder – nein, ein kaltes Wasser. Ich hab leichte Kopfschmerzen.«

»Oh? Hoffentlich nichts Schlimmeres?«, fragte er und lief zur Minibar.

»Nein, bloß ein bisschen zu viel Sonne. Da draußen war es wahnsinnig heiß.«

»Wenn Sie wollen, mach ich Ihnen gern eine Kopfmassage. Ich hab früher mal indische Massagetechniken gelernt.«

»In einem Ashram?«

Er reichte mir das Wasser. »Nein, in Canberra. Ich hatte Langeweile.«

Vermutlich hatte er nicht den Schimmer einer Ahnung, dass er mich an meinem schwachen Punkt erwischt hatte. Ich liebe Kopfmassagen – die rangieren bei mir auf Platz zwei, direkt hinter Sex. Auf seinen Vorschlag hin setzte ich mich auf die Couch, er kniete sich hinter mich, nahm meinen frisch gewaschenen Kopf in seine beiden Hände und massierte ihn. Und er war sensationell gut – sanft, einfühlsam und erfahren. Er massierte meinen Nacken, damit sich die schmerzhafte Verspannung löste, übte sanften Druck auf Schläfen und Kopfhaut aus. Er schob seine Arme unter meine, dann sollte ich die Augen schließen und relaxen, während er an meinen Schultern rummachte, bis sie sich entkrampften. Ich verlor jegliches Zeitgefühl unter seinen sanft knetenden Fingern, verlor mich in einem euphorisierenden Taumel, als hätte er klammheimlich meine Schädeldecke geöffnet und mir das Hirn rausgepult. Seine Hände entlockten meinen Lippen wollüstige Seufzer, und als er meinen Hals streichelte, stöhnte ich leise. Seine Arme umschlangen mich sanft, sein harter Körper stützte mich.

Das Kleid, das Sie gestern anhatten«, flüsterte er mir ins Ohr, dabei strichen seine Fingerspitzen über meine Wangenknochen.

»Mmh?«

»Wussten Sie, dass es im Gegenlicht der hellen Strahler durchsichtig war? War Ihnen klar, dass ich darunter Ihren Körper sehen konnte?«

Ich war so entspannt, dass ich Mühe hatte, mich zu artikulieren. »Das kann nicht sein.«

»Nein?«

»Nein, weil ich denke, dass Rhys es sonst bemerkt hätte.« Mir war unterschwellig bewusst, dass ich meinen Mann vorschob, um Marcus abzublocken. Es funktionierte nicht.

»Wie kommen Sie bloß auf die Idee, dass er etwas dagegen haben könnte, wenn seine Frau mir ihren wunderschönen Körper zeigt?«

Ich lächelte.

»Gestern Abend trugen Sie sehr sexy rote Spitzendessous. Und jetzt«, flüsterte Marcus, »tragen Sie weder BH noch Höschen. Ich kann Ihre nackte Haut durch dieses Kleid hindurch fühlen.« Wie zum Beweis strich er mit seiner Hand über meine Hüfte. Ich klappte widerstrebend meine schweren Lider auf, versuchte den Blick zu fokussieren. »Nein«, hauchte er, seine Stimme kehlig weich. »Lassen Sie sie geschlossen.«

Seine Finger streichelten meine Lider, und ich gehorchte mit einem Seufzen. Er nahm mich in seinen Arm, küsste sanft meine Lippen, bedrängte sie zärtlich, dass sie sich öffneten. Ich schmeckte das rauchige Whiskyaroma auf seiner Zunge. Mit seiner freien Hand kraulte er die Spitzen meiner Brüste, die sich dank der kühlenden Klimaanlage hart unter dem dünnen Baumwollstoff abzeichneten. Ich stöhnte in seinen Mund.

»Ich werde jetzt deine Muschi streicheln, Astrid«, sagte er. »Und du wirst es dir gefallen lassen.« Er legte seine Handfläche auf meinen Schoß, und er hatte Recht; ich ließ es mir nicht nur gefallen, ich spreizte überdies ein wenig meine Schenkel. »Das ist gut«, seufzte er, während er mich streichelte. »Du hast in dem Café deinen Rock für mich hochgeschoben. Tu es nochmal. Ganz langsam.«

Entfesselt vor Erregung zog ich mein Kleid Zentimeter für Zentimeter über die Schenkel hoch. Kalte Luft streifte meine erhitzte Haut. Kaum entblößte ich meine Scham, legte er seine Hand auf meine nackte Spalte, spreizte die geschwollenen Lippen mit seinen Fingern, tauchte in den saftig feuchten Nektar. Als er den Eingang meiner Klitoris stimulierte, rieb ich mich an ihm.

»O Schätzchen, du kannst es kaum erwarten, stimmt's?« Seine Hände befeuerten meine Sinne, als zuckten Flammen durch meinen Körper. »Sei ehrlich, darauf hast du schon den ganzen Tag gefiebert, oder? Du hast keine Ahnung, wie lange ich darauf gewartet habe, es zu tun. Schau mal einer an, wie süß und nass und offen du für mich bist.« Seine Lippen erstickten jeden Widerspruch. »Und jetzt knöpf dein Kleid auf. Ich will deinen schönen Körper sehen, Astrid.«

Ich fummelte an den kleinen Knöpfen rum – ich sah nämlich nichts, weil er mich küsste – und entblößte meine Brüste. Er seufzte gierig.

»Spiel mit ihnen, Astrid. Spiel mit deinen Brüsten, während ich dafür sorge, dass du kommst.«

Ich wog sie in meinen Händen, presste sie zusammen, spielte an meinen Nippeln, hielt das jedoch nicht lange durch. »Oh … ich komme … jetzt«, japste ich.

Marcus schob seine Finger in meine glitschige Möse, rieb mit seinem Daumen meine Klitoris. »Ja. Na, komm schon, Baby. Jetzt.«

»Ja, besorg's ihr. Na, komm schon, Baby«, stöhnte ein Echo.

Ich öffnete die Lider, während mich die Wonnen des Orgasmus durchfluteten. Und sah Rhys. Er stand an die Pantry gelehnt, aber es war zu spät, und ich konnte mich nicht mehr bremsen; ich starrte bloß zu ihm hin und stöhnte und zuckte vor Geilheit.

»O Gott«, flüsterte Rhys mit weit aufgerissenen Augen.

»Rhys?«, japste ich, kaum dass ich wieder zu Atem kam. Ich versuchte mich aufzusetzen, aber Marcus hielt mich in seiner Umarmung gefangen.

»Ist schon okay, Schätzchen.« Seine Stimme war warm und beruhigend.

»Rhys? Was machst du denn hier?«, fragte ich rau.

»Gott, du bist schön«, sagte Rhys. »So verfickt heiß und schön.«

»Er ist nicht sauer«, sagte Marcus.

Ich war sekundenlang sprachlos. Wollte er mir einen Bären aufbinden? »Was läuft hier eigentlich ab?«

»Astrid, ich …« Mein Mann blickte ziemlich schuldbewusst aus der Wäsche. In mir keimte ein verdammt schlimmer Verdacht auf.

»Hat er dich dafür *bezahlt?*«

»Nein, da liegst du total falsch«, sagte Marcus weich. »Astrid, da ist etwas, was du noch nicht weißt. Rhys und ich haben uns vor ein paar Monaten im Internet kennen gelernt. Auf einer Swinger-Site.«

»Kannst du mir mal verraten, was das ist?«

»Das ist ein Forum für spezielle Interessen. Mein Ding sind verheiratete Frauen …«

»Dein Ding?«

»Meine Leidenschaft. Meine Obsession: Frauen, die zwar glücklich verheiratet sind, sich aber danach sehnen, mal wieder richtig verführt zu werden. Und das macht Rhys total an«, setzte er mit fester werdender Stimme hinzu, »seine heimlichen Fantasien drehen sich ständig darum, wie seine attraktive Frau von einem anderen Typen gefickt wird. Wie sie von diesem fremden Kerl so erregt wird, dass sie alles für seinen Schwanz tun würde. Während er spannermäßig zusieht, wie sie den Fick ihres Lebens bekommt, besser, als er es ihr je besorgen könnte. Wie sie den Namen des anderen laut herausschreit und wie eine Schlampe darum bettelt, dass er sie weiter vögelt.«

Ich war geplättet. Schlagartig leuchtete mir alles ein: wieso Marcus und ich uns auf Anhieb verstanden hatten, wieso er wusste, worauf ich abfuhr und was mir

Spaß machte. Er hatte seine Hausaufgaben gemacht: Er war der perfekte Lover für mich. Beide Männer hatten mit mir gespielt, aber sollte ich mich deswegen aufregen, weil mein Mann mich dabei erwischt hatte, dass die Finger von einem anderen Kerl in meiner Muschi steckten? Ich fand, das war kein Grund, den beiden böse zu sein. Schließlich hatte ich auch was davon gehabt. Ich räusperte mich und fragte: »Rhys hat dir alles erzählt, hm?«

»Alles. Er mailte mir jede Menge Anregungen ... und Fotos. Ich konnte es kaum erwarten, bei dir zum Zuge zu kommen.« Marcus strich mir die verschwitzten Haarsträhnen aus den Schläfen und küsste mich auf die Wange. »Und jetzt werde ich dich ficken, Astrid, vor seinen Augen. Genau so, wie er es will. Wie du es willst.«

»Rhys?«, flüsterte ich.

»Bitte, Astrid.« Ich fing seinen gequälten Blick auf. »Ich will, dass ihr beiden fickt.«

Ich vermutete, es kostete ihn ziemlich viel Überwindung, das zuzugeben.

Marcus knöpfte seelenruhig den Knopf seiner Hose auf und zog den Reißverschluss runter. Er setzte sich neben mich auf das Sofa, holte seinen Schwanz raus und rieb ihn hingebungsvoll. Es war ein dicker dunkler Kolben, der steif und hart aufs Bumsen fieberte. Seine rasierten Eier wurden von flaumig kurzen Stoppeln verschattet.

»Fass mal seinen Schwanz an, Astrid.«

Ich gehorchte. Klemmte meine Hand um den pulsenden Knüppel. Markus streichelte meinen Rücken.

»Ist er größer als meiner?«

»Ja.«

»Länger – oder dicker?«

Ich nahm kein Blatt vor den Mund. Wozu auch? »Beides, Rhys. Und er ist viel größer als deiner.«

Mein Mann stöhnte leise erregt und gefrustet. »Leck seinen Schwanz, Astrid.«

Marcus stand hilfsbereit auf und ließ die Hosen runter. Er hatte lange, hart bemuskelte Beine; vermutlich, weil er ständig mit dem Rucksack auf Achse war und um die halbe Welt jettete. Als ich mich vorbeugte und sein Monsterteil in den Mund nahm, drückte er lasziv an seinen Eiern rum und legte seine andere Hand auf meinen Kopf. Er hatte natürlich noch nicht geduscht, und sein heißer Moschusgeruch geilte mich total auf. Ich erkundete mit kleinen Zungenschlägen seine geschwollene Schwanzspitze.

»Saug ihn in den Mund, so tief du kannst.« Rhys reckte den Hals, damit er auch unbedingt alles mitbekam.

»Das reicht jetzt, Rhys.« Marcus zog mich an den Haaren von seinem Schwanz. »Ich bin derjenige, der deine Frau fickt und nicht du. Also halt die Klappe und sieh bloß zu.«

Rhys nickte.

»Aber«, schob Marcus gnädig nach, »guck mal in die oberste Schublade. Da liegt eine Videokamera.«

Als unser Kameramann in Position ging, hatte Marcus sich und mich bereits ausgezogen. Er schob mich in Hockstellung auf das Sofa und stellte sich hinter mich, stemmte seinen typisch amerikanisch sauber rasierten Schwanz in meine willige Möse. Meine Pussy, wie er sie nannte. »Schenk mir deine Pussy, Astrid.« Oder: »Verdammt, ist das eine geile enge Pussy. Dein Mann hat dich wohl nicht weit genug für meinen Schwanz gedehnt, was,

Schätzchen?« Ich stöhnte zustimmend, bemüht, mich an sein Monsterding zu gewöhnen. Er half nach, indem er meine Klitoris befingerte, sich Zeit ließ und mich mit langen festen Stößen bearbeitete. »Schau zu, Rhys«, wies er mich an, seine Stimme warm. »Dein Mann will wissen, wie du dich fühlst. Zeig's ihm. Zeig ihm, dass du scharf wirst, wenn ein fremder Schwanz in deiner Pussy steckt und dich geil und hart vögelt.«

Ich zeigte es ihm. Während Marcus mich von hinten fickte, drehte ich schamlos das Gesicht zu Rhys, damit er jede Nuance meines Mienenspiels auffing – Ekstase, Gier oder Schock, egal, was sich in meinen Augen malte. Meine Wangen waren gerötet, meine Lippen sinnlich geöffnet. Ich stöhnte meine Lust hemmungslos heraus, während der Schwanz meines Lovers mich spaltete und in mich eintauchte. Ich umklammerte die Polsterkissen, um mich in seine Penetration zu stemmen, dabei stammelte ich unzusammenhängendes Zeug, wie groß er war und wie stark und wie gut. Ich sah, dass Rhys erschauerte und seine Erektion sich an seinen Hosenschlitz presste. Ich hatte mich noch nie so gefühlt wie jetzt mit der Gewissheit, dass zwei Männer ihre Lust auf mich konzentrierten: der Fremde, der – immer auf der Suche nach einem Abenteuer – um den Globus jettete und sein Leben für mich umgeschrieben hatte, und der Ehemann, in dessen versauter Fantasie sich seelische Abgründe auftaten und für den ich der absolute Star war. Es lag nicht bloß an Marcus' dickem fleißigem Schwanz, dass ich kam, oder an seinen Eiern, die rhythmisch an meine Muschi klatschten, sondern auch an der Mischung aus Demütigung und Ekstase, die ich auf Rhys' Gesicht las, während ich endlich bekam, was ich brauchte, wollte, verdiente.

An dem Nachmittag nahm Marcus mich in einem halben Dutzend unterschiedlicher Stellungen. Ich kam jedes Mal laut stöhnend zum Orgasmus, zwei Mal, als ich oben lag, direkt in die Kamera schaute und meine wippenden Titten mit den Händen hochschubste. Rhys musste mich buchstäblich stützen, als wir am Abend in unser Apartment zurückkehrten, und dann war er an der Reihe. Er fickte mich, badete in Marcus' glitschigem Saft, leckte sein Sperma von meinen geschwollenen Lippen.

Das Video war manchmal ganz schön verwackelt, wie wir nachher feststellten, besonders da, wo Rhys mit einer Hand die Kamera führte und sich mit der anderen einen runterholte. Den Leuten, denen wir es bislang gezeigt haben, scheint die unsichere Kameraführung jedoch nichts auszumachen.

Rhys kümmert sich seitdem liebevoll darum, den perfekten Lover für mich zu finden. Für mich müssen die Typen attraktiv und erfahren sein, es muss mir Spaß machen, mit ihnen abzuhängen. Und sie müssen sich anstrengen, dass auch sie bekommen, was sie wollen.

Weil ich darauf bestehe, verführt zu werden – jedes Mal.

Gwen Masters

Rausch

Als Katie von David wissen wollte, mit wie vielen Frauen er schon geschlafen hatte, wusste er nicht, was er darauf sagen sollte. Er war geschockt über ihre Frage. Hatte sie noch alle Tassen im Schrank? Wollte sie darauf wirklich eine Antwort? Sie konnte alles von ihm haben, aber das nicht.

David hatte nicht den Hauch einer Ahnung, wie viele es mittlerweile waren. Er war neununddreißig Jahre alt und noch nie verheiratet gewesen. Die meiste Zeit hatte er sich als ungebundener Single vergnügt. Die Wahrheit war jedoch, dass er sich, selbst wenn er in einer Beziehung lebte, keinen Zwang auferlegte. Wenn ihm eine gefiel, legte er sie flach. Punkt. Ende der Diskussion. Irgendwann hatte er aufgehört, seine Bettgespielinnen zu zählen.

Katie brauchte das nicht unbedingt zu erfahren, fand er. Nachher machte sie noch mit ihm Schluss. Das wollte er auf gar keinen Fall.

David hatte sie ein paar Monate lang gedatet, bevor sie ihn in ihr Bett ließ. Während dieser paar Monate vögelte er eine Stripperin, die Betty hieß und total auf einen flotten Dreier abfuhr – es durften gern auch mehr Leute mitmachen – mit ihrer besten Freundin. Folglich war er sexuell voll ausgelastet, als er Katie das erste Mal küsste.

Er küsste sie trotzdem, und das Gefühl in seiner Magengrube war … tja, es gibt ein paar Dinge, die ein Mann nicht beschreiben kann, aber sagen wir mal so: In diesem Moment begriff er, was Romantik bedeutet. Die Frage, warum sie ihm seit Wochen im Kopf herumschwirrte, war spontan beantwortet.

Sie war die Eine. Das konnte er verfickt nochmal fühlen.

David lebte jetzt seit einem Jahr in seinem persönlichen siebten Himmel mit Katie und begann allmählich, sich mit Diamantverlobungsringen und Dekaden anzufreunden. Er würde also einen Teufel tun, ihr das mit der Stripperin und deren bester Freundin auf die Nase zu binden, die miteinander darum konkurrierten, bei wem von beiden er zuerst kam.

Er würde ihr nicht von dem einen Mal erzählen, als er vier Frauen auf einmal gefickt hatte, besser gesagt nacheinander, und dann ins Büro gegangen war und noch eine gebumst hatte. Waren es fünf Frauen gewesen? Es könnten auch sechs gewesen sein. Er konnte sich nicht mehr an ihre Namen erinnern, bloß bei einer, weil sie Crystal Gayle hieß wie die Countrysängerin. Aber diese Crystal war mehr Punkrockerin und hatte eine pinkfarbene Mähne.

Beim Sex war David nicht besonders wählerisch. Er hatte bestimmt hunderte Frauen gevögelt, gut möglich, dass er sich schon im vierstelligen Bereich tummelte.

Katie musste das nicht erfahren. Bloß nicht!

Sie war zwar nicht mehr unschuldig gewesen, aber sie

war mit Sicherheit keine Schlampe. Sie konnte ihre Lover an zwei Händen abzählen. Nein, danke, David wollte es gar nicht so genau wissen. Es machte ihn eifersüchtig, ein Gefühl, das er bis dahin nicht gekannt hatte. Er hatte nächtelang wachgelegen, sich im Bett rumgewälzt, weil ihm diese Typen im Kopf herumschwirrten. Du bigotter Idiot, schimpfte er sich im Stillen, gleiches Recht für alle! Er verdrehte die Augen.

»Und?«, bohrte sie. Scheiße, sie ließ nicht locker.

David lag auf ihrem Bett, ihr Kopf auf seiner Brust, er hatte einen Arm um sie geschlungen und beschirmte mit dem anderen seine Augen. Ihr Körper schmiegte sich warm an seinen. Ihre Brüste waren weich, dicke Dinger und offensichtlich total echt. Er liebte das Gefühl, wenn sie sich an ihn kuschelte.

»Baby, ich mag jetzt nicht darüber sprechen«, meinte David gedehnt.

»Aber ich. Ich weiß, dass du mit etlichen Frauen zusammen warst, daher kommt es für mich nicht überraschend. Also, wie viele?«

Er schwieg für eine lange Weile. »Zu viele.«

Ihr Atem kitzelte sanft seine Brust. Er hoffte, sie würde über der Frage eindösen, aber so leicht machte sie es ihm natürlich nicht. »Du willst es mir nicht erzählen.« Das war keine Frage, sondern eine Feststellung, in der ein Hauch von Bestürzung mitschwang.

»Ich möchte dich nicht verletzen.«

Sie nickte. Ihre Wimpern streiften seine Haut. Dann atmete sie tief durch, besonnen, skeptisch. Ihr Körper mochte sich weich an ihn schmiegen, trotzdem entzog sie sich ihm.

»Okay, ich erzähl's dir.« David gab sich geschlagen. »Aber bitte, ich weiß nicht, ob du das wirklich hören willst. Nachher siehst du mich völlig anders. Ich möchte unsere Beziehung nicht aufs Spiel setzen.«

Sie rührte sich nicht. »Bist du mir treu gewesen?«

»Natürlich«, erwiderte er, verblüfft darüber, dass sie ihn das fragte.

»Ich vertraue dir«, sagte sie, als könnte sie seine Gedanken lesen. »Ich weiß, dass du mir treu bist. Was vor unserer Beziehung war, hat außerdem nichts mit uns zu tun, okay? Außer vielleicht, was du mit deiner Hand machst. Ich mag es, wenn du es mit der Hand machst, weil du es himmlisch gut machst.«

Sie vergrub ihr Gesicht schamhaft an seiner Schulter. Er fühlte förmlich, wie sie errötete. David grinste, ungeachtet der Tatsache, dass ihm der Arsch auf Grundeis ging.

»Ist keine so gute Idee, jemanden danach zu fragen«, meinte er. »Der andere ist womöglich schockiert. Oder verletzt. Oder ärgerlich.«

Katie setzte sich im Bett auf. Und schaute ihn mit ihren großen blauen Augen an. Sie schimmerten verdächtig feucht. Tränenalarm? Mist. Er betrachtete ihren Mund. Keine schmollend nach unten verzogenen Lippen, keinerlei Anzeichen, dass sie gleich losheulen würde.

David seufzte. Er war schon paranoid.

»Du hast Muffe, es mir zu erzählen«, tippte sie.

»Ehrlich gesagt ja«, räumte er ein.

Katie streichelte mit den Fingerspitzen über seine Brust. Rieb zärtlich seine Brustwarzen. David richtete sich halb auf, während ihre Hand über seinen Bauch zu seinem halb erigierten Schwanz glitt. Sie massierte ihn langsam, und innerhalb von Sekunden war er voll in Action.

»Wetten, du drehst mir hinterher einen Strick daraus?«, fragte er.

»Gut möglich.«

Das war typisch Katie. Sie nahm kein Blatt vor den Mund und rückte unverblümt mit ihrer Meinung raus. Ihr Mienenspiel verriet sie sowieso die meiste Zeit. Pokern war nicht ihr Ding, selbst wenn es um ihr nacktes Überleben gegangen wäre.

»Du magst mich bestimmt nicht mehr, wenn ich es dir erzähle«, murmelte er. Sie hörte ihm nicht wirklich zu. Ihr Mund senkte sich auf seinen Penis.

Sie ließ sich Zeit, leckte jeden Zentimeter, jede Furche. Kreiste mit der Zunge um seinen kleinen Kopf. Streifte mit der Zungenspitze die empfindliche Vorhaut zurück. Er versuchte, an Baseball zu denken. Sinnlos. Stattdessen kreisten seine Gedanken um hemmungslosen Sex. Um eine kleine Schlampe, die es liebte, sein Ding in sich zu spüren, restlos ausgefüllt zu werden, und ihm nach einem Blick auf seinen Baseballschläger vorschlug, sie mit dem Aluminiumgriff zu ficken.

»Du denkst an diese anderen Frauen, stimmt's?«

Es war kein Vorwurf, nein, es klang heiß wie die Hölle. Katie atmete leise stockend. Sie sah mit leuchtenden Augen zu ihm hoch und lächelte frivol. Ließ die Zunge rausschnellen und leckte abermals seine Schwanzspitze. Mit Lügen hätte er sich jetzt mehr Ärger eingehandelt als mit der ungeschminkten Wahrheit, überlegte er. Ehrlich währt am längsten, seufzte er stumm in sich hinein.

»Ja.«

»An eine bestimmte?«

Sag jetzt nichts Falsches, David. Ihm wurde unbehaglich bei dem Thema. Sein Herz raste, er war sich nicht sicher, ob vor Erregung oder vor Furcht. »Wieso?«

»Du hast diesen Blick drauf.«

»Welchen Blick?«

Sie senkte ihren Mund auf seinen Penis. Verschlang ihn förmlich bis zur Wurzel. Bis seine Schwanzspitze an ihrer Kehle anstieß, ihre Nase auf sein Schambein gepresst. Wenn sie das machte, war er wie Wachs in ihren Händen. Sie war die einzige Frau, die diese Macht über ihn hatte, und er war sich plötzlich nicht mehr sicher, ob ihm das behagte. Nicht mehr lange, und er würde singen wie ein Chorknabe und ihr eine erotische Lebensbeichte ablegen.

»Ist es irgendeine bestimmte?«

»Ja.«

»Wer?«

»Grundgütiger, Katie! Ist das wichtig? Ich bin nicht mehr mit ihr zusammen!«

»Du bist mit mir zusammen, und ich will es wissen.«

David sank auf das Laken und presste sich ein Kissen aufs Gesicht. Er atmete tief in die weiche Baumwolle. Katie bearbeitete bereits wieder seinen Schwanz, glitt rauf und runter, saugte ihn tief in ihren feuchten, engen Rachen. Übte ihre magischen Kräfte auf ihn aus. Sie hatte aus dem Deep Throating eine Kunst gemacht. Das war nicht einfach gewesen: Sie hatte es wieder und wieder und wieder ausprobiert, bis es irgendwann richtig klappte.

O ja, und seitdem klappte es fantastisch.

»Los, gestehe«, murmelte sie, an seinem Schwanz lutschend.

David riss sich das Kissen vom Kopf. Okay, wenn sie es wirklich wissen wollte, würde er es ihr erzählen. Vielleicht bloß eine kleine Geschichte. Vielleicht reichte das, um ihre Fragerei zu stoppen. Als er den Mund öffnete und die Worte heraussprudelten, hatte er das Gefühl, sich ans offene Messer zu liefern.

»Ich hab an die Frau gedacht, die es liebte, wenn ich Sachen in sie reinsteckte.«

Katie beendete spontan das Schwanzlutschen. Das hatte er jetzt davon. Sie würde aufhören, sich hinlegen und tagelang sauer auf ihn sein, wenn nicht Schlimmeres.

»Was denn für Sachen?«

David starrte an die Zimmerdecke. »Flaschen. Meine Hand.« Er stockte. »Oder den Griff von meinem Baseballschläger.«

Katie saugte ihn hart. Das kam völlig verblüffend, und sein Ständer schnellte in ihren Mund. Sie zog ihn abermals tief in ihren Rachen. Dann bewegte sie den Kopf auf und ab, lutschte stimulierend an seiner Eichel. Was zum Teufel war da los?

»Ich will, dass du es mir mit der Faust machst«, sagte sie.

Davids Schwanz war hart genug, um Möbel zu Kleinholz zu verarbeiten.

»Was hast du gesagt?«

»Du hast mich gehört«, schnurrte sie, dann begann sie, wie eine heimtückische Katze seine Eier zu lecken.

»Nein, hab ich nicht.«

»Wie viele Frauen?«

Sie fuhr mit dem Kopf kreisend auf und ab, ließ ihren Mund wie einen Korkenzieher über seinen Schwanz gleiten. Er stöhnte laut und wollte in ihre Haare greifen, aber sie schlug seine Hand weg. Sie sah zu ihm hoch, ihr fordernder Blick drängte auf eine Antwort.

»Ich weiß es nicht.«

»Du weißt es nicht?«, fragte sie kein bisschen verblüfft.

»Nein.«

Sie stöhnte kehlig, bevor sie ihn tief in den Rachen zog. Er versuchte, an etwas anderes als sein Kommen zu denken, aber es war zwecklos. Ihr Mund hüpfte auf und ab, ihre Zunge arbeitete wie eine Peitsche, und er war innerhalb von Sekunden auf dem Höhepunkt.

Sie wusste es. Sie hörte auf.

»Fuck«, stöhnte David missmutig.

»Du hast deinen Schwanz in so viele Muschis geschoben, dass du sie nicht mehr zählen kannst, stimmt's?«, fragte sie. Sie hielt seinen Ständer wie einen Steuerknüppel in der Hand. Ihr Daumen umkreiste seine Eichel. »Ich wette, du hattest auch mehr Ärsche, als du zählen kannst. Und mehr Blowjobs.«

Er schaute sie bloß an und sagte nichts.

»Du hattest bestimmt so viele Ficks, dass sie zu einer verschwommenen Kette von Muschis verwischen, tippe ich richtig?«

Da war es. Sie nagelte ihn auf seine sexuelle Vergangenheit fest. Er hatte es genau gewusst. Wie konnte er bloß so blöd gewesen sein?

»Und ich war mit kaum jemandem zusammen. Ich finde, das ist nicht fair, und du?«

Er öffnete den Mund zu einer Erwiderung und brachte keinen Ton heraus. Er kam sich ganz klein vor.

»Ich finde, ich sollte auch ein paar Schwänze haben.«

David blinzelte verblüfft. Sein Schwanz pulste härter in ihrer Hand. Sie giggelte wie ein Schulmädchen und senkte ihren Mund auf seinen Ständer. Ihre Zunge lutschte, ihre Lippen sogen fest, und als sie ihn in ihren Rachen zog, verlor er fast die Kontrolle. Sie stoppte kurz bevor er kam.

»Was denkst du?«

Frag einen Mann nie, was er denkt, wenn er kurz vorm Abspritzen ist. Dann sagt er nämlich vermutlich genau das, was er denkt, und das ist nicht unbedingt vernünftig.

»Würde mir Spaß machen, zuzusehen, wie du mit anderen Leuten fickst«, sagte David.

Ihre Augen weiteten sich.

»Heilige Scheiße«, murmelte sie mit einem Hauch von Erstaunen.

Sie saugte ihn tief, ein letztes Mal, hatte schließlich Gnade mit ihm. Er kam hart. Schoss alles in ihren Mund. Sah tausend glitzernde Sterne. Sie leckte und saugte, bis nichts mehr übrig war.

»Andere Leute«, murmelte sie und kicherte.

David schwante, dass er in erheblichen Schwierigkeiten steckte.

Zunächst relativierte er alles, als er sich wieder halbwegs gefasst hatte. Klar würde er gern mal zuschauen, aber er hätte so was noch nie gemacht, wiegelte er ab. Es sei eben eine tolle erotische Fantasie. Er hätte natürlich schon manchmal daran gedacht. Aber nicht oft. Eigentlich kaum. Und wieso kam er dann auf Partnertausch? Nein, er wollte nicht wirklich teilen. Eigentlich war das gar nicht sein Ding. Er mochte sie nicht teilen. Und Katie? Würde sie ihn teilen wollen?

Sie fixierte ihn die ganze Zeit mit wissenden Augen und diesem abgeklärten sanften Lächeln.

»Schwebt dir jemand Spezielles vor?«, fragte sie nur.

David seufzte ungehalten. »Hast du gehört, was ich gesagt hab?«

»Jedes einzelne Wort.«

»Gut. Ich denke, ich hab mich deutlich genug ausgedrückt.«

»Klar. Ich persönlich dachte an irgendeinen Fremden. Ich möchte nicht riskieren, dass darüber eine Freundschaft zerbricht, deshalb sind deine Freunde tabu. Meine auch. Freunde sind Freunde und keine Sexkumpel, findest du nicht?«

Er starrte sie an.

»Na?«

»Du bist unmöglich. Du fickst mit keinem anderen, verstanden? Das ist mein letztes Wort!«

Sie zwinkerte ihm zu und giggelte erneut.

»Okay, großer Mann. Wenn du es sagst.«

David wachte am nächsten Morgen mit einem Ständer auf. Was ganz praktisch war, denn Katie lag bereits auf ihm, ihre Beine weit gespreizt, und machte an ihm rum. Lediglich ihre Muschi berührte seinen Schwanz. Auf Hände und Knie gestützt, rubbelte sie rauf und runter. Kein Wunder, dass er von heißem, schmutzigem Sex geträumt hatte.

Sie schaute ihn an. Ihre Haare fielen ihr weich ins Gesicht.

»Guten Morgen, großer Junge. Rat mal, was es zum Frühstück gibt?«

»Dich«, antwortete David und schob sie mit einer geschmeidigen Bewegung unter sich. Sie schloss die Augen und schnurrte wie eine Katze, während sein Schwanz ihre Möse streichelte. Er war am Abend zum Zuge gekommen, jetzt war sie an der Reihe. Er winkelte seinen Penis so an, dass seine Stöße gezielt ihre Klitoris trafen. Und schob sich jedes Mal ein wenig tiefer in sie hinein. Nicht lange, und sie wand sich stöhnend unter ihm. Er fühlte es, als sie kam, ein Zucken und Pressen um seinen Schwanz. Er stemmte sich so tief in sie hinein, wie er konnte, bis ihr Körper unter ihm nachgab.

Eine kurze Weile lagen sie eng umschlungen da, dann normalisierte sich sein Atem wieder. Als er sich aus dem Bett schwang, um sein morgendliches Geschäft zu verrichten, war sie wieder fest eingeschlafen. Er betrachtete sie lächelnd: Sie sah aus wie eine unschuldige junge Frau, jedoch mit verdächtig hochroten Wangen. Er schob ihr ein paar vorwitzige Strähnen aus dem Gesicht.

Sollte er wirklich zulassen, dass sie einen anderen fickte?

Der Gedanke kam ihm so plötzlich, dass es ihn geradezu umhaute. Er stellte sich ihre Muschi vor, weit gespreizt für einen anderen. Er versuchte sich vorzustellen, wie der Schwanz von dem fremden Kerl in sie glitt. Würde er langsam machen? Oder wollte Katie wie eine Wilde drauflosrammeln? Um David eifersüchtig zu machen, während er wie ein Spanner dabei zusah? Oder würde sie ihm zärtlich verschwörerische Blicke zuwerfen, während der andere sie zum Stöhnen brachte?

Er umschloss mit der Hand seinen Schwanz und begann, ihn lasziv zu streicheln, verdrängte seine Morgenlatte. Dabei dachte er an Katies hellpinkfarbene Muschilippen, die sich um einen Ständer schmiegten, während er, David, zuschaute. Er hatte gar nicht überlegt, dass sie dem Fremden einen Blowjob besorgen oder dass der Typ mit der Zunge ihre harte kleine Perle massieren könnte. Er hatte direkt ans Ficken gedacht. Das geilte ihn höllisch auf – der Gedanke, dass jemand ihre Muschi nahm. Die Muschi, die ihm gehörte.

David beobachtete, wie sie sich schlafend auf dem Bett rekelte. Würden sie es in der Missionarsstellung treiben, damit Katie den Typen dabei anschauen konnte? Oder würde sie ihn reiten, wie sie David heute Morgen geritten hatte? Oder die Hündchenstellung? Damit er den absoluten Durchblick hätte, wie hart der Fremde sie fickte?

David bekam weiche Knie. Und setzte sich auf das Bett, massierte weiter seinen kleinen Freund. Katie wurde wach, als die Matratze unter seinem Gewicht mitschwang. Sie beobachtete ihn mit schläfrigen, zufriedenen Augen.

»Du bist morgens noch nie so früh gekommen«, stellte sie fest. »Woran liegt's?«

»An dir.« Er streichelte sich fester. Ein Tropfen Flüssigkeit trat aus, machte seine Hand glitschig. Er schloss die Augen und malte sich aus, wie Katie unter einem anderen lag.

»Wieso an mir?«

»Weil ich dich im Geiste mit einem anderen Typen

zusammen sehe«, erklärte er. Woraufhin sie sich sanft schnurrend auf die Seite drehte und an ihn schmiegte, eine Hand um ihn schlang und seine berührte. Gemeinsam rubbelten sie rauf und runter.

»Ich möchte auf jeden Fall, dass du zusiehst«, murmelte sie.

Das brachte es voll. Sperma schoss aus seinem Schwanz, benetzte seine Hand. Tropfte auf den Boden. Ein Klecks landete auf seinem Schenkel. Katie kicherte ausgelassen. Er lehnte sich zurück, fast auf sie drauf, entfesselt von dem unerwarteten morgendlichen Orgasmus.

»Ich bin beeindruckt«, giggelte sie.

»Was hast du bloß mit mir gemacht?«

»Die Tür zu deiner Fantasiewelt geöffnet? Du kannst mir doch nicht erzählen, dass du noch nie einer Frau und einem anderen Mann zugesehen hast.«

David wurde rot. »Ertappt. Aber eins sag ich dir: Es war keine Frau, in die ich verliebt war.«

»Was die Sachlage zweifellos verändert.«

»Darauf kannst du Gift nehmen.«

Katie grinste zu ihm hinunter. »Findest du es so geiler?«

»Es macht mich eifersüchtig. Und das geilt mich auf. Ich hab keinen Schimmer, wieso. Eigentlich müsste es ja genau andersherum sein.«

Katie küsste ihn auf die Stirn. »Wir drei werden bestimmt jede Menge Spaß haben.«

In den nächsten paar Wochen war ihr Sexleben ein Tanz auf dem Vulkan. David lief den ganzen Tag mit einem Halbsteifen rum. Im Büro zogen ihn die Kollegen damit auf, weil er beim Laufen förmlich über seine Eier stolperte. Nachts fickte er Katie bis zur Erschöpfung. Muskeln, von denen er gar nicht gewusst hatte, dass sie existierten, schmerzten, sein Schwanz war halb wund gerubbelt. Katie musste ihn ein paar Mal bremsen, weil das sexuelle Vergnügen in Schmerz ausartete. Sie hatten zu oft Sex – sofern es das überhaupt gab.

Trotzdem konnten sie nicht voneinander lassen.

Der Gedanke, sie mit einem anderen zu beobachten, war ein Aphrodisiakum, das alles übertraf, was David in der Vergangenheit erlebt hatte. Und er hatte nichts ausgelassen. Bloß dass in seiner Vergangenheit nicht Liebe mit schmutzigem Sex gemischt war, und genau das machte den Unterschied. Jede Nummer nahm eine neue Dimension an. Eifersucht und Besessenheit waren die neuen Begriffe in seinem Vokabular, und David liebte jenes Eifersuchtsgefühl, das ihn jedes Mal durchflutete, wenn er an einen fremden Schwanz dachte, der die Muschi nahm, die ihm seit gut einem Jahr exklusiv gehörte. Dieser Gedanke war zwar nicht unbedingt logisch nachvollziehbar, aber sein Schwanz kannte eben eine andere Logik.

Ihre und seine Freunde seien tabu, hatte sie gesagt, und David stimmte dem zu. Er hatte ohnehin nicht viele Freunde und keinen Bock auf Probleme. Katies Bekannte waren ebenfalls ein No-Go. Er wollte sich keinen Kopf machen wegen irgendwelcher Typen, die sie regelmäßig traf und mit denen sie vor seinen Augen rumbumste.

Also stellten sie eine Anzeige ins Internet, auf einer der Webseiten, die einem garantieren, dass man flachgelegt würde, und zwar noch am selben Abend, sofern man bereit war, die goldene Membercard zu erstehen. Sie optierten für drei Monate. Zumal sie davon ausgingen, dass es so lange brauchen würde, um jemanden zu finden, der exakt ihren Vorstellungen entsprach: keine Tabus, ein One-Night-Stand, der Mann sollte es mit ihr treiben und David zuschauen, nichts Abartiges, sondern bloß ein guter Fick in allen möglichen Stellungen. Sie beschrieben, was sie wollten, stellten ein Bild von Katie ein, auf dem sie lediglich einen Tanga trug, und warteten.

Die Antworten trudelten ein. Gegen Ende der Woche scrollten sie sich durch über fünfzig Messages, dic ganz seriös klangen. Sie schlossen alle in einem Umkreis von einer Stunde Fahrzeit aus. Keinesfalls wollten sie irgendjemanden in ihr Apartment einladen oder in der Stadt einem von den Typen über den Weg laufen. Schließlich kamen drei Kandidaten in die engere Auswahl. Katie schickte ihnen E-Mails. Und wieder warteten sie.

Sie interessierte sich ganz besonders für einen, der sich Rich nannte. Seine Antwort war flüssig formuliert, er schien sehr erfahren und tabulos, und, was noch besser war, er war glücklich verheiratet und suchte lediglich den Kitzel eines einmaligen Seitensprungs. David ging davon aus, dass Rich ihnen keine Probleme machen würde, wenn der Abend vorbei war. Außerdem arbeitete Rich im medizinischen Bereich und versicherte, dass er dazu verpflichtet sei, regelmäßig sein Blut untersuchen zu lassen. Er sei kerngesund und könne das auch schriftlich belegen. Das fand David sehr vernünftig.

Was Katie jedoch am meisten interessierte, war ein Bild von seinem Schwanz. Er schickte es an ihre E-Mail-Adresse, und als sie die Anlage öffnete, wurde ein Mords johnny auf dem Bildschirm eingeblendet. Katie lief das Wasser im Mund zusammen.

»Genau den da will ich«, verkündete sie, und David war klar: Der war es. Sie hatten ihren One-Night-Stand gefunden.

Rich erklärte sich zu allem bereit. Keine Tabus, keine Hemmungen, nichts Dauerhaftes, bloß eine Nacht in einem Hotelzimmer, in der er Katie geben würde, was immer sie wollte.

In der Nacht fickten David und Katie so hart, dass das Kopfteil vom Bett vor die Wand knallte und ein Bild auf dem Boden zu Bruch ging.

Die Woche vor ihrem Treffen mit Rich war eine einzige Tortur. Was, wenn er seinen Entschluss noch änderte? Was, wenn seine Frau Wind von der Sache bekäme? Was, wenn Katie einen Rückzieher machte? David spielte selbst mehr als einmal mit dem Gedanken, auszusteigen. Wenn er im Büro auf den Computermonitor starrte, sah er im Geiste dauernd Katie, wie sie mit weit gespreizten Schenkeln auf dem Bett lag, Rich auf ihr, seinen Schwanz in das eine Loch und in ihr anderes rammend. Wollte David sich das wirklich antun? War er dazu wirklich bereit?

Nachts, wenn Katie ihn ritt und ihm dabei ins Ohr flüsterte, dass er es mordsgeil finden würde, ihr zuzuschauen, wie sie es mit einem anderen trieb, wusste er, dass sie Recht hatte. Er wollte es genauso wie sie.

An dem Abend, als sie sich außerhalb der Stadt in einem Hotel treffen wollten, holte Katie David mit einem Mietwagen in seinem Büro ab. Sie hatten an alles gedacht und gingen kein Risiko ein. Kaum saß er im Auto, fiel ihm Katies Outfit auf: rattenscharfer Faltenmini, schwarze Strümpfe, High Heels und eine enge, sittsam geknöpfte Bluse, unter der ihre Brüste größer wirkten, als sie tatsächlich waren. Sie sah umwerfend aus.

»Ich trag kein Höschen«, verkündete sie, und er wurde prompt hart.

»Und du bist schon feucht, hm?«

Sie wurde rot, und es stand ihr gut. Sie sah sündhaft sexy aus. David, der sie während der Fahrt beobachtete, fiel auf, dass er sie noch nie in Stilettos gesehen hatte.

»Sind die neu?« Er deutete auf ihre Pumps.

»Das ganze Outfit ist neu.«

»Du siehst absolut geil aus.«

Sie schenkte ihm ein geheimnisvolles Mona-Lisa-Lächeln und fuhr weiter. Ihre Hand, mit der sie an der Klimaanlage herumstellte, zitterte. Sie fuhr sehr vorsichtig, als könnte der kleinste Schnitzer ihr verworfenes Coming-out gefährden. Seine Hand glitt über ihren Schenkel, unter ihren Rock. Sie trug tatsächlich kein Höschen. Er versuchte, seine Finger zwischen ihre Beine zu quetschen und in ihre Spalte zu klemmen, doch sie presste automatisch die Schenkel zusammen.

»Finger weg. Du bist heute Abend nicht dran«, sirrte sie.

David zog seine Hand weg. Sie bedachte ihn mit einem schiefen Seitenblick. David hätte nicht zu sagen gewusst, wer von ihnen beiden nervöser war. Er neigte sich zu ihr, flüsterte ihr schmutzige Dinge ins Ohr, dass sie erregt auf dem Fahrersitz hin und her rutschte. Er wartete, bis die Leuchtreklame des Motels vor ihnen auf der Straße auftauchte, dann ließ er die Bombe platzen.

»Ich hab nichts dagegen, wenn er in dir kommt«, enthüllte er ihr. Sie war derart verblüfft, dass sie aufs Gaspedal drückte. Der Motor heulte auf, und der Wagen schoss über den Asphalt. Sie fing sich hastig wieder.

»Echt nicht?«, fragte sie atemlos. Sie hatte einen knallroten Kopf bekommen.

»Echt nicht. Ich weiß schließlich, dass du das toll findest. Ich hab doch gemerkt, wie du die ganze Zeit damit rumgedruckst hast. Außerdem hast du neulich eine Schachtel Kondome gekauft. Die brauchst du nicht.«

»Weiß er das schon?«

»Ja.«

Ihre Augen wurden schmal. Soso, David hatte sich nicht an ihre gemeinsame Abmachung gehalten; er hatte Rich eine E-Mail geschickt, ohne das vorher mit ihr abzusprechen. Wahrscheinlich sollte es eine Überraschung sein, weil er ihre geheimen Wünsche kannte. Und genau wusste, dass sie ihm verzieh. Im Übrigen war sie viel zu aufgeregt, um ihm böse zu sein.

Sie bogen auf den Hotelparkplatz ein. Katie fuhr im Schritttempo weiter.

»Ich hab wahnsinniges Herzrasen«, gestand sie.

»Ich auch.«

»Skrupel?«

»Logo.«

Katie wirbelte mit dem Kopf zu ihm herum. Schaute ihn mit großen strahlenden Augen an. Ihre Lippen waren geschwollen, weil sie dauernd an ihnen herumlutschte. Ihre Wangen gerötet, ihre Brüste hoben und senkten sich bei jedem Atemzug. Sie sah umwerfend aus.

»Hast du es dir anders überlegt?«, fragte er.

»Nein. Ich hab zwar ein bisschen Muffe, aber ich will es trotzdem.«

In diesem Augenblick erspähte Katie seinen Wagen. Ein silberner Cadillac, der vor Zimmer 108 parkte. Das war der vereinbarte Treffpunkt, und er war schon da. Es war real. Hier würde gleich die Post abgehen.

Sie parkten neben seinem Wagen. Starrten auf die verschlossene Zimmertür: Rich war da drin.

»Schätzchen ...«, begann Katie, woraufhin David ihr mit einem Kuss das Wort abschnitt. Mit einer Hand ihren Hinterkopf umschloss. Sie stöhnte leise, als er sie losließ.

»Steig aus«, sagte er.

Sie nickte benommen und öffnete die Fahrertür. Er half ihr aus dem Wagen. Sie fasste seine Hand und trat vorsichtig auf den Asphalt. Er klopfte, und als er drinnen Schritte hörte, waren seine Knie plötzlich weich wie Wackelpudding.

Rich war groß, über eins achtzig, und kräftig gebaut. David schätzte ihn auf gut fünfundneunzig Kilo. Er hatte dichtes grau meliertes Haar und wirkte sehr gepflegt. In seinen dunklen Augen zeigte sich unverstellte Lust, als er Katie sah. Er würdigte David kaum eines Blickes.

»Kommt rein«, sagte er rau.

Als David das Zimmer betrat, schaute Rich ihn an, als bemerkte er ihn das erste Mal. Keiner sprach. Was hätten sie auch groß sagen sollen? Wie sollte er sich verhalten? David war sich plötzlich unsicher. Obwohl es beileibe nicht das erste Mal für ihn war. Bei anderen Frauen war er wesentlich lockerer drauf gewesen, aber Katie war nun mal die Frau, die er liebte. Das rückte die Geschichte in ein völlig anderes Licht.

Rich streckte eine Hand aus. Er fasste Katies Handgelenk und zog sie sanft von David weg. David war spontan wütend, aber als er den Mund zu einer Erwiderung öffnete, brachte er keinen Ton heraus. Rich schloss die Tür und legte beide Riegel vor.

»Setz dich da drüben hin.« Rich deutete auf einen Stuhl, der neben dem Bett stand. »Da kannst du dir in aller Ruhe überlegen, was du mit dem Rest der Nacht anfangen willst. Worauf du Bock hast und was du gern mal sehen würdest. Ich werde mich in der Zwischenzeit ein bisschen um diese hübsche kleine Lady kümmern.«

Rich hatte offenbar alles unter Kontrolle. Darüber war David zwar wütend, andererseits machte ihn das total an. Und es machte ihn neugierig. Neugierig darauf, wie Rich es mit ihr treiben würde. Wie er es ihr besorgte. Er wollte, dass Rich nichts ausließ.

David drückte sie auf einen Stuhl. Sie biss sich auf die Lippe, ihre Augen geweitet. Rich fuhr mit seinen Fingern durch ihr Haar und bog ihren Kopf zurück. Ihr blieb nichts anderes übrig, als ihn anzuschauen. Er nahm ihre Hand, presste sie hart auf seinen Brustkorb, schob sie langsam runter zu seinem Schritt, wo seine Erektion den Hosenstall ausbuchtete. Dann drückte er ihre Handfläche auf den Stoff, schloss ihre Finger um seinen Ständer.

»Ist es das, was du willst, Süße?«

Katie nickte langsam. Davids Schwanz war verdammt hart. Während er spannte, legte er unwillkürlich eine Hand auf die Front seiner Hose. Seine Freundin war gerade mal fünf Minuten mit dem Fremden zusammen und rieb ihm schon den Schwanz. Er beobachtete, wie sich ihre Hand rauf und runter bewegte, dabei betrachtete Rich sie milde abschätzig – wie ein hübsches Accessoire.

»Das wird bestimmt ein geiler Fick«, raunte er schließlich. Katies Gesicht überflog ein Lächeln. »Zieh mir den Reißverschluss runter.«

Richs bestimmender Ton duldete keinen Widerspruch. David verfolgte interessiert, wie Katie dessen Hose öffnete und runterzog. Er hatte die Schuhe vorher ausgezogen und trat lässig aus den Hosenbeinen. Er trug keinen Slip. Sein Schwanz war hart und stand wie eine Eins, zeigte direkt auf Katies Bauch. Er streifte sich das Polohemd über den Kopf, dann stand er nackt vor Davids Freundin.

Sie starrte auf Richs Ständer.

»Du willst mich lecken, nicht wahr?«

Sie nickte. Vermied es, in Davids Richtung zu blicken.

»Leg mir erst einen Strip hin.«

Katie zögerte. Sie hasste die Strip-Nummer. Sie wusste nicht wieso. David wusste um ihre Abneigung, und er hatte sie deswegen nie mehr bedrängt. Jetzt, wo der Fremde es von ihr verlangte, konnte sie sich schlecht sträuben. Das leuchtete David ebenso ein wie ihr.

Sie schloss die Augen und begann ihre Bluse aufzuknöpfen. Streifte sie lasziv ab, enthüllte ihre helle Haut. Ihre Nippel waren hart wie kleine Kiesel. Sie setzte sich anmutig auf das Bett und rollte langsam die Strümpfe herunter. Dann kam der Rock, und David versagte sich ein Stöhnen, als das schwache Licht der Nachttischlampe den seidigen Film zwischen ihren Schenkeln einfing. Sie war verdammt nass; Rich würde widerstandslos in sie eindringen können.

Im Gegensatz zu David waren sie nackt. Und kümmerten sich nicht darum, dass er da war. David zog den Reißverschluss seiner Hose runter, befreite seinen Schwanz, berührte ihn jedoch nicht. Noch nicht.

Katie stand vor Rich und blickte zu ihm hoch. Er nickte.

Wortlos kniete sie sich vor ihn hin.

David stöhnte, als sie die Lippen öffnete und anfing, an Richs Schwanz herumzulutschen. Ihre rosafarbene Zunge kreiste um die geschwollene Eichel, leckte über seinen Schaft bis zum Skrotum. Er war glatt rasiert. Sie leckte seine Eier, bevor ihre Zungenspitze wieder hochglitt und sie ihre Lippen um seine Schwanzspitze stülpte. Sie saugte ihn behutsam in ihren Mund, Zentimeter um Zentimeter. Und stockte, als er an ihren Rachen tippte. Rich fasste mit seiner Hand in ihr Haar.

»Saug ihn ganz rein. Ich weiß, dass du das kannst. Zeig's mir, Baby.«

Katie zögerte kurz, versuchte den richtigen Winkel zu finden. Mit einem animalischen Stöhnen zog sie ihn tief in ihre feuchte Kehle. Ihre Nase presste sich hart auf sein Schambein. Davids Schwanz zuckte, und er umschloss ihn mit den Fingern. Streichelte langsam, während er Katie beim Deep Throating mit einem fremden Ständer beobachtete.

»Gutes Mädchen«, murmelte Rich.

Katie hustete, als er ihn aus ihrem Mund zog. Sie drehte den Kopf weg und schaute zu David, der auf einem Stuhl saß. Ihr Blick war entrückt, ihre Miene lustvoll. Sie hatte vermutlich verdrängt, dass er mit im Zimmer war.

David hätte vor Eifersucht explodieren mögen. Er umklammerte brutal seinen Schwanz, um sich darauf zu besinnen, weshalb sie hergekommen waren. Er brauchte irgendwas, was ihn wieder auf den Boden der Tatsachen zurückholte, damit er dem Typen nicht an die Gurgel ging.

»Gefällt es dir?«

Die Frage galt David, doch der hörte Rich nicht mal, weil ihm das Blut in den Ohren rauschte. Katies Lover musste seine Frage wiederholen, bevor David antwortete.

»Ja«, erwiderte er schmallippig.

Rich bedachte ihn mit einem wissenden Grinsen. Er zog Katie auf die Füße, besser gesagt, er riss sie an den Haaren hoch. Sie rappelte sich auf und schaute ihn an.

»Wie soll ich sie für dich ficken?«

Die Frage riss David aus seiner Benommenheit. Wie sollte Rich sie für ihn ficken? Wollte er überhaupt, dass ein wildfremder Typ seinen Schwanz in Katie steckte? War er von allen guten Geistern verlassen?

»Ich will nicht, dass du sie fickst«, platzte David heraus. Katie warf ihm einen leicht belustigten Blick zu.

»Ist das dein Ernst?«, fragte Rich.

»Nein.«

»Bist du sicher.«

»Ja.«

»Was denn nun, ja oder nein?«

David schüttelte den Kopf und spähte zu Katie. Er rieb weiterhin seinen Schwanz und stand kurz vor einem Orgasmus. Konnte nicht mehr klar denken. Sie starrten zu David, und er starrte zurück. Schließlich krabbelte Katie auf das Bett. Sie rekelte sich wie eine kleine Katze auf den Laken und kam direkt vor seinen Augen. Auf dem Höhepunkt fixierte sie David für einen langen Moment.

Dann zwinkerte sie ihm zu.

»Fick sie, mit ihren Beinen über deinen Schultern«, sagte David unvermittelt. »Sie hat es gern ganz tief.«

Katies Augen weiteten sich verblüfft. Sekunden später war Rich bei ihr, eine Hand um ihre Hüften geschlungen, rollte er sie mitten auf das Bett. Sie waren nah genug bei David, dass der Richs pulsenden Schwanz sah, der bei jedem Herzschlag kaum merklich zuckte. Rich streichelte kurz über ihre Beine, bevor er sie auf seine Schultern hob.

»Hey, ohne Vorspiel? Bloß ein guter Fick? Ach ja, stimmt, deshalb bist du schließlich hier, nicht?«

Rich schob sich zwischen ihre Schenkel. Sein Schwanz presste sich an ihre Möse. Katie bog sich ihm entgegen, in dem Bemühen, ihn in ihre Spalte zu pressen, tief und hart. David beobachtete sie von seinem Stuhl aus, er wusste, wie sich das anfühlte und was jedes kleine Zucken bedeutete. Er kannte ihren Körper wie die Linien in seiner Hand. Er wusste um das Gefühl, wenn er seinen Schwanz in ihr versenkte, kannte jede kleine Furche, ihren G-Punkt, und wie fest sie seinen Schwanz umschloss, wenn sie richtig erregt war.

Rich schob seinen Schwanz ein, zwei Zentimeter in ihre Muschi. David stöhnte laut auf, synchron mit Katie.

»Wie soll ich es ihr besorgen?«, fragte Rich gepresst.

»Fick sie«, keuchte David.

Rich penetrierte Katie mit seinem Schwanz. Sie bäumte sich unter ihm auf, kreischte wie eine Sirene. David kannte dieses schrille Stöhnen, er wusste, dass sie gleich kommen würde. Sie kam spontan, und das bloß, weil ein anderer Mann seinen Schwanz in ihre Möse schob.

Sie war nicht die Einzige, die kam. Davids Schwanz explodierte, als Rich in sie sank. Weiße Spermatropfen schossen aus ihm und landeten auf dem Bettrand. Er erschauerte von der Wucht, fasziniert von dem, was er sah. Und spritzte ab, bis er sich absolut leer fühlte, trotzdem wurde sein Schwanz kein bisschen weich.

Er blieb hart. Das war ihm seit Jahren nicht mehr passiert.

Rich drang in Katies Muschi, vor und zurück. Ihre Beine über seine Schultern geschoben, erwiderte sie jeden seiner wilden Stöße. Das feucht schmatzende Aneinanderklatschen ihrer Leiber war obszön und obsessiv. Sie spielte mit ihren Nippeln, während Rich sie wieder und wieder stieß. Es war hart und tief, und Katie war pure Ekstase. Aus seinem Blickwinkel heraus konnte David sehen, wie Rich in sie hinein- und wieder hinausglitt. Sein Schwanz glänzte von ihrem Saft. Genau wie seine Eier.

David streichelte hingebungsvoll seinen Schwanz.

»Ich hatte Recht«, stöhnte Rich. »Sie ist ein geiler Fick.«

Katie schaute zu David, ihr Blick entrückt. Sie war auf dem Höhepunkt ihrer Lust und sah dabei so verdammt sexy aus wie noch nie.

»Ihre Möse ist verflucht eng«, keuchte Rich. Er blickte zu David. Sein Gesicht schweißnass, grinste er verschlagen. »Sie bringt mich dazu, dass ich bald komme, Sportsfreund. Ich füll sie ganz aus. Ihr beiden wollt doch, dass ich in ihr komme, oder?«

Katie wälzte den Kopf hin und her und schrie dabei, wie David es selten gehört hatte. Es klang, als hätte sie einen echt guten Orgasmus, einen Superorgasmus, und sie war glutheiß wie ein Vulkan. Rich stöhnte und pumpte hart. David war klar, dass er die Kontraktionen ihrer Möse spürte, als würde er von einem seidenen Handschuh umspannt, massiert, gerieben.

Rich warf den Kopf zurück und stöhnte laut, seine Miene starr vor Ekstase. Er brachte seine Hüften eng an sie, umklammerte mit den Händen ihren Hintern, presste sie an sich und schob sich so tief in sie, wie er konnte. Katie schrie laut auf. David starrte auf die Stelle, wo Richs Schwanz in ihr verschwand. Er wusste, dass Rich in ihr abspritzte, so wie sie es wollte, und als David sie ansah, erwiderte sie seinen Blick.

»Wie fühlt sich das für dich an?«, fragte David, halb eifersüchtig, halb ärgerlich.

Katie, von einer Woge der Lust überwältigt, konnte ihm nicht antworten. Ob David im Zimmer war oder nicht, spielte keine Rolle. Er streichelte seinen Schwanz und war eben ein heimlicher Spanner.

Rich zog ihn langsam raus. Er spreizte ihr die Beine noch weiter auseinander und inspizierte ihren Schenkelansatz.

»Zeig es ihm«, befahl er.

Katie lag eine kurze Weile so da, bemüht, wieder zu Atem zu kommen. Dann drehte sie sich halb zu David und hob mit den Händen ein Bein, dass er ihre Muschi gut sehen konnte. Ihre Schamlippen waren rot und geschwollen und leicht geöffnet. Prickelnder heller Saft lief aus ihr heraus und zwischen ihre runden Pobacken. David beobachtete, wie Richs Sperma aus ihr herauslief, bis sich ein feuchter Fleck auf dem Laken bildete.

»Mein Gott«, hauchte David.

»Es gefiel ihr«, provozierte Rich ihn. »Sie kam dermaßen hart bei meinem Ständer. Hast du das gesehen? Und jetzt ist mein Sperma tief in dieser warmen, nassen Möse, die ich eben gefickt hab. Du willst sie bestimmt auch ficken, oder?«

David hatte nicht wirklich vorgehabt, sich auf einen Dreier einzulassen. Eigentlich wollte er brav sitzen bleiben und seinen Schwanz streicheln, während Katie ihre Fantasien auslebte. Als er jedoch Richs Sperma sah, das aus ihr Möse tropfte, ertrug er das Zuschauen nicht mehr. Er sprang auf, lief zu ihnen, zog dabei Hemd und Hose aus.

Eines ihrer Beine lag immer noch auf Richs Schulter. David kletterte zu den beiden ins Bett und schob sich Katies anderes Bein über die Schulter. Jetzt waren ihre Schenkel breit gespreizt.

Und ihre Möse glänzte von dem Saft eines anderen.

David drang mit einem wilden Stoß in sie.

Katie klappte verblüfft die Lider auf. Sie wollte etwas sagen, bekam jedoch keinen Ton heraus. Sie war dermaßen erregt, dass sie nur daliegen und sich vögeln lassen konnte. David sah zu, wie Rich sich über sie beugte und zuerst einen ihrer Nippel und dann den anderen saugte. Sie zärtlich biss.

Katie fuhr mit den Händen durch Richs Haare und blickte zu David hoch. Ihre Miene von so starker sexueller Wollust und Faszination erfüllt, dass sein Ärger verflog.

Aber die Eifersucht blieb.

David fickte sie wie ein Besessener. Wild entschlossen, Richs Sperma aus ihr herauszuvögeln. Er pumpte wieder und wieder in sie hinein, konzentrierte sich darauf, dass sie nicht so eng war wie sonst. Sie war glitschiger, das hatte er Rich zu verdanken. Sie bäumte sich stöhnend unter ihm auf, und David nahm sie so hart ran, dass sie blaue Flecke bekam.

Nach dem Orgasmus war er fix und alle. Er brach schwer atmend auf Katie zusammen.

Rich rutschte von ihnen weg und setzte sich auf den Bettrand. David hörte das Klicken eines Feuerzeugs, roch Zigarettenrauch. Rich lehnte sich zurück auf das Bett, stopfte sich ein Kissen in den Nacken. David fühlte sich von ihm beobachtet, und als er zu ihm blickte, hatte Rich wieder dieses verschlagene Grinsen im Gesicht.

»Ruh dich aus, Sportsfreund. Gleich gehen wir in die zweite Runde.«

David vergrub sein Gesicht in Katies Brüsten. Roch ihren Schweiß, ihr Parfüm, sich selbst und irgendetwas Fremdes – Rich. Eine Woge der Eifersucht erfasste ihn, und er biss Katie hart in den Nacken, markierte sie mit seinen Zähnen. Rich schmunzelte.

»Die Nacht ist noch jung, Kinder.«

Minuten später verschwand Rich im Bad. Katie setzte sich im Bett auf und stöhnte leise.

»Du hast mich noch nie so hart gefickt«, sagte sie mit einem Blick zu David.

»Ja.«

»Bist du okay?«

David blieb ihr die Antwort schuldig. Stattdessen zuckte er unschlüssig mit den Schultern. Sie umarmte ihn und flüsterte ihm dabei ins Ohr, ob er weitermachen oder lieber nach Hause fahren wolle.

»Ich will weitermachen«, raunte er.

»Ich auch. Aber nur dieses eine Mal, Schatz. Einmal und nie wieder. Danach bin ich mit dem Typen fertig.«

David hob verblüfft die Augenbrauen. »Fertig?«

»Wir müssen uns Zeit nehmen, um über all das nachzudenken. Meinst du nicht?«

Was sie sagte, stimmte definitiv. Er dachte bereits an all die anderen reizvollen Dinge, die sie noch machen könnten, ganz besonders, nachdem Katie in ihrer ersten Nacht angedeutet hatte, dass sie noch Nachholbedarf hätte …

Nein, das hier war bestimmt bloß die Spitze des sprichwörtlichen Eisbergs.

Zumal er schon wieder einen Ständer hatte. So schnell hatte er sich seit Jahren nicht mehr erholt, und ihm war klar, dass er vermutlich nur noch ein, zwei Mal würde kommen können. Aber zu zweit würden sie es bestimmt schaffen, Katie die ganze Nacht zu befriedigen.

»Saug mich«, sagte David.

Katie lächelte und bahnte sich mit federnden Küssen den Weg über seinen Körper. Umschloss seinen Schwanz mit ihren warmen, geschickten Lippen.

Rich kam aus dem Bad. Und beobachtete sie eine Zeit lang. Als er sich hinter Katie auf das Bett legte, war er wieder hart. Ihr gesamter Körper zuckte, als er in sie eindrang. Er blickte über ihre Schulter zu David.

»Zeit für die zweite Runde«, sagte er grinsend.

Sommer Marsden

Schlimme Absichten

Ich hatte absolut nicht die Absicht, ihn zu verführen. Das möchte ich an dieser Stelle ausdrücklich betonen. Es war rein geschäftlich. Schön essen und trinken und plaudern. Ein durchschaubarer Vorwand, klar. Ich meine, wieso wollte er unbedingt, dass ich seinem Restaurant ein neues Styling verpasste, wo doch seine bessere Hälfte ebenfalls Innenarchitektin war? Wieso? Weil ich gut bin. Besser als gut. Ich bin spitzenmäßig. Und ich bin fest entschlossen, Samuel Radcliff das zu beweisen.

Ich bin echt ein Biest. Das muss ich zugeben. Ich hab seine Frau belauscht. Ich saß an einem Einzeltisch, löffelte höllenscharfe Tagessuppe und hörte, wie sie in den höchsten Tönen davon schwärmte, dass sie irgendwann den *Schmutzigen Löffel* komplett umgestalten wollte. Schon der abseitige Restaurantname brachte es voll – deswegen aß ich dort. Ganz ohne Quatsch. Wie kann man einem solchen Namen widerstehen?

Nun, Deborah plapperte über Farben und Tapeten, und die ganze Zeit hörte Samuel mit einem halben Ohr zu und nickte. Grinsend tippte er Zahlen in seinen Taschenrechner. »Mmmh-mmmh«, brummte er intervallmäßig. Seine Begeisterung hielt sich anscheinend in Grenzen.

Deborah war eine komplette Ignorantin. Sie kicherte und schwatzte, dabei schaute sie sich um und machte große Augen, als sähe sie das Restaurant ihres Mannes zum ersten Mal. Ich beobachtete sie, aber das bekam sie gar nicht mit. Ich esse früh zu Mittag. Ich esse allein. Für gewöhnlich steck ich ein Buch ein und lese beim Essen. Sie war dermaßen hin und weg von ihrer Idee, dass sie mich an meinem Katzentischchen überhaupt nicht bemerkte.

»Ich muss weg!«, sirrte sie nach einem Blick auf ihre Armbanduhr und schoss vom Stuhl hoch. Sie bestand bloß aus Beinen, langen, dünnen Beinen in einem knallengen Bleistiftrock. Der ihren spektakulären Hintern betonte. Ich wette, der Typ hat sie bloß ihres Wahnsinnsarschs wegen geheiratet.

»Tschüss, Häschen«, murmelte er, ohne von seinem Taschenrechner aufzublicken.

»Küss mich!«, verlangte sie und beugte sich vor. Sie schürzte ihr schmallippiges Schnütchen und stellte sich auf Zehenspitzen – in brutal hohen High Heels. Einen kurzen Moment lang dachte ich, dass sie im nächsten Moment der Länge nach hinschlüge.

Er küsste sie folgsam, hielt den Blick währenddessen jedoch auf seinen Papierkram geheftet. Interessant. Ich öffnete einen Knopf meines schwarzen Kleides und schubste meinen Busen hoch. Fest entschlossen, mir den Job zu krallen.

»Ah, die reizende Jillian! Wie ist die Suppe? Möchten Sie noch einen Eistee?« Wenn ich mittags dort esse, werde ich entweder von Samuel oder von Robert, seinem stellvertretenden Geschäftsführer, bedient. Robert ist groß, schlank und schwul. Er nennt mich Miss J. Samuel ist größer und kräftiger und füllt seine Anzüge mit ordentlich Muckis aus. Er erinnert mich irgendwie an Dean Martin, und das bringt mich immer zum Grinsen.

»Nein, danke. Aber ich würde gern mal mit Ihnen über das Restaurant sprechen.« Ich strich mir abwesend mit einem Fingernagel über den Ausschnitt. Tat dabei vollkommen unschuldig. Diese Art Geste, bei der ein Mann denkt: *Oh, sie weiß gar nicht, was sie da eben macht. Sie hat bestimmt nicht vor, mich zu verführen.* Hatte ich auch nicht. Zu dem Zeitpunkt jedenfalls noch nicht. Ich wollte bloß das Restaurant umgestalten und seiner kleinen Frau einen Strich durch ihre Planung machen.

Hab ich schon erwähnt, dass ich ein Biest bin?

Seine Augen hefteten sich auf meine Finger und folgten der Bewegung. Als würde ich ihn hypnotisieren. Wäre ich lockerer drauf gewesen, hätte ich bestimmt laut gelacht. »Was meinten Sie eben?«

»Das Restaurant. Können wir uns kurz darüber unterhalten?« Ich schob den Stuhl vom Nebentisch mit der Spitze meines schwarzen Stiefels zu mir rüber. »Möchten Sie sich nicht zu mir setzen? Bevor der Mittagsansturm losgeht?«

Er setzte sich, fixiert dabei weiterhin meinen Ausschnitt und meine Hand. Die Hand, die auf der Wölbung meiner Brüste lag. Brüste, die jetzt halb aus dem Ausschnitt hopsten. Was ein kleiner Knopf so alles bewirken kann …

»Was kann ich für Sie tun, Jillian?«

Vielleicht kommt es mir bloß so vor, aber das Wort »tun« hat was leicht Schlüpfriges. Er könnte es mir besorgen, Punkt, dachte ich und lächelte fröhlich. Immerhin versuchte ich an der Stelle bloß, mir einen Job unter den Nagel zu reißen. Nicht den Mann. Das Verlangen kam erst später. »Ich möchte Ihr Restaurant umgestalten.«

Er sah mich verblüfft an. Vielleicht wegen seiner vorangegangenen Unterhaltung mit Mrs. Radcliff. Und mit Unterhaltung meine ich den Monolog der Dame. »Wieso?«

Ich strich mit dem Fingernagel über die Wölbung meiner Brüste, die inzwischen zart rosig schimmerten. »Ich versuche, mir ein Portfolio aufzubauen, und Ihr Restaurant gehört zu den beliebtesten in der Stadt. Ich schätze, ich kann Ihnen einen ordentlichen Rabatt einräumen, und Sie empfehlen mich weiter.« Dabei neigte ich mich zu ihm vor, als wollte ich ihm ein Geheimnis anvertrauen. Samuel ist ein ernster Mann. Freundlich, aber zugeknöpft. Fast unnahbar. Aber einen Herzschlag lang sah es so aus, dass, wenn er gekonnt hätte, er sein Gesicht zwischen meinen Brüsten vergraben hätte.

»Das klingt interessant«, sagte er zu meinem linken Nippel. Beide Nippel zeichneten sich unter dem weichen schwarzen Stoff ab. Ich trug keinen BH, das sah ein Blinder. »Haben Sie da farblich schon eine Vorstellung?«

»Ehrlich gesagt, hab ich sogar zwei. Ich bin mir da noch unschlüssig«, räumte ich ein.

»Können Sie mir mal was aufmalen?« Er schüttelte milde benommen den Kopf, als erwachte er aus einer Art Trancezustand.

»Aber sicher. Und da ich morgen Mittag sowieso wieder zum Lunch herkomme, bringe ich die Skizzen gleich mit.«

»Der Lunch geht aufs Haus. Immerhin waren Sie sozusagen beruflich hier«, meinte er.

Mir fiel plötzlich auf, dass Samuel Radcliff verdammt attraktiv war. Knallblaue Augen, breitschultrig, figurbetonte Jeans über schmalen Hüften. Mein Mund wurde ein bisschen trocken, und meine Muschi nass. Als er mich mit diesem gewissen Blick taxierte, gab ich einen Scheiß auf den Auftrag und auf Mrs. Radcliffs Pläne. »Oh, danke, sehr nett von Ihnen.«

Weil ich ein bisschen zu schnell aufstand, knickte mir der Knöchel um. Samuel griff impulsiv mit seiner starken Hand nach meinem Arm und hielt mich fest. Heiße Röte schoss in meine Wangen. Seine Lippen waren voll und rot, sein gepflegter Dreitagebart sehr dunkel. Ich unterdrückte den Reflex, mit meinen Fingern über seine Wangen zu streicheln, um das sexy Knistern seiner Bartstoppeln zu hören. »Immer langsam, Jillian. Vorsicht.«

»Verzeihen Sie«, murmelte ich. Anscheinend waren die Tische anders gestellt als sonst, und ich zappelte wie ein Wurm am Angelhaken. »Hach. Ich bin so ungeschickt. Und Sie müssen mir auch kein Essen ausgeben«, erklärte ich, nur um das klarzustellen.

»Das weiß ich. Sie essen sowieso wie ein Spatz! Das kann ich mir noch leisten. Außerdem bringt mir dieser Spatz morgen hübsche Skizzen für eine Restaurantrenovierung mit. Ich weiß, dass Sie nicht auf einen Gratislunch aus sind.« Er beugte sich vor, als wollte er mir den üblichen Businesskuss auf die Wange drücken. Stattdessen presste er seine vollen Lippen auf mein Ohr und sagte: »Ich tippe mal, Sie haben Schlimmes mit mir vor, Jillian. Aber das ist okay. Ich mag das.«

Er küsste mein Ohr – so zärtlich, dass ich erschauerte. Dann ging er. Ich legte eine Zehndollarnote auf den Tisch. Ich musste raus, raus an die frische Luft. Mein Herz hoppelte wie ein Kaninchen, ich hatte Schmetterlinge im Bauch, und der Zwickel meines brombeerfarbenen Seidenstrings war nass.

»Schlimme Absichten. Ja, Sir, da könnten Sie glatt richtig liegen«, sagte ich laut, als ich draußen tief durchatmete.

Ich hatte wirklich zwei verschiedene Vorstellungen im Kopf und skizzierte sie am Abend auf Papier. Es war einer der seltenen Fälle, wo ich fröhlich den Boss entscheiden lassen wollte, denn mir gefielen beide gleich gut. Die Vorstellung, Samuel als Boss zu haben, jagte mir einen prickelnden Schauer über den Rücken. Ich dachte an Bondagespiele und Züchtigung, vielleicht auch an Nippelklammern und so.

»Reiß dich zusammen, Süße«, wies ich mich mental zurecht, während ich wie eine Wilde zeichnete. Ich versuchte zu verdrängen, wie seine Lippen mein Ohr geküsst und sein heißer Atem mich erregt hatten. Es klappte nicht.

Ich warf den Zeichenblock auf den Boden und knöpfte mein Nachthemd auf. Die Nacht war warm, aber nicht heiß. Ich hatte die Jalousien hoch gelassen, weil ich mir ziemlich sicher war, dass mein Nachbar nicht bei mir reingucken konnte. Es war mir auch herzlich egal. Meine Finger spielten an meiner Klitoris rum, und mein Körper vibrierte vor Hitze und Verlangen, wie es bloß von purer Lust kommen kann. Geile kleine Kreisbewegungen brachten mich so weit, dass ich fast gekommen wäre, während ich im Geiste Samuels breite Schultern und seine dunkelblauen Augen vor mir sah. Ich stellte mir vor, dass er mit seinen Händen meine Hüften packte und in mich hineinglitt. Die herrliche Fantasie, dass sein Schwanz tiefer und tiefer in mich rammte, bis ich das Gefühl hatte, in höhere Sphären zu fliegen.

Ich schob meine Finger in meine Möse, streichelte den Punkt tief in mir, bis mein Atem sich beschleunigte. Meine Hüften zuckten unkontrolliert, denn ich stellte mir vor, dass seine Lippen von meiner Ohrmuschel in meinen Nacken glitten und er mit seiner feuchten Zungenspitze über mein langes schmales Rückgrat zu meinem Knackarsch strich. Und fedrige Küsse auf jede Hinterbacke hauchte, bevor er mich mit seinen kräftigen Fingern spreizte. Er glitt in meine Möse, ganz tief, und fickte mich hart. Verlangsamte einen Herzschlag lang, dann nahm er mich wild.

Ich kam auf meinem cremeweißen Sofa mit einem leisen Aufschrei, eine Mischung aus Wollust und Verwirrung. »Grundgütiger.« Ich lag lustbebend, mit weit gespreizten Schenkeln in meinem Wohnzimmer. Überall brannte Licht, meine Skizzen lagen ringsum verstreut auf dem Boden, Regentropfen klopften sanft an meine Fensterscheibe.

Um wieder zu meiner inneren Balance zu finden, goss ich mir ein Glas Wein ein. Dann versuchte ich, die Zeichnungen fertigzustellen. Der Gedanke, dass ich sie am nächsten Tag meinem neuen Chef präsentieren wollte, machte meine Hände bloß zittriger. Meine pulsierende Muschi, die nach einem weiteren Orgasmus lechzte, war mir auch keine Hilfe. Ich gab trotzdem nicht auf und arbeitete. Als ich schließlich im Bett lag, war ich aufgedreht wie ein Brummkreisel.

Wenn Samuel Radcliff mich morgen küssen würde, käme ich bestimmt spontan. Ich fuhr voll auf ihn ab. Ich war so was von scharf. Und heiß auf den Typen. Oje, ich steckte in ernsten Schwierigkeiten.

Ich wollte ihn vögeln. Das war mir sonnenklar, als ich mich am nächsten Morgen vor dem Spiegel begutachtete: Ich trug einen wadenlangen schwarzen Rock aus einem weich fließenden, durchschimmernden Stoff, der perfekt meinen Body umschmeichelte. Darunter trug ich Netzstrümpfe, der Beinabschluss mit glitzerndem Strass verziert. Dazu meine hohen schwarzen Stiefel und einen weichen, engen Kaschmirpullover mit weitem Ausschnitt. Nicht so weit, dass man mich nach meinem Preis für einen Blowjob hätte fragen, aber auch nicht so sittsam, dass man mich irrtümlich für eine Kindergärtnerin hätte halten können.

Ich trug meine langen honigbraunen Haare offen und in weichen, natürlich fallenden Wellen. Ein Hauch Parfüm, dezentes Make-up. Und darunter Tangopants aus schwarzer Spitze und einen schwarzen Halbschalen-BH, der nicht wirklich dazu passte. Ich hab Probleme mit passenden Sets, außer bei Schuhen und Ohrringen. Sobald ich »Set« höre, ist der Kauf für mich gestorben.

Die Skizzenmappe unter einen Arm geklemmt, schnappte ich mir Handtasche und Kaffeebecher und glitt hinaus. Meine Absätze trommelten ein wildes Stakkato auf dem Marmorboden im Flur. Tatsächlich waren es noch Stunden bis zu meinem Lunch im *Schmutzigen Löffel*, warum also diese Hektik? Ich konnte es mir denken. Ich renne immer zu schnell, wenn ich nervös oder aufgeregt bin. Ich war beides.

Ich legte die Zeichnungen ab, machte ein paar Termine, besuchte eine Baustelle und beruhigte einen Kunden, der wegen irgendwas mächtig in Rage war, dabei hatte ich ständig die Uhr im Auge. Wann war endlich Mittag? Um elf Uhr hatte ich Lust auf eine Suppe, ein bisschen Brot und Gemüse. Und auf Samuel. Vielleicht auch auf eine Flasche Wein, um meine Nerven zu beruhigen.

»Nein, kein Alkohol«, stauchte ich mich zurecht, während ich blitzartig zum Restaurant düste. »Wenn du was getrunken hast, lachst du wie eine Hyäne. Kein Hyänenlachen, Jillian, okay? Wasser oder Tee mit Zitrone wie immer.«

Ein Mann, der an mir vorüberlief, blinzelte, als er mein Selbstgespräch auffing. Dann grinste er. Er starrte auf meine Möpse, na und?

»Sorry. Ich bin nervös. Und quatsche mit mir selbst!«, sagte ich halb zu ihm und halb zu mir. Dann lachte ich wie eine Hyäne und rannte die Gasse hinunter, eine Abkürzung zwischen Bradley Avenue und Disher Street, wo sich das Lokal befand

Ich stürmte durch die Tür. Und blinzelte wie verrückt, als ich aus dem grellen Sonnenlicht in das weich romantisch beleuchtete Restaurant-Ambiente kam. Samuel saß an seinem kleinen Ecktisch mit einem Haufen Papierkram und der obligatorischen Tasse Kaffee. Er blickte auf, seine jeansblauen Augen strahlten mit seinem ganzen Gesicht um die Wette, als er mich sah. »Alles okay mit Ihnen?«

Ich lachte, schrill und definitiv hyänenmäßig, und wand mich innerlich. »Ich hab meine Sonnenbrille vergessen. Ich bin buchstäblich blind hier drin. Ich kann nichts sehen.« *Hahaha*, feixte die Hyäne. Ich hätte mich ohrfeigen können.

Ich merkte intuitiv, dass er aufstand und zu mir kam. Mir stockte der Atem, als er mit seiner großen Hand meinen Ellbogen fasste. Seine Wärme schien meine Haut zu entflammen, und ich presste unwillkürlich die Schenkel zusammen. Was bescheuert war, weil ich prompt nass wurde und ein bisschen geil. »Kommen Sie, Jillian. Inzwischen müssten Sie Ihren Tisch doch schon im Dunkeln finden, aber kein Problem, ich bring sie hin.«

Ich ließ mich von ihm führen. Obwohl er natürlich Recht hatte. Ich nahm fast immer denselben Tisch. Und ich aß drei- bis viermal die Woche hier. Ich hätte blind meinen Stuhl finden müssen. Aber Samuel hatte mir das Gehirn vernebelt, und ich wusste nicht mehr, wo ich mich vor Verlangen lassen sollte. Am liebsten hätte ich mich auf Zehenspitzen gestellt und ihn heiß geküsst, bis er mich auf einem seiner kleinen Tische genommen hätte. Direkt auf dem weißen Tischtuch, eingerahmt von zu Bruch gegangenem Porzellan und zerknitterten Stoffservietten.

»Danke«, hauchte ich und fasste seine Hand. Aber bloß einen Wimpernschlag lang. Länger hielt ich das nicht aus. Zumal die Berührung wie ein Reizimpuls mit einem Elektroschocker anmutete. Ich seufzte.

»Sie sind sicher, dass Sie okay sind?«

»Sie elektrisieren mich«, rutschte es mir ungewollt heraus.

Er blieb vor mir stehen und fixierte mich. Seine Schultern waren unverschämt breit. Wieso war mir das früher nie aufgefallen? Ich hatte zwar bemerkt, dass er sehr maskulin war und athletisch gebaut, aber nicht, dass er himmlisch breite Schultern hatte, Schultern zum Anlehnen. »Finden Sie?« Er umschloss mit seinen großen Händen mein Gesicht. Seine Finger gruben sich in meine Haare, und mein Herz flatterte wild in meiner Brust.

Ich nickte. Ich wusste tatsächlich nicht, was ich sagen sollte. Folglich nickte ich. Er drängte näher. Sein Mund war bloß noch Millimeter von meinem entfernt, ich konnte seinen heißen Atem auf meinen Lippen fühlen. Er roch nach Kaffee und körperwarmer Kleidung und Tabak. »Das bilden Sie sich bloß ein, Jillian«, sagte er, und meine Hormone drehten durch.

Grundgütiger. Warum küsste er mich nicht endlich? Wollte er mich nicht küssen? Mochte er seine vollen Lippen nicht auf meine pressen und mich küssen, bis ich stürmisch käme?

Ich wartete und schmunzelte weich. »Ich bring Ihnen Ihr Mittagessen«, sagte er. Er bog den Kopf zurück und begleitete mich an meinen Tisch.

Als er den Stuhl hervorzog und mich sanft auf das Polster drückte, musste ich einen wilden Impuls unterdrücken, um nicht unter dem Tisch zu masturbieren. Meine Libido spielte verrückt, mein Verstand ebenfalls. War ich bescheuert? War ich die Einzige, die hier scharf war? Das Verlangen, ihn zu streicheln, brachte mich halb um. War dieses Verlangen bloß einseitig?

Er stellte Wasserglas, Brotkörbchen, Butter und meine Tagessuppe vor mich. »Krabbencreme«, sagte er.

»Mmmh, meine Lieblingssuppe!« Das war nicht gelogen. Außerdem schmeckte sie in seinem Restaurant am besten.

Seine Augen verdunkelten sich ein wenig, als er mich anschaute. »Ich weiß. Wie gesagt, der Lunch geht aufs Haus, da das hier was Dienstliches ist.« Statt mir gegenüber Platz zu nehmen, zog er sich den Stuhl direkt neben meinem hervor und setzte sich. Unter dem Tisch schmiegte sich sein jeansbedeckter Schenkel an meinen. Mein Puls fuhr hoch, eine heiße Röte flutete mein Gesicht. Ich klemmte die Schenkel fest zusammen, was meine Lust bloß verstärkte – und biss mir auf die Zunge.

»Essen Sie erst mal, die Suppe wird sonst kalt.« Er neigte sich zu mir, und ich roch sein Shampoo. Irgendwas würzig Holziges.

»Ich glaub, ich bekomm keinen Bissen runter«, räumte ich ein und wurde abermals rot.

Samuel grinste. »Wetten doch? Zeigen Sie sie mir«, flachste er.

Einen Moment lang dachte ich, er meint meine Brüste. Ich war drauf und dran, meine Finger in den Ausschnitt des Pullovers zu stecken und meine Möpse aus dem BH zu schieben. »Was?« Wer verführte hier jetzt eigentlich wen?

»Ihre Entwürfe, Jillian. Zeigen Sie sie mir.«

Ich schluckte schwer. »Welchen möchten Sie zuerst sehen?« Ich aß einen winzig kleinen Löffel Suppe, und er ging ganz leicht runter. Meine Lieblingssuppe hatte allerdings kaum Geschmack, weil ich so nervös war.

»Sie suchen aus. Sie haben die Verantwortung.« Seine Stimme war Whisky und Rauch und dunkle Nächte am

Lagerfeuer. Ich erschauerte, weil wir beide wussten, dass das gelogen war.

»Dann fangen wir mit dem braun-blauen Entwurf an. Er hebt sich jedoch insofern von den üblichen Braun- und Blautönen ab, als das Blau sehr leuchtend und das Braun fast schwarz ist. Und das Blau hat einen Stich ins Türkise, das kommt echt gut rüber. Dazu ein paar cremeweiße und orangefarbene Akzente …« Als er Anstalten machte, mich zu unterbrechen, wedelte ich mit der Hand, als wollte ich eine Fliege verscheuchen. Daraufhin bedachte er mich mit der Andeutung eines sexy Grinsens, dass ich fast zu stottern begonnen hätte. »Ich weiß, Sie halten mich für verrückt, weil ich Ihnen mit Orange komme, aber schauen Sie sich erst mal die Skizzen an, bevor Sie meckern. Orange ist wirklich sehr vielseitig, vorausgesetzt, Sie wissen es richtig einzusetzen.« Ich verlor mich in Designer-Fachsimpeleien.

Als Samuel mir den Entwurf aus der Hand nahm, streifte er dabei meine Fingerknöchel. Wie war es möglich, dass eine so kleine Berührung so viel Sinnlichkeit hatte? Wie sollte ich da meinen Hintern auf dem Stuhl behalten und essen?

»Ich mag Orange«, meinte er und sah sich den Entwurf genau an. Er war in diesem Moment total geschäftlich, und ich hielt den Atem an. »Und mir gefällt das mit den eingebauten Bänken an der Wand, die den Gästen trotzdem genügend Privatsphäre lassen. Fabelhafte Idee. Sie sind spitzenmäßig. Aber das überrascht mich nicht.«

Er gab mir die Entwürfe zurück, und dieses Mal strichen seine Finger zärtlich über meinen Handrücken. Meine Nippel richteten sich spontan auf wie kleine Spikes, gierig nach seiner Berührung oder seiner Zunge oder auch nach seinem heißen Atem. Ich stöhnte. Allerdings nur leise. Trotzdem war es ein Stöhnen.

»Alles okay?«

Ich nickte und rutschte unbehaglich auf dem Polster herum. Dabei rieb sich mein Höschen an meiner Klitoris, ich rechnete schon fast damit, vor seinen Augen zu kommen. »Und jetzt der Entwurf mit den Rottönen, ja?«, Meine Stimme überschlug sich fast, und ich knallte ihm die Zeichnungen auf den Tisch. »Der gefällt mir persönlich auch sehr gut. Farblich abgesetztes Rot ist nicht so aufdringlich wie knalliges Rot. Reines Rot würde dem Restaurant nämlich was ziemlich Brutales geben, so als wäre hier einer abgemurkst worden.«

Ach du grünes Radieschen. Ich plapperte vielleicht einen Mist daher. Kein Wunder, ich war übernervös. Was war mit der selbstbewussten, scharfen Evastochter passiert, die diesen heißen Flirt angefangen hatte? Ganz einfach. Sie wollte einen Designerjob. Und jetzt wollte sie einen Schwanz. Samuels Schwanz. In meinem Mund, in meiner Möse, ich war da nicht besonders wählerisch. Zumal es ewig her war, dass ein Mann mich derart scharf gemacht hatte.

»Also auf Leichen kann ich gut verzichten.« Er bemühte sich, ernst zu bleiben, als er das sagte. Er deutete auf die Deckenbeleuchtung, die ich eingezeichnet hatte. »Finden Sie nicht, dass die Decke dafür zu niedrig ist?«

»Nein, nein, nein!« Verdammt, meine Stimme klang schrill wie eine Hundepfeife. Um meine Nerven zu beruhigen, atmete ich tief durch. »Schauen Sie.« Ich schnappte mir meinen Stuhl und zog ihn unter dem Tisch weg.

Samuel reichte mir seine Hand, und ich nahm sie, während ich in meinen Stiefeln auf den Sitz stieg. »Die Lampe hängt etwa einen halben Meter von der Decke. Fünf Zentimeter mehr wären da keine große Sache.«

Er grinste, und ich schnaufte. Auf das Schnaufen folgte das abartige Hyänenlachen. Dann wackelte ich auf meinen hohen Hacken und verlor das Gleichgewicht.

»Ups, Jillian.« Er packte meine Hüften und hielt mich fest, bis ich nicht mehr schwankte. »Okay?«

Ich nickte. Als ich zu ihm hinuntersah, dämmerte mir, dass seine schönen vollen Lippen direkt auf meinem Mösenlevel waren. Wieder begann der Raum sich vor meinen Augen zu drehen. Samuel neigte den Kopf vor, senkte seine Stirn kurz über meine Spalte. Ich fühlte, wie mein Puls schneller ging, meine Muschi kribbelte. »Samu...«

»Pssst«, machte er. Er blickte zu mir hoch und grinste. Dann verfolgte ich, wie er sich mit dem Mund langsam zu meiner Muschi vorarbeitete. Sein Atem durchdrang den dünnen, durchschimmernden Rockstoff, die Netzstrümpfe und meinen Höschenzwickel, um meine geschwollene Vagina zu penetrieren. Ich warf den Kopf zurück, mein Herz trommelte wild gegen meinen Rippenbogen. Ich legte meine Hände auf seine Schultern, fühlte seinen heißen Atem an meiner Möse.

Seine Lippen strichen kaum wahrnehmbar über meine Spalte, glitten über meine Muschilippen. Ich fühlte seinen heißen Mund durch den störenden Stofffummel hindurch und war hin und weg. »Ich ...«

»Pssst.« Dieses vibrierende *Pssst* ließ mich erschauern, meine Muschi zuckte, als wollte sie gleich kommen. Wieder und wieder kommen. Aber nicht heute, so viel stand fest. Meine Intuition verriet mir, dass er mit mir spielte. Und das gefiel mir. Seine Finger spreizten sich um meine Hinterbacken, und er presste sich noch fester an mich, sein Kiefer drückte sich schmerzhaft erregend an meine Muschi. »Ich brauche Stoffmuster. Können Sie mir da mal was zeigen?«

Ich nickte wie eine Geistesgestörte und strich mit den Händen über die breiten Schultern seines Sakkos. Ich hätte geschworen, sie wären gepolstert. Waren sie aber nicht. War alles echt.

»Können Sie sie morgen zum Lunch mitbringen? Der geht natürlich wieder aufs Haus. Wir können es von der Steuer absetzen.« Er stimulierte mit seiner schmalen, scharf geschnittenen Nase meine Klitoris, und meine Knie machten einen wackligen kleinen Knicks, dass ich beinahe vom Stuhl gekippt wäre.

»Ja.« Meine Stimme war kaum mehr als ein Flüstern.

Er hielt mir seine Hand hin, um mir runterzuhelfen. Ich umklammerte sie, fühlte zwischen meinen Beinen den feucht warmen Fleck von seinem dunstigen Atem. »Und Jillian?«

»Ja?«

»Bringen Sie bitte nicht diese kleinen briefmarkengroßen Materialmuster mit, ja? Darauf kann man nichts erkennen. Besorgen Sie mir große Muster, damit ich auch was sehen kann. Okay? Wenn es sein muss, bezahl ich sie Ihnen.«

»Große Muster«, wiederholte ich. Ich war leicht abgelenkt und hatte meine liebe Mühe, mich zu konzentrieren.

»Braves Mädchen.« Er neigte sich vor, dass seine Lippen genau wie gestern mein Ohr streiften, und wiederholte: »Gutes, braves Mädchen. Und jetzt mach ich Ihre Suppe nochmal heiß. Sie müssen was essen.«

Während er mit der Suppe abdüste, lief ich auf die Damentoilette und riss mir das Kleid hoch. Ich stützte mich mit einem Stiefel auf der Klobrille ab und schob meine Hände in meinen Slip. Mit zitternden Fingern umkreiste ich meine Klitoris. Mit der anderen Hand vögelte ich mich selbst, bis ich vor die kalten Fliesen sank und mir auf die Zunge biss, um mein Stöhnen zu unterdrücken. Ich genoss jede honigsüße Kontraktion, die durch meine Möse zuckte, die Erinnerung an seinen heißen Mund auf meiner Scham. So nah und doch so weit, weit weg.

Dieser Mann machte mich verrückt, und ich genoss jede Minute mit ihm.

Ich hatte taschentuchgroße Muster von dem braunen, dem beigen und dem blauen Stoff dabei, aber auch eins von dem gedeckten Rot mit gebrochenem Weiß. Sie waren in meiner Handtasche, mit meinen Lippenstiften, meinem Handy und meinem Parfüm. Sechs Outfits! Ich hatte mich sage und schreibe sechs Mal umgezogen, bevor ich mich für ein taupe-schwarzes Wickelkleid entschied. Dazu ein anderes Paar lange Stiefel. Keine Netzstrümpfe, dafür aber welche mit Naht, die an einem Strumpfgürtel befestigt waren. Irgendwas an diesen altmodischen Strumpfbändern und Miedern gibt mir das Gefühl, unwiderstehlich sexy zu sein. Eine unverbesserliche Sünderin ohne Hoffnung auf Läuterung.

»Keine Chance. Er ist verheiratet. Ich meine, sie sieht

aus wie zwanzig, hat bestimmt falsche Möpse und macht ihm einen mörderischen Blowjob. Er will bloß mit dir ficken. Und den Spieß umdrehen. Du hast damit angefangen, und er plant, dir eine Lektion zu erteilen. Wie in Äsops Fabeln oder in irgendwelchen Moralepisteln. »Fick nicht mit verheirateten Männern, an den Typen verbrennst du dir gewaltig die Finger«, brummelte ich in meinen nicht vorhandenen Bart, während ich am nächsten Mittag wild entschlossen zum *Schmutzigen Löffel* düste.

Ich hätte eigentlich total aus dem Häuschen sein müssen, denn ich hatte es geschafft, den Designerjob zu ergattern. Der Salon würde in Chrom und Schwarz und Rot fantastisch aussehen. Statt jedoch Luftsprünge vor Begeisterung zu machen, wurde ich feucht zwischen den Schenkeln, wenn ich an Samuels heißen Mund auf meinem Döschen dachte. Es war eine meiner leichtesten Übungen, mir vorzustellen, wie seine Zunge hervorschnellte, um mich dort zu schmecken. Der erotisierende Druck, den seine kreisenden Bewegungen auf meine geschwollene Klitoris ausüben würden. Oder wie seine harte Zungenspitze sich in mein Loch stemmen würde, um den süßen Nektar zu schlürfen, und …

Es fehlte nicht viel, und ich wäre vor die verschlossene Restauranttür gelaufen. Zum Glück sah ich rechtzeitig genug das kleine Hinweisschild, das hinter der Scheibe hing.

Wegen Renovierung geschlossen.

Wiedereröffnung heute um drei Uhr.

Ich blieb verdutzt stehen. Starrte auf den Hinweis, der zurückzustarren schien. Bis die Tür leise in den Angeln quietschte und Samuel hinausspähte. Er grinste. »Das gilt nicht für Sie. Ich hab *Ihretwegen* geschlossen. Kommen Sie rein.«

Mein Magen fuhr Achterbahn, und ich versagte mir ein nervöses kleines Kieksen. Ich war fickerig, und mein Körper reagierte wie ein pawlowscher Reflex. Samuel sehen. Samuel wollen. Muschi wird nass. »Danke.« Ich betrat das dämmrige Restaurant und blinzelte mal wieder. Wir waren allein. »Ich hab die Stoffmuster dabei …«

»Das ist toll, Jillian. Aber bevor wir damit weitermachen, möchte ich, dass Sie sich die Küche anschauen. Ich kann den *Löffel* unmöglich umgestalten und die Küche so lassen wie bisher.« Seine Augen waren dunkel, und er hatte einen ziemlichen Raubtierblick drauf. Als wäre er der große böse Wolf und ich das kleine Rotkäppchen. Mein Body war bloß noch Chaos und Verlangen.

»Ich …« Mir wurde leicht schummrig, und ich fasste automatisch nach seiner Hand. Ließ direkt wieder los, wie elektrisiert von der Wärme seiner Finger. »Ich style keine …«

Ich stylte keine Küchen um. Küchen waren eine Sache für sich. Da musste man sich mit Wasserleitungen und elektrischen Anschlüssen auskennen. Herden, Spülen, Schrankmontage, Abluftsystemen und Kühl-/Gefrierkombinationen. Panik durchflutete meine Magengrube, mir wurde schwarz vor Augen.

»Keine Bange. Ich möchte bloß, dass Sie einen Blick hineinwerfen. Tief durchatmen, Jillian. Hey, Sie müssen atmen.«

Ich tat ihm den Gefallen und nickte. »Küche«, grummelte ich dumpf.

»Kommen Sie, es ist alles okay, versprochen.« Er fasste meine Hand, und meine Synapsen signalisierten prompt wieder: Beute machen. Genau wie am Anfang. Eigentlich wollte ich Mrs. Radcliff bloß den Job vor der Nase wegschnappen. Und vielleicht ein bisschen männliche Aufmerksamkeit, um mein Ego zu streicheln. Inzwischen hatte er meine Pläne aufgemischt und mich halb verrückt vor Lust gemacht. Ich folgte ihm dumpf, unfähig, einen klaren Gedanken zu fassen.

Wir schoben uns durch die aufschwingenden Doppeltüren in die Küche, ein Palast aus rostfreiem Stahl inklusive Festbeleuchtung. Nach der stimmungsvoll gedämpften Beleuchtung im Restaurant kam ich mir vor, als würde ich in knallgrelles Sonnenlicht treten. Das war totales Neuland für mich. Mein Blick glitt über Spülbecken mit chromblitzenden Armaturen, gigantische Herde, einer acht-, einer vierflammig, Stahlregale mit bombastischen Töpfen, Pfannen und anderen Kochutensilien. Ich fühlte mich wie in eine fremde Galaxie gebeamt. »Hmm …« Ich wollte irgendwas Intelligentes sagen. »Ganz nett«, sagte ich.

Waaahnsinnig intelligent.

Samuel schmunzelte und drehte mich frontal zu sich um. Ich blickte zu ihm hoch und hielt den Atem an. Er war groß. Größer, als ich bisher realisiert hatte. Ich war groß für eine Frau. Trug Stiefel mit verdammt hohen Hacken und schaute trotzdem zu ihm hoch. Fühlte mich schutzlos und scharf und spitz. Am liebsten hätte ich mich auf den rostfreien Stahltisch geworfen und meinen Rock hochgerissen. Stattdessen lächelte ich und hielt angestrengt Blickkontakt. Er drängte näher, bis sein Schambein sich an meins drückte und ich unter dem Hosenstoff seinen harten Schwanz spürte. Einen Wimpernschlag lang schloss ich die Augen und presste mich an ihn. Ich genoss es, seinen Ständer zu fühlen, genau wie die Tatsache, dass er für mich war. Ich klappte die Lider auf, aber nur kurz, denn seine Lippen berührten meine.

Er küsste mich und schob mich langsam rückwärts, dabei hatte ich meine Handtasche noch am Arm. Ich umschlang seine Schultern, ließ seine Zunge tief in meinen Mund eintauchen. Als mein Hintern an den Stahltisch stieß, gab ich einen verblüfften kleinen Japser von mir, unterbrach den Kuss jedoch nicht.

»Die Materialmuster«, hauchte er an meinen Lippen. Seine Hände umschlossen meine Hüften, brutal und besitzergreifend. Ob ich hinterher blaue Flecken haben würde, weil er mich so besessen festhielt? Ich hoffte es.

Ich kramte sie aus meiner Handtasche und reichte sie ihm, dann beobachtete ich mit wild klopfendem Herzen, wie er die Stoffmuster inspizierte. Verdammt, was sollte das jetzt? Großer steifer Schwanz, langer tiefer Kuss – und dann ... Stoffmuster? Komisch. Ich kreischte auf, als er einen Streifen von dem braunen Stoff abriss. »Hübsch. Der gefällt mir«, grummelte Samuel und riss einen weiteren Stoffstreifen ab.

»Aber ... aber, ich dachte ...«

»Hände hoch, Jillian«, sagte er mit einem durchtriebenen Grinsen. »Hände hoch in die Luft, seien Sie ein braves kleines Mädchen.«

Ich roch sein Aftershave und seine saubere Haut, mein Höschen wurde feucht. Und mein Gesicht vor Verlegenheit rot. Ich hob die Hände wie soeben festgenommen. »Okay, okay«, murmelte ich.

»Sie sind ein ganz schlimmes Mädchen. Aber auch sehr reizvoll, wissen Sie das?«, meinte er weich, während er mich mit einem Handgelenk an das Topfregal fesselte, das über uns angebracht war. Ich nickte stumm, während ich vor dem Stahltresen hin und her rutschte, um das verlangende Pochen meiner Möse und das nervöse Flattern in meiner Magengrube zu mildern. »Erst kommen Sie hier rein und verführen mich dazu, mein Restaurant umzugestalten. Sie setzen Ihren Körper und Ihr Köpfchen ein. Ich weiß übrigens nicht, was ich heißer finde. Und dann sind Sie plötzlich das verschämte unschuldige Mädchen, und das macht Sie umso verführerischer. Dass ich Sie unbedingt ficken muss.«

Meine Kehle verengte sich, als er »ficken« sagte, meine Hüften drängten intuitiv an seine, und ich spürte seine Mordserektion in der Hose.

»Und ich werde Sie ficken«, fuhr er fort. Er nahm meine andere Hand, presste seine Zähne auf meinen Puls, dort, wo die Haut am dünnsten ist. Er leckte mit seiner Zungenspitze über die Stelle, ehe er meinen Arm nach oben streckte und am Regal festband. »Ihre Klamotten heute sind genial. Als wenn Sie es geahnt hätten. Ich wette, Sie haben was geahnt. Unterschwellig jedenfalls.«

Ich schüttelte zuerst den Kopf, dann nickte ich zustimmend. Details, die ich nicht wirklich wichtig fand. Klar hatte ich die Absicht gehabt, mit ihm zu vögeln. Er zog das Verschlussband meines Wickelkleids auf und schob den Stoff auseinander, bis ich in Strumpfgürtel und Nylons, meinem winzigen Slip und BH vor ihm stand. Ich spürte, wie eine leichte Gänsehaut über meine Haut kroch, als er zurücktrat, um mich zu begutachten. Es war ein intensiver, hungriger Blick, der automatisch dafür sorgte, dass ich die Haltbarkeit meiner Fesseln testete.

»Spreize deine Beine für mich.«

Ich gehorchte. Angesichts meiner Erregung warf ich sämtliche Skrupel über Bord und nahm die Schenkel auseinander. Als er mich berührte, zog ich zischend die Luft ein, als hätte ich mich verbrannt. »Du bist so nass. Du kleine Schlampe. Bist du eine Schlampe für mich?«

Ich nickte automatisch wieder. Das alles mutete surreal an und dabei sehr, sehr sexy. Ich presste mich an seine Hand, um ihn zu animieren, seinen Finger in mich reinzustecken. Er schob mein Höschen runter und kniete sich auf den roten Fliesenboden. Sein Mund war so heiß wie in meiner Fantasie, seine Zunge traumhaft gut. Seine Zungenspitze kreiste hart über meine Klitoris, dann tauchte sie in meine himmlisch nasse Spalte. Als er seine Finger mit reinschob und sanft besitzergreifend meinen G-Punkt streichelte, kam ich heftig. Ich ließ mich gehen und ergab mich den warmen Wellen des Orgasmus, biss mir auf die Unterlippe, um nicht laut zu sein. Ich war trotzdem laut. Und zuckte wie eine Besessene, dass die Töpfe und Pfannen fröhlich scheppernd hin und her schwankten.

»Du bist süß wie ein Dessert«, sagte er und schaute vom Boden zu mir hoch. Wie zum Beweis schleckte er noch einmal genüsslich an meiner Muschi, und ich erschauerte in meinen Fesseln. Dermaßen sensibilisiert, dass sich seine Zunge fast brutal anfühlte. Er stand auf, zog den Reißverschluss seiner marineblauen Hose runter mit einer Miene, die mich nervös machte und gleichzeitig erregte. Er packte seinen Schwanz, und ich spreizte unwillkürlich die Beine.

Meinen Arsch an den Stahltisch gepresst, glitt er in mich, mein schwarzes Höschen hing irgendwo dazwischen, Strümpfe und Tanzgürtel hatte ich noch an. Ich schlang meine Beine um ihn, während er mich fickte. Mein Oberkörper lang gestreckt, dass es meine Rippen zerrte, aber der Schmerz erhöhte bloß die Lust, während sein Schwanz in mir auf und ab glitt.

»Mein Gott, bist du nass. Du kleine Schlampe«, sagte er wieder, und meine Möse kontraktierte bei dem Wort Schlampe. Ich würde nochmal kommen, das war mir sonnenklar. Er biss mich zärtlich in mein Schlüsselbein, und als sich meine Muschi wie eine Faust um ihn klammerte, biss er mich fester. »Du hast es gern, wenn es ein bisschen wehtut, nicht?«

Ich nickte wieder, obwohl solche Bondagespiele völlig neu für mich waren. Gefesselt und ihm hilflos ausgeliefert, genoss ich es, seine Zähne zu spüren. Er drückte mich vor das Metall und fickte mich härter, dass die Tischbeine über die Fliesen schabten. Ich stemmte mich in seine Bewegungen, befeuert von einem weiteren Orgasmus. »O Gott«, stöhnte ich zerrissen.

Ich kam wieder, und Samuel drängte sich stöhnend in mich, seine Miene entfesselt vor Lust, nicht hart oder kontrolliert oder Furcht einflößend, als er kam.

Die hell erleuchtete Küche war von unserem Stöhnen und Japsen erfüllt. »Grundgütiger, wir klingen wie eine Meute kläffender Hunde«, meinte er, und ich giggelte. Er küsste mich, ich saugte an seiner Zunge, stellte mir dabei vor, wie es wäre, seinen Schwanz zu lutschen.

Samuel löste sich von mir und öffnete den Kühlraum. Er verschwand und kehrte mit einem kalten Mineralwasser zurück. Er nahm einen langen Schluck, dabei winkte sein Schwanz aus seinem offenen Hosenstall. Dann setzte er mir die Flasche an die Lippen und hielt sie so, dass ich trinken konnte.

»Willst du mich nicht losbinden?«, fragte ich und leckte mir Sprudelbläschen von der Oberlippe.

»Weshalb? Uns bleibt noch massenhaft Zeit. Wir haben den Laden bis drei Uhr für uns«, sagte er weich. Da war wieder dieser hungrige Wolfsblick. Meine Nippel wurden hart, und er riss mir die BH-Körbchen runter. Dann beugte er sich vor, um mich abermals zu küssen. Seine Lippen waren kühl und prickelnd wie der Sprudel, seine Augen voller schlimmer Absichten.

Primula Bond

Garten Eden

»Ich könnte jetzt auf Amerika-Tournee sein, aber ich blöde Kuh lass mich freiwillig hier einsperren!« Beatrice riss unsanft an den zarten jungen Trieben der empfindlichen Weinranken. »Stell dir das bloß vor, Caterina. Frei sein. Party machen. Sex. Kerle.«

Caterina faltete erschrocken die Hände unter ihrer Schürze.

»Vorsichtig, B. Das ist kein Unkraut. Sie wachsen nicht, wenn du so wild an ihnen herumreißt.«

»Wild ist am besten, das kannst du mir glauben.« Beatrice rückte ihre Nonnenhaube zurecht. »Ich könnte jetzt in New Orleans oder Vegas sein und wilden Sex mit den Tänzern haben, backstage oder im Tourbus. Die Tänzer sind die Besten.« Sie lächelte, strich sich lasziv mit ihrer rosigen Zungenspitze über die dunkelroten Lippen.

Einmal, als Caterina noch Novizin war und sie zusammen den hinteren Teil des Weinbergs umgruben, hatte Beatrice ihr einen alten Bluestitel vorgesungen. Ihre tiefe Altstimme klang zwar ein bisschen aus der Übung, trotzdem schlug Caterinas Herz mit einem Mal schneller.

Jemand hatte sie dabei belauscht, und nachher waren sie vor den Augen der anderen ausgepeitscht worden.

»Stark, willig, bestückt wie Hengste und … oh, so wahnsinnig scharf darauf, die Leadsängerin zu beglücken. Ich war der Star, Cat. Ich zahlte ihre Gehälter. Manchmal ließ ich mich von zwei Kerlen gleichzeitig ficken. Und dann, hinterher, die Show auf der Bühne! Man konnte es buchstäblich riechen. Aber davon kennst du nichts, was?«

Caterina versuchte, mental abzuschalten und wegzuhören. Die schamlosen Äußerungen prallten wie ein wütender Bienenschwarm auf ihre eng anliegende weiße Haube. Sie pflückte ein paar pralle Weinbeeren aus ihrem Blätterverlies und lächelte verstohlen. Ein Jahr hingebungsvolle Pflege, und sie waren perfekt. Reif und süß. O Gott, sie war hungrig. Zum Frühstück, vor Sonnenaufgang hatte es bloß ein trockenes Brötchen gegeben, und jetzt war Mittag. Sie sahen zum Anbeißen köstlich aus, sie musste die Trauben unbedingt probieren, bevor sie die Ernte zur Weinpresse bringen würde. Ihre Zähne knabberten an der durchschimmernden Haut, bissen in das rote Fruchtfleisch. Der Saft spritzte auf ihre Zunge, der kühle, verbotene Nektar rann durch ihre Kehle. Niemand würde es je erfahren …

»Du siehst süß aus, wenn du lächelst. Wie diese Teenies, die die Kreativscouts sich aus den Castingshows herauspicken und dann zu naiv-unschuldigen Supermodels aufstylen.«

»Ich bin kein Teenie mehr. Ich bin zwanzig.«

»Was für eine Verschwendung! Lächeln ist ein Gottesgeschenk, das wir teilen und uns nicht verbieten lassen sollten.« Beatrice reckte ihr Gesicht in die Sonne. »Hach, das Leben in der Toskana könnte so schön sein! Bloß wir merken nichts davon. Dieses dämliche Kloster könnte überall stehen. In Tennessee. Yorkshire. Oder sonstwo. Hey, was ist daran so lustig?«

Caterina lächelte sündhaft gern. Ihre französische Mutter hatte früher ihre Wangen gestreichelt und sie *pommettes* genannt. Kleine Äpfel. Hastig kniff sie die Lippen aufeinander, ihr Gesicht abermals eine demütig fromme Maske. »Und jetzt haben wir eine andere Leadsängerin, die wir beglücken müssen.«

»Holla. Erzähl das mal Mutter Mary. Ich glaub nicht, dass sie für diese Analogie viel übrig hat.«

Beatrice grinste durchtrieben.

»Hör mal, ich dachte, du hättest damit abgeschlossen? Wieso erzählst du davon, als wäre es noch brandaktuell?« Caterina spähte zum Glockenturm. Noch fünf Minuten bis zu dem nächsten Silentium. »Du warst immerhin diejenige, die mich unter die Fittiche genommen hat. Du hast mich davon überzeugt, dass das hier das wahre Leben sei.« Caterina errötete und neigte sich näher zu Beatrice. Nicht mal dieses bisschen physische Nähe, das bloße Berühren ihrer Ärmel war erlaubt. »Du sagtest, die Stimme des Herrn zu hören sei wie eine Superdroge!«

»War es auch, ganz ohne Quatsch. Ich hab damals alles hingeworfen. Aber das ist drei Jahre her. Inzwischen hab ich meine Meinung geändert.« Beatrice seufzte. Ihr Atem war warm und duftete nach Honig. »Ich hab dauernd diese Träume, Cat. Dass ich auf der Bühne stehe, auf der Bühne gevögelt werde, dass die Tänzer mich vor den Augen des Publikums vernaschen. Und weißt du was, das Publikum seid ihr, und die Bühne ist die Kapelle. Ist das nicht abgefahren? Dieser Traum verfolgt mich. Wenn ich morgens aufwache, hab ich die Finger in meiner Muschi und bin richtig nass. Ich schieb sie tief rein und stell mir vor, dass mich ein harter Riesenschwanz fickt.«

Sie strich mit ihrem Finger über Caterinas Oberlippe. »Riechst du das?«

Caterina schnupperte an Beatrices Finger, wohl wissend, dass sie es nicht tun sollte. Der strenge, süße Geruch war ihr sofort vertraut.

»Das ist mein Muschisaft. Von heute Morgen.«

»Pssscht, ich hör dir gar nicht zu. Ich kann da nicht hinhören!« Caterina hielt sich die Ohren zu und begann, Gebete zu murmeln.

Beatrice packte sie, schob ihre Hand unter die steif gestärkte weiße Leinenhaube, die Caterina bis zu den Schultern einpanzerte, und streichelte die zarte Nackenhaut der jungen Nonne. Caterina erschauerte, und Beatrice hauchte ihr ins Ohr: »Schau mal einer an, wie heftig du auf eine kleine Berührung reagierst, Schwester. Was meinst du, wie du erst reagieren würdest, wenn ein Schwanz in dir drinsteckte? Zwei heiße Typen, die dich von vorn und hinten ficken, beide gleichzeitig?«

Caterina schüttelte wild den Kopf, das Bienengebrumm dröhnte mittlerweile laut in ihren Ohren. Wogen der Erregung pulsten durch ihren Körper, prickelten von der Stelle, die Beatrice unter ihrer Haube streichelte, durch ihr Nonnengewand, unter die dicken Unterröcke und den kratzigen Schlüpfer, zwischen ihre weißen Schenkel, ihre Hinterbacken, in das dunkle verbotene Verlies, waren warm und hemmungslos und erlösend …

»Soll ich dir mal aufzählen, was du alles verpasst, Kitty Cat? Die lockenden Versuchungen, die du nie ausprobiert hast? Vielleicht nie ausprobieren wirst? Küssen, lecken, spüren, wie ein Schwanz hart wird, wenn du ihn massierst. Das Gefühl, wenn er in dich gleitet, dich öffnet, sich tief in dich schiebt.«

Caterina schaute gebannt in Beatrices nougatbraune Augen, fasziniert von den schmutzigen Dingen, die Beatrice erzählte, von den wilden Orgien, die sie ihr ausmalte.

»Ich steh nun mal auf Sex. Ist mir egal, was Mutter Mary dazu sagt. Oder was ich vor drei Jahren gesagt habe. Ich muss hier schleunigst wieder weg, Caterina.«

Und dann begann die Glocke vom Turm zu läuten. Sie blickten beide auf, beobachteten, wie sie schwer in ihrer Holzverankerung schwang.

Beatrice sprang auf und schaute zu Caterina, die benommen im feuchten Gras saß.

»Bekommst du heute Besuch?«

Caterina atmete tief durch. Dankbar für den Themenwechsel. Die Versuchung, das Bienengesumm und die schmutzigen Gedanken verloren sich. »Sie haben sich alle von mir abgewendet.«

»Na, ich hab das Gefühl, jemand wartet auf mich. Also dann, ich überlass dich jetzt deinen kostbaren Weinreben.«

»Ja. Wird auch Zeit, dass ich zur Presse komme.«

Beatrice lief zum Konvent. Ihr Gang war erkennbar beschwingter als sonst. Nicht dieses gespenstisch anmutende Gleiten mit demütig gesenktem Kopf, sondern dynamisch ausschreitend. Caterina folgte ihr mit Blicken. Die sittsame Tracht mutete seltsam transparent an, darunter zeicneten sich Beatrices wiegende Hüften und die

Wölbung der spitzen Brüste ab. Die Spalte zwischen ihren Schenkeln. Lange, schlanke Beine.

Sie drehte sich um, sah, dass Caterina sie fixierte. Die fühlte sich prompt ertappt, ihr Herzschlag trommelte gegen ihre Brüste, die sie gnadenlos einschnürte.

»Du bist zwar kein Teenie mehr, Schwester, aber du bist diejenige von uns beiden, die noch Jungfrau ist. Soll das wirklich so bleiben?«

Das Bienengesumm wurde zu einem erträglichen Brummen in ihrem Hinterkopf herabgedämmt, dafür hielt es jedoch die ganze Nacht an. In ihrer Zelle glitten Caterinas Finger unter ihr Nachthemd, dabei dachte sie an gut gebaute dunkelhäutige Tänzer, die sie wild vor der Gemeinde vögelten. Wie mochte sich das anfühlen?, überlegte sie, während ihre Nägel über das kühle weiße Fleisch ihrer Schenkel strichen, das warme Pulsieren ihrer Klitoris spürten und darauf brannten, weiterzumachen.

Rechts und links vom Gang befanden sich die Türen zu den Zellen von Beatrice und den übrigen Schwestern. Ob sie schon schliefen? Vielleicht träumten sie von ihrem früheren Leben und ihren Lovern, erinnerten sich an nackte Leiber, die sich aneinander rieben, heiß und verschwitzt, an hemmungslosen, ungezügelten Sex. Ihre Schwestern, die heimlich ihre Finger in sich schoben, während sie stumm in ihre harten Rosshaarmatten stöhnten.

Beatrice würde das Kloster verlassen. Und dem schamlosen Flüstern ihrer Muschi nachgeben.

Caterina war im hinteren Teil des Weinbergs, dort, wo Beatrice ihr einmal vorgesungen und sie damit beide in

Schwierigkeiten gebracht hatte. Der Korb mit den Trauben war schwer, dennoch gab sie keinen Muckser von sich, als sie ihn durch die gleißende Sonne zu der Presse trug, wo er zu berauschend süßem Wein verarbeitet wurde.

Die Luft stand vor Hitze. Der Schweiß sammelte sich unter ihrer Haube zu einem heißen feuchten Fleck. Lief ihr in den Nacken. Kam in ihren Achselhöhlen zum Vorschein. Sie lief über den Rasen und blieb auf halber Höhe stehen. Ein Motorrad brauste eben die Straße von Siena herauf und bremste am Ende des Privatwegs mit quietschenden Reifen. Schlagartig waren ihre Instinkte hellwach. Wie ein Reh, das eine plötzliche Gefahr wittert.

Irgendjemand rollte Fässer aus dem Weinkeller, der Priester schüttete Trauben in die Presse, sonst war niemand zu sehen. Sie waren alle im Kloster, schrubbten die Böden oder bereiteten das Mittagessen. Caterina war es jedoch mit viel Betteln und Beten geglückt, ihren Job zu behalten. Zumal der dunkle, schwere Rotwein die Haupteinnahmequelle des Klosters war, neben Schenkungen und frommen Spenden. Caterina hatte die Mutter Oberin dazu überreden können, ihr weiterhin die Pflege der Rebstöcke zu überlassen, obwohl sie nicht wirklich Ahnung von der Weinkelter hatte.

Schritte knirschten über den Kies. Caterina versteckte sich geistesgegenwärtig hinter einem von Efeu überwucherten Mauervorsprung. Sie konnte es jedoch nicht lassen, bog das Laub auseinander und spähte neugierig zu dem Weg hin.

Sie entdeckte Beatrice. Sie trug verwaschene Bluejeans und ein weißes T-Shirt. Das Gesicht könnte die junge Nonne zwar nicht sehen, dafür aber Beatrices riesige Brüste, die aus dem tiefen Ausschnitt drängten, die dunkel schimmernde Haut ihrer Arme und ein Stückchen schokoladenbraune Haut, als sie sich vorbeugte und ihren Rucksack auf dem Boden abstellte, direkt vor Caterinas vermeintlich gut getarntes Guckloch.

»Na, Kitty Cat? Du willst doch nicht die goldene Regel brechen und anderen Leuten nachspionieren, oder?«

Sie bückte sich und blinzelte grinsend in die Mauerspalte. Caterina schluckte. Beatrice hatte kurze, schwarz gelockte Haare, die sich um ihren Kopf ringelten. Sie trug Armbänder. Ihre großen Brüste wackelten unter dem weichen Stoff, als wollten sie das T-Shirt sprengen.

»Weißt du, was ich als Erstes machen werde? Mit meinem Lover da auf dem Motorrad? Himmel, wie hab ich das überhaupt so lange hier drin ausgehalten?« Beatrice strich mit den Händen über ihre Brüste. Befeuchtete mit ihrer rosigen Zungenspitze ihre rot angemalten Lippen. »Sobald wir draußen vor dem Tor sind, zieh ich mein Höschen aus und setz mich auf sein Gesicht, drück meine Muschi auf seinen Mund, damit er meine süße, nasse, hungrige Möse lutschen kann, ganz langsam, bis ich auf seinem Gesicht komme.« Sie stöhnte und warf den Kopf zurück, kreiste vor Caterina aufreizend mit den Hüften. »Dann muss er mich ficken.«

Caterina fühlte die Feuchtigkeit, die sich in dem lockigen Flaum rings um ihre – wie hatte Beatrice es genannt? – Möse ausbreitete. Ihre Muschi. Ihr Geschlecht. Sie presste die Schenkel zusammen. Tief in ihrer Mitte pulste es, ein intensives Pochen, das sie auch nachts fühlte, wenn jene wilden Fantasien über sie kamen, von den obszönen Dingen, die Beatrice getan hatte und wieder tun wollte. Ihr stockte der Atem, als Beatrice begann, sich mitten auf der einsamen Wiese selbst zu befriedigen.

Was war schon dabei? Bestimmt beobachtete sie hier niemand, bloß eine kurze Berührung, schnell die Hand unter den Rock stecken und die weiche prickelnde Haut streicheln, sich durch die rauen Locken wühlen und fühlen, wie himmlisch feucht sie war. In ihrem Garten war sie sicher. Es war nichts anderes, als heimlich eine Taste des Pianos anzuschlagen, das in der Halle stand. Sie schob die Hände über ihre Schenkel, über den dicken Stoff, strich rauf und runter, dabei hob sie den Rock jedes Mal ein Stückchen höher, über ihre Knöchel, über ihre Knie …

»Sei vorsichtig, Mädchen. Denk dran, wenn sie dich erwischen, wirst du nachher wieder ausgepeitscht. Aber vielleicht gefällt dir das ja. Weißt du, als Mutter Mary mich letztes Jahr auspeitschte, war ich hinterher glitschig wie ein Cremedöschen. Deshalb hab ich nichts dagegen, Ärger zu bekommen. Weißt du was? Der Saft lief mir in die Unterröcke.« Sie drehte ihr den Rücken zu, steckte ihre Kehrseite raus und verpasste sich demonstrativ einen harten Schlag auf den Hintern. »Hmm, eigentlich ist es hier gar nicht so übel.«

Dann schnappte sie sich ihren Rucksack und war weg. Caterina erschauerte, ihre Finger krallten sich in ihre Tracht. Beatrice fand alles erotisch, selbst das Auspeitschen, wenn sie gesündigt hatten.

Sie ließ die Zweige wieder vor die Mauerritze gleiten und stakste unsicheren Schrittes und wie benommen in die Sonne. Einer ihrer Strümpfe hatte sich vom Strumpfband gelöst und rutschte ihr Bein hinunter, die schwarze Wolle rau und kratzig auf ihrer empfindlichen Haut. Es fühlte sich an, als hätte sie sich verbrannt. Sie streckte ihren Fuß in anmutiger Ballerina-Pose aus, hob ihren Rock und griff darunter, um den Strumpf hochzuziehen.

Ein Vogel krächzte hinter ihr, und sie wirbelte herum, schwindlig angesichts der Hitze und geblendet von der Sonne, ihr Bein weiterhin lang ausgestreckt. Unvermittelt visualisierte sie einen großen Schatten mit einem Korb Weintrauben am Arm.

»Oh, Schwester Agnes, ich wollte bloß ... ich dachte, ich hätte einen Schwarm Bienen gehört.«

Der große Schatten sagte nichts und lief weiter zu der Weinpresse. Er trug Hosen.

Caterina legte eine Hand über ihre Augen und starrte ihm nach. Es war ein Mann. Der erste Kerl, den sie seit über einem Jahr sah – Father Christophe zählte nicht. Außerdem war er kein verschrumpelter alter Sack wie der Priester, sondern ein hochgewachsener Mann mit wilden schwarzen Haaren und breiten Schultern. Seine langen Beine steckten in einer fleckigen blauen Latzhose. Seine Armmuskulatur spannte sich unter der sonnengebräunten Haut, als er die schwere Kiepe wie ein Erdbeerkörbchen hochhob.

Ihr Magen verknotete sich direkt hinter ihrem Nabel. Ihr Mund wurde trocken. Hinter dem Tor heulte plötzlich der Motor des Motorrads auf, woraufhin sie erschrocken zusammenfuhr. Der Mann ging weiter. Das Motorrad brauste in Richtung Horizont. Er nahm keine Notiz von ihr. Soso. Hatte Beatrice es getan? Hatte sie Jeans und Höschen ausgezogen und sich auf das Gesicht ihres Lovers gesetzt, wie sie es ihr vorhin vorgeschwärmt hatte?

In diesem Moment begann die gottverdammte Glocke zu läuten.

»Was machen Sie da mit meinen Trauben?« Sie ließ ertappt ihren Rock los, der sich schwer um ihre Knöchel senkte. Mit einem Mal hasste sie die einengende Tracht. Am liebsten hätte sie sich das Gewand vom Leib gerissen und sich splitternackt in der Sonne geaalt. »Sind Sie der Mann, der den Wein keltern soll?«, flüsterte sie.

Er antwortete nicht. Sie tippte ihm auf die Schulter. »Entschuldigung?«, fragte sie atemlos.

Er drehte sich langsam um. Dunkel gewelltes Haar, silbergraue Schläfen, leichter Bartansatz. Wie würde Beatrice sein Gesicht finden? Attraktiv? Markant? Verlebt? Alt? Geil, fuhr es ihr unvermittelt durch den Kopf, und sie schob ihre zittrigen Hände unter die Schürze, spürte, wie sie rot wurde. Wie lässig er den schweren Korb trug. Und die Augen. Grün und tiefliegend unter einer skeptisch gerunzelten Stirn.

Er erwiderte weder ihren Blick, noch sagte er einen Ton. Stattdessen starrte er hart auf ihren Mund.

Caterinas Hände ballten sich unter ihrer Schürze, pressten sich auf ihren Schoß. Auf die geheimnisvolle warme Stelle, die jede Nacht zu prickeln begann. Unter seinem intensiven Blick fühlten sich ihre Lippen heiß und geschwollen an. Sie hörte ihren eigenen gepressten Atem, sah, wie die Ader an seinem kräftigen Hals pulsierte.

Eine Gestalt schob sich ins Bild, und als er zur Seite schaute, erlosch das schwelende Feuer, als würde ein brennendes Streichholz ausgeblasen.

»Schwester Caterina!« Schwester Agnes zeigte mit ihrem blassen Zeigefinger auf sie. »Bitte, zur Mutter Oberin, und zwar sofort!«

»Die Tatsache, dass er taubstumm ist, entschuldigt nicht, dass du mit einem Mann im Garten redest, Schwester. Wir wissen, dass Schwester Beatrice dir böse Dinge eingeflüstert hat. Tue Buße, mein Kind. Beten und nächtliches Geißeln sind die einzige Möglichkeit, um dich davor zu bewahren, in die Hand des Teufels zu fallen.«

»Und meine Arbeit?« Caterina stand in der staubflirrenden Eingangshalle, die muffig nach Lavendel roch.

»Du darfst in den Weinberg zurückkehren, aber du wirst nicht mit ihm sprechen. Zorzi wurde nach einem Disziplinarverfahren zu uns versetzt. Von unserem Mutterkonvent in Venedig.« Schwester Agnes und Mutter Mary tauschten Blicke miteinander.

»Schade, dass er nicht blind ist und sämtliche anderen Sinne eingebüßt hat«, zischte die Mutter Oberin, ihre Stimme scharf wie die kleine Riemenpeitsche, die sie Caterina in die Hand drückte. »Wir können und dürfen nicht zulassen, dass du vom Pfad der Tugend abkommst, Schwester. Du hast die Stimme gehört, die dich zur Keuschheit ermahnt.«

»Er ist *der* Experte für den Job, ungeachtet dessen, was in Venedig passiert ist. Wenn wir unseren Wein nicht vermarkten können, haben wir nämlich bald kein Dach mehr über dem Kopf.« Schwester Agnes presste fromm die Handflächen zusammen, als könnte sie das weltliche Ungemach mit einem stummen Gebet zerstreuen. Sie hatte bestimmt dünne, weiße, behaarte Beine unter der abgetragenen alten Tracht, tippte Caterina. Schenkel, die sich noch nie über einem Männergesicht gespreizt hatten. Vermutlich hatte sie in ihrer Jugend schöne Augen gehabt, aber nach Jahren der Entsagung und Selbstkasteiung waren sie hart, wässrig blau und geädert wie dunkler Marmor. »In der nächsten Zeit wirst du dich auf deine nächtliche Geißelung konzentrieren.«

Draußen in ihrem Weinberg presste Zorzi jetzt bestimmt die Trauben. Sie sah im Geiste seine Hände und Arme, die angespannten Muskeln unter der Haut, seine Augen, die in dem dämmrigen Weinkeller aufblitzten. Beatrice war inzwischen über alle Berge. Und sang und tanzte und fickte jeden, der ihr gefiel.

Unvermittelt fiel ein einziger Sonnenstrahl wie eine fromme Warnung durch das fleckige Glas auf Caterina. Die beiden anderen Nonnen sahen es auch. Caterina, erleuchtet von einem göttlichen Licht. Sie grub die Nägel in ihre Handballen.

»Ich werde euch beweisen, dass ich immun gegen die Verlockungen des Fleisches bin.«

Caterina band Weinreben an einem Stock fest, die ein Sommergewitter heruntergerissen hatte, und begann hemmungslos zu weinen. Letztendlich hatte die Mutter Oberin sie bitterlich enttäuscht. Man hatte sie eingesperrt und von den anderen getrennt. Sie hatte einen ganzen Monat lang nicht in ihre geliebten Weinberge gehen dürfen.

»Was hat Beatrice euch erzählt?«, fragte sie leise, als Schwester Agnes sie endlich aus der Büßerzelle erlöste. Nach einem Monat Geißelung und Gebet war sie schwer geschafft. »Was soll ich denn Schlimmes getan haben?«

Anscheinend waren alle taub und stumm. Niemand hatte mit ihr gesprochen, als sie durch das Kloster gingen, obwohl kein Silentium war.

Sie befeuchtete sich mit der Zungenspitze die trockenen Lippen. »Hat sie euch erzählt, wir hätten uns geküsst oder gefummelt oder so was? Oder was sie mit den Tänzern getrieben hat, wenn sie auf Tournee war, und was sie machen will, sobald sie hier rauskommt? Soll ich euch mal verraten, was ich in der Zelle getrieben hab, hä?«, entrüstete sie sich im Stillen.

Der Monolog hatte indes nur in ihrem Kopf stattgefunden. Worte und Gedanken, die auf sie einstürmten, heftiger als sonst, während sie allein in ihrer Zelle hockte und durch den schmalen Fensterschlitz ins Freie blinzelte, um die Sonne zu sehen, den Mond oder Zorzi. Oder wenn sie bäuchlings auf dem kalten Steinboden der Kapelle lag und sich vor den anderen geißelte.

Sie hatte sich mit der kurzen Riemenpeitsche auf die nackten Schultern geschlagen und vor Schmerzen gekrümmt, was wiederum eine sündig verbotene Erregung in ihr auslöste, weil die tiefen Striemen auf ihrer Haut ihre Lust befeuerten. Und ja, vor dem abendlichen Bußgebet hatte sie sich selbst befriedigt und sich dabei vorgestellt, wie Zorzi mit glutvollen grünen Augen auf ihren Mund starrte. Wie sich seine zupackenden Finger um die Weinranken schlangen, und wie es sich anfühlen mochte, wenn er ihre Tracht langsam bis zu den Schenkeln hochschieben und ihr die Beine spreizen würde. Dabei drängten ihre Finger zwischen die weichen feuchten

Schamlippen, schoben sich in das verborgene Loch, das sich zuckend um ihre Finger zu schließen schien.

Und dann, letzte Nacht, hatte sie den dicken Ledergriff der Peitsche genommen, noch warm von ihrer Geißelung, und ihn reingesteckt, oh, ganz sanft, vor und zurück. Darauf bedacht, sich nicht zu verletzen, schob sie ihre Knie auseinander, um den langen Knüppel ganz zu spüren. Ein kehliges Stöhnen entfuhr ihrer Kehle, als er ihren winzigen Lustpunkt berührte, Wogen der Erregung durch ihren Schoß jagte und sie so hart kam, dass sie ihn keuchend rauszog und durch die Zelle warf, als wäre er eine Schlange …

»Zorzi schafft es nicht allein. Er braucht Hilfe beim Abfüllen. Wir müssen dich damit betrauen, leider Gottes.« Schwester Agnes drückte Caterina eine große Kiste mit leeren Flaschen in die Hand, schloss das Tor auf und schob sie in den strömenden Regen. »Ich mach drei Kreuze, wenn er mit der Arbeit fertig ist.«

Caterina schwankte unter dem Gewicht der Flaschen. »Was hat er in Venedig denn Schlimmes angestellt, Schwester?« Sie räusperte sich. »Ich meine, man wird doch mal fragen dürfen, oder?«

»Er hat einer unserer Mitschwestern die Unschuld genommen.« Schwester Agnes spitzte die Lippen so fest, dass sie einem Katzenhintern ähnelten. »Das brauchst du alles nicht so genau zu wissen. Fest steht, dass er ein Teufel ist, und sie war eine sehr sündige Seele. Das hier ist dein Garten Eden, Schwester.«

Als sie den Weinkeller erreichte, war Caterina nass bis auf die Haut. Draußen schüttete es wie aus Kannen auf das Dach, drinnen schlug ihr die angestaute Hitze von den heißen, trockenen Nächten entgegen. Sie blieb zitternd in dem Gewölbeeingang stehen.

Zorzi stand über ein Fass gebeugt, er drehte den Hahn auf und betrachtete die rubinrote Flüssigkeit, die in einen großen Krug lief. Das süße, schwere Aroma wehte zu Caterina herüber. Ihr wurde schwindlig. Sie setzte den schweren Kasten laut klirrend ab und stemmte die Hände ins Kreuz. Genau wie sie war er draußen im Regen gewesen. Seine schwarzen Haare ringelten sich im Nacken. Das Hemd klebte ihm nass an den Schultern. Bei jedem Atemzug gewahrte sie das Spiel seiner Muskeln. O Gott! Sie konnte sich bildhaft vorstellen, wie dieses Kraftpaket sich von hinten an die Nonne rangemacht hatte, im Schutz der Weinreben, auf der anderen Seite des Canale, und sie stellte sich das Boot vor, das ihn jeden Tag über den schmutzig grünen Fluss getragen hatte. In ihrer Fantasie stützte er sich auf seine starken Arme und spannte die Arschbacken an, die in blauen Arbeitshosen steckten – sie wagte nicht sich vorzustellen, wie sein Hintern nackt aussah, rund, fest, straff und gebräunt klemmte er zwischen den weißen, einladend geöffneten Schenkeln der Nonne, ihre braune Tracht hochgeschoben, ihre Arme ausgestreckt, während sie sich ihm hingab …

Er drehte schweigend den Hahn zu und hockte sich auf den staubigen Boden, wo er fachmännisch an dem Wein roch, bevor er einen tiefen Schluck trank.

Caterina lief auf zittrigen Beinen zu ihm. Er spülte die Flüssigkeit im Mund hin und her, dabei starrte er sie seelenruhig an, als hätte er sie schon erwartet. Dann schluckte er. Sie knetete ihre Finger, die vom Schleppen des schweren Kastens schmerzten. Wassertropfen glitzerten in seinen schwarzen Locken, liefen ihm über Stirn und Schläfen. Die Stille und die Hitze und das monotone Trommeln des Regens brausten in Caterinas Ohren. Die vielen einsamen Nächte in stummer Demut und die guten Vorsätze waren ausgeblendet, kaum dass er sich auf die junge Nonne konzentrierte. Er betrachtete ihre Knie, die auf einer Höhe mit seinem Gesicht waren, sein Blick wanderte über ihre Beine, ruhte kurz auf ihrem flachen Bauch, während sie verlegen ihre gefalteten Finger knetete, bevor er über ihre geschnürte Brust zu ihrem Gesicht glitt. Ihre Wangen glühten.

»Ich soll Ihnen helfen«, krächzte sie und hustete. Er wartete, starrte abermals auf ihren Mund. Sie berührte ihre Lippen, Lippen, die gleichsam zu brennen schienen. »Sie haben mich bestraft, indem ich einen Monat lang schweigen musste. Wie Sie vermutlich!« Ein Lachen entfuhr ihrer Kehle, und sie deutete mit einer ausgreifenden Handbewegung durch den Keller. Dabei streifte ihr Ärmel seine Haare. Er begann zu grinsen. Sie nahm die Rolle mit den Flaschenetiketten, die sie entworfen und die Mutter Mary widerstrebend akzeptiert hatte, aus ihrer Kitteltasche. Auf dem Etikett war die Silhouette einer Nonne abgebildet, von hinten, in einer verrucht schmalen Tracht, die ihre schlanke Figur hervorhob, und sie streckte die Hand nach einer Rebe aus. Er betrachtete das Bild. »Ich nenne den Wein La Religieuse. Das bedeutet Nonne auf Französisch.«

Er nickte. Er stand vom Boden auf und ging ganz nah auf sie zu, blieb einen Augenblick stehen, wartete vielleicht darauf, dass sie zurückwich. Tat sie aber nicht. Sie war wie paralysiert. Sie fühlte die Mauer aus Wärme zwischen ihnen. Wie er auf ihren Mund starrte – als wollte er ihn vernaschen. Dann hob er seine Hände, und sie hielt den Atem an, gespannt, ob er sie in seine Arme schließen würde. Stattdessen zeichnete er mit seinen großen Händen ihre unter der Ordenstracht verborgenen Rundungen nach, und ihre Nippel wurden hart. Caterina blieb vor Schreck die Luft weg.

Der Regen trommelte auf das Dach. Die Tropfen fielen von seinen Locken auf seine Nase. Ihre Haube hatte sich mit Wasser vollgesogen. Zorzi fasste den Saum des Schleiers, drückte die Feuchtigkeit heraus. Ihr war mit einem Mal glutheiß. Sie öffnete die Lippen und rang nach Atem, woraufhin er den Blick erneut auf ihren Mund heftete und ihr die Haube herunterriss. Caterina presste eine Hand auf den Mund, um ein Kreischen zu unterdrücken. Sie versuchte den Schleier zu packen, aber er warf ihn hinter die Fässer. Als sie sich hektisch darauf stürzen wollte, schnitt er ihr den Weg ab. Sie vergrub den Kopf in den Händen, um ihre lieblos kurz geschnittenen blonden Haare zu verstecken, doch er umschloss mit einer Hand ihre beiden Handgelenke, mit der anderen wickelte er eine ihrer Haarsträhnen um seinen Finger, hielt sie unter seine Nase, als wäre sie ein Kraut oder eine Blüte. Sie sah ihre Reflexion – zwei Mini-Caterinas – in seinen dunklen Pupillen.

»O Gott«, stammelte sie, als er sanft an ihren Haaren zog und ihre Kopfhaut zu kribbeln begann. »Ich hab es geliebt, wenn man mir übers Haar streichelte. Mich hat schon ewig keiner mehr gestreichelt …«

Seine Hände glitten zu ihrem Hals, unter den nassen

Kragen, und streichelten die kleine blau pulsierende Ader. Sie war wie elektrisiert. Er starrte auf ihren Nacken, ihre Kehle, auf ihre Kittelschürze und die unförmige Bluse, die sie darunter trug. Sie folgte seinem Blick. Weil sie durch den strömenden Regen gelaufen war, klebte ihr das raue Leinen am Körper. Zorzis Mundwinkel umspielte ein Grinsen, und Caterina bog instinktiv die Schultern zurück und streckte ihre Brüste raus.

Seine Finger öffneten den obersten Blusenknopf an ihrem Hals.

»Wir müssen die Flaschen da abfüllen.« Caterina machte eine Geste mit dem Kopf. »Sie kommen bestimmt, um das nachzuprüfen.«

Er zuckte wegwerfend mit den Achseln, nahm die Hände von ihrem Hals und hob den Krug. Er setzte ihr den Krug an die Lippen, an derselben Stelle, wo er getrunken hatte, und bog ihren Kopf zurück, bis sie trinken musste. Der Wein war schwer und köstlich. Tropfen liefen ihr übers Kinn und in den Ausschnitt ihrer Bluse. Sie wischte sich den Mund und giggelte leise, merkte, dass ihr der Alkohol zu Kopf stieg. Er grinste und nahm einen tiefen Schluck. Danach waren seine Lippen rot und nass vom Wein.

Sie war erregt. Sehnte sich danach, erneut von ihm gestreichelt zu werden. Er stand so dicht bei ihr, dass sie seine Barthaare hätte zählen können. Sie fixierte seinen Mund.

Seine Hände legten sich erneut auf ihre Schultern und begannen ihr Schlüsselblatt sanft zu massieren, während sie wohlig entspannt den Kopf zurückbog. Er öffnete den nächsten Knopf. Und den nächsten. Als ihre Bluse fast bis zur Taille aufgeknöpft war, bedeckte sie mit den Händen ihre Brüste, die fest mit Leinenstreifen abgebunden waren. Mit einem Mal wirkte sie schutzlos und verletzlich. Er hielt inne und griff hinter sich.

»Genug jetzt, Zorzi. Wir müssen aufhören.« Als sie Anstalten machte, die Knöpfe zu schließen, hielt er ihre Hand fest, schob die Bluse auseinander und begann, mit seiner Schere die Bandagen zu zerschneiden. Sie erbebte vor Erregung und Furcht. Ihre Knie gaben unter ihr nach. Sie fühlte das heiße Pulsieren zwischen ihren Schenkeln. Fühlte, wie ihre empfindlichen Brüste anschwollen, sobald sie von den einengenden Bandagen befreit waren. Sie wogten hell und voll in der dämmrigen Beleuchtung des Weinkellers. Ihre maulbeerfarbenen Nippel wurden hart. Er schob ihr die Bluse über die Schultern, zeichnete mit den Fingerspitzen die Mulde in ihrem Schlüsselbein nach, kitzelte die nackte Haut. Glitt verführerisch langsam zu ihren Brüsten. Caterina sträubte sich nicht, sie war willenlos, ihr Atem ging in lustvoll zerrissenen Stößen.

Sie nahm schemenhaft sein Gesicht wahr. Und schloss die Augen, ließ den Kopf zurücksinken, entrückt angesichts seiner zärtlichen Liebkosungen. Er drängte näher, bis ihre Knie einander berührten. Er neigte sich über ihre Schulter, sie fühlte seinen heißen Atem auf ihrer Haut. Sie drehte abrupt ihr Gesicht zu ihm, wodurch sein Mund auf ihren prallte. So verharrten sie, ihre Lippen auf seinen. Caterina stockte der Atem. Sie war wie paralysiert. Ihre Lippen öffneten sich weich. Er rieb seinen Mund an ihrem. Sie schlang die Arme um seine Taille und merkte, wie er erschauerte. Ihre Hände pressten sich fester in sein Kreuz. Sie war ganz wild darauf, ihn zu spüren, seine Zärtlichkeiten zu erwidern. Seine Zungenspitze schnellte an ihre Zähne, glitt über die Innenseite ihrer Lippen. Er schmeckte nach Wein und nach Mann, salzig, süß, feucht, warm. Sie schob ihre Zunge vor, seine Lippen saugten sie zwischen seine Zähne, wobei er Caterina stürmisch umschlang.

Wir sollten jetzt aufhören, sann sie. Küssen ist einfach himmlisch. Wenn wir es dabei belassen, hab ich bestimmt nicht wirklich gesündigt. Allerdings erschien sie wie eine Kerze, die auf beiden Seiten brannte. Und schmolz wie Wachs in seinen Händen.

Hatte er eben etwas gemurmelt? Nein, das war unmöglich. Während sie einander küssten, zog er sein Hemd aus. Er schob ihre Hände auf seinen nackten Rücken, und sie japste leise erschrocken. Sie streichelte die warme Haut, kratzte ihn und hob impulsiv ihren Rock.

Was machte sie da? War sie von allen guten Geistern verlassen? »Nein, Zorzi.« Sie stemmte ihre Hände auf seinen Brustkorb. »Ich kann nicht. Die Glocke läutet gleich, und wir haben noch nicht eine Flasche abgefüllt!«

Er hob sie unbeeindruckt hoch und bettete sie auf einen Stapel alter Jutesäcke, einige leer, andere mit Stroh gefüllt. Er richtete sich auf und betrachtete sie, seine muskelbepackte Statur im Dämmerlicht verschattet. Geheimnisvoll und gefährlich. Während sie dalag, dachte sie an die Nonne, die er in Venedig verführt hatte. Sie reckte sich lasziv auf dem Jutesack.

Er griff nach dem Weinkrug und nahm zwei Flaschen aus dem leeren Kasten. Grinsend füllte er den Wein in die schlanken Flaschen um. Dann riss er ein Etikett von der mitgebrachten Rolle, leckte mit seiner feuchten Zunge daran und klebte es auf die elegante braune Flasche. Er nahm einen Korken, drückte ihn mit dem Mund in die Flasche und riss triumphierend die Arme hoch.

»Fertig! Das ging aber fix!« Sie klatschte in die Hände. »Donnerwetter, du bist echt zu gebrauchen!«

Er lachte rau und füllte die zweite Flasche. Als sie in sein Lachen einstimmte, goss er ihr den Rest aus dem Krug kurz entschlossen in den Mund. Dabei spritzte der Wein im hohen Bogen auf ihre Brüste und lief über ihre Nippel. Sie hörten auf zu lachen und betrachteten die dunkelroten, spitzen Nippel, nass vom Wein. Als er sich vor sie kniete, zog sie ihn auf sich. Er zögerte, dann ließ er sich auf sie sinken. Er packte ihre Arme, hielt sie über ihrem Kopf fest. Das raue Sackleinen scheuerte an ihrer nackten Haut. Sie ging ins Hohlkreuz, weil das Stroh in dem Sack fürchterlich piekste. Bot ihm ihren Körper und ihre Brüste hemmungslos dar. Stemmte sich ihm entgegen, seinen Händen, seinen Lippen. Die natürlichste Stellung der Welt.

»Sie haben mir verboten, mit dir zu sprechen«, meinte sie. »Sie haben mir jedoch nicht verboten, dich zu streicheln.«

Er grinste und nickte, als hätte er sie verstanden. Und die prickelnde Wärme in ihrem Schoß verwandelte sich in ein loderndes Feuer. Seine Nasenflügel bebten von der Anstrengung, ruhig zu atmen. Er war schwer auf ihren Beinen. Caterinas Atem ging flach, kaum hörbar. Mit einer Hand hielt er ihre Arme fest, die andere glitt zu ihren Brüsten, wog die lockende Fülle in seiner Handfläche. Dann neigte er sich über sie, saugte den Wein von ihrer feucht glänzenden Spitze. Caterina warf stöhnend den Kopf zurück. Während er saugte, schob er ein Knie zwischen ihre Schenkel, hob ihren Rock, ihre Unterröcke, enthüllte den dicken Schlüpfer. Mit einer Mischung aus Verlegenheit und Entsetzen strampelte Caterina mit den Beinen, um den gruseligen Liebestöter zu verstecken. Er schob ihr jedoch unbekümmert Rock und Unterrock bis zur Taille hoch und fasste das Gummi des Schlüpfers. Riss ihn herunter, und die brutale Bewegung war derart elektrisierend, dass sie willig die Beine breit machte, als er ihre nasse Spalte streichelte.

Durch den dünnen Stoff seiner Hose hindurch fühlte sie seine Erektion, die sich an ihren Schritt presste. Draußen rauschte der Regen, und es klang wie gedämpfte Stimmen.

Sie wurde zunehmend nervös. Sie wand ihre Hände aus seiner Umklammerung und öffnete seinen Gürtel. Zerrte an seiner Jeans. Sie wollte ihn in sich fühlen, spüren, wie sein Schwanz sich in sie schob. Er packte abermals ihre Handgelenke, hielt sie mit einer Hand fest, während er mit der anderen seinen Schwanz aus dem Hosenschlitz holte. Er wippte hart in seiner Hand. Sie schlang ihre Beine um seine Lenden. Das Stroh kratzte in ihrer nackten Spalte.

Zorzi hielt einen Herzschlag lang inne, als wartete er auf ihre Erlaubnis. Seine Augen dunkel entrückt vor Verlangen, forschte er in ihrem Mund nach der Antwort.

»Ja«, hauchte sie. »Fick mich, Zorzi.«

Eine Welle der Erregung flutete durch ihren Körper, scharf und heiß. Sie erging sich in ihrer Lust. Ihr Stöhnen vermischte sich mit seinem, als er mit dem Schwanz die Innenseite ihrer Schenkel rieb und ihn zwischen ihre feucht geschwollenen Lippen brachte. Von ihrer Libido befeuert, wand sie sich unter ihm, bis er sich ein kleines Stück tiefer in sie schob. Kein Necking, kein Petting, sondern Sex pur. Sie umschloss ihn mit ihrer Vagina. Ihre Lust steigerte sich zu einem stürmischen Höhepunkt, und sie erbebte. Sie konnte nicht mehr warten, nein, keine Chance.

Er zog ihn einen Wimpernschlag lang heraus, rieb mit dem Kopf seines Ständers um die weiche Mulde, dann drängte er in sie, presste sie mit seinem Gewicht auf den Strohsack, penetrierte sie wild, bis er ihre animalischen Lustschreie hörte. Er pumpte in sie, erschauerte heftig und warf sich auf sie, küsste sie wieder, leckte und bedeckte ihren Mund, ihr Gesicht mit kleinen Liebesbissen, während die Ekstase in ihr tobte und ihren willigen jungfräulichen Körper weit öffnete.

Caterina streckte ihre Arme und Beine von sich und genoss sein Gewicht, als er kurz auf ihr ausruhte.

»Wenn das der Garten Eden ist, dann bin ich Eva«, sirrte sie leise und küsste seine Fingerspitzen.

Die Glocke begann zu läuten. »Du schaust dauernd auf meine Lippen«, stellte sie fest. »Ist das, weil du mir von den Lippen abliest?«

»Nein. Das ist, weil ich mir dauernd vorstelle, wie sie meinen Schwanz lutschen.« Seine Stimme war tief und sexy und Caterina dermaßen geschockt, dass er sie mit Leichtigkeit auf die Füße ziehen konnte. »Das machen wir beim nächsten Mal.«

Carrie Williams

Die Zikaden

Sie fuhren durch die enge Schlucht, über unbefestigte Passstraßen, die steil in das sonnenflirrende Tal abfielen. Ein kleiner Fahrfehler, und sie konnten ihr Testament machen. Sie blickte alle paar Minuten heimlich zu ihrem Mann. Ihr Angetrauter, dachte sie lächelnd, komisch, ihr kam es bisweilen vor, als lebte sie einen Traum. Ein Traum, der inzwischen fünfzehn Jahre dauerte. Und jetzt reisten sie in ihre zweiten Flitterwochen. Wieso hinterließ das Wort »Ehemann« nach all den Jahren immer noch einen schalen Nachgeschmack in ihrem Mund?

Sie hatte keine Angst, ihre verstohlenen Blicke bewiesen ihr, dass alles okay war und er den kleinen roten Sportflitzer unter Kontrolle hatte. Er war ein besonnener Fahrer. In der Tat war das eine Eigenschaft, die ihr spontan an ihm gefallen hatte: seine ruhige, umsichtige Art. Er hatte die Hände locker und trotzdem fest am Lenkrad. Wenn er sie früher von ihren Kneipenzügen nach Hause brachte, hatten seine Fahrkünste sie schwer beeindruckt und irgendwie angemacht. Unterwegs hielt er dann irgendwo an – an einsamen Landstraßen oder auf Feldwegen – und lehnte sich über den Beifahrersitz, schob ihr den Minirock über die Hüften, riss ihr das Höschen mit dem gleichen

Selbstverständnis herunter, das er am Steuer dokumentierte, und befummelte sie in der Dunkelheit. Kurz vor ihrem Höhepunkt hatte er die Lehne ihres Sitzes heruntergedreht und war auf sie geklettert. Dann hatte er seinen harten Schwanz in sie geschoben und sie gefickt, dass das Auto in ihrem wilden Rhythmus mitschaukelte.

Sie schaute aus dem Seitenfenster, ließ melancholisch den Blick über die schroffen Berge und grünen Täler der Provence gleiten. Sie vermisste diese Zeit so sehr, dass sie alles getan hätte, um dieses geile Gefühl noch einmal einzufangen, und wäre es nur für einen kurzen Moment. Aber das lag Jahre zurück – sinnlich schöne Nostalgie, seufzte sie stumm, die Zeit ließ sich nun mal nicht zurückdrehen. Jahre mit unsinnigen Streitereien und Szenen, Zurückweisungen, bitteren Anschuldigungen und Eifersuchtsdramen. Sex war nicht mehr unkompliziert und spontan, sondern ein Druckmittel, eine Waffe im täglichen Ehekampf.

Und jetzt dieser zweite Honeymoon, überlegte sie, während die Kids bei ihrer Großmutter waren, zu lange vor dem Fernseher hockten und alles in sich hineinstopften, was zu Hause verpönt war. Sie würde Wochen brauchen, bis sie das wieder abgestellt hatte. Sie blickte abermals zu Nick und löste dabei die Spange in ihrem Pferdeschwanz, woraufhin ihre Haare mit dem Ruckeln des Wagens mitschwangen. Sie kitzelten ihre nackten Schultern in dem Halterneck-Top, und sie fühlte sich ein bisschen entspannter: Sie verdrängte die Kids, die Chips und sonstiges Junkfood und konzentrierte sich auf Nick. Die Auszeit von dem Stress zuhause und seiner anstrengenden Karriere war längst überfällig; sie brauchten beide eine Pause von der täglichen Routine, der Sorge und der Verantwortung für andere. Eine Chance, um wieder zueinanderzufinden.

Der Wagen rollte langsam durch eines der malerischen, in den Bergen versteckten Dörfern. Er drehte den Kopf zu ihr und fing ihren Blick auf.

»Was?«, fragte sie milde verdutzt. Was wollte er von ihr? War irgendwas?

Sie schüttelte den Kopf, und er heftete den Blick wieder auf die Straße, runzelte die Stirn angesichts der vielen kleinen Gassen. Er schaltete einen Gang runter und steuerte in das Labyrinth des Ortskerns. Dabei seufzte er vernehmlich. Sie sah auf die Straßenkarte und fuhr mit einer Fingerspitze über eine dünne weiße Linie.

»Es ist nicht mehr weit«, versicherte sie ihm. »Ungefähr drei Kilometer hinter Tourettes verlassen wir die Hauptstraße und erreichen das Dorf nach weiteren fünf Kilometern.«

»Und wo ist das Hotel?«

Sie zog die Unterlippe zwischen die Zähne und überflog den Ausdruck auf ihrem Schoß. »Mmmh … es steht kein Straßenname auf der E-Mail. Aber das Städtchen ist auf der Straßenkarte eingezeichnet. Kann folglich nicht so schwer sein, es zu finden.«

Er nickte und blickte dabei in den Rückspiegel. Sollte sie ihre Hand ausstrecken und auf seinen Schenkel legen, wie sie es früher oft gemacht hatte? Nein, sie konnte sich nicht dazu durchringen.

Der Wagen brauste über die breite Auffahrt der *mas*, die von silbrig schimmernden Olivenbäumen und Lavendelbüschen gesäumt wurde, und bog auf den kleinen Parkplatz. Neben dem protzigen schwarzen Porsche und den chromglänzenden Mercedes-Limousinen wirkte ihr kleiner Sportwagen ziemlich bescheiden. Zudem fühlte sie sich in ihren verschwitzten, zerknitterten Sachen, die sie schon im Flugzeug getragen hatte, unattraktiv und alt, obwohl sie wusste, dass fünfunddreißig kein Alter war. Sie spähte skeptisch zu Nick; seine Wangen waren von dunklem Bartansatz verschattet, seine Schläfen silbrig meliert. Er sah genauso geschafft aus wie sie und hatte seine sexuelle Halbwertzeit locker überschritten. Sie schluckte schwer. Vielleicht hätten sie sich das Geld besser sparen oder in ihr Haus stecken sollen. Es hatte eine Renovierung verdammt nötig.

Zu spät – der Portier lief bereits zu ihnen und erbot sich in fehlerfreiem Englisch, ihr Gepäck ins Haus zu tragen. Als der Mann die Beifahrertür öffnete und sie anlächelte, wurde sie rot. Gepflegte Bräune, strahlend weiße Zähne und ein schwarzer Leinenanzug von einem bekannten Designerlabel – da fühlte sie sich gleich noch mieser und mickriger. Sie nahm die angebotene Hand und stieg aus dem Wagen, strich ihren Rock glatt und nötigte sich ein Lächeln ab, das schief und verkrampft geriet.

Fünf Minuten später, in ihrem Zimmer, öffnete sie die Wasserhähne über der Wanne und goss ein bisschen von dem Algenschaumbad – eine kleine Aufmerksamkeit der Hoteldirektion – in den Strahl. Dann öffnete sie die Fenster und genoss den atemberaubenden Blick über die provenzalischen Berge und die Dächer der Parfümstadt Grasse, flimmernd in der Hitze. Sie knöpfte abwesend ihr Top auf und glitt aus ihrem Rock, stand in BH und Höschen da, ließ ihre Haut von der lavendelduftenden Luft streicheln und dabei die Seele baumeln.

Seine Hand an ihrem Ellbogen holte sie in die Realität zurück. Unwillkürlich zog sie eine Grimasse. Ihr war sonnenklar, dass Nick scharf auf Sex war, wie gewöhnlich ohne Vorspiel. Er schien nicht zu begreifen, dass sie ein bisschen Zeit brauchte, um sich an die unvertraute Umgebung zu gewöhnen und zu relaxen. Seine Hast, sein ungestümes Verlangen turnte sie spontan ab, wenngleich sie so etwas früher angemacht hatte.

Obwohl sie sich sträubte, blieb er hartnäckig, und nach ein paar Minuten musste sie ihn förmlich von sich stoßen mit dem Argument, dass die Badewanne sonst überliefe. Kaum waren die Worte heraus, wandte er sich von ihr ab – damit hatte er wohl gerechnet.

An der Badezimmertür warf sie einen Blick über ihre Schulter und verspürte einen schmerzhaften Stich in der Herzgegend, als sie seine deprimierte Miene auffing. Er versuchte seinen Frust zu verbergen, was ihm aber nie gelang; dafür kannte sie ihn mittlerweile zu lange. Geh ein bisschen auf ihn zu, flüsterte eine kleine Stimme in ihrem Kopf, tu den ersten Schritt und öffne dich ihm. Weis ihn nicht ständig zurück. Sie lehnte sich stirnrunzelnd über die Wanne und testete mit einer Hand die Wassertemperatur.

Als sie frisch gebadet zurückkehrte, ihre Haut unter dem flauschigen weißen Bademantel warm und rosig schimmernd, war er weg. Sie schämte sich, dass sie darüber erleichtert war. Er erkundete bestimmt das Hotel oder den Park, den sie auf der Website gemeinsam bewundert hatten; vielleicht gönnte er sich einen Drink unter Feigenbäumen oder inspizierte die drei Pools – ein großes und ein kleinen Schwimmbecken und ein Bewegungsbad im japanischen Garten, wo sich das Spa befand. Dort waren auch zwei Jacuzzis. Ob es dort voll war, jetzt in der Nebensaison? Sie und Nick waren definitiv die einzigen Gäste gewesen, die eincheckten. Womöglich hatten sie das Hotel komplett oder fast ganz für sich – abgesehen von dem Hotelpersonal, das überall herumschwirrte und immer zu Diensten war, so wie der attraktive Typ in dem schwarzen Leinenanzug.

Als sie sich rücklings auf das Bett warf, rutschte der Bademantel auseinander, und das Sonnenlicht, das durch das Fenster ins Zimmer flutete, ergoss sich über ihren Körper. Sie stopfte sich ein paar Kissen unter den Kopf und betrachtete kritisch ihre Brüste, ihren Bauch mit dem feinen, hell schimmernden Haarflaum. War sie überhaupt pooltauglich? Neben den Typen, die knackig braun von den Stränden in Cannes oder St-Tropez kamen? Traute sie sich überhaupt, den Bikini anzuziehen, den sie in der schnuckeligen kleinen Wäscheboutique gleich bei ihnen um die Ecke gekauft hatte,? Und das Spa? Würde die französische Masseurin heimlich die Nase über ihren mega-unperfekten Körper rümpfen, dem man Schwangerschaften und Geburten ansah?

Sie wog ihre Brüste in den Händen, bezwirbelte mit Daumen und Zeigefinger ihre Nippel. Und erschauerte heftig. Sie schloss die Augen und grub den Kopf tiefer in die daunenweichen Kissen. Hinter ihren Lidern zuckten gelb glühende Blitze. Sie stöhnte unwillkürlich und schob eine Hand zwischen ihren Schenkelansatz.

Sie war verblüfft, wie nass sie war. Kam es, weil sie sich heimlich irgendwelche knackbraunen Astralkörper am Strand der Côte d'Azur vorstellte oder weil sie der braun gebrannte Portier-Adonis beeindruckte? Sie schüttelte den Kopf. Nein – der Typ war ihr einfach zu perfekt und zu geschniegelt. Solche Kerle schüchterten sie mehr ein, als dass sie sie heiß machten. Gleiches galt für die Beachboys. Zum ersten Mal seit Jahren fand sie es erregend, an sich selbst herumzuspielen und dabei die leichte Brise und die wärmende Sonne auf ihrem nackten, duftenden Fleisch zu spüren.

Ihre Beine gespreizt, glitten ihre Finger zwischen ihre Schamlippen, tauchten tief in ihre Spalte. Sie schob reflexhaft ihr Becken vor, stemmte sich in den Druck ihrer Hand. Wie ein Fisch am Angelhaken, der sich zappelnd zu befreien sucht, zuckten ihre Hüften, während ihre Hand sich immer schneller bewegte. Auf den Höhepunkt zusteuerte, der tief in ihrem Zentrum lauerte, an einem geheimnisvoll versteckten Punkt, den sie weder lokalisieren noch beschreiben konnte. Es war unbeschreiblich, kaum fassbar. Was, wenn dieser Punkt schon viel zu lange vernachlässigt worden war?

Sie klappte die Lider auf. Draußen vor dem Fenster ragten die Berge in sommerlichen Dunst gehüllt auf, was die Szenerie noch verträumter anmuten ließ. Es war so unwirklich wie der Orgasmus, der sie unvermittelt überrollte und in höhere Sphären katapultierte, und sie hörte sich selbst schreien, ohne zu überlegen, dass die Fenster weit offen standen und das Personal oder die Gäste in den benachbarten Zimmern es mitbekamen.

Als Nick zurückkehrte, döste sie, himmlisch befriedigt. Er küsste sie auf die Stirn, streifte zart wie ein Schmetterling ihre Haut. Obwohl sie nackt unter dem aufklaffenden Bademantel war, rührte er sie überraschenderweise nicht an, und dafür war sie ihm dankbar. Ihre Schenkel bebten von der abklingenden Ekstase, und sie hätte sich ohrfeigen mögen, dass sie ihren sexuellen Bedürfnissen nicht schon viel früher nachgegeben hatte. Sie hatte ihre eigenen sinnlichen Impulse zwangsläufig ignoriert, weil sie *ihn* ignoriert hatte.

Er beugte sich über sie und grinste, eine Spur schuldbewusst, fand sie. »Ich hab uns für acht Uhr einen Tisch reserviert«, sagte er. »Das ist zwar früh, aber ich dachte, du bist bestimmt müde nach dem langen Flug. Ich nämlich auch.«

Sie nickte. »Nein, das ist perfekt«, meinte sie. »Hast du mal einen Blick auf die Speisekarte geworfen?«

»Sie hängt draußen, vor dem Restaurant. Die Preise sind gesalzen, aber dafür haben sie hier einen Michelinstern. Das Fischmenü klingt gut. Sieben Gänge, glaub ich. Das bestellen wir, scheiß auf die Preise. Ich hab echt keine Lust zu knausern.«

Sie setzte sich auf, dabei fiel der Frotteestoff weich über ihre Schultern. »Und die Pools? Hast du dir die mal angesehen?«

»Die sind noch toller als auf der Website. An dem größeren – der mit der nackten Skulptur am Rand – hast du einen traumhaften Blick über das Tal. Ich wollte gleich mal eine Runde schwimmen gehen. Kommst du mit?«

Sie schüttelte den Kopf. Nein, danke, sie hatte eben erst gebadet. Und sie wollte allein sein. Nicht um wieder zu masturbieren, sondern um nachzudenken, was sie eigentlich hier sollte. Was sie beide hier sollten und was sie sich von dem verlängerten Wochenende erhofften. Sie musste wissen, wieso sie so weit mit ihm gefahren war und dann unbedingt allein sein wollte.

Nicht lange nachdem Nick weg war, spazierte sie zu dem zweiten, kleineren Pool – der ohne die hypermoderne Skulptur und ohne Superaussicht dalag. Eingerahmt von Schirmakazien und Olivenbäumen und einem kleinen Holzpavillon, in dem frische Strandtücher, Zeitschriften und englische und französische Tageszeitungen für die Hotelgäste auslagen. Sie blätterte ein wenig schuldbewusst durch ein Exemplar der *Newsweek* und durch die französische *Vogue*, bevor sie sich ein paar Handtücher schnappte. Welche Liege sollte sie nehmen, überlegte sie. Sie waren alle frei, keine Menschenseele im Pool – der größere war bestimmt besser frequentiert. Das passte ihr hervorragend in den Kram. Sie war gern allein.

Aber kaum lag sie mit ihrem Buch auf der Strandliege, tauchte ein Kellner neben ihr auf. Ein leeres Tablett auf den gespreizten Fingern balancierend, erkundigte er sich höflich, ob sie etwas bestellen wolle: vielleicht einen kühlen Drink von der Bar? Sie beschirmte mit einer Hand ihre Augen und blinzelte zu ihm hoch; obwohl es bereits später Nachmittag war, schien die Sonne noch so kräftig, dass sie Schwierigkeiten hatte, sein Gesicht zu fokussieren. Sie sah jedoch, dass er grinste, und das nervte sie. Sie fühlte sich nackt – nackt wie eine halbe Stunde zuvor, als sie es sich selbst besorgt hatte. Sie fand sein süffisantes Grinsen irgendwie unverschämt, als wüsste er genau, was sie vorhin in ihrem Hotelzimmer getrieben hatte. Als hätte er sie dabei beobachtet. Aber das war ausgeschlossen – ihre Minisuite lag im ersten Stock und war folglich nicht einsehbar. Außerdem war sie bestimmt nicht besonders laut gewesen.

»*Madame?*«, wiederholte er. Sein aufgesetztes Getue hatte wahrscheinlich mehr damit zu tun, dass er sich dabei total toll und umwerfend fand, entschied sie. Was sie vorhin gemacht hatte, kümmerte ihn nicht die Bohne. Inzwischen hatte sie ihre Augen an das Sonnenlicht gewöhnt, und sie bemerkte sein symmetrisch geschnittenes, modelähnliches Gesicht. Markante Wangenknochen, die Kinnpartie energisch breit. Knallblaue Augen. Kastanienbraune Haare, die ihm betont nachlässig in die Stirn fielen. Wie den Seiten der Vogue entstiegen, die sie vorhin durchgeblättert hatte.

»*Un vodka tonique*«, brachte sie schließlich heraus. Es war zwar reichlich früh für einen Drink, aber vielleicht wurde sie dadurch ein bisschen lockerer. Sie war schließlich im Urlaub. Wenngleich sie diesen Kurztrip als einen Test dafür ansah, ob ihre Ehe noch zu retten war. Ihre und die Zukunft ihrer Familie schien von dem Verlauf dieses einen Wochenendes abzuhängen. Im Grunde fühlte sie sich erheblich unter Druck gesetzt.

Der Kellner verbeugte sich kurz; sie beobachtete, wie er den Pool umrundete und an der Bar ihre Bestellung aufgab. Von einer inneren Rastlosigkeit getrieben, schaute sie ihm nach; der Kleine war ihr definitiv zu jung und zu schön, genau wie der Portier. Solche Typen waren ihr schlicht und ergreifend zu perfekt. Trotzdem reizte sie die Vorstellung von einem kleinen Seitensprung erheblich mehr als eine Runde Sex mit ihrem Mann. Damit war dieser Trip ein Witz. Noch dazu ein verdammt schlechter.

Sobald der Kellner weg war, schwamm sie eine Runde – besser nüchtern, als leicht angeschickert, fand sie. Bei seiner Rückkehr würdigte sie ihn keines Blickes, sondern zog fleißig weiter ihre Bahnen, während er das Tablett mit dem kühl beschlagenen Glas und einem Schälchen Knabbergebäck auf den Tisch neben ihrer Liege stellte. Kaum war er gegangen, kletterte sie aus dem Becken, schüttelte sich das Wasser aus den Haaren und setzte sich, um ihren Drink zu genießen. Nick saß jetzt bestimmt an dem anderen Pool. Was trieb er eigentlich so, wenn sie nicht bei ihm war, fragte sie sich unvermittelt. Kannte sie ihren Mann überhaupt richtig? In ihrem Beisein schaute er mit Sicherheit keiner Frau hinterher, aber wie verhielt es sich, wenn er allein war? Verschlang er die knackigen, zart gebräunten Bikinischönheiten mit Blicken, weil er genau wusste, dass seine bessere Hälfte davon nie erfahren würde? Oder war er treu wie Gold?

Bei der Vorstellung, dass er halb nackte Frauen am Pool beobachtete, prickelte ihre Muschi; sie war geschockt, wie sehr sie diese Fantasie erregte. Statt sauer oder eifersüchtig zu sein, sah sie ihren Mann plötzlich mit anderen Augen. Ein Nick, der fremde Frauen anstarrte, war wesentlich attraktiver als ein Nick, der brav am Pool saß, den neuesten Jeffrey Archer las und sich aus Prinzip nicht für andere Frauen interessierte – weil er verheiratet war, weil er seine Frau liebte, weil man *so was* nicht tat. Ein Nick, der scharf war – scharf auf eine andere.

Sie ließ sich von der Sonne trocknen, unfähig, sich auf

ihr Buch zu konzentrieren, und trank ihren Drink aus. Dann schlang sie den Seidensarong um ihre Hüften, glitt in die Flipflops und lief in ihr Hotelzimmer. Ob Nick schon zurück war? Die Frage erübrigte sich, als sie die Zimmertür aufdrückte und laute Musik hörte: Ihr Mann hatte eine von seinen alten Lieblings-CDs von Santana in die superteure Alage geschoben, die auf dem Mahagonisekretär stand. Die Songs wurden von leisem Pfeifen untermalt, das durch die weit aufstehende Badezimmertür drang.

Sie glitt leise näher, das Herz klopfte ihr bis zum Hals. Nick schäumte sich ähnlich hingebungsvoll ein, wie er pfiff, seine Muskulatur gelockert vom Schwimmen, der Bürostress weit weg, sein nackter Körper sonnenverwöhnt. Jetzt war zweifellos Urlaub angesagt: Er rubbelte sich mit dem Luffaschwamm über Schenkel und Hintern, spielte mit der Hand unschlüssig an seinem Schwanz herum. Dabei hielt er die Augen geschlossen, das Gesicht in den plätschernden Duschstrahl gereckt.

Sie beneidete ihn darum, wie schnell er relaxen und sich physisch erholen konnte. Sie hatte es mit Masturbation und Schwimmen versucht, aber sie konnte einfach nicht abschalten. Wieso ging ihr bloß immer so verdammt viel durch den Kopf?

Ein Klopfen an der Tür unterbrach ihre Betrachtungen. Sie schwenkte herum und lief zur Tür, schaute dabei kurz auf die Uhr an ihrem Handgelenk. Sie zeigte fünf Uhr nachmittags, also hatte sie glatt vergessen, sie eine Stunde vorzustellen. Sie drehte mit einer Hand an der kleinen Krone, mit der anderen drückte sie die Klinke herunter.

Ein Mann stand im Türrahmen, er grinste sie an, und sie hatte spontan Schmetterlinge im Bauch. Er war keiner von den Pseudo-Filmstar-Kellnern, die einen höflich angrinsten und im Stillen dachten, dass sie etwas Besseres wären als man selbst. Er war ein richtiger Mann, die Haare zerzaust, sein Gesicht wettergegerbt und von feinen Linien durchzogen, um seine Augen winzige Lachfältchen.

»*Bonsoir?*«, brachte sie nach kurzem Zögern heraus.

»*Service du soir, Madame*«, antwortete er, und sie wurde prompt feucht.

Sie musste ihn fragend angeschaut haben, denn er zeigte mit einer Hand auf den Stapel Handtücher, den er auf der anderen balancierte. »Frische Handtücher?«, schob er nach, sein Englisch mit einem starken Akzent, dass sie weiche Knie bekam.

Sie starrte ihn wie hypnotisiert an. Wie alt mochte er sein? Sie schätzte ihn auf vierzig, höchstens fünfundvierzig. Er war braun gebrannt wie die anderen Kellner, hatte aber etwas wild Verwegenes an sich, den Duft von Freiheit und Abenteuer. Seine Kollegen rochen nach Beautysalon, *Eau de Cologne* und teuren Gesichtscremes. Er schien viel draußen zu sein, war authentisch und duftete nach Zitrone, Mandeln, Zedernholz und Eukalyptus. Sie vermutete, dass seine Handflächen leicht schwielig waren und rau von der Arbeit im Freien.

Innerhalb von Sekunden toste eine Flut von Visionen durch ihre Gehirnwindungen, wie Wasser durch eine enge Schlucht. Schließlich, als erwachte sie aus einem Traum, blinzelte sie benommen zur Badezimmertür. Brauchten sie frische Handtücher oder nicht, erwog sie panisch, statt die Sache rational anzugehen. Nick hatte höchstens zwei benutzt. Er dachte nicht zuletzt auch an die Umwelt.

Sie hörte, dass die Dusche nicht mehr rauschte, und beschloss, ins Bad zu rufen, ob sie Handtücher bräuchten. Als der Mann in der Tür von einem Absatz auf den anderen wippte, drehte sie sich wieder zu ihm. Seine grünen Tiefen klebten an ihr, freundlich belustigt, als könnte er ihre Gedanken erraten. Als wüsste er, dass sie total auf ihn abfuhr.

»*Service du soir?*«, sagte jemand hinter ihr, diesmal mit einem englischen Akzent, und sie fuhr zusammen, als Nick eine Hand auf ihre Schulter legte. »Wieso nicht?«, fuhr er fort. »Es wäre unhöflich, abzulehnen.«

Nick senkte seine Zähne auf ihr Schulterblatt und knabberte hingebungsvoll an ihrer weichen Haut, was ein sinnliches Seufzen aus ihrer Kehle zur Folge hatte. Er wusste genau, wo ihre erogenen Zonen waren und wie sie in Fahrt kam. Wieso machte er das eigentlich nicht öfter?

Der Mann stand weiterhin an der Tür, in seinen Augen ein glutvolles, wohl dosiertes Funkeln.

»Und?«, meinte Nick. »Bitte ihn herein. Das ist es doch, was du willst, oder?«

Sie nickte, drängte zurück in den Raum, zu Nick, der sie, die Hände auf ihren Schultern, sanft durch den Raum dirigierte.

»Wohin willst du?«, fragte er, und sie zeigte auf das Bett. Wenn sie sich nicht sofort setzte, würde sie bestimmt der Länge nach hinknallen.

Er ließ sie los, und sie sank vornüber auf das Bett, gespannt und gleichermaßen skeptisch. Einen Moment lang lag sie wie erstarrt, ihre Haare verdeckten ihr Gesicht wie ein Vorhang, der die Realität ausblendete. Eine kleine Auszeit. Sie atmete tief durch und drehte sich um, rekelte sich lustvoll lasziv auf dem Bett.

Nick hatte Recht. Sie war heiß auf diesen Typen. Er war seit Langem der erste Mann, der sie anmachte. Und Nick schenkte ihr großzügig ein Abenteuer mit diesem Fremden, der vor ihrer Tür aufgekreuzt war. Liebte ihr Mann sie überhaupt noch? Oder war sie ihm gleichgültig? War das Nicks Art, ihr zu stecken, dass sie ihn kaltließ, dass er inzwischen genug von ihr hatte?

Der Fremde verzog keine Miene. Ob ihm das öfter passierte, dass Gäste ihn in ihr Hotelzimmer einluden, fasziniert von seinem unverkrampften Charme, schoss es ihr durch den Kopf. Die bloße Vorstellung, dass er es mit anderen weiblichen Hotelgästen trieb, war sündhaft erregend.

Nick ging zur Minibar, und sie hörte, dass er ihnen Drinks eingoss. Sie blickte erneut zu dem Mann, seine meergrünen Tiefen beschwörend, dass sie unterbewusst mit einer Hand zu ihrer Hüfte tastete und den Knoten ihres Sarongs löste. Sie schälte den feuchten Stoff von ihrer Haut, als entledigte sie sich eines blutsaugenden Monsters, dann ließ sie ihre Hand in ihr Bikinihöschen gleiten und stöhnte, als sie ihre triefende Muschi fühlte. Ihr Blick auf den Mann geheftet, schob sie zwei Finger zwischen ihre Schamlippen und in den lockenden Saft.

Er reagierte darauf, indem er sein weißes kurzärmeliges Hemd über den Kopf zog, viel braune Haut und dunkles Brusthaar enthüllte. Sie streckte ihre freie Hand nach ihm aus, er stieg auf das Bett und schwang sich mit einem Bein über sie. Sie kraulte seine Brust, strich mit der Hand zu seinem Waschbrettbauch: Sein Flaum war lockig weich, irgendwie vertraut und tröstlich. Ein kuscheliges Refugium zum Anlehnen, dachte sie. Sie konnte sich durchaus vorstellen, nach dem Sex mit ihm zu kuscheln, himmlisch zu entspannen und ihn zu schnuppern.

Sie fing aus den Augenwinkeln heraus eine Bewegung auf und drehte den Kopf. Sie hatte Nick einen Herzschlag lang völlig verdrängt. Er trat an das Bett, stellte zwei Drinks auf das Nachttischchen. Seinen behielt er in der Hand und trank gierig, während er beobachtete, wie sie an ihrer Muschi herumspielte.

Der Fremde kniete über ihr, er öffnete geschickt den Verschluss ihres Bikinitops, riss es ihr runter und warf es achtlos beiseite. Dann umschloss er mit den Händen ihre Brüste und brachte sein Gesicht abwechselnd auf die dunklen Spitzen. Mit seiner Zunge schleckte und schlürfte er daran, und sein Stöhnen verband sich mit ihrem: tief, beinahe animalisch. Beide schienen vorübergehend auszublenden, dass Nick mit im Zimmer war, als hätte der Sex ihre Sinne beflügelt und sie fortgetragen.

Nick ließ sich jedoch nicht ausblenden. Er war da, saß direkt neben ihnen auf dem Bettrand, sein Bademantel hing offen. Sie drehte den Kopf und gewahrte den zuckenden Ständer zwischen seinen Schenkeln. Der Fremde, der eben an einem ihrer Nippel saugte, hob ebenfalls den Kopf. Er fing Nicks Blick auf, in dessen Augen sich kein bisschen Rivalität zeigte. Sie waren keine Rivalen – ein Glück. Sie streckte einen Arm nach ihrem Mann aus, bereit, die sinnlichen Verlockungen zu teilen.

Nick fasste ihre Hand, stellte sein Glas ab und kletterte vorsichtig zu ihnen auf das Bett. Als er neben ihnen kniete, griff sie in seinen Bademantel und umschloss mit der Hand seinen harten Schwanz. Auf ihre Ellbogen gestützt, brachte sie ihren Mund auf ihn, er half ihr, indem er sein Becken vorschob. Sie presste die Lippen um seinen Schwanz, kitzelte die Spitze mit ihrer Zunge, während er sinnlich langsam in ihren Mund pumpte.

Der Fremde grub sein Gesicht in ihre Muschi, zupfte spielerisch an ihrem weichen Pelz, drängte zu ihren triefenden Lippen und der rosafarbenen Knospe ihrer Klitoris. Ihr Atem blies heiß und schwer auf Nicks Schwanz, während der Fremde sie beglückte. Sie fühlte, wie sie sich ihrem Höhepunkt näherte, unaufhaltsam und aufgepeitscht wie eine Sturmflut. Sie sehnte sich danach, den Mann in sich zu spüren, wollte seinen zuckenden Schwanz fühlen, den sie bisher nicht mal gesehen hatte. Er trug noch immer die marineblauen Shorts, in denen er bei ihnen erschienen war.

Nicks Hüften bäumten sich ein wenig auf, er erschauerte, und sie spürte, dass er kurz vor dem Orgasmus stand. Um zu vermeiden, dass sie beide gleichzeitig kamen und die seligen Wonnen damit womöglich beendet wären, hob sie behutsam den Kopf und ersetzte ihren Mund durch ihre Hand. Sie stimulierte ihn jedoch nicht, sondern umklammerte seine Erektion fest mit ihrer Faust.

Der Fremde blickte fragend auf. Sie winkelte ein Knie an, bedeutete ihm wortlos, dass er sich auf den Rücken drehen sollte. Mit ihrer freien Hand zerrte sie ihm die Shorts bis zu den Schenkeln herunter, dann übernahm er und zog sie ganz aus.

Sie setzte sich auf und schaute halb fragend, halb Bestätigung suchend zu Nick. Er nickte zustimmend und grinste. Das hieß, er würde alles billigen, was sie sich in ihren heimlichen Fantasien ausmalte. Folglich hockte sie sich auf ihren unbekannten Lover, schob ein Bein über seine Lenden. Der Fremde hielt sie an den Hüften fest und schob sie sanft, aber bestimmt auf seinen Ständer. Sie glitt stöhnend auf seinen glatten Schaft und ließ ihren Oberkörper auf seinen sinken. Als sie seine rauen Brusthaare streiften, wurden ihre Nippel augenblicklich hart.

Der Mann hielt ihr Becken umschlungen, und sobald sie miteinander verschmolzen waren, begann er, ihre Hüften lasziv kreisend zu bewegen. Sie schaute zu ihm hinunter, er hatte die Lider geschlossen. Sie hatte ihn noch nicht mal geküsst, fuhr es ihr durch den Kopf. Also brachte sie ihre Lippen auf seine und holte es nach. Er erwiderte den Kuss, stürmisch, seine Zunge zwängte sich zwischen ihre Lippen und suchte ihre, dabei hielt er die Augen geschlossen. Wer wohl zuhause auf ihn wartete?, dachte sie ein wenig bestürzt. Eigentlich schade, dass es bloß eine einmalige Sache war. War es deshalb so schön und so reizvoll?

Sie fühlte ein zweites Paar Hände auf ihrem Hintern und spreizte ihre Knie automatisch ein bisschen weiter auseinander. Nicks Hände gruben sich in ihr Fleisch, seine Fingerspitze bohrte sich in sie, und sie biss die Zähne zusammen. Sie fühlte seine Lippen und seine Zähne auf ihrem knackigen Hintern, hörte sein Stöhnen. Seine Zunge kroch zwischen ihre gespreizten Backen und leckte an der Knospe ihres anderen Lochs. Sie begann ebenfalls zu stöhnen. Das war zu gut, um wahr zu sein. Das dicke Ende kam bestimmt noch.

Dann fühlte sie den Kopf von Nicks Schwanz an ihrem Loch, und sie schrie auf. War es überhaupt physisch möglich, was er da versuchte? Würde er sie verletzen? Es war lange her, dass er sie das letzte Mal auf diese Weise penetriert hatte, und damals steckte kein weiterer Schwanz in ihr. Sie schwankte zwischen Angst und Erregung.

Nick schob sich in sie; befeuert von den Schwanzstößen in ihrer Muschi, kam sie spontan. Im Rausch ihrer Leidenschaft vergaß sie, wo sie war. Irgendwie zögerten die beiden Männer ihre eigenen Orgasmen heraus, und als sie sich wieder halbwegs gefasst hatte, fühlte sie, wie ihre Schwänze aneinanderrieben, wenn sie in sie drängten, wie ihr Rhythmus sich zunehmend beschleunigte. Wenige Minuten nach ihrem ersten Orgasmus kam sie erneut, getrieben von der Wucht ihrer Stöße.

Selbst am Rande der Erschöpfung, war sie erstaunt, dass die beiden Männer ihren jeweiligen Höhepunkt derart lange herauszuzögern vermochten. Schließlich, wie auf ein geheimes Stichwort hin, umschlangen beide die Hüften ihrer gemeinsamen Gespielin, stockten in ihrer Bewegung, ihre Hände und Arme ineinander verhakt, und gaben sich einem Orgasmus hin, der ihre Leiber erschütterte wie ein Erdbeben – mit ihr als Epizentrum, als Auslöser. Die beiden glitten aus ihr heraus und ließen sie los, der Fremde unter ihr erschauerte, seine Lider geschlossen, und ihr Mann sank zuckend und keuchend auf das Bett.

Sie lag da, eine Hand auf ihrer Muschi, und fühlte sich sündhaft entspannt. Eine kurze Weile später hörte sie, wie der Fremde aufstand und seine Sachen zusammensuchte. Nick stand ebenfalls auf und half ihm. Sie sah ihnen dabei zu. Unwahrscheinlich, dass sie den Fremden je wiedersehen würde, überlegte sie. Sie hatten bloß für zwei Nächte gebucht, und morgen Abend wollten sie im Nachbarort essen. Sollte sie sich bei ihm bedanken? Nööö, das wär's ja noch!

»Bleib ruhig noch, Kumpel«, sagte Nick eben, eine Hand auf dessen Schulter gelegt. Ihr Mann war nackt, seine Haut glänzte im Dämmerlicht vom Schweiß. »Lust auf einen kleinen Drink, hmm?«

Der Fremde winkte ab. »Unmöglich. Ich bin spät dran. Sie wissen schon – *service du soir*.« Er schnappte sich den Stapel Handtücher, den er vorhin an der Tür deponiert hatte, als sie ihn in ihr Zimmer eingeladen hatten, in ihr Leben.

»Danke«, formten ihre Lippen lautlos, sich dessen bewusst, dass er nie erfahren würde, *wie* dankbar sie ihm war.

Sie döste ein, und als sie wieder erwachte, sangen die Zikaden unter dem Fenster in der provenzalischen Nacht. Nick beugte sich über sie, seine Lippen streiften ihre Ohrmuschel.

»... Tisch in fünf Minuten ...«, raunte er eben. »... mochte dich nicht wecken ... wir kommen zu spät ...«

Sie rieb sich stöhnend die Augen. »Müssen wir denn los?«, fragte sie und war über sich selbst erstaunt – sie hatte ein Faible für Gourmetrestaurants.

Er betrachtete sie anerkennend grinsend, und sie fläzte sich nackt auf dem Laken, fühlte sich das erste Mal seit Jahren sexy, attraktiv und von einer großen Last befreit. Sie war zwar nicht mehr die Jüngste, aber wen kümmerte schon die eine oder andere Falte? Mit achtzehn war ihr Körper straff und knackig gewesen, aber sollte sie jetzt deswegen Trübsal blasen? Sie war stolz auf die Spuren, die das Leben bei ihr hinterließ, die Spuren der Erfahrung, die die Jahre auf ihrem noch immer schönen Körper eingraviert hatten.

Sie blickte stumm zu ihm hoch, dabei lauschte sie auf das Lied der Zikadenmännchen. Das zirpende Geräusch – so hatte sie im Reiseführer gelesen – wurde nicht durch ihr Flügelreiben erzeugt, sondern durch die Kontraktion und Entspannung der Gesäßmuskulatur. Es war praktisch eine Art Liebeslied.

Sie setzte sich halb auf und schlang ihre Arme um Nick.

»Und was ist jetzt mit unserem Dinner?«, wollte er wissen.

Sie lächelte verheißungsvoll. »Bestell den Tisch ab«, erklärte sie. »Wir lassen uns vom Room Service was aufs Zimmer bringen.«

Kristina Wright

Die Frau des Ranchers

Er erwartete sie schon. Genau wie früher. Trotzdem war sie jedes Mal wieder schwer beeindruckt, wenn sie ihn in der Tür stehen sah. Kein Wunder, mit einem Meter neunzig und fünfundneunzig Kilo Lebendgewicht war er eine imposante Erscheinung. Sie stieg aus dem Wagen, einem BMW-Sportcoupé, das für die Ruckelpisten in Montana denkbar ungeeignet war, und strich ihr Kleid glatt. Sie pickte ein imaginäres Stäubchen von dem schwarzen Stoff, schnippte es in die warme, trockene Luft, die in ihren schulterlangen blonden Haaren spielte. Sie schob sich eine vorwitzige Strähne hinters Ohr und schloss umständlich den Wagen ab, obwohl im Umkreis von zwanzig Meilen niemand wohnte. Hier draußen gab es nichts außer Pferden und Kühen – und Edwin Dobbs, ihren Mann. Er ging mit Sicherheit davon aus, dass sie verdammt ungern hergekommen war, aber eigentlich spielte sie bloß auf Zeit. Als würden ein paar Sekunden mehr oder weniger etwas ausmachen.

Sie hatte sich massenhaft Zeit gelassen, um sich auf diesen Augenblick vorzubereiten. Geschlagene dreizehn Monate. Dreizehn Monate und sechs Tage, um exakt zu sein, seitdem sie alles hingeworfen und ihn verlassen hatte. Schon viel früher, vor gut über zwei Jahren, hatte sie ihm erklärt, dass sie es satthabe, mit einem Rancher verheiratet zu sein. Es hatte eine ganze Weile gebraucht, bis sie sich darüber im Klaren war, dass sie einen Schnitt machen und sich von ihm trennen wollte. Vermutlich hatte sie ihm viel zu viel Zeit gelassen, um sich zwischen ihr und der verdammten Ranch zu entscheiden. Irgendwann hatte sie die Faxen restlos dicke gehabt.

Sie kletterte die ausgetretenen Verandastufen hoch und trat zu ihm. »Hey, Win. Du siehst gut aus.«

Er sah *tatsächlich* gut aus. Win hatte sich seit ihrer Trennung kaum verändert. Sein stets sonnenbrauner Teint unterstrich das helle Blau seiner Augen und zwei Reihen weißer gesunder Zähne, wenn er lachte, was jedoch nicht oft vorkam. Seine Schultern waren noch genauso breit wie in ihrer Erinnerung, und sein Brustkorb verjüngte sich zu einer schmalen Taille. Sie wusste, dass unter dem karierten Baumwollhemd und der fadenscheinigen Bluejeans ein flacher, steinharter Waschbrettbauch und gut definierte Muskeln steckten, um die ihn jeder Bodybuilder beneidet hätte. Wins durchtrainierter Körper war das Ergebnis schwerer körperlicher Arbeit, nicht des Fitnessstudios. Wins Körper war eine effiziente Kraftmaschine und gleichermaßen der Körper eines Lovers: Er war in der Lage, sie hochzuheben und von der Scheune in ihr Schlafzimmer zu tragen, ohne dabei in Schweiß auszubrechen. Sie erschauerte bei der Erinnerung, wie sich seine schwieligen Hände auf ihrem Körper anfühlten, rau und dabei traumhaft zärtlich, bloß dass es nicht mehr *ihr* Schlafzimmer war.

Win musterte sie mit einem langen, anerkennenden

Blick. »Das Stadtleben bekommt dir gut, Lee. Du hast ein bisschen mehr Fleisch auf den Rippen als früher.«

Win brachte es locker fertig, eine Frau mit einem Kompliment zu beleidigen. Sollte sie sich also die Mühe machen, ihm zu erklären, dass man so etwas nicht sagte, ebenso wie zig andere wenig schmeichelhafte Kommentare? Leslie schüttelte bloß den Kopf. Es war nicht mehr ihr Job, Win Dobbs den Kopf zurechtzurücken.

»Darf ich reinkommen, oder gehen wir tanzen?«

Er trat einen Schritt beiseite und winkte sie ins Haus. »Seit wann brauchst du in deinem eigenen Zuhause eine Einladung?«

Sie blickte sich um. Es war alles unverändert. Die Möbel einfach und funktional, und alles in unauffälligen Beige- und Brauntönen gehalten wie zu ihrer Zeit. Sie hatte versucht, das Haus mit bunten Kissen und Vorhängen aufzupeppen, aber das langweilige Braun setzte sich durch. Win liebte es schlicht, er legte weder Wert auf hübsche Wohnaccessoires noch auf Zeitschriften oder Bilder, die sein spartanisches Heim aufgelockert hätten. Was sie gekauft hatte, hatte sie mitgenommen, mit Ausnahme des Hochzeitsfotos. Es war kein professionelles Foto, sondern ein vergrößerter Schnappschuss, den Wins Bruder vor der kleinen, schmucklosen Kapelle gemacht hatte, in der sie sich das Jawort gegeben hatten.

Das braun gerahmte Bild stand auf dem braun gekachelten Kaminsockel, genauso wie vor vier Jahren. Ein Memento, das sie nicht haben wollte, weil es sie an den Tag erinnerte, der unauslöschlich in ihrem Gedächtnis eingraviert war. Leslie hatte bei ihrem Auszug alles mitgenommen, aber das Hochzeitsbild hatte sie ihm dagelassen. Sie wollte es nicht haben, weil sie nicht dauernd an ihr Scheitern erinnert werden mochte. *Ihr* Scheitern, so als trüge Win keine Mitschuld am Scheitern ihrer Ehe – immerhin hatte nicht er Leslie verlassen, sondern sie ihn. Jetzt klebte ihr Blick an dem Foto. Auf dem Bild sahen sie glücklich aus. Waren sie glücklich gewesen? Sie konnte sich nicht mehr erinnern, obwohl sie sich ansonsten an jedes Detail ihrer Hochzeit erinnerte.

»Wieso bist du hier, Lee?«

Win redete nie lange um den heißen Brei herum. Er war nicht der Typ für Smalltalk, trotzdem hatte sie gehofft, dass sie zuerst ein bisschen plaudern würden. Nicht dass das irgendetwas geändert hätte.

»Kann ich was zu trinken bekommen?«

Er schaute sie lange an, sein Blick bohrte sich durch ihre Kleidung mitten in ihr Herz. Ihm war klar, dass sie ihn hinhielt, das erkannte sie daran, wie er die Lippen verzog und die Augen zusammenkniff. Um seinen Blick nicht zu erwidern und seine Vermutung zu bestätigen, sah sie weg.

»Sicher. Was möchtest du denn haben?«

Was sie gern gehabt hätte? Gute Frage. Statt ihm eine Liste mit Wünschen zu geben, die er, selbst wenn er gewollt hätte, nie auf die Reihe bekommen hätte, sagte sie schlicht: »Ein Bier. Wenn du welches dahast.«

Sie wusste genau, dass im Kühlschrank billiges Bier stand und dass auf dem Bett zwei oder drei von den alten Häkeldecken seiner Grandma lagen, weil die Nächte kühler zu werden begannen. Sie wusste auch, dass er nicht lange fackeln und ihr nach dem ersten Schluck Bier die Pistole auf die Brust setzen würde. *Was willst du, Lee? Na los, sag schon. Ich hab noch zu arbeiten.* Und sie wusste, dass sie nichts zu sagen vermochte, was die Geschichte mit ihnen wenigstens halbwegs wieder in Ordnung gebracht hätte. Scheißspiel – es ging um alles oder nichts.

Win ging in die Küche und kam mit zwei Dosen Bier zurück. Er gab ihr eine, setzte sich auf die Couch und legte die Füße in den Westernstiefeln auf den Kaffeetisch. »Und, worum geht's? Wieso dieser kleine Besuch bei mir, Lee? Nach deinem Chanelkostüm und den teuren Pumps zu urteilen, kann ich mir nicht vorstellen, dass du zurückgekommen bist, um zu bleiben. Also, weshalb bist du hier?«

Sie setzte sich behutsam auf die Kante des Stuhls, denn sie mochte es sich nicht zu bequem machen. Oder sich wie zu Hause zu fühlen, obwohl es ja eigentlich ihr Zuhause war.

»Donna Karan.«

Er blinzelte. »Was?«

»Das Kleid ist von Donna Karan. Die Schuhe sind von Prada. Und die Tasche von Kate Spade. Die Aktenmappe ist von Gucci, und ich habe jeden Dollar selbst verdient, Win.« Es sollte nicht vorwurfsvoll klingen, tat es aber.

»Bist du glücklich?«

Diesmal starrte sie ihn an. »Wie meinst du das?«

Sein bellendes Lachen ließ sie zusammenfahren. »Glücklich, Lee. Ich glaub, das versteht ein Stadtmädchen genauso wie ein Cowboy, oder? Glücklich. Macht dich dieser ganze Krempel«, meinte er mit einem abfälligen Schulterzucken zu ihr, »glücklich?«

»Meine Arbeit macht mich glücklich«, antwortete sie.

»Hier draußen war mein Juradiplom völlig nutzlos. Stell dir vor, demnächst suche ich mir einen Partner für meine Kanzlei, denn ich arbeite immens viel. Aber die Arbeit macht mir auch viel Spaß.«

»Freut mich, dass du etwas gefunden hast, das dir Spaß macht.«

Angesichts seines bitteren Tons wand sie sich innerlich. »Du wusstest bei unserer Hochzeit, worauf du dich einlässt. Ich hab damals gesagt, ich werde es versuchen, und ich hab es versucht, Win. Du warst derjenige, der meinte, wir suchen uns was anderes, wenn es mit dem Leben auf der Ranch nicht klappt. Ich war nicht glücklich, und du hast dich gesträubt.«

»Gesträubt? Wogegen? Dagegen, in irgendeine Großstadt umzuziehen, wo alles falsch ist, sogar die Leute?« Er machte ein Gesicht, als hätte er in eine saure Zitrone gebissen. »Das ist nichts für mich. Verdammt, für dich auch nicht.«

»Du kennst mich nicht wirklich. Du weißt nicht, wer ich bin.«

Er setzte sich auf, seine Stiefel knallten auf das Holzparkett. »Okay, ich hab's kapiert. Also, was willst du, Lee?«

Sie starrte ihn an, als sähe sie ihn zum ersten Mal. Ein Rancher, ein Mann, ihr Mann. Ihr Ehemann mit seinem angeknacksten männlichen Ego. Männer, seufzte sie insgeheim. Sie waren alle gleich, ob sie auf einer Ranch lebten oder in einem Apartmentkomplex, bloß mit dem Unterschied, dass Wins Ego so groß war wie der Staat Montana und sie sein Herz und dieses Ego schwer angekratzt hatte, als sie ihn verließ.

Sie versuchte ein Lächeln und zuckte mit den Schultern. »Ich hab dich vermisst.«

Damit hatte er wohl nicht gerechnet. Er zuckte zusammen, als hätte sie ihn in den Solarplexus geboxt. »Willst du mich verarschen?« Sein Blick war stechend wie Eisnadeln, seine Miene unbewegt. Er konnte verdammt hart und unnachgiebig sein. Das hatte ihr damals spontan an ihm gefallen. Win war ein Mann, der sich nichts vormachen ließ und geradlinig seinen Weg verfolgte. Er war ein Dickkopf, maskulin und charismatisch. Und für kurze Zeit hatte er ihr gehört. Wenn sie ihre sexuellen Fantasien in den wenigen Minuten vor dem Einschlafen ausgelebt hatten, ehe der Schlaf sie nach einem Vierzehnstundentag einholte, hatte Win ihr gehört. Sein Körper war dominant wie sein Ego – für sie. Sie durfte jetzt nichts Falsches sagen, aus dem einfachen Grund, weil ihr Ego nicht viel kleiner war als seins.

Sie zuckte abermals mit den Schultern. »Ich weiß auch nicht, aber ich hab dich irgendwie vermisst.«

»Du willst mir doch nicht weismachen, dass du den Dreck, den Pferdemist, die fetten Ratten, die drei mickrigen Fernsehkanäle und den Sturm vermisst hast, der im Winter durchs Haus fegt, als wären die Wände aus Papier?«

»Nein, Win, ich hab dich vermisst. Ich hab dich wahnsinnig vermisst. Ich hab zigmal daran gedacht, dich anzurufen. Einmal hab ich es auch getan, an deinem Geburtstag.« Bloß nicht anfangen zu weinen. Wenn sie jetzt losheulte, dachte er womöglich noch, sie würde das mit der Scheidung bereuen. »Ich dachte, du bist bestimmt zu Hause.«

»Die Arbeit muss schließlich getan werden, egal ob ich Geburtstag hab oder nicht.«

Die Antwort war typisch für ihn. »Ja, ich weiß. Es ist ein hartes Leben, und ich habe es gehasst. Trotzdem hab ich dich vermisst.«

Er stand auf, durchquerte das Zimmer und baute sich vor ihr auf. Sein Duft war Cowboy pur: Schweiß und Leder, Moschus und Montana. Sie versagte sich den Impuls, ihn zu berühren. Einfach die Hand nach ihm auszustrecken und auf seinen Bauch zu legen, ihre Finger in seinen Hosenbund zu steckten und ihren Ex an sich zu ziehen. Stattdessen knetete sie die Hände auf ihrem Schoß.

»Du bist zurückgekommen, weil du mich vermisst hast?«

»Ja«, antwortete sie wahrheitsgemäß. Sinnlos, es jetzt noch zu leugnen.

Als fürchtete er, sie könnte sich ihm entziehen, legte er eine Hand auf ihren Kopf und streichelte ihre Haare. Seine Finger fühlten sich himmlisch an, und sie streckte sich wie eine kleine Katze. Wie viele Nächte hatte sie sich selbst befriedigt, schnell, hungrig, und sich heimlich danach gesehnt, Wins Hände auf ihrem Körper zu spüren? Zu viele einsame Nächte, getrieben von der Erinnerung, wie er sie verführt hatte, dass sie alles um sich herum vergaß, weshalb sie ihn verlassen hatte.

»Ja«, flüsterte sie abermals.

Sein Streicheln wurde fordernder. Er strich mit beiden Händen durch ihre aufgestylten Haare, ließ die Strähnen durch seine Finger gleiten, genau wie früher. Er massierte ihre Kopfhaut, rieb hingebungsvoll ihre Schläfen, bis sie leise stöhnte. Sie hatte entrückt die Lider geschlossen und klappte sie unwillkürlich wieder auf, starrte auf seinen Schwanz in der Jeans. Er war hart, seine Erektion stemmte sich gegen den Hosenstall. Hart, dabei hatte er nichts weiter gemacht, als ihre Haare gestreichelt. Es war ein himmlisches Gefühl – Obsession vermischt mit Verlangen. Sie grub ihre Fingernägel in ihre Handflächen, bemüht, der Verlockung zu widerstehen, ihn anzufassen. Sie wusste um seinen traumhaft festen, muskulösen Körper und wie sich seine Erektion anfühlen würde – sie brauchte bloß ihre Hand auszustrecken und über die Ausbuchtung in seiner Hose zu streicheln. Sie schloss abermals die Augen aus Furcht, der Versuchung nachzugeben. Aber auch aus Furcht, dass sie sich zeitlebens Vorwürfe machen könnte, wenn sie jetzt hart bliebe.

»Fass mich an, Lee«, sagte er rau.

Sie blickte in seine haselnussbraunen Augen und las darin Schmerz, Bedauern und Wut. Und Hunger. Pure, nackte Lust, gemischt mit all den negativen Emotionen, die sie bei ihm ausgelöst hatte. Ihre Kehle war staubtrocken, als sie eine Hand ausstreckte und mit den Fingern zögernd über seinen Schwanz strich. Er war hart, verdammt hart. Als läge ein stundenlanges Vorspiel hinter ihnen statt der paar Augenblicke, in denen er ihr Haar gestreichelt hatte. Er begehrte sie noch immer. Der Gedanke jagte ihr eine prickelnde Woge der Lust durch den Körper, und obwohl ihre Vernunft Vorsicht signalisierte, erschauerte sie vor Erregung, vor unerfüllter Sehnsucht in den vielen einsamen Nächten, in denen sie sich Wins Körper vorgestellt hatte. Wins Schwanz.

Mit ihren frisch gestylten French Nails zeichnete sie seine Erektion nach, das Gefühl war ihr immer noch seltsam vertraut. Dabei war sie überzeugt gewesen, sie hätte längst vergessen, wie er sich anfühlte. Obwohl sie zu den wilden Fantasien masturbierte, wie sie und Win es miteinander getrieben hatten, wichen diese Erinnerungen allmählich den negativen Erfahrungen, die sie in ihrer Ehe machen musste. Und jetzt saß sie wieder auf dem Wohnzimmerstuhl in dem Haus, in dem sie früher zusammen gelebt, geliebt, gestritten und sich versöhnt hatten, und die Erinnerungen stürmten mit Macht auf sie ein, und sie wurde heiß und feucht im Schritt. Ihr Körper besann sich auf alles, auf jede Spalte, jede Vene und jeden Zentimeter von Win. Sie spürte, dass sie rot wurde, weil sie hier saß und seinen Schritt befingerte. Ihr Mann. Er war noch immer ihr Ehemann und nicht ihr Exmann.

Win stöhnte animalisch und hungrig. Leslie riss so blitzschnell ihre Hand weg, als hätte sie sich verbrannt. Er umklammerte mit seinen sehnigen, schwieligen Fingern ihren Unterarm, presste ihre Hand erneut fest auf seine Erektion und schaute ihr dabei tief in die Augen. Oh, wie sie seine Power vermisst hatte und sich nach seinen wilden Obsessionen sehnte, die nichts mit Geld oder Prestige zu tun hatten. Das hier war Win, so überwältigend maskulin, dass sie ihn mehr begehrte als alles andere in ihrem Leben.

»Du willst es«, sagte er, und es war keine Frage.

Er konnte in ihr lesen wie in einem offenen Buch, immer schon, und hatte sich diese Fähigkeit zunutze gemacht. Er streichelte sie, stimulierte sie, bis sie vor Lust und Erregung wie von Sinnen war, eine Frau mit Sehnsüchten, und nur ein Mann, der ihre Sehnsucht zu stillen vermochte. Er kannte sie, kannte sie besser als jeder andere, und sie hasste es – und ihn – in diesem Moment. Hasste ihn so sehr, dass sie fast aufgesprungen und gegangen wäre, ohne sich noch einmal umzudrehen. Fast.

Fast.

Sie nickte. Das kleine Zugeständnis kostete sie mehr Überwindung, als er überhaupt ahnte. Vielleicht wusste er es aber auch, denn er zog sie stürmisch in seine starken Arme. Sie kuschelte sich an seine Brust, als wäre sie nie weg gewesen. Vergrub ihren Kopf an seiner Schulter, spürte den weichen Stoff seines abgetragenen Flanellhemds und die harten Muskelstränge darunter. Es fühlte sich gut und richtig an, sich in seine Umarmung zu schmiegen, während sich seine Erektion fordernd an ihren Bauch stemmte. Sie seufzte halb zufrieden, halb entrüstet, als er ihren Kopf zurückbog und sie hart küsste.

Sie stöhnte in seinen Mund und hasste sich dafür, wie schwach sie war. Weshalb war sie überhaupt hergefahren, überlegte sie dumpf, fest davon überzeugt gewesen, alles unter Kontrolle zu haben. Von wegen, Win neckte sie mit seiner Zunge, die noch so viel mehr versprach. An ihn geschmiegt, knabberte sie zärtlich an seiner Unterlippe, spürte seinen heißen Atem. Wenn Win sie küsste, fühlte sie sich himmlisch weiblich, ganz Frau. Das war nie anders gewesen. Was sie verdrängt geglaubt hatte – oder hatte verdrängen wollen –, stürmte auf sie ein, als er sie hemmungslos küsste.

Er schmiegte seine Hüften an ihre, rieb seine Erektion entfesselt an ihrem Schoß. Sie griff zwischen ihre Leiber, presste ihre Handfläche auf den Ständer, der sich unter seiner Jeans wölbte. Sie begehrte ihn. Begehrte ihn so heftig, dass sie ihren Saft zwischen ihren Schenkeln fühlte, der den Stringtanga aus duftiger schwarzer Spitze durchnässte. Win würde das Höschen bestimmt nicht gefallen, er konnte Designerdessous nicht von den Sparpreis-Großpackungen im Supermarkt unterscheiden, aber er würde ihre triefende Muschi mögen. Es würde ihn anmachen, heißmachen, erregen.

»Trag mich ins Bett, Win«, hauchte sie in seinen Mund. »Jetzt.«

Sie hasste sich dafür, dass sie so geil klang, so verdammt feminin-unterwürfig. Sie wollte ihn verführen, den aktiven Part übernehmen, stattdessen hatte Win alles unter Kontrolle. Er wusste um die Macht, die er über ihre Libido hatte, und er besorgte es ihr, tat alles, was ihr aufgepeitschter Körper ersehnte. Sie beschloss, sich die Selbstkritik aufzuheben, bis sie wieder in Los Angeles war. Für Selbstvorwürfe war es ohnehin zu spät, denn Win hob sie eben in seine Arme. Die geschmeidig vertraute Bewegung nahm ihr den Atem, sie fühlte sich hilflos und gleichzeitig stark. Ihre teuren Pumps fielen klappernd zu Boden, als er temperamentvoll zur Treppe herumschwenkte. Er trug sie nach oben, immer zwei Stufen auf einmal nehmend, und die acht Stufen knackten noch genauso wie in Lees Erinnerung.

Sie klammerte sich an ihn, strich mit ihren Händen über seine Schultern, streichelte sein Haar, als könnte sie nicht genug von ihm bekommen, nachdem er ihr einen kleinen Vorgeschmack gegeben hatte. Er trug sie durch die Schlafzimmertür und schob sie wie einen Stapel frischer Wäsche auf das dicke Federbett. Sie lag da, atemlos, und starrte an die hölzernen Deckenbalken, bis er zu ihr ins Bett kletterte und ihr den Blick versperrte. Dann küsste er sie erneut, tief und hart, als wäre der kurze Weg die Treppe hinauf unerträglich lang gewesen. Sie bäumte sich unter ihm auf, heiß darauf, seinen Schwanz zwischen ihren Schenkeln zu spüren. Und japste frustriert, als es irgendwie nicht klappte.

Er riss ihr mit einer Hand den Rock hoch, brachte sein Knie zwischen ihre Schenkel. Es war zwar nicht so gut wie in ihr zu sein, trotzdem rieb sie sich wild an ihm. Sie brauchte ihn, wollte von ihm ausgefüllt und gevögelt werden, wie bloß Win sie vögeln konnte. Sie stöhnte und bog sich ihm entgegen, grub ihre Nägel in seinen breiten Rücken. Es war ihr egal, ob ihr Kostüm knitterte oder einer ihrer Fingernägel abbrach – ihretwegen alle zehn, Hauptsache, Win steckte in ihr drin. Kontrolle, signalisierte ihr Verstand, aber ihre Libido hatte da andere Vorstellungen.

»Mein kleines Biest ist geil, mmh?«

Sie stöhnte abermals, wälzte den Kopf lustvoll hin und her. Sie war ein kleines geiles Biest, so heiß, dass ihr winzige Schweißperlen über den Rücken rollten. Sie wollte nackt unter ihm liegen.

»Ja«, stöhnte sie, während er seinen harten Schenkel zwischen ihren Beinen rieb. »So verfickt geil.«

Er nestelte ungeschickt an den winzigen Perlknöpfen ihrer Bluse. Sie biss sich frustriert auf die Unterlippe, als er ihre Hand wegschlug, weil sie ihm dabei helfen wollte. Schließlich schob er ihre aufgeknöpfte Bluse auseinander und enthüllte den schwarzen spitzenbesetzten Push-up, den sie passend zu ihrem Tangastring gekauft hatte. Er bewunderte weder den BH noch wie reizvoll er ihre Titten unterstrich, sondern stöhnte, als wäre ihm der Fummel im Weg, und riss ihr, statt ihn aufzuhaken, kurz entschlossen die Körbchen über die Brüste. Es war eine obszöne Geste, die besser zu frisch Verliebten gepasst hätte, die es im Auto auf den Rücksitzen miteinander treiben, als zu einem Ehepaar, trotzdem fand Lee sie sündhaft erregend. Sie kannte jeden Zentimeter von Wins Körper, aber irgendetwas war anders als sonst. Neu. Ungewohnt. Brutal.

Win umschloss mit den Handflächen ihre Brüste, schob sie so zusammen, dass sich dazwischen eine Spalte bildete. »Mein Schwanz würde da gut reinpassen«, keuchte er, während er mit seinen Fingern ihre Nippel bezwirbelte.

Er rieb die harten Nippel ihrer maulbeerfarbenen Knospen, bis sie leise kehlig wimmerte. Einen Wimpernschlag lang spürte sie einen erregenden Schmerz, dann ließ er ihre zarte Haut los. Sie hielt seine Hände fest und stöhnte »Mehr«. Gehorsam bezwirbelte er ihre Nippel weiter, drehte und zog daran, bis sie sich vor Schmerz und Lust auf dem Laken wälzte. Sie seufzte enttäuscht, als er sie losließ und auf seine Knie zurücksank. In dieser Haltung betrachtete er sie, rührte sie jedoch nicht mehr an.

Sie stellte sich mental vor, wie er sie jetzt sah: in aufgeknöpfter Bluse, den BH über ihre Brüste geschoben, die Nippel dunkel und hart, ihr Haar zerwühlt auf dem Bett gefächert, ihr teurer Rock bis zu den Hüften hochgezerrt, die Schenkel gespreizt, ein verräterisch nasser Fleck im Schritt ihres Tangas. Sie schloss die Augen, um das verworfene Bild auszublenden. Sie fühlte sich gedemütigt, so halb nackt, gedemütigt und geil. Die Dunkelheit hinter ihren Lidern war jedoch weitaus schlimmer – was, wenn er sie nicht attraktiv fand? Wenn er sie nicht begehrte? Die Vorstellung war derart bestürzend, dass sie hastig die Lider aufklappte und sein Gesicht fokussierte, auf der Suche nach irgendeinem Hinweis, dass er sie begehrenswert fand. Er betrachtete sie für eine lange Weile, bis sein Blick schließlich zwischen ihren Schenkeln verweilte. Sie schob die Beine weiter auseinander, bot sich ihm wie ein Lustobjekt an, getrieben von dem süßen Schmerz ihrer unerfüllten Leidenschaft.

»Fick mich, Win«, sagte sie schließlich. »Bitte.«

Wenn sie sich früher geliebt hatten, war sie nie initiativ geworden mit Vorschlägen oder Forderungen. Sie hatte ihn machen lassen und war meistens voll auf ihre Kosten gekommen. Damals hatte sie gewusst, was er wollte, und gern gewartet. Jetzt konnte sie nicht mehr warten. Sie brauchte ihn, brauchte ihn dringend.

»Fick mich«, wiederholte sie. »Fick mich hart. So hart, wie du willst.«

Seine blauen Augen verengten sich, seine Kinnpartie nahm einen harten Ausdruck an. Eine Vene pulste an seiner Schläfe – ob vor Erregung oder Ärger, hätte sie nicht zu sagen vermocht. Sie strich mit den Händen über die Innenseiten ihrer Schenkel, streichelte ihr Loch mit ihren elegant manikürten French Nails. Provozierte ihn. Als sein Atem sich beschleunigte, wusste sie, dass es funktioniert hatte. Allerdings rührte er sich nicht.

»Warum, Lee? Wieso ausgerechnet ich? Du kennst bestimmt zig Anwälte, die heiß darauf sind, in dein Höschen zu kommen, oder?«, meinte er, seine Miene dunkel.

»Nimmst du etwa nicht jedes Wochenende einen anderen mit zu dir?«

Er war eifersüchtig. Der Gedanke machte sie total an. Er begehrte sie noch immer und war eifersüchtig, dass sie es mit anderen Kerlen treiben könnte. Leslie war klar, dass er sie besitzen wollte. Statt seine Lust zu kontrollieren, musste er sein Territorium markieren – oder behaupten. Er musste sie erobern. Und, Grundgütiger, sie wollte von ihm erobert werden. Scheiß auf den Feminismus, sie wollte gefickt werden.

»Ich will keinen von denen. Ich will dich«, sagte sie, anstatt seine Verdächtigungen zu zerstreuen. »Im Moment will ich dich.«

Im Moment. Als wenn da so viele andere gewesen wären, seitdem sie Win verlassen hatte, und noch kämen, wenn er ihre Lust befriedigt hätte. Trotzdem musste Win nicht erfahren, dass sie in dem einen Jahr nach ihrer Trennung bloß zwei One-Night-Stands gehabt hatte und bei beiden Männern nicht gekommen war. Und dass sie nachher beide Male masturbiert und sich dabei in ihrer Fantasie ausgemalt hatte, wie Wins harter Schwanz in sie eindrang und ihr die Seele aus dem Leib vögelte. Sie wollte ihren Mann in dem Glauben lassen, sollte er ruhig glauben, was er wollte, umso härter würde er sie ficken.

»Ich brauche dich, Win.«

Er rutschte von ihr weg, und einen herzzerreißenden Moment lang dachte sie: Okay, das war's dann. Nein, er setzte sich auf die Bettkante und zog seine Stiefel aus, jede seiner Bewegungen ein vertrautes Ritual für Leslie. Dann stand er auf und zerrte sich das Hemd über den Kopf, ohne sich die Mühe zu machen, es aufzuknöpfen.

Er riss sich den Hosenstall auf, woraufhin die Jeansknöpfe mit leisem Plopp absprangen. Er zerrte sich Jeans und Boxershorts über die Hüften, und seine Erektion sprang ihr buchstäblich ins Auge – dick und hart, schmiegte sie sich schwer an seinen Schenkel. Während er seinen Strip hinlegte, starrte sie auf seinen Schwanz, beflügelt von alten Erinnerungen. Er stand nackt vor ihr. Als er wieder auf das Bett kletterte und sich zwischen ihre Schenkel kniete, stöhnte sie bei der Erinnerung an sein Vorspiel, noch bevor er ihre Möse streichelte.

»Du bist verdammt feucht. Dein Höschen ist ganz nass.«

Sie bog ihm ihre Hüften entgegen, presste sich an seine starke Hand. »Ich bin nass für dich.«

Er schob seine Zeigefinger in das Elastikband ihres Stringtangas und riss ihr mit einer kurzen schnellen Bewegung das Ding herunter. Der Stoff grub sich sekundenlang in ihr Fleisch, ehe er zerriss. Sie hätte sich freiwillig ausgezogen – er hätte bloß einen Ton sagen müssen –, aber das Geräusch zerreißender Seide ließ ihr Herz schneller schlagen, weckte wilde Erregung in ihr. Sie wollte, dass er rau mit ihr umsprang, und jetzt war sie seinen Blicken, seinen Händen nackt und schutzlos ausgeliefert. Sie stöhnte, und das Stöhnen schien in dem stillen Raum widerzuhallen.

Win brachte seine Hände zwischen ihre Beine und schob sie weit auseinander, presste ihre Knie auf die Matratze. Er spähte zwischen ihre Schenkel, als hätte er sie noch nie so gesehen. Hatte er auch nicht, tippte sie, mit brasilianisch gewachster Bikinizone und triefender Muschi. Er schob eine harte Fingerspitze lasziv zwischen ihre Labien, und sie zuckte unwillkürlich zusammen, ihre Hüften bäumten sich unter ihm auf, sie erschauerte vor Verlangen nach ihm. Er hielt seinen Finger hoch – er war klatschnass.

»Verdammt«, sagte Win und nickte irgendwie anerkennend. »Du bist eine nasse kleine Schlampe.«

Das mit der *Schlampe* hätte sie eigentlich brüskieren müssen. Hätte es auch – woanders, aber hier im Bett? Nein. Win redete nie viel beim Sex. Wenn überhaupt, dann nannte er sie Baby, Schätzchen, Süße. Die Tatsache, dass er sie als Schlampe bezeichnete, bedeutete, dass er gereizt war, gereizt und geil und außer sich vor Lust. Genau so wollte sie ihn haben. Sie lächelte selbstbewusst, als hätte sie alles unter Kontrolle, dabei presste er sie auf das Bett, als wäre sie ein Schmetterling unter Glas.

»Ich bin eine Schlampe, Win«, sagte sie. Sie ersetzte seinen Finger durch ihren eigenen und streichelte ihre nasse Spalte, dabei schaute sie ihm tief in die Augen. »Willst du die nasse kleine Schlampe denn nicht ficken?«

Statt einer Antwort entfuhr ein raues Stöhnen seiner Kehle. Er starrte zwischen ihre Beine und beobachtete, wie sie an sich herumspielte. »Schlampe«, wiederholte er. Er presste seine Hand um seinen harten Schwanz. Anscheinend hielt er es nicht aus zu spannen, ohne sich selbst einen runterzuholen.

»Steck ihn in mich rein, Win«, wisperte sie. »Fick mich.«

Sie war darauf gefasst, dass er sich mit einem wilden Stoß in sie schieben würde, aber er überraschte sie damit, dass er sich über sie neigte, mit seiner dicken Eichel über ihren Handrücken streichelte und dabei ihre Muschi kitzelte. Sie fühlte den Lusttropfen, den er zurückließ, cremig und warm. Sie brachte ihre Hand an ihren Mund und schleckte die süße Flüssigkeit ab, während er mit seiner Schwanzspitze über ihre geschwollene Klitoris rieb. Wieder und wieder schob er die Spitze zwischen ihre Muschilippen, penetrierte sie jedoch nicht. Er rieb sich an ihr, badete seine Eichel in ihrer triefenden Muschi und starrte ihr dabei in den Schritt.

Sie beobachtete seinen Gesichtsausdruck. Es erregte sie, dass er hochkonzentriert bei der Sache war. Schweißperlen glitzerten auf seiner gebräunten Stirn, als würde es ihm eine Menge abverlangen, geduldig zu sein, zu warten, sich Zeit zu nehmen mit ihr. Als sie es nicht mehr aushalten konnte, schloss sie die Augen und ergab sich dem himmlischen Gefühl seiner langsamen, gleichmäßigen Wichsbewegungen. Wenn er so weitermachte, würde sie gleich kommen; sein dicker Schwanz rieb ihre geschwollene Klitoris und ihre nasse, geile Muschi. Das war es aber nicht, was sie wollte, ganz bestimmt nicht. Das reichte ihr nicht. Es war bloß ein kleines Vorspiel, und sie wollte das volle Programm.

»Fick mich«, flüsterte sie. Er starrte auf den Punkt, wo sich ihre Leiber berührten. »Bitte, Win. Bitte, bitte, fick mich endlich.«

Er riss den Blick von ihren Beinen los und schaute ihr in die Augen. »Ich sollte dich rausschmeißen.« Seine Miene war kalt und hart. Das war der Win, den sie kannte. »Du kommst her, um dich von mir flachlegen zu lassen. Ich sollte dir einen Tritt verpassen, dass du achtkantig rausfliegst.«

»Bitte, Win?«

Er zögerte unschlüssig, als überlegte er noch. Presste die Lippen aufeinander, seine Halsschlagader pulsierte wild. Ein, zwei, drei Schläge. Dann war er in ihr, mit einem langen und scharfen Stoß schob er sich so hart in ihre feuchte Spalte, dass sie auf dem Laken hochrutschte und mit dem Kopf vor das Bettgestell stieß. Er schlang einen Arm um ihre Taille und zog sie wieder nach unten, weg vom Kopfende und auf seinen Schwanz, bis er gegen ihre Cervix stieß. Sie war so nass, dass sie nicht viel spürte, und schlang sehnsuchtsvoll stöhnend ihre Schenkel um seine Lenden. Da war sie, die süße Stelle. Sie klammerte sich an ihn, und er ritt sie wieder und wieder, hart und dick füllte er sie aus, wie sie es sich seit vielen Monaten erträumte.

Win fickte sie geradezu vollkommen enthemmt, getrieben von seiner angestauten Frustration und Wut, und sie stemmte sich in jeden seiner wilden Stöße, grub ihre Nägel in seinen Rücken, egal, ob sie abbrachen oder sie ihn blutig kratzte. Sie klammerte sich an ihn, keuchend und stöhnend, während er sie bearbeitete, und wünschte sich heimlich, er würde nie damit aufhören, sie zu ficken. Er bewegte sich in ihr, als ginge es ihm bloß um sein Vergnügen und nicht um Leslies Befriedigung. Auch das war ihr egal. Seine Befriedigung war *ihre* Befriedigung. Es erregte sie, wie er ihren Körper nahm, dass er sich nahm, was er brauchte. Es war nicht romantisch oder zärtlich, aber es war sexy.

»So verfickt nass«, stöhnte er, seine schmalen Hüften hinterließen blaue Flecke auf ihren Schenkeln, weil er wild in sie pumpte. »Verdammt, Baby.«

Baby. Da war es. Das Kosewort hatte sie nicht gewollt.

Sie war sein Baby. Immer noch sein Baby. Heiße Tränen kitzelten hinter ihren geschlossenen Lidern, und sie grub verzweifelt ihre Zähne in seine Schulter. Sie wollte keine Zärtlichkeiten, sie wollte die brutale Leidenschaft spüren, die sich in Win seit ihrer Trennung angestaut hatte. Für sie. Für einen kurzen Moment stellte sie sich vor, dass er sich andere Frauen in sein Bett geholt hatte. Das machte sie eifersüchtig und blendete die zärtlichen Empfindungen aus. Das hier war keine Verführung, impfte sie sich ein. Sie presste die Hände auf Wins Hintern und stemmte ihn tiefer in sich, sofern das noch möglich war. Das hier war Ficken. Sie brauchte einen guten, harten Fick von Win. Mehr nicht.

Sie spannte ihre Muschimuskulatur um ihn an, entfesselt von seinem Stöhnen, als seine Eier ihren Arsch rieben. »Fick mich härter«, forderte sie.

»Härter?«

»So hart du kannst. Ich bin deine Schlampe.«

»Meine Schlampe«, stöhnte er, während er in sie pumpte und mit den Händen rhythmisch ihre Hinterbacken zusammenpresste.

Von wegen Baby, sie war seine Schlampe. Das war es, was sie wollte. Seinen Schwanz in ihrer Muschi. Einen guten, geilen Fick. Sie konzentrierte sich auf ihren Körper und auf Wins harte Stöße, blendete alles andere aus.

Plötzlich überkam sie der Orgasmus. Sie spürte ein leichtes Zucken, japste verblüfft, bevor die heftigen Kontraktionen sie erfassten, die sie wie ein Tornado überrollten. Mit einem Mal war es nicht mehr Win, der sie fickte, stattdessen bäumte sie sich unter ihm auf und fickte ihn. Sie schrie seinen Namen, als sie kam, hielt ihn fest, als wäre er ihr Leben – was er irgendwie auch war. Ihre Nervenenden schienen zu explodieren, ihre Möse war glutheiß von Wins Schwanz, der immer schneller in ihr kreiste. Sie hielt ihn fest, ließ ihn jedes Zucken ihrer Muschi spüren, während sie kam.

»Komm, Baby. Ja, so ist es gut, komm hart.«

»Ja, ja, ja«, japste sie.

Win fickte sie weiter hart und ritt sie, fest entschlossen, ihr selige Wonnen zu bescheren. Er hob ihren Steiß an, penetrierte sie synchron zu ihrem ungestümen Rhythmus, genoss jedes Zucken ihrer heißen Möse. Ein raues, haltloses Stöhnen ertönte aus seinem Brustkorb, während sein Ständer in sie pumpte, und sie wusste, dass er kam, während ihre Muschi von ihren eigenen postorgastischen Zuckungen pulste. Sie krallte ihre Finger in seine Haare, brachte seinen Kopf auf ihr Gesicht, küsste ihn und schluckte sein Stöhnen, als er in ihr kam, ihr Mund und ihre Muschi saugten alles auf, was er ihr schenkte.

Sein Schwanz erschlaffte langsam in ihr, und es dauerte ein paar Minuten, bevor sie wieder zu Atem kamen und beider rasendes Herz sich beruhigte. Die Matratze bog sich unter dem Gewicht von Wins Körper, der auf ihr lag, und sie rutschte unbehaglich unter ihm herum, fühlte sich leicht klaustrophobisch. Win zog seinen Schwanz raus und rollte sich neben sie. Dann lagen sie für eine lange Weile nebeneinander und starrten an die Decke, scheinbar unwillig, die Erinnerung an ihre eben erlebte Leidenschaft auszublenden.

»Bist du deshalb hergekommen?«, fragte Win schließlich, dabei sah er sie nicht an. »Noch ein letztes Mal, wegen der guten alten Zeiten?«

Sie betrachtete sein kantiges Profil, seine distanziert unbewegte Miene. Er hatte die Augen geschlossen, seine langen gebogenen Wimpern völlig deplatziert in dem wettergegerbten Gesicht.

»Nein«, sagte sie weich. Obwohl sie sich innerlich dagegen sträubte, den wahren Grund für ihren Besuch einzuräumen. »Ich hab die Scheidungsunterlagen dabei ... für dich, zum Unterschreiben. Das andere ... ist einfach passiert.«

Er nickte gedankenvoll.

»Ich ... ich wünschte ...«

»Ich weiß, was du dir wünschst«, unterbrach er sie, seine Stimme hart wie sein ganzer Körper. »Ich soll die verdammten Papiere unterschreiben, Lee. Dafür hättest du nicht mit mir in die Federn steigen müssen. Meine Unterschrift hättest du auch so bekommen.«

Leslie beobachtete, wie er aufstand und sich anzog, ruhig und geschmeidig, als konzentrierte er sich voll und ganz auf sich. Er spähte zu ihr, um seine Mundwinkel zuckte ein bitteres Lächeln.

»Leg mir die Papiere auf den Küchentisch. Ich geb sie morgen auf die Post.«

»Das war eigentlich nicht das, was ich sagen wollte«, flüsterte sie, als er sich zu ihr neigte und ihr einen Abschiedskuss auf die Stirn hauchte.

»Nein?« Er musterte sie fragend. »Was wolltest du mir denn sagen?«

Sie atmete tief durch. »Dass ich mir wünschen würde, ich hätte diese Papiere zerrissen.«

»Du bist noch nicht ganz bei dir«, meinte er, doch in seinem Blick blitzte ein Fünkchen Hoffnung auf, bevor er die Augen niederschlug. »Du bist noch high von eben.«

Sie lachte. Was machte es schon aus, dass er sie nicht für voll nahm? »Du hast den Nagel auf den Kopf getroffen. Ich bin high. Und ich will mehr.«

Sie griff nach ihm, doch er zog seine Hände weg, gab ihr stattdessen einen Klaps auf den Hintern, als wäre sie eine ungehorsame Stute. »Draußen wartet ein Haufen Arbeit auf mich. Schätze mal, du bist weg, wenn ich zurückkomme. Also tschüss, mach's gut.«

»Win …«

»Leb wohl, Lee.« Seine Stimme klang hart, ganz geschäftlich. »Vergiss nicht, mir die Unterlagen dazulassen. Sonst hast du den weiten Weg ganz umsonst gemacht und dir deine Sachen ruiniert.«

Er ging zur Tür, ein Mann mit einem angekratzten Ego und mit gebrochenem Herzen. Es war ihre Schuld. »Trotzdem danke, dass du mal vorbeigeschaut hast. Es war …«

»Es war fantastisch«, fiel sie ihm ins Wort. »Und ich will dich noch immer.«

Er schluckte schwer. »Pass auf dich auf, Baby.«

Dann ging er. Sie vernahm seine schweren Schritte auf der Treppe, das Knarren der zweiten Stufe und das Schlagen der Haustür. Sie zog das weiche Federbett über ihre nackten Schultern und schloss die Augen. Kein Wunder, dass er ihr nicht glaubte. Sie war hergekommen, um ihn zu verführen, und hatte sich wieder in ihn verliebt. Möglich, dass sie sich nie entliebt hatte, und die Scheidungsunterlagen waren bloß ein Vorwand gewesen, um ihn wiederzusehen. Sie schüttelte unschlüssig den Kopf auf dem Kissen und schlummerte ein. Sie wusste bloß eins: Sie begehrte Win und wollte für ihn da sein, wenn er zurückkam.

Dann würde er endlich begreifen, dass sie zu ihm zurückgekehrt war. Dass sie zu ihm gehörte, war ihr klar geworden, als sie ihn verführt hatte. Sie wollte da sein, wenn er zurückkam, dann würde er begreifen, dass sie zu ihm gehörte.

Sie wollte bleiben.

A. D. R. Forte

Weihnachtsgeschenk

Gails Weihnachtsparty ist an allem schuld, und das, obwohl ich eigentlich gar nicht hingehen wollte. Ich mag da nie wirklich hin und mir Gails nerviges Geblubber und ihre versteckte Kritik anhören, aber immerhin ist sie meine Schwester und Weihnachten die einzige Chance, die ganze Familie wiederzusehen – Maddy und Thomas und Ed, unsere Kinder und ihre Kinder und sämtliche Cousinen und Cousins, drei Generationen, alle glücklich unter einem Dach vereint, um fröhlich Weihnachten zu feiern. So was ist mir schon wichtig. Folglich packten meine Tochter Jennie und ich bis drei Uhr nachts den Wagen mit Geschenken, Pasteten und ein paar ausgesuchten Flaschen Wein, die ich für solche Anlässe aufhebe. Dann fuhren wir zu Gail.

»Hör mal … Mom. Du hast mir meine Frage von letzter Nacht noch nicht beantwortet«, meinte Jennie, als wir auf der Autobahn waren.

»Welche Frage? Seit du da bist, hast du dauernd irgendwelche Fragen«, gab ich zurück. Wir hatten jahrelang die Tage gezählt, bis sie aufs College konnte. Jetzt zählten wir die Tage, bis die Ferien begannen und sie heimkam. Ich bestimmt noch mehr als sie.

»Meine Frage, ob du einen Freund hast.«

»Hab ich dir beantwortet. Ich hab die Augen verdreht, oder?«

»Mutter ...«

Ich zuckte mit den Schultern und überholte einen Typen, der in seinem Ford Mustang über die Autobahn schlich. »Dumpfbacke! Wer sich so einen Schlitten kauft, sollte auch damit fahren können!«

»Mutter, weich mir gefälligst nicht aus.«

Sie blieb hartnäckig. Sie war eben die Tochter ihrer Mutter.

»Jen, ich hab dir doch erzählt, dass ich gelegentlich ein Date hab. Wie es sich gerade so ergibt.«

»Dates? Mit wem? Mit diesem Warmduscher, von dem du mir erzählt hast, dass er Erektionsprobleme hat?«

Ich warf ihr einen vernichtenden Blick zu. »Mit Dave. Er ist wirklich ein netter Typ! Er lädt mich zum Essen ein und so. Ich treffe mich aber auch noch mit anderen.« Regen trommelte auf die Windschutzscheibe, und ich schaltete den Scheibenwischer ein. »Ich hatte ein Blind Date, und das war gar nicht schlecht. Und ich geh schon mal mit einem Künstler aus.«

»Und, haben sie dich angemacht?«

»Nein, ehrlich gesagt, haben sie nicht viel ... gemacht.«

Jennie schnaufte ärgerlich, trommelte nervös mit den Fingerspitzen auf die mittlere Armlehne und musterte mich dabei aus den Augenwinkeln heraus.

»Also auf mich machst du keinen besonders glücklichen Eindruck, Mom. Wenn wir telefonieren, sprichst du bloß von deinem Job. Das bist nicht du.«

»Ich schmeiß Kerzenpartys.«

Ich sah, wie sie die Augen verdrehte. »Himmel. Du wirst noch wie Tante Gail.«

»Grundgütiger, nein!«

»Doch!«

»Nein!«

An diesem Punkt kam unsere Unterhaltung ins Stocken, bis wir unseren kleinen Disput vergaßen und uns anderen Themen zuwandten. Herausgefordert durch Jennies Vorwurf, meldete sich in meinem Hinterkopf eine kleine Stimme zu Wort, die ich lange ignoriert hatte. Ich fühlte mich ein bisschen einsam und, ja, unbefriedigt. Mittlerweile hatte ich mehr Spaß am Kochen als am Sex, aber so war das Leben nun mal, richtig? Früher hatte ich keine Gelegenheit ausgelassen und zudem zwei tolle Ehemänner gehabt, aber jetzt … hm … drehte es sich eben nicht mehr um den schnellen Fick.

Ich hatte Jennie nicht erzählt – und hatte das auch nicht vor –, dass mein Blind Date höchstens zwei, drei Jahre älter war als sie. Ein hübscher Kerl, sündhaft knackig an den richtigen Stellen, sehr appetitlich in engen Jeans, aber sexuell auf einer völlig anderen Wellenlänge als ich. Plötzlich hatte ich unter ihm gelegen, meine Beine um seine Taille geschlungen, und sein Schwanz pumpte wild zwischen meinen Schenkeln, als wäre ich eine Luftmatratze. Himmel, das war absolut nicht mein Ding.

Es war nicht so, dass ich nicht richtig geil gewesen wäre, aber ich brauchte mehr als einen Schwanz und ein hübsches Gesicht. Was dieses »Mehr« war, war mir leider selbst ein Rätsel.

Ich versagte mir ein Seufzen und bog auf Gails Grundstück ein. Die Haustür flog auf, ein Schwarm von Großneffen und -nichten stürzte sich kreischend heraus, um uns zu umarmen und zu herzen und uns »fröhliche Weihnachten« zu wünschen. Für eine Weile vergaß ich meine Bedenken in dem Trubel, selbst als Gail meine offenen Haare, Jeans und Pullover mit einem kleinen Hüsteln zur Kenntnis nahm. Na und? Ich war wesentlich bequemer angezogen als sie in ihrem Kaschmir-Hosenanzug und den dicken Klunkern um den Hals.

Ich drückte ihr im Vorbeigehen den obligatorischen Begrüßungskuss auf die Wange und lief weiter in die Küche, wo Maddy hysterisch mit ihrem Ältesten argumentierte und dabei in einem Affenzahn Tomaten schnitt. Es sah verdammt gefährlich aus. Jeder beharrte auf seinem Standpunkt, der Geräuschpegel war ohrenbetäubend, aber das war okay für mich. Es lenkte mich ab, außerdem hatte ich genug anderes zu tun. Es war fast sechs, als ich die letzte Pastete in den Backofen schob und mich mit einem Glas Merlot bewaffnet in die himmlische Ruhe des Wohnzimmers flüchtete. Dort traf ich auf Bill, der wohl das Vorspeisenbüfett und den Baum bewachte.

Wir plauderten eine Weile über dies und das, dass das College eine Menge mehr kostete, als ursprünglich geplant. Bill und Gail hatten das Glück, dass ihre beiden Ältesten schon fertig waren, und ich hatte nur Jennie. Dann halfen wir Maddy. Wie üblich. Der Wein, Bills ruhige, sonore Stimme, die funkelnden Lichter am Weihnachtsbaum und der große, friedliche Raum, den Gail in unaufdringlichen Beige- und Pastelltönen geschmückt hatte, zeigten Wirkung. Ich entspannte mich. Und ließ die Seele baumeln. Das war vermutlich auch der Grund, weshalb ich keine Chance hatte, als es klingelte und ich gemeinsam mit Bill zur Tür ging, um die Gäste zu begrüßen.

Das oder auch die Tatsache, dass *er* verdammt umwerfend aussah: Bill stellte ihn als den neuen Manager ihrer nationalen Datencenter vor. Ich hätte bei dem Typen eher auf Unterwäschemodel getippt.

»Und das ist meine Schwägerin Robyn … Robyn, das ist Trent.«

»Hi, Robyn, nett, Sie kennen zu lernen«, sagte er.

Ja, ganz im Ernst. Er war etwa Mitte dreißig, sinnlich graue Augen, eine jüngere Version von Paul Newman. Und er war solo. Er kam mit Bills Chef und dessen Frau. Der Typ war bestimmt schwul, redete ich mir ein, obwohl ich mir das nicht wirklich abkaufte.

Danach versuchte ich krampfhaft, mich irgendwie nützlich zu machen. Ich empfing Gäste, füllte Gläser nach und tat so, als wäre er Luft für mich. Jedes Mal, wenn ich verstohlen zu ihm hinspähte, waren seine grauen Augen auf mich geheftet, vermutlich weil ich dauernd auf seinen Hintern oder seine breiten Schultern in dem dunkelroten Pullover starrte. Sobald er mich dabei ertappte, schaute ich weg und wurde rot wie ein blöder Teenie. Verdammt, wo lag mein Problem? An zu wenig Schlaf und zu viel Wein? Das musste es sein. Hatte ich nicht jüngeren Männern abgeschworen?

Ich vernahm die kleine Stimme in meinem Kopf, die sich verdächtig nach meiner Tochter anhörte: »O Scheiße!«, aber ich blieb standhaft. Ich machte einen Riesenbogen um ihn, bis er sich beim Essen neben mich setzte, zu meiner linken Seite. Thomas saß rechts von mir und diskutierte angeregt mit Jennie über irgendwelche tektonischen Platten. Die akademischen Fachbegriffe flogen nur so hin und her.

»Hi«, meinte mein Tischnachbar mit einem Grinsen, bei dem ich nervös an meiner Gabel herumfummelte, als hätte ich nicht mehr alle Tassen im Schrank.

»Hi. Trent, richtig?«

»Ja.« Er grinste, als wäre er verblüfft und geschmeichelt, dass ich mich an seinen Namen erinnerte. Ich grinste zurück. Verdammt, aber ich hab eine Schwäche für Grübchen.

»Schön, dass ich Sie endlich mal erwische.« Er beugte sich vor, füllte mein Weinglas auf und dann sein eigenes. »Sie waren den ganzen Abend schwer beschäftigt. Hmm … Bill erzählte mir, dass Sie Unternehmens-Consulting machen?«

Ich nickte. »Konsolidierungen, Bilanzen, Offshorebanking. Lauter nette Sachen.«

»Ja, echt«, lachte er, während er seinen Teller mit Essen belud und sich dann meinen schnappte. »Nun, ich habe vor, genau das in naher Zukunft auch hier zu machen.«

»Oh, das reicht, danke«, sagte ich und stoppte ihn nach dem zweiten gehäuften Löffel. »Tatsächlich? Wenn ich Ihnen irgendwie behilflich sein kann, mach ich das gerne.«

Scheiße. Ich und meine große Klappe.

Er legte den Löffel beiseite und grinste wieder sein Grübchenlächeln. Thomas und Jennie beachteten uns nicht weiter.

»Bin ich froh, dass Sie das sagen. Thomas meinte, Sie

seien eine echte Koryphäe in Ihrem Job, und Sie wissen, er ist nicht gerade spendabel mit Lob und Anerkennung.«

Ich errötete und schüttelte den Kopf. »Was Sie sagen, stimmt. Und danke für das Kompliment. Ich meine ... äh ...« Mist, mir fiel nichts Passendes ein.

»Also, das Letzte, was mir vorschwebt, ist, an Weihnachten übers Business zu sprechen, aber ich würde Sie nach Silvester gern mal anrufen. Vielleicht gehen wir mal zusammen zum Lunch?«

Junge, Junge, mir schwebte eine ganze Menge mehr vor als ein Businesslunch. Ich schlug die Augen nieder, angelte nach der Sauciere und goss mir reichlich Sauce auf die Kartoffeln und den Truthahn, dabei nickte ich abwesend.

»Gern. Wenn ich Bill damit helfen kann.« *Und dich wiedersehe.* Ich konnte mich des Eindrucks nicht erwehren, dass der schöne Trent auf dem besten Weg war, mir eine Gehirnwäsche zu verpassen.

»Wunderbar«, grinste er. »Ich freu mich schon darauf.«

»Ich auch.«

Ich schenkte ihm ein strahlendes Lächeln und machte mich schleunigst über mein Essen her, um nicht mehr mit ihm plaudern zu müssen. Mir war klar, dass ich diverse Signale aussandte, aber da wir nicht wirklich miteinander flirteten, war das bestimmt egal. Er hatte nichts gesagt, was über höfliches Netzwerke-Knüpfen hinausging, zudem drängte er mir kein Gespräch auf. Er beließ es bei ein paar artigen Kommentaren, dass das Essen ausgezeichnet sei und so. Ich war mir sicher, dass er nicht merkte, was mit mir los war.

Nach dem Essen lauerte Jennie mir in der Küche auf.

»Mom! Dieser Typ, der bei Onkel Bill arbeitet, hat ein Auge auf dich geworfen!«

Dummstellen war nicht drin, das hätte sie mir nicht abgenommen. »Nein, Jen«, meinte ich gedehnt, während ich schmutzige Teller in die Spülmaschine einsortierte. »Er wollte bloß über Geschäftliches sprechen.«

»Irrtum, Mom. Er starrt dich den ganzen Abend an, so ähnlich wie ein Hund ein T-Bone-Steak anstarren würde.«

»Jen!«, schnappte ich. Die Tür schwang auf, und die anderen drängten in die Küche. »Vergiss es. Da ist nichts, okay?«, setzte ich mit gesenkter Stimme hinzu.

Fehlte bloß noch, dass Gail auf die Idee käme, ich würde mich auf ihrer Party an Bills Mitarbeiter ranschmeißen! Darauf konnte ich gut verzichten.

»Unterhalt dich mit ihm, bitte, Mom«, zischelte sie mir zu, während sie neben mir Besteck in die Besteckschublade einräumte. »Er ist süß, und ich kann nicht mit ansehen, wie er dich mit diesem Schoßhündchenblick anschmachtet, und du zeigst ihm die kalte Schulter.«

Sie räumte die letzte Gabel ein, woraufhin ich die Klappe schloss und die Spülmaschine einschaltete.

»Wenn du ihn so süß findest, wieso flirtest du dann nicht mit ihm?«, grummelte ich in das Brummen der Spülmaschine hinein.

Sie ließ sich nicht aus dem Konzept bringen. »Weil er mir zu alt ist«, erwiderte sie und streckte mir die Zunge raus. »Ach, komm, ist bloß so ein Gefühl. Okay? Sei einfach ein bisschen nett zu ihm. Was ist schon dabei?«

Sie hatte Recht. Es war nichts dabei. Als ich mir

schließlich genügend Mut angetrunken hatte und auf ihn zusteuerte, verabschiedete er sich gerade von allen.

»Schade, dass wir nicht länger plaudern konnten«, sagte er weich und hielt meine Hand dabei unnötig lange fest.

Es kostete mich Überwindung, sie wegzuziehen, dann nickte ich.

»Find ich auch. Wir telefonieren nach den Feiertagen. Oder schicken Sie mir einfach eine E-Mail.«

Ich wollte ihn zu nichts ermutigen, dennoch schlich sich ein erotisierend raues Timbre in meine Stimme, und ich sah, wie sich seine Mundwinkel nach oben bogen. Keine Grübchen, und trotzdem umwerfend.

»Wir sehen uns, Robyn«, sagte er, und ich bekam weiche Knie.

Okay, anscheinend hatte er kein Interesse, aber das ließ sich ändern. Wenn ich will, bring ich noch jeden Typen dazu, dass er mich auf Knien anbettelt und mir aus der Hand frisst. Von wegen kostengünstige Server – der schöne Trent würde mich wegen ganz anderer Dinge konsultieren. Die Frage, die sich mir stellte, war bloß, wollte ich das?

Es war gegen Ende Januar, und ich hatte die Party schon fast verdrängt. Na ja, nicht ganz. Ich erinnerte mich ausnehmend gut an einen bestimmten Gast, hatte aber inzwischen entschieden, dass, wenn er sich bei mir melden sollte, ich ihn an einen meiner Partner weiterreichen würde, von wegen Stress und voller Terminkalender und so. Ich hielt mich an meine Kerzenpartys, meine Benefiz-Lunchs und romantische, platonische Dinner mit F. D.

Dave. Es war nicht wirklich aufregend, dafür aber schön bequem.

Eines Abends jedoch, als Dave kurzfristig unser Date absagte, war ich gefrusteter als sonst. Es war eine kalte, sternenklare Nacht, und ich hätte wahnsinnig gern die Jalousetten im Bad hochgezogen und mich mit irgendeinem gut bestückten Adonis in die Wanne gekuschelt. Leider war das beste Stück, auf das ich momentan zurückgreifen konnte, batteriebetrieben. Trotzdem fühlte sich das heiße Wasser himmlisch an in der eisigen Nacht. Meine Nippel prickelten und kribbelten, und ich bezwirbelte sie lasziv. Was wäre wohl passiert, wenn er angerufen hätte, überlegte ich. Wie mochte er unter dem roten Pullover aussehen? Wie sah sein Gesicht aus, wenn er kam? War er ein lauter Ficker? Schrie er? Stöhnte er dabei?

Meine Muschi zuckte verräterisch, ich spannte Arsch und Schenkel an und spreizte die Beine. Winkelte die Knie an und stemmte die Füße gegen den Wannenrand. In meiner Fantasie kniete er dazwischen, um meine willige Muschi zu vögeln. Ich fragte mich, ob er mir Anweisungen gegeben hätte, was ich tun sollte. Meine Klitoris reiben, wie ich es gerade machte? Die Spitze meines Zeigefingers balancierte sanft über deren Haube, glitt langsam vor und zurück, während meine zuckenden Hüften das Wasser aufwirbelten. Er würde sehen, wie mein Gesicht und mein Hals rot wurden vor Erregung. Würde sein Schwanz genauso prickeln und kribbeln wie meine Nippel, weil er darauf brannte, mich zu penetrieren? Meine Finger darum beneiden, dass sie in meine feuchte Spalte glitten?

Ich zitterte vor Kälte und fieberte gleichzeitig einem

Orgasmus entgegen. Aber verdammt, mir war nach einem richtigen Fick! Ich brauchte etwas Dickes und Hartes in mir; dieses blöde Rumgefingere in der Wanne brachte es heute Abend total nicht. Den Protest meiner zitternden Knie ignorierend, schwang ich mich kurz entschlossen aus der Wanne. Es war mir egal, dass sich auf dem Boden eine große Wasserpfütze bildete. Ich war zwar ganz nah dran, aber ich wollte so kommen, wie es gewesen wäre, wenn Trent mich gefickt hätte. Hart und schmutzig.

Ich sprang unter die Dusche, knallte die Tür zu und angelte nach dem Massageduschkopf. Ich stellte ihn an und die Düsen auf die höchste Stufe. Kalt. Jetzt zitterte ich wirklich, meine Zähne klapperten und meine Finger waren fast taub, aber meine Muschi war glutheiß wie flüssige Lava. Ich beugte mich vor, spreizte die Beine und richtete den eisigen Strahl direkt auf meine Klitoris und meine Muschi. Ich kreischte auf. O ja, Himmel, ja!

Das war gut! Das war es, was ich wollte: gnadenlose, prickelnde Kälte, die meine Klitoris bedüste. Und meine Titten quälte, als ich den Strahl darauf richtete. Stöhnend, schaudernd und japsend kam ich so hart, dass ich mir den Kopf an der Wand stieß und vor Schmerz lauter funkelnde Sterne sah. Irgendwann ließ ich die Hand sinken, und das Wasser prasselte munter in den Ausguss.

Warum ich das gemacht hatte, schwante mir erst später, als ich die Fenster geschlossen, das Badewasser abgelassen und Handtücher auf die Pfützen geworfen hatte. Als ich zitternd und mit Gänsehaut im Bademantel auf dem Sofa lag, ließ ich mir das Ganze noch einmal durch den Kopf gehen. Und ich denke, die Fakten waren eindeutig.

Er hatte mich provoziert, um mich dann buchstäblich am ausgestreckten Arm verhungern zu lassen. Und den winzigen Nerv getroffen, der einen Scheiß auf Gartenpartys und Duftkerzen gibt und der bloß schlummerte, weil er keine Gelegenheit hatte, auf Beutefang zu gehen. Mit seinem Grübchenlächeln und seinem verträumten Blick hatte er den Beutetrieb in mir geweckt, und ich war fest entschlossen, Beute zu machen.

Am nächsten Morgen war ich ganz früh im Büro und strahlender Laune. Ich hatte geschlafen wie ein Baby. Das lag bestimmt an der Erschöpfung aufgrund meiner nächtlichen Aktivitäten. Ich setzte mich grinsend an meinen Schreibtisch, öffnete meine E-Mails und starrte auf die oberste Nachricht. Abgeschickt um 1.14 Uhr in der Nacht, von einer Adresse, die mir nichts sagte, den Namen kannte ich allerdings.

»Robyn. Sie müssen entschuldigen, dass ich mich erst jetzt bei Ihnen melde. Ich bin in den letzten Wochen dauernd dienstlich unterwegs gewesen, ab kommenden Montag bin ich aber wieder in der Stadt. Würde mich freuen, wenn wir uns nächste Woche mal zum Lunch treffen könnten. Schlagen Sie etwas vor. Ich stehe ganz zu Ihrer Verfügung …«

Ich überflog den Rest der E-Mail und strahlte wie ein Honigkuchenpferd. Aha, das Spiel ging weiter. Na ja, wir werden sehen. Ich drückte auf »Antworten«.

»Trent, nett, mal wieder was von Ihnen zu hören, und ich würde mich auch wahnsinnig gern mit Ihnen treffen, leider platzt mein Terminplan momentan aus allen Nähten. Ich würde Sie deshalb gern mit Jerome Houston in Kontakt bringen.«

Ich drückte auf »Senden« und schickte Jerome eine Kopie. Dann lehnte ich mich zurück und schaute lächelnd aus dem Fenster. Wie heftig willst du es, Trent? So heftig, dass du noch mal auf mich zukommst? Und bettelst?

Ja. Das Leben machte wieder Spaß.

Wer sagt, Geduld sei eine Tugend, hat vermutlich noch nie Schach gespielt. Wenn Sie Ihren Zug gemacht haben und darauf warten, dass der Gegner seine Figur zieht, sich dabei Ihre Nervosität nicht anmerken lassen, während Sie fieberhaft überlegen, ob Sie etwas übersehen haben und er sich womöglich Ihre Figur krallt, dann werden Sie halb verrückt, wenn Ihr Gegenüber sich immer noch nicht rührt. So ähnlich ging es mir mit Trent. Nein, Geduld ist absolut keine Tugend, sondern eine masochistische Übung, um sich zu frustrieren.

Dann, eines Tages – ich stand kurz davor, die Segel zu streichen, und wollte mich mal bei Jerome erkundigen, ob Trent sich bei ihm gemeldet hätte – hetzte ich im zweiten Stock in den Aufzug und prallte voll mit *ihm* zusammen. Ich sprang geschockt zurück, ruderte auf meinen hohen Hacken hilflos mit den Armen und fühlte seine zupackende Hand an meinem Ellbogen. Es war bestimmt kein Zufall, dass er mich verräterisch dicht an sich zog, während ich mit meinem Gleichgewicht kämpfte.

»Robyn!« Er schien sich zumindest zu freuen, mich wiederzusehen. Und es klang sündhaft sexy, wie er meinen Namen aussprach. Ich sah ihm lächelnd in die Augen.

»Hi, was für eine Überraschung! Ich könnte ja jetzt sagen, freut mich, dass ich mit Ihnen zusammengestoßen bin, aber …«

Er lachte sein Grübchenlachen und ließ meinen Arm los, rückte jedoch keinen Zentimeter von mir weg, als sich die Lifttüren schlossen.

»Also *ich* bin froh über diesen Zusammenstoß. Tut mir leid, dass ich mich nicht früher gemeldet hab. Ich saß dauernd in irgendwelchen Fliegern.« Er seufzte und rieb sich den Nacken, und ich genoss seinen Anblick. »Ich hab mich auf unsere Zusammenarbeit gefreut.«

Ich versagte mir ein zuckersüßes Grinsen. Stattdessen legte ich leicht skeptisch die Stirn in Falten. »Sie haben doch nicht etwa Probleme mit Jerome? Er ist einer unserer besten …«

»O ja. Ja. Ich …«

Der verdammte Aufzug. Er blieb stehen, die Türen glitten auf, und uns blieb nichts anderes übrig, als auszusteigen. Unsere Absätze klapperten über den Granitboden, als wir zum Eingangsportal liefen, eine private Unterhaltung war unmöglich. Wir würden unsere Chance verpassen und ich meinen Spielvorteil einbüßen, fuhr es mir durch den Kopf. Wir würden gleich durch diese Tür gehen und uns trennen, und das war's dann. Es sei denn, einer von uns beiden gab nach und lenkte ein. Angesichts der Tatsache, wie wir das Spiel gespielt hatten und jeder von uns beiden sehr dickköpfig war, hatte ich da aber wenig Hoffnung.

Mein Herz sank ins Bodenlose, als die Türen aufschwangen und er mir mit einer Geste seiner Hand zu verstehen gab, ich solle mit rauskommen. Er sah scharf aus in seinem nachtblauen Anzug, elegant und selbstbewusst, dachte ich, genau der Typ Mann, den ich immer schon mal rumkriegen wollte, an den ich mich aber nie rangetraut hatte. Meine beiden Ehemänner und die meisten meiner Lover standen auf Handarbeit, Fingerspiele und Sextoys, und ich mochte das.

Bei Trent war das anders. Er war meine einmalige Chance, die letzte Fantasie in meinem Kopf. Ich mochte ihn und diese einmalige Chance nicht sausen lassen. Ich schwenkte zu ihm herum, öffnete den Mund, doch er kam mir zuvor.

»Robyn …«

Wir standen im hellen Sonnenlicht, es war warm für Ende Februar, der Frühling hielt Einzug.

»Ja?«

Er blickte vielsagend zum Parkplatz, und mir stockte der Atem. »Äh … ich habe natürlich vollstes Verständnis, dass Sie sich vor Terminen kaum retten können, aber … na ja, jetzt, da Jerome unsere Buchführung betreut, würde ich Sie gern …«

Sein Blick schwenkte zu mir, und seine Mundwinkel formten sich zu einem verheißungsvollen Lächeln, sodass der Zwickel meines Spitzenstrings spontan nass wurde.

»Ich würde Sie gern zum Mittagessen einladen. Ganz zwanglos. Was halten Sie davon?« Ich ließ ihn ein paar Herzschläge lang schmoren, vor allem deswegen, weil ich nicht wusste, was ich sagen sollte. Dann lächelte ich und tippte ihm mit meinen Fingern leicht auf den Sakkoärmel.

»Klingt gut. Ich nehme die Einladung an.«

Es begann mit einem Mittagessen. Dann weitere Mittagessen und Cocktails. Gelegentlich ein Kinobesuch. Schlagen Sie mich, malen Sie mich pink an, aber er pokerte hoch, um zum Zug zu kommen. Es überraschte mich nicht, und um ehrlich zu sein, kümmerte es mich auch nicht. Zehn Jahre eher und ich wäre ihm beim zweiten, spätestens beim dritten Date an die Wäsche gegangen, aber jetzt genoss ich die prickelnde Vorstellung, dass sexuell nichts zwischen uns lief. Sanfte Gutenachtküsse und behutsame Umarmungen, dass meine Dates mit E. D. Dave dagegen wie Hardcore-Pornografie anmuteten.

Okay, wenn er mich rumkriegen wollte, dann würde er sich anstrengen müssen. Ich sah doch, wie hungrig er auf meinen Busen starrte – logo, dass ich tiefe Ausschnitte trug. Wie er unter der gebräunten Haut errötete und nervös wegschaute, um seinen kleinen Freund zu beruhigen. Wenn er mich küsste, fühlte ich seine Ungeduld, seine heißen Lippen, die darauf drängten, sich fester auf meine zu pressen, seine Zunge in meinen Mund zu schieben, einzudringen und wild zu knutschen.

Oh, er machte sich gut, echt gut, trotzdem behielt ich Oberwasser. Das Alter macht einen zwar nicht unbedingt weise, dafür aber gelassen, und ich blieb gelassen – zudem hatte ich meinen Massageduschkopf und genügend Batterien. Er hatte draußen vor meiner Firma nachgegeben, und er würde wieder einknicken. Was mir vorschwebte, war totale, bedingungslose Unterwerfung.

Folglich brachte mich sein Anruf an jenem Freitag um elf Uhr morgens völlig aus dem Konzept.

»Hallo, Mädchen.«

»Selber hallo«, sagte ich. Ich wippte in meinem Chefsessel und schaute grinsend aus dem Fenster. Meine Hand strich über das Armband mit den Granatklunkern, das er mir zum Geburtstag geschenkt hatte und das ich fast jeden Tag trug. Das heißt, wenn ich nicht das silberne Tennisarmband am Arm hatte.

»Du musst was für mich tun.«

»Und das wäre?« Ich strahlte glücklich in den Baum, der draußen vor dem Fenster stand und frisch austrieb.

»Sag deine Nachmittagstermine ab. Wir treffen uns in fünfzehn Minuten unten. Ich bin schon unterwegs.«

Ich lachte. »Das kann ich nicht machen.«

»Klar kannst du das. Wenn es was Weltbewegendes wäre, würdest du dich anders anhören. Ich kenn dich doch.«

Wow, das war verdammt abgefahren. Drew hatte annähernd zehn Jahre gebraucht, um mich so gut einschätzen zu können, und Steve war es nie gelungen.

»Also …«, sagte er eben. »Wir sehen uns draußen. Und, Robyn?«

»Ja?«

»Bevor du runterkommst, ziehst du dein Höschen und deinen BH aus und wirfst beides in den Müll.«

Mein Herz setzte einen Schlag lang aus. Dann rutschte mir irgendwas in der Art heraus – mit einer Giggelstimme, die ich an mir verabscheue –, dass meine Unterwäsche eine kleine Kapitalanlage sei, woraufhin er abfällig schnaubte.

»Ich kauf dir neue. Und jetzt tust du es, okay? Hab dich lieb, Süße. Bis gleich.«

Er legte auf.

Dieser Bastard legte einfach auf! Ich warf verstohlen schuldbewusste Blicke zur Tür, während ich die Bin-nicht-im-Büro-Message in meine E-Mail einklickte. Ich fuhr den Laptop runter und knabberte dabei nervös an meinem Daumennagel. Mein Herz raste. Ich konnte das nicht tun, nicht wirklich. Aber wenn ich es nicht tat, wäre das dann nicht ein Eingeständnis, dass ich dazu nicht den Nerv hatte? Wäre er enttäuscht?

Ich stand auf und ließ die Jalousien runter. Und schloss meine Bürotür ab.

War ich froh, dass ich heute einen Rock trug! Ich streifte kurzerhand meinen Tanga runter und zog ihn aus, dabei verlor ich fast die Balance, weil ich mit dem Absatz an der Spitze hängen blieb. Dann lag der pfirsichfarbene Seidenfummel auf dem Teppich. Ich hatte es schon halb geschafft. Das mit dem BH war kniffliger; ich musste meine Jacke ausziehen, die Spaghettiträger über die Arme streifen und das Teil durch einen Blusenärmel herausziehen. Aber es war ein Klacks, verglichen mit dem störenden Gedanken, dass ich ohne Push-up und D-Cups längst nicht mehr so aufreizend knackig aussah.

So ein Quatsch, sagte ich mir. Wenn es zur Sache geht und er reißt dir sämtliche Klamotten vom Leib, ist es das Gleiche in Grün, oder? Trotzdem kämpfte ich einen inneren Kampf mit meiner weiblichen Eitelkeit, während ich mich aus dem BH schälte und ihn zu dem Höschen warf. Ich wurde erdbeerrot im Gesicht und zog hastig mein Jackett über. Dann saß ich da, starrte auf den Beweis meiner Schamlosigkeit am Boden, die Sekunden tickten vorüber, und mein Computer war längst heruntergefahren.

Bevor ich groß nachdenken konnte, lief ich auf die

Damentoilette im ersten Stock. Ich wühlte Höschen und BH aus den Tiefen meiner Handtasche und sah mich verstohlen um. Zum Glück war niemand da, der mich hätte beobachten können, wie ich die Dessous im Müll versenkte. Mit wild klopfendem Herzen lief ich durch die Lobby nach draußen, schuldbewusst, als hätte ich eben sämtliche Firmengeheimnisse geklaut und die Portokasse mitgehen lassen. Mein Gesicht brannte, denn ich konnte mich des Eindrucks nicht erwehren, dass die Sicherheitsleute und diverse Passanten mit Röntgenblick mein Kostüm durchleuchteten. Ich hätte nie gedacht, dass ein bisschen Exhibitionismus so eine große Sache ist.

Er wusste es. Natürlich wusste er darum. Er lehnte an seinem Jaguar und riss mir die Beifahrertür auf.

»Ich tippe mal, du hast meine Instruktionen befolgt«, sagte er und grinste.

Ich stellte meinen Laptopkoffer in den Wagen und schwang mich auf den Beifahrersitz, sorgfältig darauf bedacht, im Sitzen sittsam die Beine aneinanderzuklemmen. Dann zog ich die Autotür zu und schoss ihm einen bösen Blick zu.

»Ich hab vorhin sechzig Dollar in den Müll geworfen, danke.«

Er rollte mit den Augen, sah in den Rückspiegel und setzte aus der Parklücke.

»Trotzdem«, meinte er und warf mir einen schiefen Seitenblick zu, »bin ich mir nicht sicher, ob du meine Anweisungen befolgt hast. Hast du?«

»Hab ich doch gesagt, oder?«

»Woher weiß ich das?«

Ich verschränkte die Arme vor der Brust, schlug die

Beine übereinander und lächelte ihn lasziv an. »Schätze, das musst du mir einfach glauben.«

Ich wollte ihm den Gefallen nicht tun, auch wenn meine Nippel hart und geschwollen waren und ich mich verdammt danach sehnte, seine Finger unter meiner Seidenbluse zu spüren, während er mit der anderen Hand den Wagen steuerte. Bei der Vorstellung begann meine Klitoris zwischen meinen überkreuzten Beinen zu prickeln, ich hielt aber durch.

»Muss ich dann wohl.« Er umklammerte mit beiden Händen das Lenkrad und blickte konzentriert geradeaus, als wir über die Landstraße brausten. Ein Lächeln umspielte seine Lippen, und mir schwante dunkel, dass die Sache mit den Dessous bloß der Anfang gewesen war.

»Ich finde, das Wetter ist ideal für ein Picknick.«

Ich nickte zustimmend. Wir stiegen aus dem Wagen. Er war zum Briar Park rausgefahren und folgte der kurvigen Straße bis zu einer weichen, frühlingsgrünen Wiese mit einem kleinen See. Bäume umstanden das Ufer, bildeten einen lauschigen Hain, der den See vor Blicken von der Straße abschirmte. Allerdings nicht vor den Blicken der Spaziergänger oder Ranger.

Ich half ihm, die dicke Decke auszubreiten, als handelte es sich tatsächlich bloß um ein romantisches Picknick, süß und unschuldig wie alle unsere bisherigen Dates. Kaum setzte ich mich jedoch hin und beugte mich vor, um meine Sandaletten auszuziehen, hörte er auf, in dem mitgebrachten Picknickkorb herumzuwühlen, und schüttelte den Kopf.

»Lass sie an.«

Wir blickten uns für einen langen Augenblick an. Er hatte Sakko und Krawatte im Auto gelassen, ich dagegen trug mein Jackett noch. Sobald ich das Teil nämlich auszog, hätte er buchstäblich den totalen Durchblick – dann konnte ich nicht mehr die naiv Zurückhaltende spielen.

Als er schließlich mit einem Kopfnicken auf mein Jackett zeigte und mich, untermalt von Vogelgezwitscher, Blätterrauschen und Wassermurmeln, anwies, es auszuziehen, wusste ich, wir hatten die Tabugrenze überschritten. Obwohl ich mir nicht sicher war, wer von uns beiden kapitulieren würde.

Ich knöpfte meine Jacke auf und streifte sie mir im Zeitlupentempo von den Schultern. Er vergaß den Picknickkorb und lehnte sich genauso langsam zurück. Aufgestützt auf seine angewinkelten Ellbogen, beobachtete er, wie ich gleich danach meine Bluse auszog, unaufgefordert. Er biss sich auf die Lippe, als ich die Spange aus meinem Pferdeschwanz zog und mit den Fingern durch die langen Locken kämmte.

»Gott, ich liebe deine Haare«, sagte er. »Ich fahr voll darauf ab, wenn du sie offen trägst.«

Ich lächelte, aber er war noch nicht fertig.

Er setzte sich auf und ließ seinen Blick hungrig von meinem nackten Oberkörper zu meinen Beinen wandern, sittsam an den Fesseln übereinandergeschlagen und immer noch in Sandaletten. Sein Gewicht auf einen Arm gestützt, hob er den anderen und dirigierte mit den Fingern meine Bewegungen.

»Ich möchte sehen, wie du mit diesen prachtvollen Titten spielst. Aber vorher musst du dir den Rock über die

Hüften ziehen. Ich möchte dir dabei zusehen.« Er stockte, sein Blick fing meinen auf. »Darf ich?«

Gott, kann man da Nein sagen? Ein Ja brachte ich genauso wenig über die Lippen.

Mir fehlten die Worte. Ich nickte bloß, rutschte von einer Pobacke auf die andere und fixierte ihn. Dabei streifte ich meinen Rock hoch, sodass mein Venushügel, mein getrimmter Busch und meine Muschilippen sichtbar wurden. Ich schob mir eine Hand unter den Kopf und streichelte mit der anderen meine Nippel und meine schweren Brüste. Er sah mir zu, strich sich mit der Hand über seinen Schwanz, und ich realisierte spontan, dass ihm weder die Schwangerschaftsstreifen auf meinen Schenkeln und Hüften etwas ausmachten noch die Tatsache, dass meine Titten nicht mehr ganz fest waren.

Der Typ hätte bildhübsche junge Frauen haben können, aber er fuhr auf mich ab. Urplötzlich hatte ich Schmetterlinge im Bauch und war ein bisschen in ihn verliebt.

Er zog sich langsam aus, während er mir zusah, wie ich meine Titten bearbeitete und die Beine aneinanderrieb, um meiner juckenden Klitoris ein bisschen Erleichterung zu verschaffen. Müssen Männer einen flachen Waschbrettbauch haben? Er hatte keinen, aber das fand ich halb so wichtig. Dafür hatte er breite Schultern zum Anlehnen, dunkler Flaum wellte sich auf seiner Brust. Was ich viel wichtiger fand, war, dass sein Schwanz dick und erigiert in dem dunklen Busch zwischen seinen Beinen stand.

Ich hatte schon oft wilde Fantasien von seinem Ständer gehabt, und das Teil live zu sehen machte mich schwindlig vor Verlangen. Er folgte meinem Blick und grinste, als ich mit der Hand seinen Penis umschloss und die Vorhaut rauf und runter schob und den Kopf rieb, dabei öffnete ich sinnlich die Lippen. Unbewusst umklammerten meine Finger fester meine Nippel.

»Willst du es auch, Robyn?«, fragte er, woraufhin ich ihm einen hungrigen Blick zuschoss.

»Wenn du nicht voranmachst, komm ich und nehm ihn mir«, drohte ich.

Er wieherte los. »Dann mach doch. Bedien dich.«

Dumm gelaufen. Ich kickte meine Sandaletten von den Füßen, riss mir den Rock herunter und setzte ihm nach. Er lief nicht weit, ein paar Meter von der Decke entfernt ließ er sich von mir fangen, packte mich und presste meinen nackten Körper an seinen. Wir küssten und bekriegten uns unter den Bäumen wie Nymphe und Eros in der griechischen Mythologie, der Frühlingswind koste unsere verschwitzten Leiber, und die Musik des Waldes untermalte das wilde Stakkato unserer Herzen.

Eine kurze Weile später zog er mich wieder auf die Decke, kniete sich über mich, und ich spreizte die Beine für ihn. Wie ich es geplant hatte, nur dass es meine heißesten Fantasien noch übertraf. Der Duft von frischem Gras verband sich mit dem Duft von Sex und Haut; die Nachmittagssonne wärmte den Boden, der Wind streichelte meinen Körper; er küsste mich glutvoll, steckte einen Finger in meine Muschi und einen in mein anderes Loch, und ich schrie laut auf vor Erregung.

Er wischte seine Finger im Gras ab, während ich erbebte, und grinste.

»Und jetzt«, sagte er, »möchte ich dich ficken.«

»Was ist mit Safer Sex?«, erkundigte ich mich.

»Klar.«

Er angelte ein Kondom aus seiner Hosentasche, riss die Verpackung auf und nahm vorsichtig das Präservativ heraus. Ich schnappte es ihm weg, zog es auseinander und warf es ins Gras. Er starrte mich verblüfft an, und ich musste lachen.

»Die Dinger brauch ich schon seit Jahren nicht mehr, Schätzchen.«

Da war wieder dieses Grübchenlachen. »Bist du sicher, dass wir keinen Schutz brauchen?«

»Nein, aber das Risiko geh ich locker ein. Ich will dich so.«

Und ich bekam ihn so. Er füllte mich aus und fickte mich, als hinge sein Leben davon ab. Als wäre der Sex seine Berufung. Er fickte mich, bis ich wund war und sich auf der weißen Decke unter uns rote Flecken bildeten, und trotzdem bettelte ich um mehr. Er winkelte meine Beine an und küsste meine Fußsohlen, während er hungrig in mich stieß, als wollte er mir das Hirn aus dem Leib vögeln. Ich konnte nicht mehr denken, ich konnte bloß noch fühlen und stöhnen und kommen, und das – er – war genau das, was ich brauchte.

Ich beobachtete sein Gesicht, als er kam, hörte, wie er schrie, und ich lächelte. Ich wischte mir und ihm die Tränen fort und spielte mit seinen Haaren, während er sich erschöpft an meine Brust schmiegte und unser aufgewühlter Atem sich beruhigte, bis unsere Atemzüge wieder gleichmäßig gingen. Er kitzelte meine Nippel und brachte mich zum Lachen, und ich dachte, dass es das wert gewesen war, eine halbe Ewigkeit zu warten: die Stille, die Erfüllung, der Schmerz zwischen meinen Beinen, der mir bewies, dass ich lebte. Das Gefühl, ganz Frau zu sein.

Ich schloss die Augen und atmete in sein Haar.

»Weißt du was?«

»Was?«, fragte er zurück, seine Stimme schläfrig und rau und himmlisch für meine Ohren, und weil gedämpft, während seine Lippen sich auf meine Titten pressten, vibrierte das eine Wort durch seine Brust und in meinen Bauch.

»Ich finde, du bist das verdammt beste Weihnachtsgeschenk, das mir jemals über den Weg gelaufen ist.«

Er lachte.

Charlotte Stein

Man kann nie wissen

Er ist wirklich süß, und das ist mein Problem. Die Baseballmütze tief in die Stirn geschoben, schaut er einen jedes Mal so treuherzig und tiefgründig an, dass man meint, in seinen Augen zu lesen wie in einem offenen Buch.

Von wegen, alles Tarnung.

Er hat nichts von diesem oberflächlichen Scheiß an sich, den man bei attraktiven Typen sonst gewöhnt ist, und er ist auch kein bisschen von oben herab. Einmal, als er am College seine Story von dem dicken Mädchen vorlas, hätte seine Miene eigentlich signalisieren müssen: Ich hasse dich, dickes Mädchen.

War aber nicht so. Seine Miene war unergründlich wie sonst auch.

»Hey, Hobbs«, sagt er und küsst mich umständlich auf die Wange, und dann setzen wir uns umständlich hin und warten auf die anderen aus unserem ehemaligen Kurs für kreatives Schreiben. Er macht mich verlegen.

Schätze, es ist immer dasselbe mit uns. Ich seh bloß, wie schnuckelig er aussieht, und er, wie unfickbar ich bin. Manchmal denke ich, warum kann er nicht wie Ryan sein, der charmant mit mir rumalbert, und ich wie Kate, die total süß und selbstbewusst ist.

»Und, wie geht's dir so?«, fragt er, und ich weiß nicht, was ich antworten soll. Gut, tippe ich mal. Immerhin so gut, dass es mich nicht kümmert, was er von dicken Mädchen hält.

Ich überlege immer noch, als Kate und Ryan reinkommen und alle durcheinanderreden. Ich halte mich geschlossen und erinnere mich wieder an jedes Wort seiner damaligen Story. Ich bin mir ziemlich sicher, dass er sie als Antwort auf eine von meinen Geschichten geschrieben hat.

Meine war euphorisch, sinnlich, eben alles nur angedeutet. Keine Fokussierung auf einen Exzess von nacktem Fleisch, sondern ein Hauch von Erotik.

Seine war morbide bis ins Detail. Da ging es um tiefe Grübchen, die ihre Arschbacken krönten, Fleischberge, die unter seinen Händen wackelten, um Spalten und Ritzen und Speckrollen. Und das traurige Sackgesicht von einem Loser war von all dem besessen, was einen normalen Mann niemals anmachen würde.

Ich erinnere mich ganz besonders an eine Zeile aus seiner Geschichte – weil sie so schön klang, was man von seiner Story ansonsten nicht behaupten konnte.

Der weich gefältelte Samt ihrer Haut bettelt nach meinem Körper.

Tja, die Zeile geht mir nicht aus dem Kopf.

Er denkt, ich bettle nach seinem Körper. Ganz bestimmt denkt er das. Wir hängen zusammen ab, trinken zu viel, fläzen uns auf Lederpuffs wie Haremswächter, erzählen einander blöde Fantasien, das Übliche eben, und ich bin sicher, er erwartet, dass ich sage: Hey, du.

Du warst meine Fantasie. Du hattest Recht. Ich hab diese schlüpfrigen Storys über ein glitzerndes honigsüßes Land für dich geschrieben, Julian. Du warst meine Idealbesetzung für den Wächter meines Königinnenharems mit deinen schönen geschmeidigen Bewegungen, den unergründlichen Schmachtaugen und deinem sinnlich aufgeworfenen Kussmund.

Er denkt bestimmt, dass ich so was Ähnliches beteuern werde, aber da hat er sich geschnitten: Er kennt mich nicht halb so gut, wie ich mich mit attraktiven Männern auskenne. Er schrieb diese Dicke-Mädchen-Story, um mich abzuwimmeln – mach dich bloß vom Acker, dickes Mädchen! Wir attraktiven Typen machen mit so was wie euch nicht rum!

Folglich erzähle ich irgendwas darüber, dass ich mich gern mal in eine vornehme Lady aus dem 19. Jahrhundert hineinversetzen würde, frisch verheiratet mit irgendeinem hochanständigen Grafen Soundso, der mir in unserer Hochzeitsnacht den Fick meines Lebens verpasst. Oh, ich hätte nicht im Traum gedacht, dass es so fantastisch sein könnte und so weiter, stöhn, uff.

Ryan lacht sich halb schlapp und diskutiert angeregt mit mir darüber, aber Julian starrt mich bloß mit seinen blitzblauen Augen an. Er sieht geknickt aus, finde ich, vielleicht auch einen Tick enttäuscht. Weil er falschliegt, grottenfalsch – er wird nämlich nie mein Graf Soundso werden, mit seinen aufgestylten Haaren und der Kappe und dem ganzen Drum und Dran. Mr. IT Whiz Kid.

»Okay, okay – wie schaut's bei dir aus, Julian?«, fragt Kate. »Irgendeine neue Idee? Hat sich bei dir was getan?«

»Es tut sich nie was«, erwidert er, und ich überlege, was er letztes Mal geschrieben hat. Ich erinnere mich an ein Dutzend langweiliger Geschichten über Roboter und natürlich an die Dicken-Story.

»Meine Lieblingsfantasie«, beginnt er, »ist die mit dem Mädchen, das nicht weiß, dass ich sie heimlich beobachte.«

Wir setzen uns alle gespannt hin und stellen die Lauscher auf. Die Story hat er noch nie erzählt.

»Möglich, dass diese Fantasie ein bisschen was Voyeuristisches hat. Keine Ahnung. Jedenfalls ist das mein Top-Favorit.«

»Bist du sicher?«, fragt Ryan. »Bislang haben wir nämlich alle geglaubt, dass du in dieser Hinsicht innerlich abgestumpft bist. Ich denke, ich spreche hier für uns alle, wenn ich sage, dass wir fest davon überzeugt waren, du würdest von Robotern gesteuert.«

»Werd ich auch«, antwortet er halb unsicher, halb flapsig, wie er halt so ist, wenn er wieder mal einen flotten Spruch für uns auf Lager hat. »Die steuern die Motorik in meinem Schwanz.«

Ich kippe vor Schreck mein volles Glas Wein runter und falle fast vom Hocker. Er dagegen sieht aus, als klebte er an seinem Sitzpuff fest. Obwohl er der Sultan in unserem Harem ist, haben wir noch nie Sex miteinander gehabt.

Anders als die Leute in meinen Geschichten, die dauernd Sex haben. Meine Harems sind schmutziger als ein Müllwagen. Aber nie abstoßend.

Okay. Manchmal vielleicht.

»Folglich hast du irgendwen dabei beobachtet, du Spanner«, tönt Ryan.

»So war es nun auch wieder nicht«, beteuert Julian. Vermutlich ärgert er sich, dass er überhaupt davon angefangen hat. Keiner ist wirklich scharf darauf, pervertierte Fantasien mit Freunden zu diskutieren, die man jahrelang nicht gesehen hat.

»Es war unser letztes Jahr. Erinnert ihr euch noch an Tawny Housam?«

Junge, Junge, und wie. Die Frau mit den olympisch langen Beinen. Hatte er die etwa heimlich dabei beobachtet, wie sie es mit einem Monsterdildo trieb?

»Als unser Kurs zu Ende war, fühlte ich mich total beschissen. Ich fragte mich, ob ich es jemals mit irgendwem treiben oder ob ich überhaupt was Passendes finden würde – der übliche Collegemist eben. Wie siebzehnjährige Mädchen halt so denken. Schnee von gestern, Leute.«

»Du hast probiert, dich in ein siebzehnjähriges Mädchen hineinzuversetzen?«, will Ryan wissen.

Kate giggelt. Ich trinke.

»Nachher war ich auf der Hallsdale Party.«

»Auf der, wo Curtis Blalock sich ein Ei einklemmte?«

»Genau da. Nach zwanzig Minuten hatte ich die Faxen dicke, so zu tun, als wäre ich der ungekrönte Prince Charming, dann bin ich oben vor dem Computer eingeschlafen. Als ich wach wurde, war ich voller Saft.«

So was passiert ihm bestimmt andauernd auf Partys – ich meine, dass er die Faxen dicke hat. Ich hab mehrfach beobachtet, wie er Frauen auf Festen anzumachen versucht – obwohl er umwerfend aussieht, klingt er wie ein wandelndes Computerhandbuch. Aber das mit dem Saft ist für mich nichts Neues – ich wach oft selbst mit triefender Muschi auf.

»Ich denke, es war morgens früh, und ich war überzeugt, die Gäste wären alle weg.«

»Schubidubiduh, nur der Mann im Mond schaut zu«, trällere ich, weil ich betrunken bin. Ich hoffe, die anderen sehen mir das nach.

»Ich lief nach unten und sah, dass die Tür zu einem der Schlafzimmer aufstand. Weil ich Wasserrauschen hörte, dachte ich reflexartig, ich muss dringend mal pinkeln. Folglich ging ich rein. Ich wollte kurz hallo sagen und das Bad benutzen. Dann wollte ich nach Hause und mich umbringen.

Im Zimmer war es still und dämmrig, anheimelnd friedlich, das Bett zerwühlt, und ich fühlte mich richtig relaxed und irgendwie ... gut.«

Wenn er auf Partys bloß so bei Frauen wäre. Aber ich denke, er muss die Leute erst beschnuppern, ehe er sich wohlfühlt. Bei uns fühlt er sich wohl, so ähnlich wie in alten ausgelatschten Tretern.

»Dann sah ich, dass auch die Tür zum Bad aufstand.«

Ich glaube, die Geschichte hab ich schon mal gehört, aber es hat was, wenn er sie erzählt. Er scheint ein bisschen atemlos und wird unter der Schirmmütze rot. Als würde er darauf brennen, damit rauszurücken, weil die Story so verdammt heiß ist.

Ich brenne darauf, dass er damit rausrückt. Und bin gespannt wie ein Flitzebogen.

»Ich wollte nicht spannen. Ich hatte echt nicht vor, länger hinzuschauen. Ich sah nackte Haut aufblitzen und wusste, ich sollte mich schleunigst verziehen, hab ich aber nicht. Ich wollte unbedingt zuschauen – das macht die Sache zwar irgendwie verkorkster, aber auch reizvoller.

Dass sie dort stand, kam für mich völlig unerwartet. Die ganze Situation traf mich völlig unerwartet. Wie sie so dastand, wie sie aussah, welche Wirkung sie auf mich hatte. Sie sah bestimmt nicht so aus, wie ich mir meine Traumfrau vorstelle – sie hatte kurze Beine und breite massige Schultern – aber das machte es umso reizvoller für mich. Ich musste einfach hinschauen.«

Ich kann mir diese kleine, stämmige Frau nicht vorstellen.

»Sie war vollkommen nackt und nass vom Duschen.«

Unlogisch, dass sie beim Duschen die Tür auflässt, oder? Aber erzähl weiter, Julian. Du bringst es so rüber, als wäre es wahr, und das hat was reizvoll Prickelndes.

»Ihre blasse Haut glitzerte wie diese geeisten Zuckerränder an Cocktailgläsern, zum Abschlecken. Und bei mir machte es *Klick*, ich hatte diesen gewissen sexuellen Kick, ich wollte sie vernaschen. Ihr Körper hatte mächtig viele Grübchen und Ritzen: die dunkle Spalte zwischen ihrem Schenkelansatz, das kleine behaarte Dreieck, die Wölbung, wo ihre Taille in den Oberkörper mündete, der Schwung ihrer dicken Titten. Ich wollte ihre Geheimnisse erforschen und diesen Orten Namen geben. Ich wollte die Namen mit meiner Zunge auf ihren Körper schreiben, damit sie in ihre Haut eingraviert wären.

Alle anderen Mädchen, die ich bis dahin gehabt hatte, waren ausgeblendet, als ihre Hände über ihre harten Nippel glitten und in die dunkle Muschispalte. Ich wünschte mir spontan, meine Hände wären ihre Hände, um ihren Körper zu erforschen, von dem sie offensichtlich keine Ahnung hatte. Und sie hatte zweifellos keinen Schimmer, was bei mir ablief. Diese Tatsache erregte mich am meisten. Ihr schwante nicht mal ansatzweise, wie verführerisch sie auf mich wirkte – wäre sie auch vermutlich nie drauf gekommen, selbst wenn ich sie mit ein bisschen Smalltalk ins Schlafzimmer gelotst hätte. Wo wir im Halbdunkel im Bett gelegen und ich darauf gewartet hätte, dass sie sich ungeschickt auszieht. Ich denke, das hier machte mich mehr an als alles andere. Dass sie keinen Schimmer hatte, wie sie mich anturnte mit ihrem nackten Körper, der mir erotische Storys suggerierte. Ich war wie versteinert.

Logo war ich wie versteinert. Aber anders als ihr vielleicht denkt.«

Seine samtweiche Stimme ist genau das, was einen feuchten Traum feucht macht. Davon bin ich überzeugt. Ich hatte vorher bloß nie realisiert, dass aus seinem Munde sogar Begriffe wie »Ritze« und »Spalte« sinnlich sexy klingen.

Vielleicht liegt es ja auch an dem Wein. Aber das glaube ich kaum. Ich hatte Julian noch nie so gehört. Ich meine … klar, er kam uns mit dieser Dicken-Story. Aber das war bloß ein witziger Kommentar über Loser, die auf dicke Mädchen stehen. Das hier … ich weiß gar nicht, was das sein soll. Seine Augen blicken ziemlich entrückt, als wenn ihm im Nachhinein noch einer abginge, und ich schwöre, wenn er noch einmal den Mund aufmacht und seine kleine geile pinke Zungenspitze rausstreckt, stecke ich diesen Sitzpuff in Brand.

Und es kommt noch toller! Keine Ahnung, wie er es schafft, von Robotern und Computermanuals auf das hier umzuschwenken. Wie viel Wein hat er eigentlich schon intus? Wie betrunken muss man überhaupt sein, dass einem solche Storys einfallen?

Randvoll. Obwohl man es ihm nicht anmerkt.

Ich wette, sein schlechtes Gewissen nagt eben an seinem stabilen Roboterinnenleben. Er will garantiert bloß unsere Bestätigung, dass er völlig normal tickt. Tut er ja auch, keine Frage, wenn er bloß häufiger so wäre: halbwegs durchschaubar und verführerisch und offen.

Vielleicht hätte ich dann nicht so viel Bammel vor seinem geilen Body.

»Die nassen Haare klebten ihr am Körper, und sie band sie hoch. Dabei wackelten ihre Wahnsinnstitten – weiche, dicke Titten. Solche Möpse hatte ich vorher nur im *Playboy* gesehen, und mir klappte das Messer in der Hose auf. Dann tupfte sie sich Lipgloss auf die Lippen. Als wenn sie es bloß für mich täte. – Ich weiß, was ihr denkt: dass Perverse jeden Scheiß anführen, um sich zu rechtfertigen. Na und? Ich bin ein perverser Phantom-Verführungs-Lover. Obwohl ... das kann es nicht ausschließlich gewesen sein. Ich brauche gar keine Rechtfertigung, dass sie es insgeheim für mich tat. Die Vorstellung, dass sie es für sich selbst machte, fand ich genauso erregend. Das mit der Verführung, meine ich.

Tat sie auch. Ich beobachtete, wie sie den Lipgloss auftrug und dann vor dem Spiegel ihre schimmernden Lippen in den Mund zog, als geilte sie das auf. Dann bestrich sie ihre kleinen rosabraunen Nippel mit dem Zeug, bis sie wie das Fruchtfleisch reifer Kirschen glänzten. Dabei beobachtete sie sich wohl im Spiegel. Jedenfalls weiß ich, dass in dem Bad zwischen Waschbecken und Duschtasse ein deckenhoher Spiegel angebracht ist, aber vielleicht hatte sie auch die Augen geschlossen. Vielleicht betrachtete sie dabei ein Foto von George Clooney – keine Ahnung. Mir gefällt die Vorstellung mit dem Spiegel. Besonders, weil sie lasziv ein Bein anwinkelte und auf den Rand der Wanne stellte – das war bestimmt ein scharfer Anblick. Der schwarz gelockte Busch, ihre Spalte, und alles nass, nass wie ihre Haut. Sie muss nass gewesen sein – an dem Punkt war ich steif, dass ich den Hosenschlitz aufziehen musste. Und das bloß, weil ich sie dabei beobachtete, wie sie an ihren harten Nippeln herumspielte, mit ihrer Zungenspitze über ihre glänzenden Lippen schleckte und es sich selbst besorgte.

Sie dabei zu beobachten, wie sie ihre Hand zwischen ihre Schenkel schob, war heavy. Einerseits schämte ich mich, andererseits geilte es mich total auf. Sie fummelte zwischen ihren Beinen rum, als hätte sie noch nie was von Masturbieren gehört. Als wäre es – damals war sie so um die zwanzig – ihr erstes Mal. Sie sah total unschuldig aus, wie eins von den guten Mädchen, trotzdem tat sich da was unter ihren Fingern – genug, um leise schmatzende Geräusche zu provozieren, aber nicht genug, dass sie richtig kam. Ihre Bewegungen waren lasziv, als wenn sie so was schon öfter gemacht hätte, ihre Lustseufzer jedoch ein bisschen dürftig. Sie stöhnte nicht, sondern gab bloß diese leise stockenden Japser von sich, während ihre Wangen pinker und pinker wurden. Mit einer Hand drückte sie ihre Brüste hart, fast reflexhaft, mit der anderen rubbelte sie ihre Klitoris, bis sie endlich lauter wurde.

Ich weiß noch, dass ich dachte: Wie kann sie dabei stehen? An dem Punkt hatte ich weiche Knie, aber sie hielt durch, obwohl sie inzwischen zuckte und sich beobachtete und selbst fickte. Sie schob ihre Finger in ihre Muschi, kurz bevor sie kam, und ich hätte alles dafür gegeben, ihre triefende Möse zu befingern. Ich wollte es ihr richtig besorgen, meinen Schwanz in sie stecken, ihre Klitoris streicheln, aber meine sämtlichen Tricks – die paar, die ich kenne – waren dagegen kalter Kaffee. Mein hübsches Gesicht würde sie nicht anmachen. Sie machte es sich mit der Hand und geilte sich an ihrem Spiegelbild auf. Ich stand auf völlig verlorenem Posten. Also ging ich fort, verfolgt von dem Echo ihrer Schreie.«

Mir lag spontan die Frage auf der Zunge: *Woher willst du überhaupt wissen, ob dein hübsches Gesicht sie angemacht hätte oder nicht?* Die Frage scheint mir jedoch zu abseitig und zu seicht, außerdem hat er mich total angeturnt.

Ich fühle mich wie in heiße Schokolade getaucht. Ich schmelze dahin, hab zittrige Knie und bin sauer auf ihn, weil er mich auf diese Tour zu verführen sucht. Weiß er denn nicht, dass mir sein Charme gleichgültig ist? Sein hübsches Gesicht und seine geile Story und seine schmeichelnde Stimme besorgen es mir nicht wirklich.

Ich steh verdammt mehr auf den uncharmanten Roboter.

Das sage ich ihm später auch. Später, als ich in der Küche den fehlenden Sex mit einer großen Portion Eiscreme kompensiere. In Ryans Eisschrank stehen sündhaft leckere Sorten, Bubbleyum Hopscotch und Toffee Dream Daze, weil er cool ist und sexy, und weil er charmant zu mir ist. Er ist genauso attraktiv wie Julian, und er kauft tolle Eiscremesorten – er weiß bestimmt, dass ich auf so was stehe.

Was hast du in letzter Zeit für mich getan, Julian Walker?

»Du denkst immer schon so von mir, stimmt's?«, meint er. Allerdings wirkt er nicht besonders geknickt. Eher belustigt, und mir ist mulmig zumute.

Ich löffle ziemlich geschmolzenes Double Chocolate Sex in meinen Mund und tue so, als würde ich überlegen. Ich lass ihn zappeln. Von wegen, als wenn ich den schönen Julian zappeln lassen könnte.

Und dann sage ich: »Mmh, immer schon.«

Seine Augen verdunkeln sich, wie vorhin, als er seine Story erzählte, für die er sich eigentlich schämen musste.

»Ich weiß, sie war nicht so gut wie eine von deinen.«

Eine von meinen was?

»Trotzdem war sie besser als sonst.«

Die Story, funkt mein Hirn. Seine Story.

»Ich tippe mal, dein Sexleben ist in Wahrheit viel wilder als auf dem Papier, Julian«, sage ich.

»Fandest du sie sexy?«

»Sicher. Warum nicht?«

»Das klingt nicht wirklich aufrichtig.«

»Wieso sollte ich lügen?«

»Weil du nicht willst, dass ich enttäuscht bin.«

»Wärst du enttäuscht, wenn ich dir nicht sagen würde, dass deine Story heiß ist?«

Mit diesem Thema begeben wir uns auf dünnes Eis, und das behagt mir nicht. Außerdem hat er einen merkwürdigen Blick drauf. Ich fühle mich klein, wenn er mich so ansieht, was nicht unbedingt negativ sein muss. Er hat sich auf mich eingeschossen. Ich bin die kleine Miss Nobody, geblendet von seiner strahlenden Aura.

»Nein, ich bin nicht enttäuscht, wenn du mich kritisierst.«

»Weil du innerlich tot bist.«

»Damit meinst du, deine Kritik zieht bei mir nicht?«

»Ich meine …«

Ich mache eine Pause. Es wäre zu einfach, die Bombe platzen zu lassen. Er will mich bestimmt bloß testen.

»Ich tippe mal, du hattest häufiger den Eindruck, dass ich dich mit diesen Storys anmachen wollte. Glaub ich jedenfalls. Attraktive Typen denken immer, dass jedes Mädchen mit ihnen vögeln will. Selbst halbwegs passabel aussehende Jungen denken, dass sämtliche Mädchen mit ihnen vögeln wollen.«

Er zieht die Augenbrauen fast bis zum Haaransatz hoch.

»Denkst du das etwa nicht, Julian? Dass ich dich vögeln wollte?«

Aus irgendeinem unerfindlichen Grund bin ich schon wieder erregt. Ich bin sicher, es ist bloß der Nebeneffekt von Lipgloss auf Titten.

»Ich …«, beginnt er und lacht. »Ich hab immer gedacht, du stehst nicht auf mich, ganz ehrlich. Weil ich ein uncharmanter Roboter bin.«

»Ich stand auch nicht auf dich«, sag ich, obwohl das nicht ganz der Wahrheit entspricht.

»Das hab ich mir gedacht«, erwidert er und klingt … geknickt, finde ich.

»Wenn es dich tröstet, deine pervertierte Fantasie hat mich schon irgendwie angeturnt.«

»Danke für das Kompliment. Besser ein Perverser als ein uncharmanter Roboter.«

»Deine Story war ziemlich pervers. Obwohl sie bestimmt nicht wirklich passiert ist.«

Seine Augen werden schmal.

»Hey, nimmst du mir das etwa nicht ab?«

»Anfangs schon, aber es sind Ungereimtheiten drin.«

»Was zum Beispiel?«

»Kannst du dir vorstellen, dass eine Frau nach einer Riesenfete duscht und die Tür nicht abschließt? Sie muss schließlich damit rechnen, dass überall Leute rumschwirren.«

Er schaut weg, und seine Mundwinkel zucken verdächtig. Ich hab ihn eiskalt erwischt. Ich muss sagen, ich hätte nie vermutet, dass es zwischen Julian und mir nach all den Jahren so freundlich-locker abgehen würde. Ich dachte, bei Ryan und mir würde es funken. Literarisch, meine ich.

Ich tippe mal, uncharmante Roboter ändern sich.

»Okay«, sagt er. »Okay. Was, wenn es ... wenn es nicht der Morgen nach einer Fete war?«

»Und alle waren ausgeflogen?«

»Ja, so ungefähr muss man sich das vorstellen. Und es ist auch kein Haus, sondern ein Wohnmobil.«

»Also ... das Wohnmobil von irgendwem?«

Er schnippt mit den Fingern: »Exakt.«

»Und wieso schließt sie die Tür vom Wohnmobil nicht ab?«

»Weil ich den Schlüssel hab.«

Er grinst mich triumphierend an, und ich werde das dumpfe Gefühl nicht los, dass er sich auf meine Kosten lustig macht.

»Wieso hast du den Schlüssel?«

»Weil sie meine Freundin ist. Sie mag es ein bisschen anders sehen, aber sie ist meine beste Freundin.«

»Demnach spannst du regelmäßig bei deinen besten Freundinnen, wenn sie nackt sind?«

»Findest du das schlimmer als bei fremden Frauen?«

»Ja. Nein. Keine Ahnung.«

»Na was jetzt, Hobbs? Kack dich aus.«

»Also hast du … du hast deine Freundin beobachtet?«

»Korrekt.«

»Aber sie weiß es nicht – auch nicht, dass du so was überall rausposaunst.«

»Zu meiner Verteidigung muss ich sagen, dass ich ein paar Details verändert hab. Um die Identität der Ahnungslosen zu schützen.«

»Natürlich.«

»Sie stand zum Beispiel noch in der Dusche, und ich sah sie bloß durch die Glastür. Es gab auch keinen Spiegel, aber ich sag das halt gern, das macht die Geschichte erotischer.«

Er neigt sich zu mir, und ich versuche, ihm auszuweichen, indem ich den Oberkörper nach hinten bringe. Ich versuch's, aber es klappt nicht. Dann legt er eine Hand neben meine auf den Tisch und kommt mir ziemlich nahe. Ich fühle mich bedrängt und idiotisch und angemacht, alles drei. Kaum blinzle ich zu ihm hoch, verwandeln seine Augen die flüssige Schokolade in mir in etwas viel Schlimmeres.

»Und dann? Was passierte dann in der Geschichte?«, flüstere ich.

Sein Grinsen mutet halb belustigt, halb erleichtert an. Erleichtert, vielleicht auch einen Tick triumphierend.

»Schätze mal, ich begriff, wie sehr ich sie wollte.«

»Erst da? Vorher nicht?« Bevor du sie nackt gesehen hast. Ganz nackt, splitternackt.

»In gewisser Weise schon, ja. Ich realisierte einfach nicht, was sie mit mir anstellte. Sie war nicht wie die Mädchen, die ich sonst datete. Sie war …«

»Anders. Sie war komplett anders. Und was Besonderes.«

Er schmunzelt. »Es war kein bisschen klischeehaft.«

»Echt?«

»Ich raffte es erst in dem Moment, wie heiß ich darauf war, einen fetten Arsch zu ficken. Klingt das anders genug für dich?«

Die ganze Story klingt mit einem Mal anders für mich. »Demnach hattest du so was wie ein Fettarsch-Coming-out.«

Es sollte lustig klingen, er lacht jedoch nicht.

»Ja!«, brüllt er. »Ja!«

Als würde er Halleluja singen.

»Es ist nicht wirklich witzig. Ich dachte schon, ich wäre schwul. Weil die Mädchen, die ich bis dahin gedatet hatte, null Reaktion bei mir auslösten. Aber sie schon. Bei ihr bekam ich einen Ständer.«

»Weil sie was Besonderes war.«

»Weil sie mich verführte, ohne es zu wissen. Sie hatte vorher ihre kleinen Storys vorgelesen, als würde sie das Telefonbuch rezitieren, und seifte sich unter der Dusche ein und besorgte es sich, ohne zu merken, dass sie beobachtet wurde. Sie trug Tops, die ihr viel zu eng waren, und spielte mit ihren Haaren, und es war dieses faszinierende Geheimnis, von dem außer mir niemand wusste.«

»Weil du so besonders bist«, sage ich, um Sarkasmus bemüht, leider macht mir meine Stimme einen Strich durch die Rechnung. Es kommt mir rau und sinnlich über die Lippen, und ich fühle schon, wie ich den Kopf zu ihm hochrecke und er sein Gesicht auf meins senkt. Ich mag mir nicht vorstellen, was passiert, wenn wir uns auf halbem Wege treffen, bin mir aber sicher, dass es so oder so passieren wird.

Er öffnet die Lippen, und sein Blick ist glutvoll, das Normale eben, wenn jemand, den man unbedingt vögeln will, einen gleich küssen wird.

»Genau wie du«, erwidert er, und ich denke: Ach du grüne Neune. Das war das beste Storyende seit Langem.

Ich sträube mich vehement. Ich versuch's jedenfalls. Bin ich eigentlich nur bescheuert? Vermutlich könnte mich sogar ein nasser Fisch verführen. Ich hab keine Chance gegen den schönsten Mann des Universums, der eben eingeräumt hat, dass er mich dabei beobachtete, wie ich nackt unter der Dusche rummachte. Eigentlich sollte ich sauer auf ihn sein, aber irgendwie erregt mich dieses Wissen.

Ich versuche weiterhin, mich gegen seinen Kuss zu sträuben. Will weder an sein Kinngrübchen denken noch an seine Filmstarfrisur oder an sein schmales hungriges Gesicht, das mich in meiner Fantasie an einen Werwolf erinnert. Ich versuche auszublenden, woher er meine sämtlichen Fantasien über Werwölfe, Ehemänner im 19. Jahrhundert, Haremssklaven und so weiter hat.

Scheiße. Was will er überhaupt von mir? Vielleicht ist es gar nicht mein fetter Hintern, der ihn anmacht. Vielleicht ist es meine schmutzige Fantasie. Oder …

Heilige Mutter Gottes, es ist mir schnuppe! Er hat seine Hände auf meinem Hintern, und es kümmert mich nicht, weil mir plötzlich einfällt, dass er jede Menge Tattoos hat. Die hat er sich bestimmt machen lassen, um von seinem Computertick abzulenken – und ich will sie alle lecken.

Ich hätte nie damit gerechnet, dass ich diese Tattoos mal zu fassen kriege. Noch alarmierender ist jedoch, dass er anscheinend auch nicht damit gerechnet hat, jemals seine Finger an meinen gigantischen Arsch zu bekommen. Er war die ganze Zeit scharf auf meinen Monster-Hintern, aber das kratzt meine Libido nicht wirklich. Meine Lust wächst explosionsartig, während wir uns küssen.

O mein Gott, raunt er an meinen Lippen und bekommt große Augen. Seine Hände tanzen über meinen Rücken und meinen Hintern. Es ist entschieden mehr als ein Tanz. Sie sind wie Indiana Jones, der die versunkene Stadt Atlantis entdeckt. Sie sind euphorisch und extrem gründlich. Er erforscht jeden Zentimeter meiner Kehrseite, und seine Finger sind verdammt geschickt.

Klar ist mir das schon früher aufgefallen, wenn er mit seinen langen Fingern auf der Computertastatur herumklapperte. Es ist jedoch etwas völlig anderes, wenn sie deinen Rücken streicheln, die Grübchen auf deinem Arsch entdecken, dir unter dem T-Shirt den BH aufmachen, ohne dass du es mitbekommst. Ich merke es bloß daran, dass kühle Luft meine Nippel streift.

»O Mann, ich hab Jahre darauf gewartet, deine Möpse endlich mal live zu sehen und nicht bloß durch die Duschkabinentür«, sagt er und schiebt seinen Kopf unter mein Hemd. Ich dachte, er hätte mich mit seinen Spanner- und Arsch-Geschichten erregt, aber von wegen, was er da unter meinem Hemd veranstaltet, bringt es voll. Ich giggle, und er giggelt, und ich finde es mit einem Mal okay, ihn zu ficken, obwohl er verflucht gut aussieht und ich Bammel hab.

Weil wir definitiv ficken werden. Das ist mir sonnenklar, selbst wenn ich jetzt nicht auf dem Tisch liegen würde, er zwischen meinen gespreizten Schenkeln, meine Titten halb aus dem Top hängend.

Trotzdem bin ich mir unsicher, wie es ablaufen wird. Bis er von mir ablässt, breit grinsend und mit knallrotem Kopf und mir Worte aus dem Mund sprudeln, die mir im Nachhinein die Schamesröte ins Gesicht treiben.

»Jetzt bin ich dran, kleiner Spanner«, sag ich. Dann setze ich mich sittsam auf den Tisch, stütze mich leicht nach hinten gebeugt mit den Händen auf und erzähle ihm, was ich heimlich schon immer mal machen wollte. Und befehle ihm, wie die Königin des Harems ihrem besten Sklaven: »Ausziehen.«

Er ist mit Feuereifer bei der Sache.

»Okay«, sagt er, atemlos und jungenhaft grinsend. Daraufhin reißt er sich mit einer geschmeidigen Bewegung das Hemd über den Kopf, und meine Augen heften sich auf viel nacktes, männliches Fleisch. An Julian hat mir schon immer gefallen, dass er ein bisschen was auf den Rippen hat. Er ist nicht muskelbepackt wie Ryan oder mager wie Kate oder moppelig wie ich. Er ist einfach nur himmlisch gut gebaut.

Ich bin Goldlöckchen, und er hat Recht.

Er zieht seine Jeans aus, und seine Beine sind okay. Kräftige Schenkel und ausgebeulte Boxershorts, die ahnen lassen, dass darunter was steht. Klar steht ihm einer.

Er wäre nicht so scharf darauf, sich hier in der Küche die Unterwäsche vom Leib zu reißen, wenn er nicht spontan für ein *Playgirl*-Fotoshooting modeln könnte.

Und dann steht er da, die Hände in die Hüften gelegt, und sieht um Längen süßer aus als Eiscreme.

»Hast du Lust, mich einzuseifen?«, fragt er, und ich stell mir spontan mein belämmertes Gesicht vor. Wie ein begossener Pudel, nach seiner Miene zu urteilen.

»Was hältst du von ein bisschen Eiscreme?«, gebe ich zurück und bin erleichtert, als er nickt. Er nimmt mir das Hot Lickable Fudge weg, taucht seinen Finger hinein und malt sich einen Streifen über einen harten Nippel.

Ich schlecke ihn begeistert ab. Und dann malt er sich einen Streifen auf den Mund, den ich ebenfalls ablecke. Ich hab nicht den Schimmer einer Ahnung, wohin das noch führen wird. Dann sagt er: »Du bist dran.«

Ich tippe mal, ich soll mich komplett nackt ausziehen, damit er mir Eiscreme aus meinen Ritzen und Spalten lecken kann. Das klingt zwar einerseits befremdlich, andererseits aber elektrisierend erregend. Er macht mich an. Ich hatte noch keinen, der eine Story über mich geschrieben hätte, und wer weiß, was für Geschichten er künftig über mich schreiben wird.

Wie wäre es mit: Der Augenblick, als ich ihr auf dem Küchentisch die Kleider vom Leib schälte?

Das tut er nämlich gerade. So langsam, betörend langsam, dass es sich fast qualvoll anfühlt, als würde man vor dem Sex gefoltert. Er streift mein Top hoch, dass es knisternd über meine Haut gleitet, und als er mir den BH auszieht, reibt er die Seidencups hingebungsvoll an meinen Nippeln, dass ich wohlig erschaure. Währenddessen vernascht er meinen Körper mit Blicken, als hätte er noch nichts Vergleichbares gesehen.

Warum hat er damit so lange gewartet, geht es mir durch den Kopf – sein Ständer scheint ähnlich zu denken –, aber ich verkneif mir die Frage. Immerhin hätte ich genauso initiativ werden können wie er. Sein Vorwand mit dem Monsterhintern scheint mir aus der Luft gegriffen, zumal ich nicht wirklich weiß, was Obsessionen sind. Ich mag alle Schwanztypen: kleine, dicke, große, lange sowie sämtliche Modellversionen.

Anders als er: Er steht bloß auf mich.

Er knöpft meine Jeans auf, und ich kreische, er soll schneller machen. Worauf er bloß lachend erwidert: »Keine Chance, ich lass mich nicht hetzen.«

Ich glaube, dafür liebe ich ihn. Außerdem bedeutet langsamer, dass ich jeden noch so winzigen Impuls spüre, der sich zu unbändigem Verlangen steigert, dieses scharfe Prickeln in meinen Nippeln, das glutheiß in meine Muschi pulst, bis ich mich nur noch darauf konzentrieren kann. Seine Story hebt total auf mich ab: die gleichen tintenschwarzen Locken, die er enthüllt, als er mein Höschen runterzerrt, die weichen Furchen und Kurven an meinem Körper, die er streichelt, als wenn er jede einzelne liebte.

Er hockt sich vor mich, leckt die Innenseiten meiner Schenkel, und seine Zunge ist traumhaft geschickt. Es fühlt sich noch geiler an, als sie kurz, aber entschlossen durch die Spalte gleitet, auf die er so heiß ist, und als ich unwillkürlich stöhne, stöhnt er auch.

Er müsste es eigentlich nicht sagen, tut es aber: *Ich bin so hungrig auf dich*. Und dann beißt er mich, er beißt in meine Hüften und in das weiche Fleisch meiner Brüste. In meinen Hals, fester als in die anderen Stellen, und während es glutheiß durch meine Klitoris und meine Nippel wogt, realisiere ich, dass er das aus meinen Storys hat. Dass ich darauf abfahre, wenn mich jemand fest in die Gurgel beißt.

Und ich weiß auch, worauf er abfährt. Er spannt wahnsinnig gern.

Folglich schieb ich ihn weg und leg mich wieder flach auf den Tisch, bring meine Beine um seine Taille, sodass seine Erektion bloß an die Stellen kommt, wohin ich sie haben will.

»Und jetzt schau mir genau zu«, sag ich und leg die Hände zwischen meine Beine.

Er braucht höchstens zehn Sekunden, um ein Kondom überzustreifen – ohne sich großartig zwischen meinen Beinen zu bewegen, angelt er es aus der Hosentasche seiner achtlos hingeworfenen Jeans –, und während er das macht, kleben seine Augen an meiner Hand. Ich mach nicht viel an mir rum, spreize mich lediglich, was ihn anturnt – hauptsächlich, weil ich verdammt nass bin, aber das ist nicht wirklich der Punkt. Der Punkt ist, dass er inzwischen scharf darauf ist, mich zu ficken.

Trotzdem versucht er, langsam zu machen. Er versucht es, aber ich bin so nass, dass er buchstäblich in mich reingleitet, bis er tief in mir drinsteckt. Es fühlt sich gut an, wie er mich ausfüllt, während meine Finger um meine geschwollene Klitoris kreisen. So gut, dass meine hungrige Muschi zuckt und presst. Plötzlich packen seine Hände meine Schenkel.

»O Süße, das ist zu viel«, sagt er, und ich liebe sein vor

Erregung heißes Gesicht und die sinnlich geöffneten Lippen. Ich denke bloß noch ans Kommen und er bestimmt auch. Meine Muschi umschlingt ihn heiß und feucht, meine Finger reiben meine Klitoris, und es fließt cremig durch meine Furche.

»Fick mich einfach«, erklär ich ihm. »Fick mich, wie du willst.«

Er gräbt die Finger in meine fleischigen Hinterbacken und penetriert mich so hart, dass der Tisch wackelt. Er zieht mich förmlich auf seinen Schwanz, immer wieder, bis mir schwant, dass wir einen Mordskrach machen, außerdem steht der Tisch schon fast vor dem Eisschrank, aber es fühlt sich so gut an, dass es mich nicht interessiert. Selbst wenn uns jemand dabei beobachtete, wäre es mir egal. Ich umklammere mit einer Hand die Tischkante und besorg es mir mit der anderen, während er mich fickt, dass meine Titten wippen.

Als er das sieht, stöhnt er »O fuck, o fuck, du siehst hinreißend aus«, und das glaub ich ihm sogar, weil ich mich in dem Moment blendend fühle. Ich fühle mich wie die Königin aus meinem Harem, weil ich diesen umwerfenden Kerl rumgekriegt habe, weil er schwitzt und stöhnt und mich fickt wie ein Besessener.

Er stöhnt und keucht, und ich weiß, dass er gleich kommen wird, aber vorher presst er seinen Handballen auf meine glitschigen Finger und reibt, und ich komme zusammen mit ihm, zuckend und erschauernd unter seinen wilden Stößen.

Oh, oh, oh, stöhne ich, und er erwidert mein Stöhnen. *O ja, gib's mir,* keucht er zwischen meinen gepressten Seufzern.

Und dann sind wir fertig. Wir haben in Ryans Küche gefickt, sind komplett nackt und mit Eiscreme bekleckert. Der Becher ist umgefallen, und einer meiner Arme ist in Eis gebadet. Er betrachtet mich, sein Blick dunkel entrückt, sein Gesicht glitzert vom Schweiß, aber damit hat er bestimmt kein Problem.

»Wieso hat es mit dieser Story geklappt, und die erste ging total den Bach runter?«, will er eine ganze Weile später wissen. Wir liegen immer noch auf dem Tisch in dem Chaos, das wir veranstaltet haben. Meine Kehle ist staubtrocken, und ich bring krächzend heraus: »Welche erste Story meinst du?«

»Die eine, die ich seinerzeit mal vorgelesen hab. Über den Typen und die Kleine, an der ganz gut was dran war.«

Aha, die Story von dem dicken fetten Mädchen meint er.

Das sage ich natürlich nicht. Zumal ich mir dann wie eine Vollidiotin vorkommen würde. Stattdessen sage ich: »Mach dir deswegen mal keinen Kopf, Süßer.«

Terri Pray

Nur eine Nacht

Claire schwenkte den Rest ihres Martini in dem langstieligen Cocktailglas. »Junge, Junge, was ich brauche, ist ein guter, langer geiler Fick. Das letzte Mal ist verdammt lange her, und ich bin echt so weit, dass ich den nächstbesten Typen anspringen könnte, um ihn bis zur Besinnungslosigkeit zu vögeln. Oder er mich. Grundgütiger, ich halt das nicht aus.« Ganz egal, sie hätte so ziemlich jeden genommen, der an ihr vorbeigekommen wäre. Vielleicht lag es an dem Club oder an den Drinks, dass ihr Sextrieb einen Gang hochgeschaltet hatte. »Es ist zum Verrücktwerden, aber bei mir bricht allmählich der sexuelle Notstand aus!«

»Kein Glück von wegen Beziehung und so?«

»Nöö, absolut tote Hose. Drake hat Schluss gemacht. Außerdem brauch ich keinen Freund, sondern einen Fickkumpel. Dates und Beziehungen sind reine Zeitverschwendung. Ein Mann in meinem Leben? Wofür? Um sich zu beschweren, wenn ich mal wieder länger im Büro geblieben bin?« Nein, danke, das hätte ihr gerade noch gefehlt.

»Dann tu was, statt hier mit mir rumzusitzen«, meinte Sharon achselzuckend und schaute sich in der proppenvollen Bar um. Rauch verwirbelte über den Tischen, an denen Paare, kleine Gruppen und Singlemänner und -frauen saßen. Musik dröhnte aus den Boxen, verstärkte die ohrenbetäubende Kakophonie. »Du musst aktiv werden. Oder fehlt dir dazu der nötige Drive?«

Claire straffte die Schultern und zog die Unterlippe zwischen die Zähne. »Was?«

»Hey, du bist doch sonst nicht so. Also, was machen wir? Willst du hier sitzen bleiben und Trübsal blasen oder losziehen und dir einen Kerl schnappen?«

»Willst du mich provozieren oder was?« Sie trank ihren Drink aus und stellte das leere Glas ab. »Na los, Butter bei die Fische. Das klingt nach einer echten Herausforderung.«

»Lass mich mal kurz überlegen.« Sharon trank ebenfalls aus. »Ich hab nicht damit gerechnet, dass du spontan auf meinen Vorschlag anspringst. Verdammt, Frau, du machst es einem nicht leicht, weißt du das?«

»Wieso, du bist diejenige, die davon angefangen hat.« Claire grinste; sie hatte ihre alte Freundin eiskalt erwischt. »Oder willst du noch kneifen? Meinetwegen können wir das Thema wechseln. Ich kann mich auch mit was anderem beschäftigen. Oder mit jemand anderem.«

»Okay, okay«, grummelte Sharon und schloss die Augen, um sich zu konzentrieren. Sie tippte mit ihren perfekt manikürten French Nails auf die Tischplatte, ihre Lippen zu einer dünnen Linie aufeinandergepresst. »Also die Wette: Du gabelst hier im Club einen Mann auf und verführst ihn und bringst hinterher irgendeine Trophäe mit zum Beweis. Seinen Hosenknopf. Ich möchte morgen früh beim Kaffee seinen Hosenknopf in der Hand halten.«

Eine heiße Röte flog über ihre Wangen. »Heute Nacht noch? Findest du das nicht ein bisschen überstürzt?«

»Nein, sonst überlegst du es dir noch anders, oder es kommt womöglich irgendwas dazwischen. Los, stürz dich auf dein Ziel!«

»Du meinst wohl meine Beute?« Claire giggelte und leckte sich mit der Zungenspitze genüsslich über die Lippen.

»Also abgemacht, heute Abend. Du willst einen langen, guten Fick mit einem Typen, dass dir Hören und Sehen vergeht. Jetzt brauchst du dir bloß noch einen rauszupicken.«

»Okay, die Wette gilt.« Einen Typen aufgabeln, bloß um Sex zu haben – das hatte sie noch nie gemacht. Einmal ist immer das erste Mal, sagte sie sich. Pick dir einen raus. Das hörte sich einfacher an, als es in Wirklichkeit war. »Hmmm, wen soll ich nehmen – vielleicht den da drüben mit dem blauen Hemd – nein, er hat eine Blondine im Arm.«

»Hey, klasse, das würde die Sache noch spannender machen.«

»Nein, ich will keinen Ärger. Ich hab keinen Bock auf Stress. Und die Dame sieht mir so aus, als würde sie jeder Rivalin, die ihrem Typen zu nahe kommt, die Augen auskratzen. Guck bloß mal, wie sie die Brünette am Nebentisch anfunkelt.«

»Hm, was du sagst, stimmt.« Sharon schürzte die Lippen und nickte zur Bar. »Was ist mit dem dunkelhaarigen Adonis da drüben?«

»Schwul«, meinte ihre Freundin nach einem kurzen Blick.

»Woher willst du das wissen? Komm, red keinen Scheiß.«

»Ich kenne seinen Freund.« Schade um Gavin, er war ein Traum von einem Mann, aber sein Interesse an Frauen als Sexpartnerinnen rangierte auf einer Ebene mit Hundescheiße an den Schuhen. »Toller Typ, wenn du mal ein gefaktes Date brauchst, aber mehr als Ausgehen ist bei dem nicht drin. Außerdem ist er ein guter Weinkenner.«

»Ich behalt's im Hinterkopf, danke für den Tipp.«

Das half ihr jetzt auch nicht weiter. Wen sollte sie sich als Beute ausgucken? Es herrschte schließlich an Männern kein Mangel. Die Bar war bekannt als Aufreißerschuppen, deshalb vor allem war sie hergekommen.

»Was hältst du von Mike?«

»Was? Der Barmann?« War ihre Freundin noch ganz bei Trost? Mike datete keine Gäste, das wusste jeder.

»Wieso nicht, immerhin hast du schon seit Monaten ein Auge auf ihn geworfen.« Sharon schob ihr leeres Glas über den Tisch. »Lass dir was Gutes einfallen, um ihn zu ködern. Oder spielt der Kerl in einer anderen Liga, dass du nicht an ihn rankommst?«

»Von wegen, nicht rankommen, du Biest!«, fauchte Claire. »Okay, ich mach's.«

»Das hab ich damit bezweckt.« Sharon warf ihr ein scheinheiliges Grinsen zu und lehnte sich auf ihrem Stuhl zurück. »Na, dann versuch mal, ihn rumzukriegen. Ich wette, er sagt nein, Bargäste sind für ihn tabu.«

Irrtum, sie würde hingehen und ihn rumkriegen. Ohne ein weiteres Wort darüber zu verlieren, glitt sie von ihrem

Stuhl und schnappte sich die beiden leeren Gläser. Claire schob sich durch die gut gefüllte Bar, dabei beobachtete sie die Männer und Frauen, die tranken, plauderten und auf Teufel komm raus flirteten, weil sie es darauf anlegten, jemanden abzuschleppen.

Sie war keinen Deut besser. Sie und Sharon waren aus dem gleichen Grund hergekommen. Okay, der sexuelle Aspekt stand im Vordergrund, und wenn alles klappte, würde sie mit Mike in der Kiste landen.

Klar, falls ich ihn dazu bringen kann, mit seinem Tabu zu brechen.

Um die einsachtzig groß, dunkle Haare, die im Nacken zu einem Pferdeschwanz zusammengebunden waren. Das Muskelspiel unter seinen Klamotten war beeindruckend. Bestimmt achtete er auf seinen Körper und trieb Sport. Kein Bart, nicht mal ein dunkel verschatteter Ansatz, was bedeutete, er hatte sich kurz vor der Arbeit noch rasiert. Gut. Nicht dass ihr ein kratziger Bart etwas ausgemacht hätte, wenn sie in Stimmung war. Aber nicht heute Abend.

»Bitte, was möchten Sie?«

»Zwei Chocolate Martinis und Sie.«

Mike lehnte sich über den Tresen und angelte sich mit einer geschmeidigen Handbewegung die leeren Gläser. »Also, wenn ich es nicht besser wüsste, würde ich glatt tippen, dass das da gerade eine Anmache war. Ehrlich gesagt, so was würde ich zig anderen Frauen zutrauen, aber Ihnen nicht.«

»Es *ist* eine Anmache.«

Mike lachte und schüttelte den Kopf. Ein Funkeln tanzte in seinen Augen. »Das kann nicht Ihr Ernst sein.

Was schätzen Sie, wie oft ich solche Angebote bekomme? Sie sind heute Abend schon die Dritte, und was macht Sie so besonders? Wieso sollte ich mich von Ihnen abschleppen lassen oder Sie mit zu mir nach Hause nehmen?«

Schon die Dritte, an einem einzigen Abend? Na super, da hatte sie sich ja einen tollen Typen ausgesucht. »Hören Sie, ich will nichts weiter als einen One-Night-Stand. Ich ruf Sie hinterher auch nicht wieder an, ich nerv Sie nicht, ich lass Sie absolut in Ruhe. Wenn Sie wollen, komm ich auch nie mehr in diese Bar.« Sie neigte sich über den Tresen, presste die Arme so zusammen, dass sie ihre Brüste hochschubsten. Verdammt, wie sollte sie ihn für die Nacht ködern, wenn er diese Spielchen bis zum Abwinken kannte?

»Hmm, ein solches Angebot hat mir noch keine gemacht. Zumindest nicht so demonstrativ. Trotzdem ... wieso sollte ich mich darauf einlassen? Oh, verstehen Sie mich nicht falsch, Sie sind eine attraktive Frau, sogar mein Typ, aber das hier ist mein Job, und ich hab null Bock darauf, wegen eines Ficks gefeuert zu werden.« Mike wandte sich ab und begann, die Drinks zu mixen.

Er riskierte seinen Job? Mist, das hatte sie gar nicht überlegt. Schlagartig leuchtete ihr ein, wieso er nichts mit den Gästen anfing. »Und wenn ich beweisen könnte, dass ich die Sache wert bin?«

»Und wie wollen Sie das anstellen?« Er stellte die frischen Drinks auf den Tresen. »Wie wollen Sie mir das beweisen? Immerhin stehen für mich Job und Wohnung auf dem Spiel.«

Mal angenommen, er erklärte sich bereit, seinen Job zu riskieren, dann würde sie etwas vergleichbar Riskantes machen müssen. Aber was? Musik, die Bar ... oh, die Antwort sprang ihr buchstäblich ins Gesicht. Ob sie den Mut dazu hätte? »Was halten Sie davon, wenn ich auf die Bartheke steige und ein bisschen Coyote Ugly für Sie mache?«

»Und was beweist mir das?«

»Dass ich bereit bin, meinen Ruf aufs Spiel zu setzen.« Da ist vermutlich nicht mehr viel zu ruinieren, ätzte eine kleine Stimme in ihrem Kopf. »Bei mir geht es zwar nicht um den Job, aber ich muss mit den Kommentaren der Leute leben, die mich kennen, und vielleicht auch von ein paar Kollegen. Im Übrigen könnten Sie schon mal vorab einen Eindruck gewinnen, was bei unserem One-Night-Stand abgehen würde.«

»Wie kommen Sie darauf?«

»Weil ich diesen Tanz dazu benutzen werde, Sie zu verführen. Hinterher sind Sie gar nicht mehr fähig, mir einen Korb zu geben.«

»Ich bin gespannt.« Er blickte grinsend über die Bartheke und dann wieder zu Claire. »Okay, suchen Sie sich meinetwegen einen Song aus, und dann schwingen Sie sich auf den Tresen. Sonst noch was?«

»Ich zeig Ihnen den Tanz Ihres Lebens, Mike. Den vergessen Sie so schnell nicht.«

Der Barkeeper blieb ihre eine Antwort schuldig. Stattdessen nahm er Bestellungen von den Gästen entgegen, bevor er sich abermals auf Claire konzentrierte.

Lass knacken, Süße, seufzte Claire im Stillen. Sie löste sich von der Bar und schob zur Musicbox. Anfangs hatte sie die altmodische Jukebox bescheuert gefunden, aber in diesem Moment war sie fast ein bisschen dankbar, dass das Riesentrumm da stand. Wenigstens konnte sie sich die richtige Musiknummer für ihre abgefahrene Idee aussuchen.

Claire glitt mit der Fingerspitze über die Liste der Titel. Himmel, war da überhaupt was Passendes dabei? Einige Stücke waren zu langsam, andere wiederum zu schnell. Sie brauchte einen Song, zu dem man verführerisch tanzen konnte. Endlich fand sie etwas Brauchbares: »Lady Marmalade« von Pink.

Sie steckte ein paar Münzen in die Box und drückte auf die Nummer. Dann lief sie zur Bar und kletterte auf die Theke. Mike wackelte mit den Brauen, als die Musik begann, und Sharon winkte ihr von ihrem Platz am Tisch aus zu. Ihre Freundin strahlte wie ein Honigkuchenpferd.

Nicht denken, machen. Das war leichter gesagt als getan.

Das Intro des Songs rockte durch die Bar, und sie ließ ihre Hüften zu den Beats kreisen. Sie drehte sich zu Mike, fixierte ihn und formte mit den Lippen den Liedtext. Sie bekam kaum mit, dass die Männer und Frauen um sie herum pfiffen und sie anfeuerten. Sie konzentrierte sich auf Mike, alles andere war nebensächlich.

Sie stöckelte mit wiegenden Hüften über den Bartresen. Ihr Körper bewegte sich synchron zu den heißen Beats. Der Song spielte in ihrem Kopf, dirigierte ihre Schritte. Sie wollte ihn anmachen. Ihn foltern. Ihm zeigen, wie beweglich ihr Körper war. Claire streichelte von ihren Hüften lasziv über die Taille zu ihren Brüsten, umschloss sie mit den Händen und schaute dabei Mike an.

Sie glitt mit der Zunge über ihre Lippen, befeuchtete sie, ihr Blick auf ihn fixiert. Seine Augen weiteten sich. Schweißperlen glitzerten auf seiner Stirn. Er öffnete unbewusst die Lippen. Und stöhnte. Sie konnte es zwar nicht hören, aber seine eindeutige Lippenstellung verriet ihn.

Wie würden sich diese Lippen auf ihren anfühlen?

Sie hatte fest vor, es herauszufinden, bis ins intimste Detail.

Sie rollte mit den Hüften, spannte die Schenkel an und stöckelte mit aufreizend wackelnden Brüsten zu ihm, die Nippel hart gegen den Stoff ihrer Bluse gepresst. Wie könnte sie ihrer Performance den nötigen Kick geben? Dass der Typ richtig scharf würde? Sie wartete den passenden Moment in dem Song ab, dann hockte sie sich auf Händen und Knien auf die Bar. Dabei bedachte sie die Gäste, die ihre Drinks wegräumen mussten, mit einem entschuldigenden Lächeln. Zum Rhythmus der Musik kroch sie über die Theke, verfolgte ihn spielerisch, ihre Brüste wölbten sich aufreizend über den Ausschnitt.

Dass sie den Gästen tiefe Einblicke gewährte, kümmerte sie nicht.

Sie konzentrierte sich voll auf Mike, auf seine Blicke, seine Reaktion. Er gehörte ihr. Er wollte es vielleicht nicht wahrhaben, aber er hatte null Chance, ihr zu entkommen. Heute Nacht gehörte er ihr.

Als der Song endete, war sie fix und fertig.

Claire glitt von der Bar und hielt sich dabei an Mikes

Hand fest. Er hatte glänzende Augen bekommen. Winzige Schweißperlen glitzerten auf seiner Stirn. Sie leckte sich mit der Zungenspitze über die Lippen. »Und? Interesse?«

»Irgendwas in der Art, ja.«

»Was gedenken Sie jetzt zu tun?«, schnurrte sie, eine Hand aufreizend in ihre Hüfte gestützt.

»Jim, übernimm die Bar für mich. Ich hab was zu erledigen.«

»Wow, das kann ich mir vorstellen!« Jim lachte und zwinkerte ihnen zu. »Amüsiert euch und tut nichts, was ich nicht auch tun würde.«

Claire fuhr fröstelnd zusammen, als sie aus der Bar ins Freie traten. Kalte Luft erfasste ihren erhitzten Körper. Er war auf ihr unmoralisches Angebot eingegangen. Gut. Sie hatte ihn aufgegeilt, und er fuhr auf sie ab. Folglich würden sie mit den Konsequenzen leben müssen.

Nach ihrer Nummer auf der Theke war der Rest bestimmt kinderleicht. An seinen warmen Körper gelehnt, lief sie mit ihm über den Parkplatz der Bar und die Stufen zu seinem Apartment hoch.

»Meinst du wirklich, für so was wirst du gefeuert?« Sie duzten sich inzwischen.

»Nein, ich glaub nicht. Ich bin seit vier Jahren in der Bar angestellt und hab mir noch nie was zu Schulden kommen lassen. Ich krieg vielleicht 'ne Abmahnung, aber die schmeißen mich bestimmt nicht raus.«

»Gut, ich möchte nämlich nicht, dass du Ärger bekommst, Risiko hin oder her.« Er roch nach Männerschweiß und Moschus. Woher wohl der Moschusduft kam? Sein Aftershave vielleicht? Das wollte sie später noch herausfinden.

»Du zitterst ja.« Er beugte sich über sie, strich mit seinen Lippen über ihren Hals. »Ist irgendwas?«

»Nein, ich bin okay, wirklich.« *Zwar hab ich mich vorhin vor den Gästen in der Bar schamlos benommen, alle können sich denken, dass ich mit Mike rumschnackeln werde, aber …* Aber es interessierte sie nicht. Sie wollte Mike.

Er öffnete die Tür und trat höflich beiseite, um ihr den Vortritt zu lassen. »Willkommen in meiner nicht wirklich bescheidenen Hütte.«

»Wow.« Wenn sie mit vielem gerechnet hätte, aber damit nicht. Das kleine Apartment war keine schäbige Bruchbude oder eine Junggesellenabsteige mit den üblichen Markierungen, die *mann* hinterließ. Nirgends verstreute Slips oder Socken. Kein schmutziges Geschirr, das sich im Spülbecken türmte. Ein Computer stand in einer Nische, die als Büroecke abgeteilt war. Der Wohnbereich war tipptopp gepflegt und aufgeräumt.

»Du hast bestimmt geglaubt, dass ich im Chaos versinke, hm?«

»Irgendwas in der Art, ja.« Als die Tür hinter ihnen ins Schloss fiel, schwenkte Claire zu ihm herum und reckte den Kopf. Sie fand, es reichte mit dem Smalltalk. Folglich schlang sie die Arme um seinen Nacken und streifte mit ihren Lippen seine.

»Hm, ist das alles, was du mir zu bieten hast?«

»Nein, sei nicht so ungeduldig und wart's ab, Süßer«, wisperte Claire an seinen Lippen. Ihre Nippel verhärteten sich in ihrem BH. Eine glutheiße Welle durchströmte ihren Körper. »Ich hab noch eine Menge mit dir vor, und der Tanz, der Kuss sind bloß der Anfang.«

»Ein kleiner Vorgeschmack, was?«

»Komm, ich zeig dir den Rest.« Sie leckte behutsam über die Konturen seiner Lippen. »Ich bin es wert. Vertrau mir. Diese Nacht wirst du nie vergessen.«

Er packte sie an den Armen, seine Stimme senkte sich zu einem tiefen Grollen. »Versuch bloß nicht, aus dieser einen Nacht was Längeres zu machen ...«

»Tu ich schon nicht. Und wenn, würde ich es dir nicht auf die Nase binden.«

»Der Punkt geht an dich.« Er grinste und zog sie in seine Arme. »Und, was schwebt dir vor?«

»Das zeig ich dir gleich.« Claire kuschelte sich in seine Umarmung. »Ich hab dich lange Zeit beobachtet.«

»Ich weiß.«

»Auch noch eitel, was?«

»Keine Frage.«

Er war arrogant. Selbstsicher. Und wirkte über alles erhaben. Männer wie Mike waren Ausnahmeerscheinungen. Die meisten hätten ihren Job, ungeachtet der Risiken, dazu ausgenutzt, um möglichst viele Frauen abzuschleppen. Nicht so Mike. Er blieb immer kontrolliert, distanziert, geheimnisvoll. Das machte Frauen an. Und er gehörte ihr. Wenn auch bloß für diese eine Nacht.

Sie presste ihre Lippen sanft auf seinen Adamsapfel. Knabberte mit den Zähnen an seiner Haut. Er stöhnte unter ihrer Berührung.

»Schön.«

Sie leckte mit der Zungenspitze über seinen Halspuls, stimulierte das weiche Fleisch, während ihre Finger an seinen Hemdknöpfen nestelten. Sie schob den Stoff beiseite, strich mit ihren Fingernägeln über sein Sixpack. Grundgütiger, wie lange hatte sie darauf gefiebert? Verdammt lange. Seine Haut schmeckte gut, eine lockende Versuchung für ihre Lippen. Ihre Nägel gruben sich in seine Brust, und sie kämpfte, um nicht die Kontrolle über ihren Körper zu verlieren.

»Schlafzimmer«, stöhnte er rau.

»Wo?«

»Hinten links.«

»Gut.« Sie mochte ihn keine Sekunde länger als nötig loslassen. Weil sich sein Körper himmlisch gut anfühlte. Er war genau richtig für sie.

Er fasste sie am Arm und zog sie in sein Schlafzimmer. Seine Finger fummelten an ihren Knöpfen, streiften ihr die Bluse von den Schultern. Dann riss er sich das Hemd vom Leib.

»Du bist hungrig.«

»Erzähl mir mal was Neues, was ich noch nicht weiß«, flüsterte sie und küsste ihn. »Ich bin am Verhungern und du bist meine Rettung.«

»Na, dann sollten wir schleunigst versuchen, diesen Hunger zu stillen.« Er neigte sich über sie und knabberte an ihrem Schlüsselbein.

Kaum saß sie auf dem Bett, öffnete Claire den Reißverschluss seiner Hose. Als sie sie runterzog, gewahrte sie die Ausbuchtung in seiner taubengrauen Boxershorts. Sie streichelte behutsam darüber, fühlte das heiße Pulsen unter ihrer Handfläche. »Was haben wir denn hier, hmm?«

»Wenn die Frage ernst gemeint ist, komm ich echt in

Erklärungsnot«, flachste er. »Vielleicht zeig ich dir besser, was ich mit dem Teil alles machen kann.«

»Oh, ich kann dir bestimmt auch ein paar Dinge zeigen.« Sie schob Mike auf das Bett und zog sich bis auf BH und Slip aus. »Ich hab übrigens noch andere Tänze drauf.«

»Na, dann zeig mal, was du so draufhast.« Er bog den Oberkörper nach hinten und sah zu ihr hoch. »Allerdings bist du overdressed.«

»Dann änder es doch.«

»Das hab ich vor.« Er steckte die Hände in ihren apricotfarbigen BH und umschloss ihre Brüste. »Schön, sehr schön. Größer, als ich dachte.«

»Und wenn sie das nicht wären?« Ihr Glück, dass Mike ein Tittenfetischist war. Nicht dass sie das sonderlich juckte. Nicht wirklich. Sie stemmte sich gegen seinen Ständer, rieb ihn zwischen ihren feuchten Schenkeln. Ihre Vulva prickelte, war hungrig auf seinen Schwanz.

»Hey, ich beklag mich doch gar nicht. Kleine Titten. Große Titten. Ich mag sie alle, solange sie echt sind.« Er neigte sich vor, schnappte mit den Lippen nach ihrem Nippel, saugte hart.

Claire stöhnte. Sie bog ihr Rückgrat zurück, schmiegte ihre Hüften an sein Schambein. Sein Schwanz presste sich zuckend an ihre Muschi. »Ja!«

Seine Zähne knabberten an ihrem Nippel, mit seiner freien Hand massierte er ihre andere Brust. Sie erschauerte. Ihr Körper war hungrig nach mehr, nach gutem, geilem Sex. Sie brauchte es. Brauchte ihn.

Nein, ich brauche ihn nicht. Er ist bloß ein schneller Fick. Mehr nicht.

Ihr Höschen war nass, ihre Klitoris glutheiß. Sie stöhnte, gab sich der Erregung hin, wenigstens für einen kurzen Moment.

Beute. Genau genommen hatte Sharon sie zu der Aufreißernummer provoziert. Er war Beute, das Ganze war ein Spiel. Claire konnte alles mit ihm machen, was sie wollte – sie könnte es zumindest ausprobieren. Wenn ihm etwas nicht gefiel, konnte er die Notbremse ziehen. Er war stark genug, um sie zu stoppen und sich zu nehmen, was er von ihr wollte.

Der Gedanke löste leichte Panik bei ihr aus. Würde er den Spieß umdrehen, wenn sie es zu wild trieb? *Also treib es nicht zu wild.* Leichter gesagt als getan. Ihre Schenkel schmiegten sich an seine Hüften. Es wäre so einfach gewesen, ihr Höschen auszuziehen und ihn zu reiten. Nein, er war noch nicht bereit, sie selbst auch nicht.

»Ist irgendwas?« Er hob den Kopf von ihrer Brust und grinste. »Skrupel?«

»Nein, überhaupt nicht, ich hab bloß kurz überlegt.« Claire beugte sich über ihn, suchte seine Lippen. Er stöhnte unter ihrem Kuss, öffnete bereitwillig die Lippen. Ihre Brüste streiften seinen Rippenbogen. Seine Zunge erkundete ihren Mund, schmeckte sie. Er küsste sie obsessiv, wälzte sich mit Claire auf dem Bett.

»Das gefällt dir, was?«, keuchte er rau.

»Ja.« Sie senkte ihren Blick in seinen.

»Gut, ich bin nämlich kein Softy. Ich steh nicht auf halbe Sachen.« Er küsste sie erneut wild. Seine Zunge eroberte ihren Mund. Sie sträubte sich sekundenlang, ehe sie vor seiner Dominanz kapitulierte. Seine Lippen rieben sich hungrig an ihren, dass es fast schmerzte. Ihr stockte der Atem, ihr Körper aufgepeitscht, heiß unter seinem. Ihre Nippel sehnten sich nach seiner Berührung, seinem Mund, seinen Fingern, Hauptsache, er stimulierte und folterte sie weiter.

Sie stöhnte, stemmte sich in seinen Kuss. Hier gehörte sie hin. In seine Arme und in sein Bett.

»Süß, so verdammt süß«, murmelte er an ihren Lippen. »Zieh es aus, zieh dich nackt aus.«

»Mach du es für mich, ja? Ich möchte deine Hände spüren. Dein Streicheln auf meiner Haut. Nicht nur hier, überall.«

Ihr Becken bog sich ihm entgegen. Sie fühlte seine Erektion, die verheißungsvoll ihre Muschi kitzelte. Sie wollte ihn zwischen ihren Schenkeln spüren. Im Zentrum ihrer Lust. Sie war geil. Wollte es jetzt.

»Siehst du, du brauchtest mich bloß zu fragen.« Er öffnete ihren BH, schob ihn von ihren Brüsten. »Umwerfend sexy.«

Du bist auch nicht von schlechten Eltern. Nein, das ging gar nicht, stattdessen sagte sie: »Willst du sie bloß anstarren oder was?«

»Von wegen bloß anstarren.« Seine Hand glitt zu ihrem Höschen, packte den hauchzarten Stoff. »Was hältst du davon, wenn ich es dir vom Leib reiße?«

»Klingt verlockend, aber dann hab ich nachher keins mehr.«

»Dann schick ich dich eben ohne Slip los. Was meinst du zu der Idee, dass du nackt unter deinem Rock bist und der kalte Wind deine süße Muschi streichelt? Es weiß außer mir schließlich keiner, dass du nichts drunter hast.«

»Machst du nicht.«

»Mach ich nicht?«

Blöde Behauptung. Klar würde er das machen. Er würde ihr das Höschen in Fetzen runterreißen, sie ficken und wegschicken. Ein Teil von ihr fuhr voll auf die Idee ab. Und wollte es. Sie presste die Lippen zu einer dünnen Linie aufeinander. Ihr Hüften zuckten, als könnte sie es kaum erwarten.

»Und?«

»Zieh es mir aus.«

»Ausziehen oder zerreißen?«

»Egal, worauf du mehr abfährst.« Claire blickte zu ihm hoch und erschauerte. »Oder geilt es dich mehr auf, wenn du mein Höschen bloß ein Stück beiseiteschiebst?«

Die Spitze knisterte in seiner Hand. Sie zog geräuschvoll den Atem ein während des kurzen Schockmoments, als die zerrissene Spitze ihre Hüften ritzte.

»Jetzt steht uns nichts mehr im Weg, oder?«

»Eine Sache noch.«

»Was?«

»Kondom.«

»Immer dabei.« Er hielt ein kleines, in Folie eingeschweißtes Päckchen hoch. »Ich überlass nichts dem Zufall.«

Claire grinste. »Gut.«

Mike sank zwischen ihre Schenkel, stemmte sie auseinander, spreizte sie. »Himmel, riechst du gut.«

Ihre Muschiwände kontraktierten. Hitze erfasste sie, nahm von ihr Besitz, ihre Klitoris pulste, sobald Mikes Atem sie streifte. Würde er sie streicheln? Lecken? Küssen? Oder bloß necken? Auch egal, sie wollte alles genießen, was er mit ihr anstellte.

Mike schob mit seinen Fingern ihre Schamlippen auseinander. Kitzelte sie. Sie spannte die Pobacken an, ihr Körper verzehrte sich nach seinen Zärtlichkeiten, nach der sanften Berührung seiner Lippen, seiner Zunge, seiner Finger, irgendetwas, das die Glut linderte, die Claire innerlich entflammte.

Seine Lippen umschlossen ihre Klitoris, seine Zunge schleckte über die kleine reife Knospe, und Claire umklammerte den Bettrand, stemmte ihm ihre Hüften entgegen. Sie stöhnte. Ihr Inneres zog sich zusammen. Seine Zunge umkreiste ihre Klitoris. Sie ließ ihre Hüften kreisen, spannte die Bauchmuskulatur an, presste ihre Fersen in die Matratze. Grundgütiger, es fühlte sich so gut an.

Wie lange war es her, dass sie das letzte Mal Sex gehabt hatte? Zu lange. Viel zu lange. Sie schloss die Augen, wälzte sich unter ihm, als ein sanftes Prickeln ihren Unterleib erfasste. Er stöhnte an ihrer Klitoris, und der warme Lufthauch jagte spitze Lustimpulse durch ihre harte Knospe.

»Ja!« Sie bäumte sich unter ihm auf, bog ihm ihr Becken entgegen. »Gott, ja!«

Er löste sich von ihrer Klitoris und grinste. »Du bist heiß, nass und bereit für mich.«

»Ich hab ein bisschen was nachzuholen«, stöhnte sie. Sie packte ihn an den Schultern, versuchte, ihn wieder zu ihrer Klitoris zu bringen. »Mach weiter, bitte.«

»Das hab ich vor.« Er widmete sich abermals ihrer Klitoris, saugte sie in seinen Mund, bis Claire vor Erregung aufschrie. Ein Finger glitt zwischen ihre Schamlippen, drängte in ihre Vagina. Sie stöhnte. Sein Finger tastete, suchte, fand den geheimnisvollen Punkt tief in ihr drin. »Genau da.«

Die Stimulation ihres G-Punkts jagte ihr einen Schauer der Erregung nach dem anderen durch den Körper. Ihre Muschi troff vor heißem Saft. Sie wimmerte hemmungslos, konnte nicht mehr denken, nur noch fühlen. Und stöhnte, während sie sich an seinem Finger rubbelte, ihre Hände in seine Haare gekrallt, bemüht, noch nicht zu kommen.

Es klappte nicht.

Es traf sie ohne Vorwarnung.

Sie bäumte sich auf, mit wild zuckenden Hüften, ihre Pobacken angespannt. Und stöhnte, getrieben von Wogen der Lust und Verruchtheit, von süßem Schmerz und Hunger, die ihren Körper durchfluteten. Sie konnte es nicht stoppen. Sie hatte die Kontrolle verloren – er bestimmte hier die Spielregeln, nicht sie. Ihr Körper gehorchte ihr nicht mehr, sie war sein Objekt, das er kommandierte.

Nein, bin ich nicht. Ich bin nicht devot. Sie versuchte wegzurutschen, ihm zu entwischen, aber er hielt sie fest, was den Reiz der Stimulation nur erhöhte.

»Ich pack das nicht.« Sie stemmte ihre Hände gegen seine Schulterblätter und schob ihn von sich. »Gott. Ich weiß nicht, was mit mir los ist. Ich brauche das und pack es trotzdem nicht.«

»Was?« Er stützte sich auf einen angewinkelten Arm und schaute zu ihr hoch.

»Ich … ich bin nicht devot.«

»Ach nein? Merkwürdig, das seh ich anders.« Er schüttelte den Kopf und schob sich der Länge nach auf sie, umklammerte ihre Handgelenke und drückte sie auf das Bett.

»Was soll das?«, kreischte Claire. Sie versuchte sich von ihm loszureißen.

»Du kannst sagen, was du willst, aber dein Körper verrät dich. Komm, wir testen das mal.«

»Du bist wohl bescheuert.«

»Irrtum, ich bin fest entschlossen.« Er schob sich zwischen ihre Schenkel, kitzelte mit seiner Eichel ihre Schamlippen. »Deine süße nasse Pussi beweist mir, dass du voll darauf abfährst. Du schreist nicht um Hilfe. Du weißt genau, dass die Gäste an der Bar dich hören würden, und du drohst mir nicht mit der Polizei …«

»Ich … ich weiß nicht.«

»Angst, ans Limit zu gehen?«

»Nein.«

»Dann lass dich gehen, ich tu dir nicht weh, außer du stehst auf so was. Kann ja durchaus sein. Ich sehe Skepsis, Hunger und Neugier in deinen Augen.«

Neugier beschrieb es nicht ansatzweise. Fühlte sie sich deswegen von ihm angezogen? *Nein, ich bin nicht devot. Unmöglich, das kann gar nicht sein. Ich hab die volle Kontrolle über mein Leben!*

»Hey, du protestierst ja gar nicht.«

Ich kann das nicht machen! »Mike«, murmelte sie unschlüssig.

Er packte ihre Handgelenke mit einer Faust, bog sie nach hinten und tastete mit der anderen Hand nach irgendetwas. Sie begriff erst, was Sache war, als er ihre Hände mit einfachen Lederriemen fesselte. »Besser, schon viel besser.«

»Wo kommen die denn auf einmal her?«

»Ich hab immer welche im Bett liegen.« Er grinste. »Prophylaktisch.«

»Du ... du machst so was öfter?«

»Nicht mit Gästen aus der Bar, aber ehrlich gesagt, lagen schon einige Frauen gefesselt und hilflos in meinem Bett.« Er neigte sich über Claire, senkte seinen Mund auf ihren, öffnete mit wildem Zungenspiel ihre Lippen. Sie sträubte sich gegen seinen Kuss. Es funktionierte nicht. Er schob seine Zunge zwischen ihre Lippen und fiel mit einer sinnlichen Attacke über sie her.

Ihr stockte der Atem. *Wehr dich.* Wieso eigentlich? *Weil ich nicht devot bin.* Wenn das stimmte, wieso hatte sein Kuss dann diese Wirkung auf sie? Die Fesseln? Das Gefühl seines Körpers auf ihrem. *Weil ... weil es eine völlig neue Erfahrung ist, sonst nichts.*

Er löste sich von ihren Lippen, tastete links unter das Bett und zog einen Schal hervor. »Und jetzt verbinde ich dir die Augen.«

»Was?«

»Vertrau mir.«

Einem Fremden vertrauen, den sie in der Bar aufgegabelt hatte? *Hab ich eine Alternative?* Nein, hatte sie nicht. Sie war gefesselt. Lag hilflos in seinem Bett. Gleich würde er ihr die Augen verbinden – *und ich fühle mich absolut geil.* Mike verband ihr mit dem Schal die Augen, nahm ihr die Sicht. Sie verkrampfte sich, zog fauchend den Atem ein.

»Relax«, murmelte er.

»Ich bin relaxed.«

»Klar, und deshalb fauchst du mich an.«

»Ich bin bloß ... tut mir leid.« Was erwartete er von ihr? Sie hatte so was noch nie gemacht. Verdammt, sie hätte nicht im Traum gedacht, dass sie so etwas tun könnte.

»Psst.« Er hauchte ihr einen Kuss auf die Lippen.

Sie kribbelten von der zarten Berührung. Und das, obwohl er sie gefesselt hatte und sie nichts mehr sehen konnte. Sie wimmerte, schob fordernd ihre sinnlich geöffneten Lippen vor. Gott, sie wollte mehr. Wünschte sich mehr von ihm.

Kaum lag sie hilflos gefesselt vor ihm, richtete er sich über ihr auf, strich mit den Fingerspitzen über ihre Brüste, umkreiste ihre Nippel und schwang sich aus dem Bett.

»Wo willst du hin?«

»Lass dich überraschen.« Sie hörte, wie sich seine Schritte vom Bett entfernten.

Claire lauschte stirnrunzelnd. Was bezweckte er damit? Irgendeine Schranktür schwang leise knarrend auf, aber nicht im Schlafzimmer. In der Küche? Was zum Teufel wollte er denn aus der Küche holen? Claire zog ihre Unterlippe in den Mund, nagte skeptisch daran. Wie lange brauchte er denn noch? Grundgütiger, sie hatte keine Lust zu warten. So ein Hirnriss. Sie konnte Besseres mit ihrer Zeit anfangen.

Was zum Beispiel?

Sich einen anderen Typen angeln, um Sex mit ihm zu haben? Einer, der nicht auf Bondagespiele stand?

Was ist daran verwerflich, wenn jemand auf Bondagetechniken abfährt? Nichts, mal abgesehen von der Tatsache, dass die Fesselaktion Claires Selbstbild empfindlich ankratzte.

»Ist irgendwas? Bist du sauer auf mich?« Seine Stimme war kaum mehr als ein kehliges Schnurren.

»Nein, ich … ich hab mich bloß gewundert, wo du so lange bleibst.«

»Och, das kannst du dir bestimmt denken.«

Sie zog die Stirn in Falten und verkrampfte sich unvermittelt, weil sie spürte, wie etwas Kaltes und Nasses auf ihre Brüste tropfte. Claire erschauerte, ihre Nippel fest und hart. Sie zog zischend den Atem zwischen den Zähnen ein. Sträuben war zwecklos. Eis. Klirrend kaltes geschmolzenes Eis tropfte auf ihre Brüste und ließ sie erschauern. Hungrig nach Sex fieberte sie darauf, wie sein Spiel weitergehen würde.

»Ja, das gefällt dir, was?«

»Nein. Doch. Mist, ich weiß es nicht«, japste sie, ihre Schenkel angespannt, bemüht, die Kontraktionen in ihrem Becken aufzuhalten, statt ihm die Kontrolle zu überlassen. Ein weiterer Tropfen fiel auf ihren linken Nippel. »Bitte nicht.«

»Bitte nicht was? Soll ich aufhören? Weitermachen? Du musst mir schon genauer sagen, was du willst, Claire. Oder weißt du es gar nicht wirklich?« Er strich mit dem Eiswürfel über ihre Brust, zeichnete den Schwung ihres Busens nach. Sie wälzte sich stöhnend auf dem Laken. Kälte. Wärme. Die Kombination von beidem stimulierte ihre Sinne. Ihr Unterleib prickelte, spannte sich an, und prickelte einfach weiter.

»Ja, es gefällt dir, hmm? Das sehe ich, ich fühle, wie du es brauchst, wie du es willst, dich danach sehnst und vieles mehr.« Seine Stimme war kaum mehr als ein heiseres Flüstern, während er mit dem schmelzenden Eiswürfel weiter über ihren Körper strich. »Du willst es vielleicht nicht wahrhaben. Aber ich hab es direkt gesehen, als du das erste Mal in die Bar kamst. Du bist devot. Du brauchst einen Mann, der dir zeigt, wo's langgeht. Oder auch eine Frau.«

»Ich bin nicht bi.«

»Genauso wenig wie devot, was?« Er schob grinsend den Eiswürfel zwischen ihre Schenkel, strich damit über ihre Klitoris.

Sie bäumte sich unter ihm auf, schrie vor Schmerz und Erregung. »Wahnsinn!«

»Nein, ich bin nicht wahnsinnig, jedenfalls noch nicht.« Sein tiefes Lachen erfüllte den Raum. »Kommt vielleicht noch. Erst mal besorg ich es dir, dass du deine Lust laut herausschreist. Dass du meinen Namen schreist. Du brauchst mich. Dann kommst du. Du wirst so hart und lange kommen, dass du alles um dich herum vergisst. O ja, ich werde dir zeigen, was Unterwerfung ist. Heute Abend gehörst du mir. Bis ich dir die Fesseln abnehme. Ich werde diesen Abend genießen. Und du auch, wenn du dich gehen lässt. Lass dich gehen, reiß die störenden Mauern ein. Es wird Zeit, dass du dein wahres Ich kennen lernst.«

Ihr wahres Ich? Was zum Teufel faselte er da überhaupt?

Er schob den Eiswürfel vollständig zwischen ihre Schenkel, und jede Überlegung war ausgeblendet. Das Eis schmolz auf ihrem Körper, auf ihrer Klitoris, der Schmerz verband sich mit der Erregung, sobald er einen Finger zwischen ihre Schamlippen schob. »Gott, was machst du mit mir?«

»Ich denke, das weißt du genau.«

Logo, so heftig wie ihr Körper darauf reagierte! Sie stöhnte, von Wogen der Lust überwältigt. Ballte die Hände zu Fäusten. Spannte die Rückenmuskulatur an. »Ich ... ich ... halt das nicht aus. Ich schaff das nicht.«

»Doch, du schaffst das. Außerdem bleibt dir gar nichts anderes übrig. Schon vergessen?« Er arbeitete sich mit kleinen Liebesbissen von ihrem Nippel zu ihrem Bauchnabel vor. »Du gehörst mir.«

»Nein, ich bin ... okay, aber nur diese Nacht.«

»Von mehr war nie die Rede.«

Sie schluckte schwer und versuchte ihre Gedanken auf die Reihe zu bringen. Seine Finger tanzten zwischen ihren Schenkeln. Streichelten, stimulierten ihre Klitoris. Sie bog ihm sinnlich seufzend ihre Hüften entgegen. Fieberte ihm entgegen. Brauchte mehr als bloß seine Finger und ein bisschen geschmolzenes Eis.

»Ja, Zeig's mir. Beweg dich für mich. Stemm dich in meine Berührung. Du brauchst es.«

Ihre Libido spielte mit einem Mal verrückt. Die Erregung durchflutete ihre Sinne, dass ihr die Kontrolle über ihren Körper zu entgleiten drohte. »Nicht. Ich kann nicht!«

»Doch, du kannst, und du wirst. Du hast gar keine Alternative.« Seine Finger glitten über ihre Klitoris, neckten sie, folterten sie, bis sie entfesselt stöhnte und sich im Gleichtakt mit ihm bewegte. Ja, beweg dich für mich. Beweg dich für mich und lass es einfach passieren.«

Ihr wurde schwindlig vor Begehren, ihr Atem ging in kurzen zerrissenen Stößen. Was war bloß auf einmal mit ihr los? Ihre Schamlippen pulsten, ihre Klitoris prickelte heiß. Sie konnte es nicht stoppen. Und sie wollte es auch gar nicht mehr stoppen.

Sie presste die Fersen in das Laken.

»Bitte!«

»Komm für mich! Komm jetzt!«

»Ich kann nicht!« Dazu brauchte es mehr. Sie mochte es bloß nicht zugeben. Nicht hier. Nicht jetzt.

»Und warum nicht?«

»Sag ich nicht.«

»Doch!«

»Fick mich. Grundgütiger, bitte fick mich!«, sprudelten die Worte aus ihrem Mund, bevor sie sich bremsen konnte.

Das ließ er sich nicht zweimal sagen. Sein dicker Schwanz glitt ungestüm in ihre triefende Muschi, füllte sie aus, dehnte sie, bis sie lustvoll stöhnte. Seine Eier hüpften rhythmisch gegen ihre nasse Spalte. Ein heißes, hungriges Keuchen erfüllte die Luft. Sie fühlte seinen Ständer in ihrer engen, heißen Muschi, alles andere war ausgeblendet.

Er stieß sie hart, drängte ihren Körper gegen das Kopfteil des Bettes. Die Federn quietschten unter ihnen, ihre Hüften stemmten sich in jeden seiner fordernden sinnlichen Stöße, bis sie nicht mehr wusste, wo er aufhörte und wo sie begann.

»Komm!«, durchschnitt seine Anweisung den Schleier der Erregung, der Claire umhüllte.

Hatte sie eine Alternative? Nein. Sie schrie, ihr Körper angespannt, von Erregung, Schmerz, Furcht und Verlangen befeuert. Hinter ihren Augäpfeln zuckten weiße Blitze. Sie versuchte es zurückzuhalten, doch ihre Libido rebellierte. Es traf sie in Wellen. Süße, sinnliche, sexy

Wellen der Lust und Erregung, ein Orgasmus, der ihren Körper erfasste, bis sie stöhnend auf dem Bett kollabierte. Bebend vor Wollust, nahm sie entrückt Mikes Lustschreie wahr.

Ja, nur diese eine Nacht, ein One-Night-Stand mit dem Barkeeper, mehr wollte sie nicht, aber wer sagte denn, dass diese Nacht schon zu Ende war?

Rhiannon Leith

Alle für einen

Was fanden die Leute eigentlich an Hochzeiten und dem ganzen Tamtam?

Die bewundernden *Ahs* und *Ohs* schwirrten ihr noch im Kopf herum, als Megan fluchtartig den Ballsaal verließ. In ihrem Abendkleid aus mitternachtsblauem Seidentaft lief sie auf die Hotelveranda, während die Feier drinnen weiterging. Sie atmete erleichtert auf. Na endlich! Sie hatte als Brautjungfer mal wieder einen Superjob hingelegt und konnte die Sache als erledigt abhaken.

Einmal Brautjungfer, immer Brautjungfer, giggelte sie stumm in sich hinein. Vielleicht sollte sie ernsthaft erwägen, das professionell zu machen. Das wäre mal eine Abwechslung von dem Stress im Büro.

Der Gedanke an ihren Job katapultierte sie wieder in die Realität. Eigentlich liebte sie ihre Arbeit. Sie verdiente gut, konnte sich ein angenehmes Leben leisten, mit Apartment und Auto und einer Garderobe à la *Sex and the City*. Und was war mit den vielen Stunden, die sie einsam und allein in ihrem Büro herumhockte? War es das letztlich wert? Megan seufzte. Besser, sie ging wieder rein und feierte mit den anderen. Vielleicht kam sie dann auf andere Gedanken. Zumal ihr das Projekt Parker House, das wie Blei auf ihrem Schreibtisch lag, total die Laune vermieste.

Als Brautjungfer konnte sie jedoch nicht einfach abhauen. Schon gar nicht so früh. Zudem wäre es Sally gegenüber nicht fair.

Ein kehliges Lachen streifte ihre nackten Schultern, kitzelte ihren weichen Nackenflaum.

»Du hast doch nicht etwa vor, einen auf Cinderella zu machen und klammheimlich zu verschwinden, oder, Meg?«, fragte Richard. Einen Drink in der Hand, lehnte er sich an die Terrassenbrüstung, der Kragen seines Smokinghemds war lässig geöffnet.

»Richard?«, kreischte sie, verblüfft, ihren alten Collegefreund wiederzusehen. »Das ist aber eine Überraschung! Wie geht es dir? Bist du gerade erst gekommen?«

Richard umarmte sie grinsend. Seine Fingerspitzen streichelten spielerisch sanft über ihre Schulterblätter, ehe er sie wieder losließ. Megan erschauerte spontan und wurde rot. »Ja, hab eine Einladung zur Hochzeit bekommen. Hab die zwei seit dem College nicht mehr gesehen.«

»Ich hab *dich* seit dem College nicht mehr gesehen. Wo warst du? Warte: Sind Blake und Daniel etwa auch hier?«

Sie spähte in den Saal, auf der Suche nach den beiden anderen Klassenkameraden vom College. Richard, Blake und Daniel waren unzertrennlich gewesen. Die drei Musketiere, hatte sie sie scherzhaft genannt. Verdammt, sie hatte so viel mit den Jungs gemacht, dieselben Kurse belegt, dieselben Clubs besucht. Nur das *eine* nicht. Aber eigentlich waren die drei eine feste Einheit. Und sie hatte sie alle drei wahnsinnig gemocht. Dass sie sich da *einen* rauspickte und die beiden anderen links liegen ließ, wäre ein absolutes No-go gewesen.

»Ich glaube, wenn Blake hier aufgekreuzt wäre, wäre die strahlende Braut vor lauter Schreck in Ohnmacht gefallen. Blake könnte dem Bräutigam einige Tipps geben.«

Megan ließ sich ihre Bestürzung nicht anmerken. Richtig, Blakes heiße Affäre mit Sally war ihr völlig entfallen. Zumal Blake mit fast jedem Mädchen in ihrer Jahrgangsstufe was laufen hatte, aber auch mit den anderen Jahrgängen. Und mit ein paar von den Jungs, wurde gemunkelt. »Was macht er so?«

»Ach, dies und das. Er ist ein Charmebolzen, genau wie früher. Daniel leitet ein Antiquariat für seltene Bücher.«

»Und du?«

Er hatte sich in den letzten zehn Jahren verändert. Kein Wunder. Sie bestimmt auch. Sie war bei Weitem aufgeschlossener und selbstbewusster als früher. Sonst hätte sie in ihrem Business längst einpacken können.

Richard wirkte reifer, männlicher. Das stand ihm gut. Er sah blendend aus. Seine kantigen Züge kontrolliert und lebensklug, fixierte er Megan mit strahlend blauen Augen, dass ihr Atem plötzlich schneller ging. Das mit dem Reisen – sein glühendster Wunsch nach dem Collegeabschluss – hatte wohl geklappt. Ihr Herzschlag beschleunigte sich, als würde irgendwo in ihrem Inneren ein Schalter umgelegt.

»Dad ist zwischenzeitlich verstorben.«

»Oh, das tut mir aufrichtig leid für dich.« Die Nachricht traf sie völlig unerwartet. »Erst kürzlich?«

»Vor fünf Jahren. Seitdem verwalte ich das Anwesen. Komm doch einfach mal und besuch mich.«

Megan erinnerte sich an das schöne alte Herrenhaus, Richards Zuhause, und musste lächeln. Die Vorstellung, dort ein entspanntes Wochenende zu verbringen, war verlockend. Aber woher sollte sie sich die Zeit dafür nehmen? Sie seufzte. »Ich würde gern, aber …«

»Super«, fiel er ihr ins Wort. »Wie wäre es an dem Wochenende mit dem Feiertag? Wenn du willst, lad ich Blake und Daniel ebenfalls ein.«

Sie wiegelte ab: »Ich hab jede Menge zu tun …«, und stockte, als Richard ihr sanft eine Locke hinters Ohr schob. Seine Augen senkten sich in ihre, nichts von wegen harmloser Schwärmerei und so. Megan wurde mit einem Mal ganz anders. Ein glutheißes Prickeln flutete ihre Magengrube. Sie japste unwillkürlich nach Luft.

»Komm«, drängte er. »So ein Treffen wird bestimmt lustig. Die anderen freuen sich auch, dich wiederzusehen.«

Die anderen. Die anderen wären auch da. Ihr Atem beruhigte sich ein bisschen, und sie nickte unschlüssig. »Hmmm, meinst du? Vielleicht hast du Recht. Es wäre wie in alten Zeiten, ein Wochenende mit den drei Musketieren.«

Richard hob sein Glas und prostete ihr zu. »Alle für einen«, murmelte er.

Megan machte mal wieder Überstunden im Büro. Es war abends um kurz vor acht, als ihr Telefon klingelte. Ihr Assistent war in der Leitung und klang irgendwie gehemmt. Megan musste grinsen, denn für gewöhnlich war er durch nichts zu erschüttern. Bei seinen Worten blieb ihr glatt die Spucke weg.

»Bei mir ist ein Herr, der Sie abholen will. Er heißt Blake Regan.«

»Ich bin in einer Minute da.« Sie legte auf und starrte ihre Reflexion auf dem Monitor an, seltsam konsterniert, dass sie wie ein verknallter Teenie reagierte. Ihr Magen rebellierte, und sie schluckte schwer.

Jemand hüstelte verlegen, und sie fuhr erschrocken herum. Blake stand in der Tür und musterte sie von oben bis unten.

»Wolltest du dieses Wochenende nicht runter zu Richard fahren?« Seine Stimme war tiefer als in ihrer Erinnerung. Sein kräftiges schwarz gewelltes Haar fächerte sich auf den breiten Schultern. Er grinste durchtrieben. »Ich nehm dich mit. Komm, fahr deinen Laptop runter, sei ein gutes Mädchen.«

Um ihre Verwirrung zu überspielen, lachte sie. »Ich stehe ziemlich unter Zeitdruck und hab noch einiges zu erledigen.«

Blake blieb unerbittlich. »Mag sein, aber das kann warten. Entweder kommst du jetzt freiwillig mit, oder ich trag dich raus.«

Das war typisch Blake. Sie hob den Blick, schaute ihn unschlüssig an. »Schön, dich zu sehen«, sagte sie, um einen formellen Ton bemüht. Und bedachte ihn mit dem kritisch-abschätzigen Blick, bei dem ihre Angestellten den Kopf zwischen die Schultern zogen und schleunigst die Flucht ergriffen.

Blake legte den Kopf schief, und sein Grinsen wurde schurkenhaft verschlagen. »Das ist neu. Das gefallt mir.

Dann kidnappe ich dich eben, Madame Geschäftsführerin, oder kommst du aus freien Stücken mit?«

Megan winkte ab. »Okay, okay. Ich geb mich geschlagen«, lachte sie. »Ich tu alles, was du willst.«

»Das ist eine fabelhafte Idee, Schätzchen.« Blake zog sie vom Stuhl hoch und in seine Umarmung, dann küsste er sie auf die Wange, seine Lippen überraschend zärtlich. Sie entzog sich ihm, verblüfft. Blake hatte sich am College nie für sie interessiert.

»Meine ... meine Tasche ist in meinem Wagen.« Ihre Wange glühte, wo er sie geküsst hatte, ein Gefühl, als streiften heiße Phantomlippen ihre Haut.

»Gut«, sagte er. »Die können wir auf dem Weg zu meinem Wagen holen. Ich fahre.«

Megan döste im Auto ein, froh, ein bisschen relaxen zu können. Außerdem war Blake auf der langen Fahrt durch die dunkle Landschaft nicht besonders gesprächig. Anfangs hatten sie sich angeregt unterhalten. Er erzählte ihr, dass er sich als Therapeut auf Massage und Aromatherapie spezialisiert habe und ganz gut davon leben könne, und sie musste lachen. Weshalb er noch durchtriebener grinste als vorher.

Megan wurde wach, weil der Wagen plötzlich abbremste. Kies knirschte unter den Reifen. Sie öffnete die Lider und stellte fest, dass Blake sie mit eigenartigem Blick fixierte.

»Wir sind da, Schneewittchen. Brauchst du noch einen Moment zum Fitwerden?«

Merkwürdig, aus ihren ordentlich hochgesteckten Haaren hatten sich einzelne Strähnen gelöst, das Jackett ihres Hosenanzugs war aufgeknöpft, dachte sie. Sie blickte argwöhnisch zu Blake, während sie die Knöpfe schloss und sich mit den Fingern die kastanienbraunen Haare aus dem Gesicht schob. Dann sah sie auf die Uhr. Es war nach zehn.

Ihr Magen knurrte laut und vernehmlich. Sie hatte zum Lunch bloß ein mickriges Sandwich gegessen, und das war Stunden her.

»Kohldampf?« Blake schmunzelte. »Richard wartet bestimmt schon mit dem Abendessen. Los, komm, Meg. Am College warst du nie so umständlich. Früher warst du immer für ein Abenteuer zu haben.«

»Ich?«

War sie jemals abenteuerlustig gewesen?

Blake umrundete den Wagen und öffnete ihr die Beifahrertür. Er fasste ihre Hand, um ihr beim Aussteigen behilflich zu sein, und hielt sie länger fest als nötig. »Ja, du.«

Daniel begrüßte Megan an der Tür, und sie hatte Herzklopfen vor Freude, dass sie ihn wiedersah. Anfangs hatten sie regelmäßig telefoniert, dann waren es bloß noch E-Mails an Weihnachten, irgendwann war der Kontakt ganz abgebrochen. Er wusste, wie sie in den ersten Jahren gekämpft hatte. Sie las es in seinem Blick.

»Es war viel zu lange, Meg.« Er schloss sie in seine starken Arme und wirbelte sie herum. »Du siehst fantastisch aus. Hast dich kein bisschen verändert.« Hinter ihr lachte Blacke zynisch auf. »Ignorier ihn einfach.« Daniel zog sie in die Eingangshalle, betrachtete sie bei Licht. »Du siehst müde und erschöpft aus. Mädchen,

Mädchen, du betreibst Raubbau an deiner Gesundheit, weißt du das?«

Sie schlug ein wenig betreten die Augen nieder. Was er sagte, stimmte. Sie hatte sich in die Arbeit gestürzt, aber was sollte sie auch sonst machen? Nach diversen chaotischen Beziehungen war sie zu der Erkenntnis gelangt, dass sie einfach nicht den Richtigen fand. Sie war gut in ihrem Job, verdammt gut. Trotzdem war es nicht fair, dass sie dreimal so viel reinklotzen musste wie irgendein Typ, um in ihrem Job für voll genommen zu werden.

Sie konnte sich kaum noch auf den Beinen halten. Daniel durchschaute sie spontan, und Blake ließ es kalt, dass sie als Businessfrau eine steile Karriere hingelegt hatte. Die beiden kannten sie verflucht gut. Sie waren nicht darauf aus, ihr Komplimente zu machen, weil sie sich irgendeinen Vorteil davon versprachen – wie Megans Kollegen und Mitarbeiter. Sie vermisste ihre Musketiere und deren Gesellschaft sehr. Sie wiederzusehen war, als erwachte sie aus einem bösen Traum. Schande über sie, dass sie sich so ausgepowert fühlte.

Daniels Hände auf ihren Oberarmen waren tröstlich und stark. Immer schon der Verständnisvollste von den dreien, schienen seine warmen braunen Augen ihr mitten ins Herz zu schauen.

»Du musst erst mal was essen, denke ich. Dann ein schönes Bad und hinterher ausgiebig Schönheitsschlaf.« Blake grummelte irgendwas im Hintergrund, aber Daniel – der sanfte fürsorgliche Daniel – schoss ihm einen scharfen Blick zu, woraufhin Blake zu ihrer Verblüffung die Klappe hielt. »Wir haben noch das ganze Wochenende zusammen.« Er schlang seinen Arm um ihre Schultern und geleitete sie weiter durch das Haus.

Die drei Männer hatten sich nicht sehr verändert, fand Megan, ihre Charaktere hatten sich bloß verfestigt, seitdem sie einander das letzte Mal gesehen hatten.

Richard goss ihr Wein ein und drückte ihr das Glas in die Hand. »Ich bin so froh, dass du kommen konntest.«

Megan verdrehte die Augen. »Hatte ich großartig eine Alternative? Nachdem du mir dieses Muskelpaket auf den Hals hetzen musstest?« Sie warf einen vielmeinenden Blick zu Blake. »Wenn du einen Ton sagst, Blake …«

Man sah ihm an, dass ihm massenhaft bissige Kommentare auf der Zunge brannten, er presste jedoch die Lippen aufeinander und zwinkerte ihr zu. Megan verkniff sich das Lachen. Sie konnte Blake einfach nicht böse sein, wenn er sie so anschaute.

Daniel stellte einen Teller mit Käseomelett vor Megan, das verführerisch duftete.

Sie seufzte. »Wisst ihr noch, sonntagmorgens im College, Leute?«

»Ich weiß, dass wir sonntagmorgens meistens einen Kater hatten«, ätzte Blake.

Richard goss ihm Wein nach. »Irrtum, *du* hattest einen Kater, um das mal klarzustellen.«

Sie beobachteten Megan beim Essen und plauderten über alte Zeiten. Schade, sann sie, dass wir uns nicht schon viel früher getroffen haben. Die Jungs hatten ihr echt gefehlt, und es war schön, sie wiederzusehen. Trotzdem gähnte sie immer wieder verstohlen, als sie mit dem Essen fertig war.

Richard zauste ihr die Haare. »Es ist lange her, dass du so viel Spaß hattest, stimmt's? Komm, wir bringen dich ins Bett, Meg. Morgen machen wir weiter.«

»Ich geh nie so früh schlafen. Ich bin eine Nachteule, wisst ihr?«

»Dagegen lässt sich was unternehmen«, grummelte Blake und sprang auf. Unversehens trommelte Megans Herz wild gegen ihre Rippen. Eine Sehnsucht erwachte in ihr, ein unbändiger Hunger, der nie gestillt worden war. Sie blickte von Blake zu Richard und dann zu Daniel.

»Hey, nicht was du denkst, Megan!«, flachste Richard, seine Worte begleitet von tiefer Zuneigung. Genau wie früher, fuhr es ihr durch den Kopf. »Komm, mein Mädchen. Nimm dein Bad, und dann wird Blake dir eine Massage verpassen, dass du hinterher schläfst wie ein Baby. Aber du hast Recht. Jeder andere würde denken, wir hätten eine Orgie vorgeschlagen.«

Dem perfekt temperierten Wasser des himmlischen Bades war ein duftendes Öl zugesetzt. Zuhause hatte sie bloß eine zweckmäßige Dusche, daher genoss Megan das Bad in der klauenfüßigen Wanne und schloss die Augen. Nach einer Weile klopfte es an der Tür.

»Ich hab alles vorbereitet. Komm ruhig rein, wenn du fertig bist«, rief Blake.

War das sein Ernst, eine Massage vor dem Schlafengehen? Was hatten die Jungs mit ihr vor? Diese ganze Fürsorglichkeit stieg ihr irgendwie zu Kopf. Sie sank in das Wasser, beobachtete, wie es die Unterseiten ihrer Brüste umspülte. Sie sank tiefer, ließ das warme Wasser um ihre Nippel schwappen und zwischen ihre gespreizten Schenkel.

»Wie bist du eigentlich auf Massage gekommen?«, rief sie.

Blake lachte, jenes leicht schmutzige, wissende Lachen, das sie von früher her kannte, wenn sie ihm wegen seiner Affären auf den Zahn fühlte. »Ich find's ganz praktisch. Außerdem bin ich ein Naturtalent.«

»Das möchte ich wetten«, murmelte sie mehr zu sich selbst und strich mit den gespreizten Fingern über ihren Bauch. Ihre Haut war durch das Wasser sensibilisiert. Sie erschauerte unter ihren eigenen Berührungen.

Bevor sie zu Blake ging, zog sie ein weites Sleepshirt an. Es war nicht stylish. Es war überhaupt nichts, aber es verhüllte sie züchtig, und das schien ihr momentan das Wichtigste.

Blake stand über das Bett gebeugt. Und würdigte sie keines Blickes. »Du musst das vorher ausziehen und dich dann hinlegen.« Sie blieb unschlüssig stehen, bis er den Kopf hob. Um seine Mundwinkel spielte ein Grinsen, nicht sexy, wie sie es bei ihm erwartet hätte, sondern amüsiert und warm. »Keine Sorge. Vertrau mir.«

»Auf den Spruch sind schon ganz andere Frauen reingefallen, Blake«, erklärte sie, um einen lockeren Ton bemüht. Himmel, warum war sie bloß plötzlich so nervös?

»Und nicht eine von ihnen hat es bereut«, versicherte er ihr. Er breitete ein Badetuch auf dem Bett aus und nahm sich ein weiteres, um sie nachher zuzudecken. »Hey, Schätzchen. Ich bin's. Du hast mein Ehrenwort.«

»Dein Ehrenwort worauf?«

Er lachte, tief und kehlig. »Ich versprech dir, ich mach

nichts, was du nicht möchtest. Und, hab ich dich überzeugt, Süße?«

Sie vertraute ihm, obwohl er für gewöhnlich nichts anbrennen ließ und sie sich zehn Jahre lang nicht gesehen hatten. Mit einem gekonnt dramatischen Seufzen zog sie sich das Sleepshirt über den Kopf und legte sich auf das Handtuch. Anschließend verteilte er duftende Öle auf ihrer Haut und lockerte mit seinen starken Händen die Verspannungen in ihrer Schulter- und Nackenmuskulatur. Megan schloss die Augen.

»Du hast immer noch die schönste Haut, die ich kenne«, murmelte er. Das hatte er ihr schon einmal gesagt, dachte sie. Vor vielen Jahren. Kurz nachdem sie sich kennen gelernt hatten. Sie hätte schlagfertig kontern sollen, dass er bestimmt genug nacktes Fleisch gesehen habe, um das beurteilen zu können, aber sie schwieg. Seine Hände waren pure Magie, machten sie himmlisch müde. Seine Fingerspitzen kreisten sanft über die Verlängerung ihrer Wirbelsäule, schoben sich tiefer über ihr Rückgrat, aber nicht so tief, dass sie sich verkrampfte.

Eine kleine Stimme in ihrem Kopf – es war bestimmt nicht ihre eigene – stöhnte enttäuscht auf, als er damit aufhörte. Ein erregendes Prickeln durchlief ihren Unterleib, und sie klemmte unwillkürlich die Schenkel zusammen. Blake umschloss einen ihrer Füße und massierte ihn hingebungsvoll. Ein Seufzen entfuhr Megans Lungen, und sie entspannte sich. Mit ihrem zweiten Fuß ließ er sich noch mehr Zeit. »Du musst besser auf dich achtgeben, Meg. Du hast deinen Körper schnöde vernachlässigt«, krittelte er. »Wir müssen unbedingt was an deiner Haltung tun.«

Zu müde, um zu widersprechen, schloss sie die Augen und inhalierte die stimulierenden Duftöle, während er ihre Muskulatur lockerte.

Es fehlte nicht viel, und sie wäre auf der Liege eingeschlafen. Die Lider weiterhin geschlossen, hörte sie, wie er seine Utensilien zusammenpackte und leise die Tür öffnete. Ein kühler Windhauch drang aus dem Flur zu ihr ins Zimmer.

»Schläft sie?«, hörte sie Daniel flüstern. Blake musste zustimmend genickt haben, denn es kam keine Antwort. »Bist du okay?« Dieses Mal vernahm sie ein leises Brummen. Und dann …

Die beiden umarmten sich wohl, ein leise schmatzendes Geräusch ihrer Leiber, als einer den anderen an sich zog. Und sie küssten einander. Das hörte sie ganz genau. Sie öffnete einen Spalt breit die Augen, sah, wie Blake Daniel in den Armen hielt und küsste. Eben packte Daniel Blake an den Schultern, um ihn noch inniger zu umschlingen. Blake, immer der Stärkere, ließ seine ölduftenden Hände über Daniels Torso gleiten, zog ihm das Hemd aus der Hose und glitt mit den Fingern hinein.

Daniel löste sich von seinen Lippen und schnappte nach Luft. »Warte. Wenn sie wach wird …«

Blake spähte zu ihr, verlangenden Hunger in seinen Augen. Megan stellte sich schlafend, drehte den Kopf weg und versuchte, möglichst ruhig und gleichmäßig zu atmen. »Alles okay. Du bist mir noch was schuldig, Dan. Denk dran.«

»Logo.« Daniels veränderter Tonfall irritierte sie. Total devot. »Richard hat alles geplant, Blake. Wir sollten ihm nicht dazwischenfunken.«

»Dazwischenfunken oder -ficken?« Blake lachte gewohnt zynisch auf, seine Stimme rau vor Hunger. »Wir hätten uns mehr um sie kümmern müssen. Richard hat Recht. Du hättest sie in ihrem Büro sehen sollen. Die totale Karrieretussi. Das war nicht unsere Meg.«

Unsere Meg. Sie wartete, bis die beiden gingen, ehe sie die Lider aufklappte und an die Decke starrte. Hmm, eigenartig. Es klang geradezu so, als würden die Jungs sie als ihr Eigentum ansehen. Als ihren persönlichen Besitz. Und was hatte Richard »alles geplant«?

Sie setzte sich auf, angelte nach ihrem Sleepshirt. Der Zauber des Abends war schlagartig verflogen. Sie führten irgendwas im Schilde. Und überließen nichts dem Zufall. Sie planten nicht bloß ein lustiges Wochenende wie in alten Zeiten. Sie wollten irgendwas von ihr. Misstrauisch geworden, schnappte sie sich ihr Handy und starrte brütend auf das Display. Ob sie vorsichtshalber mal im Büro anrufen und sich schlau machen sollte? Sie war sich unschlüssig, ob ihr die Antworten behagen würden. Sie waren ihre Freunde. Sie mochte diese alte Freundschaft nicht zerstören. Und trotzdem ... wenn es bloß ein mieser Businesstrick war, wenn sie irgendwas planten ...

Der ersehnte Anruf erreichte Megan am folgenden Nachmittag. Herbeigesehnt und befürchtet, denn sie wusste, er würde letztendlich zu einem Showdown führen. Immerhin war es ihr für eine kurze Weile geglückt, die Realität auszublenden, die harte Businesswelt zu verdrängen, in der es den Menschen nur ums Geldmachen ging und um das eigene Ego.

Sie wurde lange nach dem Frühstück wach und entschied sich für ein Sommerkleid mit floralem Druck, ein Outfit, das im Büro indiskutabel gewesen wäre. Es war schon nach Mittag. Sie hatte himmlisch geschlafen, wie schon seit Jahren nicht mehr. Richtig dekadent. Sie fühlte sich fantastisch, hätte sie nicht diese merkwürdige Information aufgeschnappt, die ihr unentwegt durch den Kopf ging.

»Lust auf einen Spaziergang?«, fragte Richard, als sie hinunterkam. Kurz darauf wanderten sie alle gemeinsam durch den von hohen alten Mauern umschlossenen Park des Herrenhauses und hinunter zum See.

Nach ihrem Collegeabschluss waren sie das letzte Mal hier gewesen. Richards Vater ließ sie großzügig die ganze Nacht und den nächsten Tag durchfeiern. Sie erinnerte sich, wie die Grashalme an den Fußsohlen kitzelten, als sie auf der Wiese gelegen und ihre hohen Hacken abgestreift hatte. Richard hatte ihr die Champagnerflasche in die Hand gedrückt. In dem Moment machte Blake irgendeinen albernen Joke, und sie musste fürchterlich lachen. Prompt hatte sie sich verschluckt. Daniel hatte ihr dabei geholfen, das Zeug wegzuwischen – allen war im Stillen klar, dass es vermutlich das letzte Mal wäre, dass sie so zusammenkamen. Sie erinnerte sich, wie romantisch sich der Mond in dem Wasser gespiegelt hatte, an die Champagnerbläschen auf ihrer Haut und an die Schmetterlinge im Bauch. Es war das erste Mal gewesen, dass sie so etwas wie Bedauern empfand, weil sie jeden der drei Musketiere begehrte, es aber nie darauf angelegt hatte.

Jetzt saß sie wieder im weichen Gras, die Sonne strahlte vom Himmel, trotzdem fühlte sie sich angesichts ihrer heimlichen Befürchtungen entsetzlich schlecht.

»Was hast du?«, wollte Daniel wissen und rieb sanft ihren Nacken. Sie schüttelte den Kopf, starrte auf das Wasser. »Uns kannst du es ruhig erzählen, das weißt du.«

»Früher hast du uns alles erzählt.« Blake zog einen langen Grashalm aus der Erde und kitzelte sie damit an der Ferse. Sie lächelte dünn und rutschte von ihm weg.

Richard beobachtete sie, seine Augen umwölkt. Megan wich demonstrativ seinem Blick aus.

Das Klingeln ihres Handys riss sie aus ihren brütenden Überlegungen. »Ich muss mal kurz im Büro zurückrufen«, entschuldigte sie sich. Statt schuldbewusst oder zumindest skeptisch dreinzublicken, verzog Richard jedoch keine Miene. »Allein, Jungs. Ist was Vertrauliches.«

Blake zog eine Grimasse, aber Richard nickte. »Wir sind in der Bibliothek. Ich mix uns schon mal ein paar Drinks, okay? Komm nach, wenn du fertig bist.«

Sie wartete, bis die drei außer Hörweite waren, dann klappte sie ihr Handy auf und drückte auf die Rückruftaste. »Ich bin's.«

»Sie hatten Recht«, bestätigte Derek, die Firmenanwältin. »Er ist Aktionär bei uns. Keiner von den ganz Großen, aber trotzdem.«

Eine eisige Klammer schloss sich um Megans Herz. »Danke. Ich regle das schon. Okay?«

»Soll ich es dem Vorstand melden?«

»Nein, ich kümmere mich selbst darum.«

Helles Sonnenlicht glitzerte auf dem See, wie funkelnde Diamanten. Das war früher ihr Lieblingsplatz gewesen, ihre Lieblingserinnerung an ihre gemeinsam verbrachte Zeit.

Und Richard hatte sie wieder zu sich eingeladen. Damit sie sich an die vielen schönen Stunden erinnerte. Dieser Schuft! Bloß um sie weichzukochen, weil er einen Businessdeal manipulieren wollte.

Plötzlich flammte Ärger in ihr auf. Nein, kein Ärger, sondern mordsmäßige Wut. Was trieb diesen Kerl um, dass er so unverfroren war, sie für seine Zwecke zu instrumentalisieren? Und die beiden anderen steckten mit ihm unter einer Decke, garantiert. Das Bild brannte ihr im Kopf: Blake und Daniel, in inniger Umarmung, ein langer, heftiger Kuss, der ein Stück weit wie ein Wrestlingmatch anmutete. Hatte sie jemals etwas Erotischeres gesehen? Megan konnte sich nicht entsinnen. Frust und Verlangen schaukelten sich gegenseitig hoch.

Sie blendete die Emotionen, die ihre Sinne befeuerten, kurz entschlossen aus. Für so was hatte sie keine Zeit. Auf dem Rückweg zum Haus fasste sie einen Plan. Sie wollte packen und dann schleunigst in die Stadt zurückfahren. Hier bei diesen Idioten hatte sie nichts mehr verloren.

Richard stand am Fenster der Bibliothek und beobachtete sie, die Arme vor der Brust verschränkt, dominante Haltung, arroganter Blick.

Wart's ab, Freundchen. Dir bring ich die Flötentöne bei. Sie starrte demonstrativ zurück und lief schneller.

Megan stürmte in die Bibliothek, wo Richard eben Wein in kostbare Kristallgläser füllte. Daniel saß am Kamin und blätterte gelangweilt in einem dicken Wälzer mit kostbarem Ledereinband. Blake lag auf einer Chaiselongue, die Augen geschlossen, wie ein großer fauler Kuschelkater. Angesichts ihres dramatischen Auftritts hob er träge den Kopf.

»Schlechte Neuigkeiten?«

»Halt die Klappe, Blake«, fauchte sie. Und lief temperamentvoll auf Richard zu, als wollte sie ihn küssen … oder ihm vor versammelter Mannschaft eine scheuern. Offen gestanden war sie sich sekundenlang unschlüssig, was sie lieber wollte. Sie holte aus, knallte ihm ihre flache Hand ins Gesicht und schob ihn mit der anderen Hand weg. Es fühlte sich an, als prallte ihre Faust auf Granit. »Was soll diese hinterhältige Tour? Was hast du dir dabei gedacht? Wolltest du mich bloß weichkochen? Und mich dann dazu nötigen, ein paar Zahlen zu manipulieren? Damit deine Aktien nicht fallen?«

Richard umschloss blitzartig ihre Handgelenke und drückte sie zurück. »Verdammt, wovon redest du da? Drück dich mal ein bisschen klarer aus.«

»Okay, also dann im Klartext: Parker House. Mein Projekt. Du hast das alles bloß gemacht, um mich zu manipulieren, damit du entweder von diesem Projekt profitierst oder mein Unternehmen ruinierst, stimmt's?«

Er schien perplex, ließ sie jedoch nicht los. »Ich hab nicht den Schimmer einer Ahnung, worum es sich bei diesem Parker-House-Projekt überhaupt handelt. Dad hielt Aktien an zig Unternehmen, Megan. Ich habe einen Finanzmakler, der sich um solche Dinge kümmert.«

»Klar. Und weswegen bin ich hier? Wieso tauchst du nach zehn Jahren wieder bei mir auf, ich meine, ihr alle drei?«

»Weißt du das wirklich nicht?«, fragte Daniel. Er klappte das Buch zu und stand langsam auf. »Meg ...« Ihr Name kam so weich aus seinem sinnlich geschwungenen Mund, dass sie erschauerte. Als sie sich zu ihm umdrehen wollte, hielt Richard sie gnadenlos fest.

Sie war wütend, mordswütend, und versuchte sich von ihm loszureißen, woraufhin Richard ihre Handgelenke fester umklammerte. Dann küsste er sie.

Er streifte nicht etwa zart ihre Lippen oder küsste sie freundschaftlich auf die Wange. Nein, Richard riss sie an seinen Körper und küsste sie so stürmisch, wie die beiden anderen es ihr letzte Nacht vorgemacht hatten. Sein Mund eroberte ihren, und ihre Hormone spielten mit einem Mal verrückt. Sie rang um Fassung, sträubte sich in seiner Umarmung, bevor sie vor seinem Kuss kapitulierte. Sie war heiß auf ihn. Heiß auf seine Küsse, obwohl sie ihn am liebsten mit bloßen Händen erwürgt hätte. Sie war einfach scharf auf ihn.

Als Richard sie losließ, waren ihre Knie weich. Megan schwankte rückwärts und stolperte vor Blakes muskelbepackte Brust. Sie japste nach Atem. Und blinzelte, bemüht, ein paar Dinge auf die Reihe zu bekommen.

»Und, kapierst du es jetzt?«, wollte Richard wissen.

»W...was?«

Blake drückte sie in den Sessel, in dem Daniel gesessen hatte. Er war noch warm von seinem Körper, stellte sie fest, als sie in das weiche Polster sank. Sie stand immer noch unter Schock. Blakes Hände legten sich auf ihre Schultern, strichen begütigend über ihre verkrampften Muskeln, streiften die hochsensiblen Zonen an ihrem Ohr, dass ihr ganz anders wurde. Daniel kniete vor ihr, streichelte mit seinen Fingerspitzen zart über ihren Handpuls. Die beiden beobachteten sie schweigend.

Richard trat zu ihnen. Megan fühlte sich wie ein verschrecktes Kaninchen angesichts seiner Anspielung. Ihrer gemeinsamen Anspielung. Daniel und Blake musterten sie, ein hungriges Glitzern in ihren Augen. Dunkle Augen – dafür hatte sie seit jeher eine Schwäche. Blakes waren dunkler als Daniels – mokkabraun und schokoladenbraun – und Richards waren strahlend blau. Keiner von den Jungs hatte sich vorher ernsthaft für sie interessiert. Oder doch? Sie erinnerte sich lediglich an die eine oder andere doppeldeutige Bemerkung und ein paar witzige Kommentare. Nichts Ernstes.

Richard neigte sich über sie. »Wir waren uns damals einig, dass keiner von uns dich anbaggert, Meg. Weil wir das den beiden anderen gegenüber unfair fanden. Wir hatten keine Lust, zu Rivalen zu werden.«

»Keine Lust zu …«, echote sie und schluckte schwer.

»Nicht auf Kosten unserer Freundschaft mit dir.« Ein durchtriebenes Funkeln trat in Richards Blick. »Natürlich hatten wir damals noch keine Vorstellung davon, dass es da auch Alternativen gibt. Aber so ist das im Leben: Mit der Erfahrung kommt die Reife.«

Verdutzt schaute Megan von Richard zu Daniel und dann zu Blake. Die drei hockten ihr ziemlich auf der Pelle. Sie hatte jahrelang von ihren drei Musketieren geträumt. Wie sie es mit jedem von ihnen trieb.

Aber mit allen dreien auf einmal?

Bei der Vorstellung bekam sie Magendrücken. Gleichzeitig fühlte sie eine erotisierende Wärme, die sich in ihrer

Muschigegend ausbreitete und im Rhythmus mit ihrem Herzen pulste. Sie wurde spontan feucht.

»Ich weiß nicht, ob … ob ich das richtig …«

»Ob du das richtig verstanden hast?«, lachte Richard. So sinnlich rau, dass es durch ihren Körper vibrierte und ihr wachsendes Verlangen weiter verstärkte. »Ich bitte dich zu differenzieren, Meg. Ich bin überzeugt, es klappt zwischen uns.«

»Und genau davor hast du Skrupel«, tönte Blake. Megan presste die Augen so fest zusammen, dass hinter ihren Lidern weiße Blitze zuckten. *Er* jagte ihr Skrupel ein. Immer schon, unterbewusst. Andererseits sehnte sie sich insgeheim nach ihm.

Ihr Puls schlug schneller unter seiner zärtlichen Massage. Blake strich mit einer Fingerspitze über ihre Jugularvene, und sie erschauerte.

»Wir wollten immer bloß dich«, räumte Daniel ein und zog ihre Hand an seine Lippen. Er küsste ihren Handrücken. »Du hättest dir aber bestimmt nie einen von uns herausgepickt, Meg. Oder?«

Sie schüttelte benommen den Kopf, ihr fehlten die Worte.

»Die Idee hab ich von dir«, sagte Richard. Er lehnte sich zum Tisch, umklammerte die Kante.

»Von *mir?*«, murmelte sie unkonzentriert, zumal Blake hingebungsvoll ihren Nacken streichelte und Daniel zärtlich ihren Handrücken küsste, sein warmer Atem kitzelte ihre empfindliche Haut.

»Erinnerst du dich an den Abend nach unserem Collegeabschluss? Wir saßen unten am See. Da hast du seufzend gesagt: Ich wünschte, ich hätte irgendwann den

Mann fürs Leben gefunden, meine ganz große Liebe, für immer. Darauf hab ich geantwortet, dass du noch ein bisschen jung bist, um den Gedanken an die große Liebe aufzugeben.«

»Ich weiß, aber ich meinte es nicht so …«

»Du hattest den Gedanken an die ganz große Liebe nicht aufgegeben, ich weiß. Ich dachte, ich könnte dich überzeugen, dir klarmachen, dass ich dich liebte, aber ich war bloß ein Junge, ein Idiot. Ich wollte dich für mich. Aber du liebtest sie auch.«

Was er sagte, stimmte. Sie brachte das Ja jedoch nicht über die Lippen. Daniels Hand glitt über ihre Wade. Spielerisch, sinnlich. Daniel hatte sie früher immer zum Lachen gebracht. Jetzt befeuerte er ihre Sinne.

»Wir würden dich nie verletzen«, sagte er. »Das weißt du.«

Logo, das hatte sie immer gewusst. Keiner von den dreien würde sie verletzen oder billigen, dass man sie verletzte. Sie waren ihre Beschützer, ihre Schutzengel.

Daniels Fingerspitzen streichelten die zarte Haut ihres Schenkels. Dabei schaute er ihr ins Gesicht, sein Blick eine stumme Bitte – ganz anders als Blake oder Richard. Daniel hatte weder Blakes dominante Präsenz noch Richards selbstbewusste Alphanatur. Deshalb wurde er initiativ und nicht die beiden anderen.

Megans Körper antwortete für sie, und sie nickte, schloss die Augen.

Daniel, der unablässig ihren Schenkel streichelte, kniete sich zwischen ihre Beine und zog sie sanft an die Kante des Sessels. Er schob ihre Knie auseinander und streifte ihr den Rock bis zur Taille hoch.

Megan erschauerte. »Warte, ich …« Es war zu schnell, zu viel.

Blake hielt ihr die Augen zu. »So besser?«

Sie öffnete den Mund zu einer Antwort und schloss ihn unverrichteter Dinge wieder, denn Daniels Finger schoben sich in ihr Höschen, zogen es runter, dass man ihre Muschi sah. Nass und bereit für ihn. Ein Stöhnen entwich Megans Lippen.

Blake nahm die Hände von ihren Schultern, und sie blickte automatisch zu ihm. »Lass dich einfach gehen, Meg«, murmelte er. »Vertrau mir.«

»Mach ich«, versuchte sie zu antworten, aber als Daniel seine Zunge auf ihre Klitoris presste, war sie sich nicht mehr sicher, ob sie überhaupt antwortete. Er verwöhnte sie mit Fingern und Lippen, und sie ließ rhythmisch ihr Becken kreisen.

»Hier«, sagte Richard. Er hielt Blake einen langen weißen Seidenschal hin. Meg umklammerte die Sessellehnen, ihre Nägel gruben sich in das weiche Leder.

Blake verband ihr mit dem Schal die Augen. Damit war die Realität ausgeblendet, und sie fühlte nur noch Hände, Lippen und Zungen. Blake küsste Megan hungrig, während er mit den Händen ihr Gesicht streichelte. Daniel drängte mit seinen Fingern tief in sie, rieb ihren empfindlichsten Punkt und stimulierte ihre Klitoris, bis ihr Körper erschauerte.

»Das ist es, Meg«, flüsterte Blake an ihren Lippen.

Richards Hände beteiligten sich an dem lustvollen Spiel, indem er die Träger des Sommerkleids über Megans Schultern streifte. Sein Mund umschloss ihre rechte Brust, saugte an ihrem Nippel – und Megan kam, schrie ihre Namen, ihre Stimme gedämpft von Blakes Mund.

Sie erschauerte, als sie ihren Körper streichelten, sie auszogen. Endlich nackt, ließ Megan sich von ihren drei Musketieren verwöhnen, sie genoss ihre Hände, ihre Küsse, ihre hungrigen Zungen auf ihrer Wirbelsäule, die Erregung, stimuliert, umschlungen und gefickt zu werden. Ja, es war exakt das, was sie unter einem geilen Fick verstand.

Jemand hob sie hoch, Richard, tippte Megan, war sich aber nicht sicher. Er fühlte sich jedenfalls wie Richard an. Er nahm sie in seine starken Arme und trug sie zu der Chaiselongue, wo er sie auf das weiche Samtpolster bettete, ihr die Arme über den Kopf bog und festhielt. Sie spürte zwei Münder, die ihre Brüste saugten, beide erregt und erfahren.

»Und, fühlt sich das gut an?«, murmelte Richard.

»Ja«, stöhnte sie. »Oh ... ja.«

Sie wälzten sich auf der Liege, fanden fantasievolle Stellungen, um Megan zu vernaschen. Irgendwann hörte sie auf zu zählen, wie oft sie oder die anderen gekommen waren. Zeit und Raum verschmolzen zu einer einzigen, endlosen Ekstase.

Warmes Öl kitzelte ihr Steißbein. Blake massierte ihren Rücken, spreizte mit seinen Händen ihre Hinterbacken auseinander, und das Öl lief in ihre Poritze, während er mit den Fingerkuppen über die Rosette ihres Anus strich. Er drängte mit der Spitze seines Fingers hinein, unnachgiebig, bis sie sich entspannte. Das Öl cremte die sensible Haut ihrer Spalte, und Blake massierte es tief in sie hinein, sanft, aber bestimmt, mit viel Geduld. Megan bäumte sich unter ihm auf, rieb ihre Klitoris an der Chaiselongue, und Daniels Mund presste sich auf ihren, seine Zunge bohrte sich zwischen ihre Lippen.

Zufrieden, dass sie bereit war, hob Blake ihre Hüften an, brachte sie auf die Knie. Sie hörte das Knistern einer Kondomverpackung. Daniel rutschte auf der Liege unter ihre gespreizten Beine, umschlang ihr Becken und zog sie auf sich. Blake half den beiden, und Daniels Schwanz glitt in ihre Muschi. So langsam, dass es eine Folter war, füllte er sie aus, dehnte sie. Auf allen vieren über ihm, strich ihr Haar über seine Brust, und Daniel erschauerte tief in ihr drin. Blake kletterte hinter Megan, spielte mit ihrer Klitoris, während sein Schwanz an ihren saftigen Anus drängte. Daniel stieß sie sanft, zog ihn bis zur Eichel zurück, blieb jedoch in ihr, behielt die Kontrolle. Richards Mund eroberte ihren, im selben Moment presste sich Blakes Schwanz in sie, zwängte sich durch die enge Rosette und tief in ihr anderes Loch.

Megans Atem ging in kurzen zerrissenen Stößen, und Blake verharrte ganz still. Sie wünschte, sie hätte ihn sehen können. Als könnte Richard ihre Gedanken lesen, riss er ihr den Seidenschal von den Augen. Ihre aufgestützten Arme zitterten von der Anstrengung, und Daniel zog sie schließlich auf sich. Er steckte in ihr, bewegungslos, abwartend. Megan fing Richards Blick auf, seine dunkelblauen Augen triumphierend.

Daniel schob sich in sie, so tief wie Blake. Sie konnte fühlen, dass beide in ihr steckten und sie fast schmerzhaft ausfüllten. Sie grub ihre Fingernägel in Daniels Rücken, er zuckte zusammen, seine Miene eine Mischung aus Obsession und Ohnmacht.

Da war doch noch was, oder? Etwas ganz Elementares.

Wo war eigentlich Richard? Sie ließ suchend den Blick schweifen. Er stand am Ende der Chaiselongue und grinste.

»Du kannst doch nicht bloß zuschauen. Oder macht dir das so viel Spaß?«, brachte sie mühsam heraus.

»Ich genieße es, diesen Moment auszukosten.«

»Nein, Richard. Sei keine Spaßbremse und mach gefälligst mit.«

Sie öffnete die Lippen und leckte sie lasziv. Richard trat gehorsam näher, und Megan nahm seinen Schwanz, zog ihn in ihren Mund, streichelte ihn mit ihrer Zunge, schluckte ihn tief in den Rachen. Richard stemmte ein Knie auf die Liege, während Blake und Daniel begannen, sie wild zu stoßen.

Megan wippte zwischen ihnen auf und ab. Sie fühlte Blakes Zunge, die ihren Nacken leckte. Mit seinen Händen umschloss er ihre Hüften, federte sie gegen Daniels Stöße ab. Daniel wog ihre Brüste in seinen Händen, bezwirbelte die Nippel, dass sie hart wurden. Und Richards Hände umschlossen ihr Gesicht, seine Fingerspitzen streichelten ihre zarte Wangenhaut, während er tief in ihrem Rachen steckte und ihr nicht mehr entkam. Sie wollte keinen ihrer drei Lover jemals wieder entkommen lassen. Sie hatte ihre drei Musketiere lange genug entbehren müssen, weil sie ihre gemeinsame Freundschaft aus ihr unerfindlichen Gründen vernachlässigt hatte. Das passierte ihr nicht noch einmal. Sie kostete schamlos alles aus, was die Jungs ihr zu bieten hatten. Ihre Liebe, ihre zuckenden Körper und die neue Erfahrung, dass sie sich zum ersten

Mal seit zehn Jahren rundum befriedigt fühlte. Der eine, ihr Traummann, den sie sich immer ersehnt hatte, existierte gar nicht, weil es nämlich drei Männer waren. Eigentlich hätte ihr das schon vor zehn Jahren einleuchten müssen, als sie sie ihre Musketiere taufte. Alle für einen und einer für alle.

Portia Da Costa

Eine ganz besondere Nacht

Besorgen Sie es sich mal wieder selbst! Genießen Sie eine Nacht voller Fantasien von Ihrem Traumtypen!

Na super. Der Artikel war der absolute Bringer.

Aber mal ehrlich, was sollte sie sonst machen? Sich im Trainingsanzug auf dem Sofa lümmeln und irgendeine Realityshow im Fernsehen anglotzen?

Dann besser dieses Selbstbefriedigungs-Bumsdings. Sie durfte sich bloß nicht von der Tatsache runterziehen lassen, dass sie vor Kurzem verlassen worden war.

Okay. Immer schön eins nach dem anderen. Erst mal ganz altmodisch ein ausgedehntes, himmlisch duftendes Bad.

Ein bisschen klischeehaft, aber na ja, es war trotzdem sexy.

Lucy schnappte sich die teuerste Flasche Badezusatz und kippte das Zeug großzügig in den heißen Wasserstrahl. Scheiß was drauf, auch wenn sie den ganzen Flakon leerte. Es war ihr Duftschaumbad und ihre Kohle, die sie dafür hingeblättert hatte.

Schnell bildete sich dicker weißer Schaum, und die Oberfläche der Wanne sah aus, als wäre ein Tanker mit Flüssigwaschmittel in einem Zyklon gesunken. Der Duft von Rosen und Patschuli umfing Lucy, eine betörende Duftwolke, die ihr das Hirn vernebelte.

Heute Abend war ihre persönliche Genussorgie angesagt. Exzess pur. Keine Skrupel. Keine halben Sachen. Keine Tabus.

Sie war es sich wert.

Sie zog ihren alten Bademantel aus und verbannte ihn in den Küchenschrank – aus den Augen, aus dem Sinn. Heute Abend war fadenscheiniger Frottee mit Kakaoflecken ein absolutes No-go!

Nackt tappte sie zum Spiegel, um ihren Body zu begutachten.

Nicht perfekt, aber trotzdem ganz passabel. Viel besser als der von Linda. Simon hatte eben null Geschmack. Der Typ war sowieso eine glatte Nullnummer, und die Schlampe hatte keine Ahnung, auf wen sie sich da einließ.

Die »Summer Tan«-Bodylotion war echt spitze, und – oh Freude über Freude – sie hatte ein paar Pfund abgespeckt. Gott sei Dank nicht am Busen. Das waren noch immer zwei schöne Hand voll, und sie stellte sich heimlich vor, wie ein Supertyp sie heute Nacht streichelte. Irgendein umwerfender Kerl, der sie umarmte und drückte und herzte, seine Hände gebräunt und stark, nicht weich und flusig behaart wie die von Simon.

Mmh ... wen hätten wir denn da so im Angebot?

Das war eigentlich kein großes Thema. Sie war ohnehin in den großen, schnuckelig aussehenden Detective aus ihrer Lieblingskrimiserie verknallt.

Hey Mr. Zum-Anbeißen-süß-Detective – heute ist dein Glücksabend, du bist der Traumtyp für meine total perfekten Fantasien!

Zudem hatte er schöne Hände. Groß, schlank und bestimmt sündhaft zärtlich. Sie konnte sich gut vorstellen, dass diese Fingerspitzen gefühlvoll und sensibel waren. Perfekt für ihr Vorhaben. Sie umarmte sich selbst und stellte sich vor, seine Hände streichelten über ihren Körper, glitten über ihren Bauch, zwischen ihre Schenkel und in ihre Muschi.

Oh ja …

Noch nicht, du blöde Kuh. Es kommt viel besser, wenn du dir das für später aufhebst.

Sie ließ die Hände sinken, hauchte ihrem eingebildeten Lover einen Luftkuss zu. Dann blickte sie sich prüfend um und hakte mental die Accessoires ab, die auf ihrer erotischen Nirwana-Checkliste standen.

Badewanne, gefüllt mit heißem, weichem Wasser, dick mit parfümiertem Schaum gekrönt. Abhaken.

Teelichter in kleinen Porzellanhaltern überall im Bad verteilt, von denen jedes einen sexy flackernden Lichtkegel wirft. Abhaken.

Champagner in Glaskühler in Griffweite der Badewanne aufs Regal gestellt. Der beste, den sie sich leisten konnte, im Eisfach stand noch eine Flasche für später, für den Fall, dass sie sich richtig verschwenden wollte, aber auf die klassische Tour, anders als sonst. Abhaken.

Eine große Flasche Körperlotion mit Buttermilch- und Seidenproteinen und ihrem Lieblingsduft und ein sehr effektiver Moisturizer mit exotischen Anti-Aging-Essenzen für ihr Gesicht. Abhaken.

Und statt des versifften Bademantels ein Lingerie-Set von La Perla und ein sexy Seidenkimono. Mimosengelbe

Seide, sehr geschmackvoll, und nicht ordinäres Rot oder Schwarz, denn darauf würde diese Schlampe Linda bestimmt abfahren. Abhaken.

Leise Musik spielte im Hintergrund auf ihrer Mini-Hifi-Anlage. Ein Stück von Mozart. Sie stand auf Wolfgang Amadeus. Und hatte Barry White und Marvin Gaye zugunsten einer Klaviersonate in die Wüste geschickt. Mozart war leicht und fließend und zudem stimmungsvoll.

Fang endlich an, Süße. Lucy goss sich ein Glas Champagner ein, es prickelte und schäumte in der schlanken Kristallflöte. Natürlich aus ihrer besten Glasserie, keins von diesen billigen Gläsern.

Vorsichtig glitt sie in die Wanne. Die Schaumkronen reichten nicht ganz bis zum Rand, deshalb lief das Wasser nicht über. Als sie jedoch ihre Zehen an das Ende der Wanne stemmte, runzelte Lucy die Stirn.

Der Abfluss. Scheiße. Das erinnerte sie an …

Ein unpassender, unperfekter, unromantischer, unerotischer, abturnender Gedanke wälzte sich durch ihren Kopf wie eine Schlammlawine.

Wann zum Teufel kommst du endlich, um das Wasserrohr unter dem Waschbecken zu reparieren, du Scheißkerl?

Ihr Vermieter hatte ihr hoch und heilig versprochen, den defekten Abfluss unter der Küchenspüle zu reparieren. Und jetzt hielt er sie seit Wochen hin. Sie hatte mehrfach mit ihm telefoniert und dann hieß es immer »morgen bestimmt«, aber bisher hatte er sich nicht bei ihr blicken lassen.

Bastard! Wichser! Idiot!

Statt sich auf ihren umwerfenden Detective zu fokussieren, hatte sie das Hirn voll mit diesem Mist. Ihr Vermieter war ein Trottel und total ungepflegt. Sie hatte ihn noch nie anders als in Jeans und T-Shirts gesehen, und die waren regelmäßig voller Farbkleckse und Löcher, an den unmöglichsten Stellen. Anscheinend war er dauernd mit irgendwelchen Renovierungsarbeiten beschäftigt. Trotzdem bekam er den Arsch nicht hoch, um in ihrem Apartment einen blöden Klempnerjob zu erledigen, und das, obwohl sie pünktlich die Miete überwies.

Sackgesicht!

Sie angelte nach ihrem Glas, schloss die Augen und konzentrierte sich darauf, in kleinen, genussvollen Schlucken zu trinken. Vielleicht half ihr das, ihren angeranzten Vermieter auszublenden und sich wieder auf ihre Fantasien zu fokussieren.

Der Champagner war superb. Spritzig, fruchtig und elegant.

Ich sollte öfter Champagner trinken.

Während sie den himmlischen Tropfen auf der Zunge zergehen ließ, nahm Lucy sich fest vor, sich künftig mehr Champagner und andere gute Sachen zu gönnen statt der billigen, süßen italienischen Plörre, die sie sich vor der Glotze gern mal genehmigte.

So ein Zeug würde ihr Vermieter wahrscheinlich anschleppen, wenn er es darauf anlegte, eine Lady zu verführen. Oder ein »Schätzelchen«, wie er sie vermutlich nennen würde.

Nein, verschwinde, du Hirni! Verpiss dich! Ich will dich nicht in meinem Kopf haben!

Sie stürzte einen weiteren Schluck Champagner runter,

ohne Rücksicht auf Qualität und Preis, und musste niesen, da ihr die prickelnden Bläschen in die Nase stiegen. Dabei schwankte der Wasserpegel bedrohlich.

Jedenfalls hatte der Schampus den ersehnten Effekt. Lucy hatte das Gefühl, als prickelte er durch ihre Blutbahn und ihren Körper und verscheuchte dabei alle abwegigen Gedanken. Stattdessen beflügelte der Genuss ihre Fantasie. Ihr Lover-Detective rückte groß, klug und kultiviert ins Zentrum ihrer Traumlandschaft, und sie erschauerte wohlig in dem warmen Wasser, woraufhin elektrisierende Impulse durch ihre Muschi und ihre Nippel jagten.

Sie trank noch mehr von der Blubberbrause, aalte sich im Schaum, getrieben von dem Verlangen nach ihm.

Ihre Muschi juckte und rief wie eine Sirene nach ihren Fingern.

Nein, warte. Noch nicht. Das erhöht die Spannung und den Reiz.

Sie stellte ihr Glas ab und stöhnte. Es war sinnlos. Sie war total geil. Das Warten war pure Qual.

Sie schloss die Augen und malte sich in ihrer Einbildung aus, wie es ablaufen würde.

Die Tür würde auffliegen, und ihr »Lover« würde im Eingang stehen, einfach umwerfend. Ein echter Hingucker in einem Tausenddollaranzug, weiße Zähne schimmerten in seinem braun gebrannten Gesicht, wenn er sie, so wie jetzt, anstrahlte. Dunkel und tiefgründig, waren seine Augen in der Lage, durch das duftende Wasser ihren nackten Körper zu visualisieren.

Oooh, er war umwerfend. Prinz Charisma. Durch und durch Mann. Sie war seine Prinzessin, und er behandelte sie auch so. Er überschüttete sie mit Zärtlichkeiten, fantastischem Sex … und wilden Orgasmen.

»Oh Gott, ja …«, hauchte sie und spannte die Muskeln in ihrem Unterleib an. Dabei bildete sie sich ein, sie würde ihn umschließen. Seinen Schwanz … seine Finger …

Er würde spontan ins Wasser greifen und den Ärmel seines Designersakkos nass machen, nur um an ihr rumzuspielen, weil *sie* es wollte. Er würde ihre Klitoris finden, auch ohne ihre Hilfe.

Sie wälzte den Kopf auf dem Handtuch, das sie sich zusammengefaltet in den Nacken gelegt hatte, und tauchte ein. Nicht ins Wasser, sondern tief in ihre Fantasie.

Ihr Lover riss sich das Sakko vom Leib, rollte die Ärmel hoch und steckte seinen starken rechten Arm in den Schaum. Seine Fingerspitzen kreisten zart um ihren Warzenhof, zwirbelten sanft ihre Nippel. Die Berührung war so leicht, so sanft und trotzdem irgendwie dominant. Hungrige Lust befeuerte ihre Sinne, dass es ihr den Atem verschlug.

»Oh bitte … oh bitte …«, sirrte sie in dem Bewusstsein, dass sie ihm hörig war, dass er mit ihr machen konnte, was er wollte.

In dem seidig weichen Wasser glitten seine Finger zu ihrer anderen Brust. Ihre Berührung kaum spürbar, leicht und frustrierend. Sie fing an zu strampeln, und Wasser schaukelte, schwappte und spritzte.

»Bitte …«, hauchte sie.

Im Geiste sah sie seine Augen, dunkel und anziehend wie im Fernsehen, aber zehnmal so glutvoll.

Sag mir, was du möchtest, befahl er stumm. *Sag es mir ganz offen, du brauchst keine Hemmungen zu haben.*

»Ich möchte, dass du mich streichelst … dass du meine Klitoris streichelst. Damit ich komme.«

Der Anflug eines Lächelns erwärmte sein attraktives Gesicht, machte die perfekte Illusion menschlicher. Seine Fingerspitzen lösten sich von ihrer Brust, und sie dachte kurz, er würde aufhören. Aber warum sollte er? Er war in jeder Hinsicht perfekt …

Stirnrunzelnd ließ sie sich los.

Ein eisiges Schaudern erfasste ihre Wirbelsäule. Sie war sich plötzlich unsicher. Was sie da machte, war dämlich. Aufgesetzt und übertrieben.

Nein! Nein! Nein!

Lucy trank noch einen Schluck und legte wieder los.

Sie rutschte ein wenig tiefer in die Wanne und öffnete die Schenkel weiter.

Schließlich fand seine Hand exakt die Stelle, wo Lucy sie brauchte.

Seine kräftigen Fingerkuppen suchten sich durch ihr Schamhaar, und Lucy nahm sich fest vor, sich das nächste Mal vorher zu wachsen. Sie stellte sich vor, sie wäre da unten frisch gewachst, mit einer glatten, weichen Spalte.

Umso perfekter für den perfekten Verführer.

In ihrer aktuellen Fantasie spielte er jedoch mit ihren Schamlocken, strich sie nach links und nach rechts, bevor er mit dem Finger an ihre Klitoris glitt. Und sie genauso sanft und ätherisch streichelte wie ihre Nippel.

»Langsam, langsam, nicht so schnell …«

Mit wem redete sie da überhaupt? Mit ihrem Lover … oder mit sich selbst?

Er war jedoch clever und ließ sich nicht aus dem Konzept bringen.

Kreiste, kreiste – und verteilte ihren Saft in ihrer Spalte. Er hatte die Kontrolle über sie. Er war ihr Herr und Gebieter.

Lucy stemmte sich gegen den Wannenboden, rieb lasziv ihre Pobacken an der glatten Fläche, während ihr Lover ihre Klitoris stimulierte.

Ihr imaginärer Lover.

Der anregende Duft in ihrem Bad und der Champagner machten ihn jedoch real für sie, nicht bloß zu einer Fantasie. Alles war perfekt und idealisiert, genau wie er.

Sie stellte sich sein Gesicht vor, seinen Körper, seinen Arm im Badewasser, seine Hand zwischen ihren Beinen.

Sie fühlte seinen Finger, der ihre Klitoris rieb, und sie kam.

Das Gefühl war überwältigend. Von süßen Wogen der Ekstase durchflutet, zuckte sie wild, dass das duftende Wasser über den Rand schwappte. Die Badematte war klatschnass, aber das bekam Lucy nicht mit. Sie wälzte sich stöhnend vor Lust in der Wanne, fieberte ihrem Höhepunkt entgegen.

O Lover, du bist unglaublich gut. Du bist der Mann.

Als der Orgasmus verebbte, kam das Gefühl der Ernüchterung, eine Mischung aus Einsamkeit und Enttäuschung.

Lucy setzte sich im Wasser auf. Sie schüttelte den Kopf, wie um die dunklen Gedanken zu verdrängen. Verdammt, die Nacht war noch jung. Sie konnte noch jede Menge Spaß haben.

Das Wasser war zwar abgekühlt, aber immer noch behaglich warm. Sie nahm noch einen kräftigen Schluck aus ihrem Champagnerglas, bevor sie sich mit einem Naturschwamm und teurer Seife einschäumte. Dabei stellte sie sich vor, es wäre wieder der Detective, der sie einseifte, seine Hände genauso geschickt wie beim Spiel mit ihrer Klitoris.

Bevor sie abermals richtig in Fahrt kam, knurrte ihr der Magen.

Okay, kurze Pause. Zeit, einen anderen Appetit zu stillen. In der Küche warteten eine Gourmetkäseplatte, Baguette, Früchte und Oliven auf sie. Alles nur vom Feinsten, aus der Delikatessenabteilung ihres Supermarkts. Superprodukte für die perfekte Superfantasie.

Nach einem weiteren Schluck Schampus arbeitete Lucy sich durch ihr persönliches Schönheitsprogramm, Bürsten, Cremen, Zupfen und Massieren. Als sie fertig war, fühlte sie sich leicht beschwipst.

Auweia, ich hab jetzt schon einen sitzen!

Na und? Ein bisschen Hemmungslosigkeit war ideal, um die Fantasie zu befeuern.

Als sie ihr neues, stylishes und sündhaft teures Höschen überstreifte, erstarrte sie unvermittelt.

Verflucht, was war das da draußen für ein Krach?, fluchte Lucy. *Bumm. Bumm. Bumm.* Ein lautes, wiederholtes Klopfen. Zwischen ihre Brauen schob sich eine steile Falte.

Da war jemand an der Tür. Jemand, der nicht klingeln musste, um ins Haus zu kommen.

O nein!

Das Haus hatte insgesamt vier Wohnungen. Zwei Mieter waren im Urlaub, die dritte Wohnung wurde gerade renoviert. Das hatte ihr gerade noch gefehlt …

Dieser verdammte Flachwichser – ihr Vermieter!

Einen Herzschlag lang erwog sie, das Klopfen zu ignorieren, aber das war nicht drin. Zumal er draußen bestimmt den Mozart hören konnte. Scheißkerl!

Sie zog ihren verführerischen Tanga aus, zerrte stattdessen ihren gammeligen Bademantel aus dem Schrank und packte sich in das alte Teil. Knotete das Band fest zu. Verdammt fest. Sie fühlte sich eingeschnürt wie in einem Paket, und ihre strahlende Champagnerlaune war augenblicklich wie weggeblasen.

Sie war komplett desillusioniert, ihre Fantasie in Luft aufgelöst.

Sie schob ihre Füße in alte, ausgelatschte Fellpantoffeln und zögerte.

Und wenn ich so tue, als hätte ich das Klopfen nicht gehört, und ihn einfach da draußen stehen lasse? Könnte ja immerhin sein, dass ich Herrenbesuch hab oder so.

Als es abermals klopfte, schwante ihr, dass er hartnäckig bleiben würde, bis sie endlich reagierte. Der blöde Esel.

Sie stapfte zähneknirschend zur Tür. Bumm, bumm, bumm, tönte das Holz unter einer weiteren Klopfattacke.

»Okay! Okay! Ich mach ja schon auf!«

Sie riss ärgerlich die Tür auf, dass sie in den Scharnieren wackelte.

Steve, ihr Vermieter, stand auf der Schwelle und grinste sie an. Er lehnte lässig im Türrahmen und wirkte noch abgerissener als sonst, falls das überhaupt möglich war, eine Werkzeugtasche aus abgegriffenem Segeltuch über der Schulter. Sein schäbiges »Southern Comfort«-T-Shirt sah aus, als wäre es schon tausendmal im Fluss gewaschen und von irgendwelchen indianischen Stammesfrauen auf Steinen sauber geklopft worden, seine Jeans hatten an den einschlägigen Stellen Löcher oder waren durchgescheuert.

Stellen, wo Lucy gar nicht genauer hinschauen mochte und es trotzdem tat. Wenn sie richtig tippte, war seine Hose ganz gut bestückt.

Als sie wieder aufblickte, zeigte sich ein breites, selbstgefälliges Grübchengrinsen auf Steves bartstoppeligem Gesicht.

»Hi, Babe ... War mir nicht sicher, ob Sie mich über den Mozart überhaupt hören können.« Seine blauen Augen tanzten über ihren Körper, blieben an dem V-Ausschnitt ihres Bademantels hängen, obwohl das Teil sittsam geschlossen war und nichts enthüllte. »Ich wollte nicht stören, aber ich fahr morgen für ein paar Tage weg, und da fiel mir ein, dass ich Ihren Abfluss noch nicht repariert hab ... Passt es Ihnen jetzt? Ich brauch auch nicht lange.«

Filmszenen aus billigen Pornostreifen der 70er Jahre huschten durch Lucys Gehirnwindungen. Von Klempnern und Schraubenschlüsseln. Elektrikern und Steckdosen. Das war Lichtjahre von ihren Träumen entfernt. Die absolute Antivorstellung von ihrem TV-Lover.

Stattdessen stand Steve, der megageile Vermieter, in der Tür. Aber immerhin erkannte er wenigstens Mozart, musste sie widerwillig einräumen.

Sie seufzte stumm in sich hinein.

Wieso in Himmelherrgottsnamen musst du ausgerechnet heute Nacht bei mir aufkreuzen? Kann ein Mädchen nicht einmal ein bisschen Ruhe und Muße haben, um ihre

Sexfantasien auszuleben und nach Herzenslust zu masturbieren?

»Kommen Sie rein ... kein Problem. Ist mir auch lieber, Sie reparieren das jetzt, sonst muss ich bestimmt wieder ewig warten.« Sie war es leid, ständig eine Schüssel unter den Abfluss stellen und pausenlos wischen zu müssen.

Blitzblaue Augen musterten sie von oben bis unten, als suchten sie eine Ritze in dem eng gegürteten Bademantel.

»Schauen Sie, wenn es Ihnen jetzt nicht passt ... ich kann auch gern nochmal wiederkommen.«

Moment mal, so hatten sie nicht gewettet! Eigentlich hat er ein ganz passables Gesicht, überlegte sie. Gar nicht so unattraktiv, wenn man auf den Typ ungezähmter Cowboy stand.

Und sein Body war auch nicht ohne ...

Sie winkte ihn in den Flur. Groß und muskelbepackt, kam sie sich neben ihm richtig unscheinbar vor.

»Nein, kommen Sie rein ... Sonst warte ich wieder ewig, bis Sie Zeit haben.«

Steve lachte leise entschuldigend, als wäre er sich darüber im Klaren, dass er als Vermieter einiges zu wünschen übrig ließ. Lucys Blick heftete sich auf sein breites Kreuz, als er an ihr vorbei in die Küche stiefelte.

Meine Güte, an dem Typen war ein Bodybuilder verloren gegangen. Mit breiten Schultern, Arme, Brustkorb und Schenkel kräftig, ähnlich wie bei ihrem Detective, obwohl ihr Fantasielover viel mehr Sexappeal hatte als ihr trotteliger Vermieter.

Oder? Er lief geschmeidig in die Küche.

Dort entdeckte er als Erstes die edle Käseplatte mit den Früchten, die Lucy liebevoll für sich dekoriert hatte.

»Sieht lecker aus ... erwarten Sie jemanden?« Er hob fragend eine Braue. Sein Blick sprach Bände über seine Spekulationen in Bezug auf Lucys Liebesleben.

Lucy war sprachlos.

Was konnte sie ihm darauf antworten? *Selbst ist die Frau, Steve. Heute Nacht bin ich scharf auf meine persönlichen Sexfantasien mit anschließender Masturbation?* Nein, das ging gar nicht.

Steves Augen wurden schmal. Er dachte sich bestimmt seinen Teil.

»Okay, Schätzchen ... ist nicht mein Bier«, sagte er anzüglich grinsend. Er kniete sich vor den Schrank unter der Spüle und stellte seine Werkzeugtasche scheppernd auf die Küchenfliesen. »Ich mach auch ganz schnell.«

Lucy atmete tief durch und blieb stumm. Einerseits hätte sie viel dafür gegeben, wenn er nicht bei ihr aufgekreuzt wäre. Andererseits war es seltsam tröstlich, nicht allein zu sein. Er war ein richtiger Mann. Sündhaft gut gebaut. Zerknautscht und ein bisschen struppig, aber trotzdem attraktiv.

Sie hatte plötzlich Herzflattern. Das Kartenhaus ihrer Fantasien stürzte ein und landete auf dem Boden der Realität.

Sie konnte den Blick nicht von seinen Schenkeln losreißen, die sich unter dem Stoff seiner Jeans abzeichneten. Hart und muskelbepackt. Wie sein Arsch in der zerschlissenen Jeans.

Fantasie und Realität wechselten sich in ihrer Vorstellung ab, und Lucy giggelte übermütig. Da war ein echter, wahnsinnig attraktiver Mann. Sehr sexy, wenn auch ein bisschen ungehobelt. Verdammt, sie lebte nur einmal, oder? So eine Gelegenheit ließ man sich nicht entgehen, erst recht nicht, wo ihr Simon es mit diesem Flittchen Linda trieb!

Scheiß auf die Fantasien, wenn du das Echte kriegen kannst, Mädel!

Ob Steve in festen Händen war? Sie hatte ihn noch nie mit einer Freundin gesehen.

»Ich muss erst am Haupthahn das Wasser abdrehen«, erklärte er. Er stand geschmeidig auf. »Dauert nicht lange. Will Ihnen schließlich nicht den Abend verderben.« Er warf einen weiteren Blick auf die Käseplatte und leckte sich bedeutungsvoll seine sexy Unterlippe.

»Kein Problem.«

»Der ist nicht mehr unter der Spüle.« Er bedachte Lucy mit einem provozierenden Grinsen. »Ihr Apartment wurde komplett renoviert. Der Haupthahn ist seitdem im Bad. Okay, wenn ich da mal reingehe?«

Er nickte in Richtung Badezimmertür, hinter der sich Lucys persönliches Sündenbabel befand: duftendes Schaumbad, Champagner, stimmungsvoll flackernde Teelichter.

Aufreizende Dessous und betörendes Parfüm, um einen Mann zu verführen, den es gar nicht gab. Voller Panik griff sie nach Steves Arm, um ihn zu stoppen, bevor er ihre sinnlichen Geheimnisse entdeckte, aber er war schneller. Wollte sie womöglich, dass er ihrer One-Woman-Sexorgie auf die Schliche käme?

Im Bad wartete sie geradezu auf irgendeinen banalen, anzüglichen Kommentar, aber er blieb stumm, obwohl er die Situation bestimmt mit einem Blick erfasste. Seine Miene wurde nachdenklich, als er das Magazin entdeckte, das auf dem Hocker lag, die Seite mit dem einschlägigen »Besorg'sdirselbst«-Artikel aufgeschlagen. Er reagierte jedoch anders als von Lucy vermutet, seine Miene schlug nämlich in eine Mischung aus Mitgefühl und Betroffenheit um.

Schweigend bückte er sich unter das Waschbecken und öffnete den kleinen Unterschrank, wo er an den Hähnen herumschraubte.

»Dauert nicht lang«, wiederholte er, sein Blick verständnisvoll. Lucy kämpfte mit den Tränen und war froh, als er wieder in der Küche verschwand.

Auweia, der Kerl hatte bestimmt Mitleid mit ihr.

Er hielt sie sicher für eine frustrierte blöde Tussi, die keinen Mann abkriegte und sich deshalb auf schwachsinnige Artikel in dusseligen Magazinen stürzte, die sich über Masturbationstechniken ausließen. Dazu bildete man sich seinen Traumtypen ein, und schon fluppte die Sache.

Lucy setzte sich auf den Wannenrand und weinte. Weinte und konnte nicht mehr aufhören, als Steve zurückkam.

»Hey, Kleines, was ist denn los?«

Er setzte sich neben Lucy auf den Wannenrand und schlang spontan seinen starken Arm um ihre Schultern. Er zog sie an sich, drückte ihr Gesicht an seine Halsbeuge, und sie schnupperte einen Hauch Rasierwasser, das er wohl morgens aufgetragen hatte, vermischt mit gesundem männlichem Schweiß und irgendwas wie Farbe oder Verdünner.

Es war zwar nicht Gucci oder Dior, aber es war trotzdem sexy und real, nicht eingebildet.

»Komm, Kleines … nicht weinen. Es kommt bestimmt nicht wieder vor.« Das war bloß so dahergesagt, um sie zu trösten, trotzdem fühlte sie sich in seiner Umarmung geborgen. Die grässliche Verzweiflung verlor sich.

»Du hältst mich jetzt bestimmt für eine total frustrierte Tussi … wegen dem Artikel und dem Bad und …« Während sie um Fassung rang, zog er ein Taschentuch aus seiner Hosentasche. Es war alt, sauber und ordentlich gebügelt, und sie ließ sich damit von ihm die Augen trocken tupfen. »Von wegen Girlie-Nacht-Fantasien und so …« Sie schniefte abermals. »Mein Freund hat erst neulich mit mir Schluss gemacht, und ich hatte halt das Gefühl, ich müsste mir selbst mal was Gutes tun … du weißt, was ich meine?«

Das war ihr spontan herausgerutscht. Als es raus war, ging es ihr besser. Der warme Arm um ihre Schultern tat gut. War tröstlich. Aufbauend.

»Wem sagst du das, Kleines«, meinte er langsam. »Da draußen tobt die totale Anmache, und ich hab keinen Bock auf Beziehungsstress. Manchmal bleibt man echt besser zu Hause, nicht?« Er schlang beide Arme um Lucy, rieb ihren Arm und drückte sie an sich, als bräuchte sie seine Wärme. Brauchte sie auch. »Ich arbeite verdammt hart, Renovierungen und so 'n Scheiß … um mir was aufzubauen. Manchmal bin ich zu müde für alles außer für eine Nacht mit Kylie oder Madonna oder Beyoncé vom CD-Player.« Er stockte. »Ein paar Dosen Stella, eine Pizza vom Bestellservice … und … mmh … dann ist klassische Handarbeit angesagt, wenn du verstehst, was ich meine? Ein bisschen Gleitgel, und schon fluppt die Sache.«

Was?

Ihr Kopf fuhr mit einem Mal Karussell. Als hätte sie mehrere Gläser Schampus hintereinander gekippt. Sie fing an zu kichern und konnte sich nicht mehr halten vor Lachen.

»Was? Du auch?«, japste sie schließlich zwischen zwei Lachanfällen.

»Leider ja.« Sie lehnte sich zurück und betrachtete ihn, fing seine betretene Miene auf. Er zuckte mit seinen breiten Schultern. »Also, wer ist hier gefrustet?«

»Du bist nicht gefrustet, und ich auch nicht«, konstatierte Lucy. Sie waren praktisch Sexverschworene, Selbstbefriedigungskumpel oder wie immer man es nennen wollte. Und da war noch etwas. Sie hätte nicht im Traum gedacht, dass sie sich in Steve verknallen könnte. War aber so. »Wir sind eben viel beschäftigte Leute ... die ... hmm ... das Naheliegende tun. So was wie ...«

Sie stand total auf seine zerzausten Haare und seinen strammen Körper, musste Lucy insgeheim einräumen. Einmal abgesehen von seinem abgerissenen Fluch-der-Karibik-Look hatte er schöne blaue Augen, ein kantiges, anziehendes Gesicht und eine außergewöhnlich vielversprechende Ausbuchtung in seiner farbbekleckssten, fadenscheinigen Jeans.

Sie brauchte weniger als einen Herzschlag für ihre Entscheidung.

»Hmm, ich hab zwar kein Bier im Haus ... aber ich hab noch eine zweite Flasche Champagner im Kühlschrank stehen. Möchtest du ein Glas?«

Seine blauen Augen, die wirklich schön waren, blitzten feurig und interessiert auf.

»Klar, warum nicht? Her mit dem Zeug.«

Lucy stand auf. Als sie intuitiv zu ihren Dessous und dem sexy Kimono schaute, fing Steve ihren Blick auf.

»Hey, du siehst spitze aus in dem, was du anhast ... Das ist subtil ... lässt einen Mann spekulieren ... und fantasieren.« Er warf einen letzten Blick auf das Magazin. »Der Kerl, also der, mit dem du Schluss hast ... ist ein Idiot, dass er eine heiße Frau wie dich sausen lässt, das kann ich dir flüstern. Komm, wir holen uns was von der Blubberbrause.«

Lucys Herz tanzte, als er ihr in die Küche folgte. Sie mochte seine Formulierung »mit dem du Schluss hast« und nicht »der dich verlassen hat«, und seine fühlbare Präsenz hinter ihr gab ihr neue Energie. Und Zuversicht.

In der Küche holte sie die zweite Flasche Champagner aus dem Eisschrank und fand es völlig normal, sie Steve zu reichen. Immerhin war es Männersache, den Korken knallen zu lassen. In der Zwischenzeit nahm sie zwei von ihren ganz gewöhnlichen Küchengläsern aus dem Regal.

Er entkorkte fachmännisch die Flasche und goss ihnen ein.

»Und worauf trinken wir?« Er reichte ihr ein Glas und wartete.

Lucys Herz trommelte gegen ihre Rippen. Sie musterte ihn mit schief gelegtem Kopf. Scheiß auf den verdammten Ex, auf idealisierte Pseudo-Lover und ausgetüftelte Fantasieszenarien. Das hier war real und echt.

»Was hältst du von ... Verführung?« Sie senkte ihren Blick in seinen und prostete ihm zu. Ihre Gläser klirrten leise verheißungsvoll. »Das wahre Echte, nicht dieser eingebildete Fantasiekram.«

Er lachte. Nein, er grölte. Es war ihr egal. Sein anzügliches Augenzwinkern brachte sie zum Lachen. Sie mochte es, wie er den Champagner schlürfte, genießerisch »Mmmh …« brummte und wie er sich mit der Zunge über die Lippen schleckte, als spukten ihm noch ganz andere Dinge im Kopf herum als bloß der Alkohol.

Eine kurze Weile tranken sie schweigend, dann nahm Steve ihr das Glas weg. »Wir brauchen so was nicht, oder, Schätzchen?« Es klirrte geräuschvoll, als er ihre Gläser energisch auf den Tisch stellte.

Er drängte näher, schaute zu ihr hinunter, ein hungriges Glitzern in den Augen. Lucy schluckte, ihr wurde warm ums Herz, nein, glutheiß. Das hätte ihr Fantasielover nie hinbekommen.

Sie war heiß auf Steve. Sie wollte Sex mit Steve. Und den würde sie bekommen – guten, heißen Sex statt Frustfantasien mit irgendwelchen TV-Stars.

Okay, seine Jeans und das gammelige T-Shirt waren nicht von Armani oder Hugo Boss. Aber er hatte einen heißen Körper, hinreißende Augen und einen Ständer in der Hose, der nichts zu wünschen übrig ließ.

Sie krallte ihre Finger in sein T-Shirt, riss ihn an sich, umschlang mit einer Hand seinen Hinterkopf und presste seinen Mund auf ihren.

Seine Lippen waren weich und versprachen sinnliche Wonnen. Er schmeckte nach Wein, und seine verstrubbelten Haare waren viel voller und seidiger, als sie gedacht hätte. Einen Wimpernschlag lang zögerte sie, ihr Selbstvertrauen wankte, aber dann schob er seine warme Zunge sanft, aber bestimmt in ihren Mund und begann, ihre mit kleinen Zungenschlägen und Bissen zu necken.

Er stand ganz lässig da, küsste sie und ließ sich ansonsten von Lucy verführen. Sie hatte stark den Eindruck, dass es ihm gefiel. Und dass er mehr wollte.

Null Problem für Lucy. Sie stellte sich auf Zehenspitzen, presste ihren Körper an seinen, fühlte seinen harten Schwanz unter der Jeans, der sich an ihrem Bademantel rieb. Dabei stöhnte Steve leise in ihren Mund.

Er fasste sie jedoch nicht an. Unsäglicher Kerl! Aber im positiven Sinne …

Nächster Versuch. Sie band ihren Bademantel auf, drängte mit ihren nackten Brüsten an sein T-Shirt, mit ihrem weichen Busch an den Schritt seiner Jeans.

Er stöhnte abermals. Und stimulierte sie mit seinem Zungenspiel. Der Kerl wollte, dass sie die Initiative ergriff!

Lucy lachte, die Herausforderung gefiel ihr.

»Du willst echt, dass ich mich dafür ins Zeug lege, was, du Teufel!«, hauchte sie und löste sich von seinem Mund.

»Verführ mich, Babe!«, schnurrte er, seine Augen sündig glänzend, aber liebenswert. »Besorg's mir.«

»Okay … du hast es nicht anders gewollt!«

Lucy checkte mental kurz die Situation. Ihre Nippel prickelten, ihre Muschi war nass. Es war real, super, sexy. Sie fühlte sich himmlisch. Sie steckte einen Finger in sein durchlöchertes T-Shirt – in irgendein kleines Brandloch oder so – und riss hart daran, wodurch der alte, verwaschene Baumwollstoff in Fetzen ging.

»Baby!«, rief er verblüfft, sein Blick jedoch voller Lust und Leidenschaft.

Ohhh, er war noch besser gebaut, als sie vermutet hätte. Sein Body konnte spielend mit jedem Fantasielover mithalten. Steve war muskulös, aber kein Muskelprotz, seine Haut straff und gebräunt, mit kräuseligem Flaum auf der Brust. Bevor sie sich bremsen konnte, beugte Lucy sich vor und küsste seinen Nippel, leckte und knabberte sanft daran herum.

»Oh Baby ...«, wiederholte er. Dabei gab er seine Zurückhaltung auf und krallte seine Finger in ihre Haare.

Steves Haut schmeckte salzig, animalisch und sexy. Er roch nach Männerschweiß, was sie mächtig anturnte, als sie seine spitzen Titten umkreiste. Er war durch und durch maskulin, und seine Lenden bogen sich ihr entgegen.

Sie wollte mehr. Alles, was sie kriegen konnte. Ihre Finger nestelten am Gürtel seiner Jeans und rissen ihn mehr oder weniger brutal auf. Dabei saugte und lutschte sie weiter seine Nippel.

Sie zerrte an seiner Jeans, wollte ihn nackt. Spürte heiße Nacktheit. Heiße, harte Nacktheit.

Heiße, harte Nacktheit in seidenweiche Haut verpackt und geschmeidig von seinen Lusttropfen.

Sie musste ihn unbedingt sehen. Sie hob den Kopf von seiner Brust und blickte auf das Monster in ihrer Hand.

Ein Mordsgerät! Damit hast du bestimmt mehr Spaß als mit den Gerätschaften in deiner Werkzeugtasche, lieber Vermieter!

Sein Schwanz pulste hart und hungrig. Zu allen Schandtaten bereit. Bereit, sie zu ficken.

Steve stöhnte, als sie ihn behutsam streichelte. Sie liebte das Gefühl, und sie liebte sein Stöhnen.

An diesem Punkt mussten Traumlover zwangsläufig

kapitulieren, ebenso wenig konnten Vibratoren, Dildos und Magic Rabbits da mithalten. Weil sie keinen Knackarsch, keinen Waschbrettbauch und keine muskeldefinierten Schenkel hatten.

»Oh ja … oh ja …«, ächzte er entrückt. Er umschloss ihre Hand mit seiner und dirigierte, wie sie ihn rieb und wichste. »Das ist es … nicht zu fest, sonst komm ich zu schnell.«

Es machte Spaß, ihn zu streicheln. Es ihm zu besorgen und seine Reaktion zu spüren, seine Erregung. Sie rieb seine Spitze an ihrem nackten Bauch.

Er gab unzusammenhängende Laute von sich, ein gutturales, wollüstiges Stöhnen. Lustsaft tropfte aus seiner Schwanzspitze, machten ihre Finger nass.

Lucy fragte sich, wie lange er das wohl noch aushielt, bis er kommen würde. Wäre es nicht reizvoller, ihn ruckzuck zum Orgasmus zu bringen? Sie genoss ihre Macht über ihn, konnte seine Erregung steuern, anders als in ihrer Fantasie, wo so etwas unmöglich gewesen wäre. Gerade als sie mit ihrem Experiment beginnen wollte, stoppte Steve sie, indem er ihre Hand wegnahm.

»Hey, Schätzchen … Hier geht es nicht bloß um mich. Jetzt bist du mal dran.«

Er brachte ihre Hand an seine Lippen und küsste ihre Fingerspitzen. Seine heiße Zunge schoss vor und schleckte seine Lusttropfen ab, und als sie verblüfft aufjapste, wackelte er bloß mit den Brauen und zwinkerte ihr verschwörerisch zu.

Wie sündhaft sexy …

Seine Hand glitt über ihren Bauch, streichelte zuerst zart und zaghaft, dann gezielter. Lange, kräftige schwielige Finger bohrten sich in ihr Schamhaar, dann tauchte sein Mittelfinger zwischen ihre sexy Lippen, wie eine Rakete, die an einer Raumstation andockt.

»Das ist gut, was?« Er begann, mit seiner Fingerkuppe ihre Klitoris zu rubbeln.

Ja, das war es. Es war viel, viel besser als einsamer, eingebildeter Sex mit einem Pseudo-Lover. Oh, Masturbation war eine Supersache, eine tolle Erfahrung, aber nicht, wenn man gefrustet war und einen echten Kerl herbeisehnte.

Sie schlang die Arme um seinen Nacken, ritt seinen Finger, genoss seine geile Anmache.

Es brauchte nicht lange, nicht wirklich lange, bis ihr Unterleib vor Erregung prickelte und sich ihre Lust wie glühende Lava zusammenballte. Bis sie die Geilheit nicht mehr aushielt und stöhnte und keuchte, während sie wild erschauernd kam.

Sie sank zuckend auf seinen Finger, der in ihr steckte, ihr Atem stoßweise keuchend, als hätte sie einen Marathon hinter sich.

»War's schön?«, flüsterte er rau.

»Wahnsinn«, japste sie. »Ich sollte dich öfter für irgendwelche Reparaturen herbestellen.«

Er tätschelte schmunzelnd ihre Klitoris, wie um sicherzustellen, dass da noch weitaus mehr zu machen war. Dabei presste er seinen Schwanz an ihre Hüfte. Er war wie eine Eisenstange und nass von seinen Lusttropfen.

»Hast du Kondome da, Kleines?«

Seine Stimme war leise und rau wie Sandpapier, als hätte er Mühe, sich zu kontrollieren.

Oh nein! Oder doch … ja. Im Bad müsste noch eine

angebrochene Packung liegen. Lucy hatte sie kurz entschlossen in den Badezimmerschrank verbannt. Weil die Präser sie an guten heißen Sex erinnerten.

»Es müssten noch welche im Badezimmerschrank sein … ich hol sie schnell.«

»Nicht nötig, Babe … *wir* holen sie!«

Er brachte spontan seine Arme unter ihren Bademantel, schob seine Hände unter ihre Pobacken und hob Lucy hoch. Sie schlang ihre Schenkel um seine Hüften, die Arme um seinen Nacken, wie eine einstudierte Choreografie.

Steve lachte und drückte ihr einen Kuss auf die Wange, bevor er sie in Richtung Bad trug. Dabei stemmte sich sein Schwanz aus dem offenen Hosenstall erotisierend gegen ihre Scham.

Als sie das Bad betraten, dämmrig erleuchtet von den kleinen Teelichtern, legte er sie auf den dicken, flauschig weichen Badeteppich und streichelte ihre Haare. Dann stand er auf, öffnete den kleinen Schrank und wühlte nach den Kondomen.

»Fang auf!« Er warf ihr die kleine Packung zu, dann setzte er sich auf den zugeklappten Toilettensitz und zog seine Arbeitsschuhe aus.

Erst die Schuhe, dann die Socken, dann die Jeans und das zerrissene T-Shirt. Bis er nackt war. Und einen Körper enthüllte, der Stoff für reichlich erotische Träume bot, aber irgendwie noch attraktiver und erotischer wirkte, weil er eben nicht ganz perfekt war.

Zwar war er ein bisschen massiger, als sie sich ihren Traumtypen vorgestellt hatte, trotzdem gefiel er ihr himmlisch gut. Außerdem war er behaarter. Der hübsche

Pelz auf seiner Brust und seinem Bauch harmonierte mit dem rauen dunklen Flaum auf seinen Beinen. Mmmh, maskulin … und gut.

Er war hundert Prozent Mann. Ein ganzer Kerl. Heiß und hungrig. Sein Schwanz drängte an ihre Muschi, groß und dick. Sein Grinsen war machomäßig, selbstzufrieden, und sein jungenhaftes Selbstvertrauen entlockte ihr ein Lächeln.

Es lief alles easy. Kein Stress von wegen Perfektion, es musste gar nicht megaperfekt sein. Es war okay, wenn es spontan und spaßig kam.

Sie kniete sich auf den Badeteppich, spreizte die Schenkel und fummelte an sich herum. Der Anblick seines schwingenden Ständers machte sie total scharf.

»Hey, muck hier nicht rum, Liebesgöttin, streif mir lieber ein Kondom über«, drängte er scherzhaft und streckte ihr seinen Schwanz hin.

Lucy gehorchte glücklich. Es kümmerte sie nicht, dass er sie anpflaumte, weil es bloß Spaß war. Er wollte Sex und sie nicht minder. Sie riss die Verpackung auf und griff nach seinem Freudenspender.

Unter Stöhnen, Küssen, Streicheln und Lachen streifte sie ihm das Kondom über.

»Möchtest du noch ein bisschen Petting, Schätzchen? Ich meine, ich mach das gern … aber ich brenne darauf, in dir zu versinken.«

»Du bist mein Prinz, mein Gebieter«, antwortete sie und brachte seinen Schwanz behutsam an ihre Muschi. »Mir geht es genauso … ich brenne darauf, dich in mir zu spüren.«

Er rieb sich an ihrer triefenden Spalte. Sie drängte ihm

mit zuckenden Hüften entgegen. Dann glitt er mit einem hungrigen Stoß in sie, sein Ständer dehnte sie.

Sie schlang ihre Arme um seinen Rücken, ihre Beine um seine Lenden.

Er küsste sie, hauchte zärtlich an ihren Lippen: »Du bist wunderschön, Babe.«

Sie schaukelten und schoben, wälzten und wanden sich, sein Schambein hart an ihrer Klitoris, während sein heißer Schwanz in sie glitt und pumpte.

Nicht lange, und sie kamen gemeinsam, Lucys Körper tanzte auf süßen Wellen pulsierender Erregung. Sie fühlte, wie Steve kam und sich in ihr entlud.

Später, als sie fast alle Kondome verbraucht und den ganzen Champagner getrunken hatten, stellte Steve das Wasser wieder an, und sie machten sich Tee. Dazu aßen sie Berge von Schinkensandwiches, die sie verschlangen wie hungrige Kinder. Danach saßen sie einvernehmlich schweigend am Tisch und lächelten einander an.

Irgendwann, als Steve halb verschwörerisch, halb zärtlich ihre Hand drückte, realisierte Lucy, dass der Abfluss nicht mehr tropfte.

Das nervende *Pling-Pling* hatte aufgehört. Steve hatte seinen Job gut gemacht. Im wahrsten Sinne des Wortes.

Sie zwinkerte ihm zu und nickte in Richtung Schlafzimmer.

Steve sprang grinsend auf und zog sie sanft vom Stuhl, seine Finger warm und tröstlich um ihre.

Sie hatten bloß noch ein Kondom, trotzdem war die Nacht rundum perfekt gewesen.

Wie noch viele kommende Nächte, wünschte sich Lucy. Das hoffte sie aus vollem Herzen.

Shayla Kersten

Die Shoppingliste

Fünf Minuten vor Geschäftsschluss drehte Morin Lansing das »Geöffnet«-Schild um, dann schaltete sie die Schaufensterbeleuchtung aus und lief durch die Boutique zu den Umkleiden. Paul wollte sie in einer halben Stunde abholen. Zeit, ihren letzten Kunden ein bisschen Dampf zu machen, damit sie sich endlich verdünnisierten.

Irgendein Typ hatte darauf bestanden, seine Frau … Freundin – keine Ahnung – in die Umkleidekabine zu begleiten.

Die beiden hatten sich mindestens zwanzig Kleider hereinreichen lassen, drei von den letzten vier Outfits hingen mittlerweile über der Vorhangstange.

Morin öffnete den Mund zu einer höflichen Aufforderung, und schloss ihn unverrichteter Dinge wieder, als ein leises Stöhnen durch den Vorhang drang. Sie hob die Hand, um auf die dünne Trennwand zu klopfen, und zögerte, weil sie ein gepresstes Keuchen vernahm.

Sie spähte durch einen winzigen Schlitz im Vorhang und sah die Frau – blond und üppig –, ihre Schultern gegen die Wand gepresst, ihre Hüften nach vorn gestemmt. Die Lippen sinnlich geöffnet, leckte sie sich mit der Zunge über ihre volle Unterlippe.

Morins Kennerblick erfasste ein Sechshundertdollarkleid – das natürlich noch nicht bezahlt war –, die Träger bis zur Taille heruntergestreift, die Brüste der Frau zwei halbe Melonen über den Ausschnitt geschoben. Ihr dunkelhaariger Begleiter hatte den Kopf zwischen ihrem Schenkelansatz vergraben. Seine Hände fummelten unter Bergen raschelnder teurer Seide an ihrem Arsch herum.

Ein heißes Prickeln durchflutete Morins Unterleib. Ein spontaner Angriff auf ihre Libido, zumal Paul sie in letzter Zeit sträflich vernachlässigt hatte.

»Jason …«, hauchte die Frau hingebungsvoll seinen Namen. »Wir sollten das nicht …«

Jason hob den Kopf. Seine Lippen glänzten von ihrem Saft. »Komm schon, Baby … Du kennst die Regeln. Wenn es auf deiner Liste steht, müssen wir es auch so machen.« Er hatte sein Anzugsakko ausgezogen, die Krawatte baumelte gelockert über seinem aufgeknöpften Hemd.

»Liste?«, formten Morins Lippen verblüfft das Wort. Sie biss sich auf die Unterlippe, verhielt sich mucksmäuschenstill und wartete gespannt. Dabei unterdrückte sie einen Schauer der Erregung.

»Ich weiß«, wisperte die Frau kaum hörbar.

Jason streichelte die Schenkel seiner Begleiterin. »Hey, das mit der Liste war deine Idee. Wenn du nicht willst, können wir auch aufhören.«

»Nein!« Ihre Finger krallten sich in seine Haare. »Nein …«, hauchte sie abermals und ließ ihren Kopf an die Wand zurücksinken. »Was ist, wenn die Verkäuferin kommt und uns erwischt?«

Jason richtete sich auf und hauchte der Frau einen Kuss auf die Lippen. An ihrer Unterlippe saugend, murmelte er: »Dann werden wir eben erwischt. Das gehört irgendwie zum Nervenkitzel dazu, oder? Es macht dich heiß, sei ehrlich?«

Ein heißer Schauer wanderte von Morins Nacken über ihre Wirbelsäule direkt in ihre Muschi. Sie wurde spontan feucht.

»Du bist verdammt sexy in dem Fummel, wie du so halb nackt vor mir posierst«, stöhnte Jason zwischen seinen Küssen. »Sara, du bist wahnsinnig geil ...«

Sara schlang ein Bein um Jasons Schenkel. Schmiegte ihren Unterleib an seinen Schritt. Eine heiße Röte huschte über ihre hellen Brüste, breitete sich über ihren Hals bis zu ihren Wangen aus. »Okay ...«, flüsterte sie so leise, dass Morin es kaum mitbekam. »Wir machen weiter.«

Jason grub seine Finger in Saras Haare und eroberte ihren Mund mit leidenschaftlichen Küssen, hart und tief. Er bog den Kopf hin und her, enthüllte dabei ihre neckenden Zungen, während er ihren Mund vernaschte.

Morin presste eine Hand auf ihre Lippen, als erlebte sie den sinnlichen Überfall hautnah mit. Ihr wurde mit einem Mal glutheiß. Winzige Schweißperlen bildeten sich auf ihrer Stirn.

Jason zog seine Hand aus Saras Haaren, ließ sie tiefer sinken und umschloss eine ihrer schweren Brüste. Mit Daumen und Zeigefinger rieb er ihren Nippel zu einer harten Knospe.

Sara stöhnte leise an Jasons Lippen. Ihr Körper rieb sich zunehmend hungrig an seinem. Sie hob ihr Bein höher, stemmte ihren Absatz in seinen angespannten Knackarsch. Ihre Finger gruben sich in seinen muskelbepackten Rücken.

Morins Atem ging schneller. Aus Furcht, dass die beiden sie hören könnten, presste sie eine Faust in ihren Mund und zwang sich, durch die Nase zu atmen. Sie zitterte am ganzen Körper vor lauter Angst, entdeckt zu werden, und aus purer Lust an dem Verbotenen.

Jason griff in den weiten Ausschnitt des teuren Seidenfummels und entblößte eine von Saras Brüsten. Mit einem letzten hungrigen Kuss vernaschte er Saras schönen Hals, hinterließ einen schimmernden Speichelfilm.

Sara stemmte den Kopf gegen die Wand der Umkleide und reckte ihm ihre Titten entgegen. Eine Hand glitt von seinem Rücken in seine dunkel gelockten Haare. Lange Fingernägel kämmten durch seine wilden Locken, krallten sich in seinen Hinterkopf. Sie zog seinen Kopf auf ihren Nippel und stöhnte: »Gut, ja …«

Morin brachte eine Hand auf ihre Brust. Sie stellte sich vor, ihre Knospe würde mit hungrigen Liebesbissen verwöhnt. Ihr Höschen wurde feucht.

Jason löste sich von dem rosigen Nippel. Feucht schimmernd und hart, der Warzenhof dunkel zusammengezogen vor Kälte oder vor Erregung.

Morin erschauerte lustvoll. Sie bezwirbelte ihren Nippel und stellte sich vor, sie wäre anstelle von Sara in der Kabine.

Große starke Hände glitten sehnsuchtsvoll über Saras Taille, schoben sich zwischen ihre Leiber. Jason winkelte den Ellbogen an, und die Bewegung seines Arms sprach Bände.

Morin widerstand der Versuchung, seine Bewegungen zu imitieren. Ihre Kunden fanden es anscheinend anturnend, in flagranti ertappt zu werden, aber sie selbst durfte sich auf gar keinen Fall beim Masturbieren – und Spannen – ertappen lassen. *Geh besser weg,* murmelte die Stimme der Vernunft, *lass den beiden ihr Vergnügen.* Ihr Körper hörte jedoch nicht auf ihre Ratio.

Stattdessen schweiften ihre Gedanken zu Saras »Wunschliste«: Morin kreisten zig Optionen durch den Kopf: Was die beiden da gerade machten, lief offenbar unter der Rubrik Sex in der Öffentlichkeit. Was wohl noch auf der Liste stehen mochte?

Die kleine Stimme in ihrem Kopf meldete sich erneut zu Wort: »Vielleicht solltest du besser …«

Ein leiser lustvoller Seufzer löste sich von ihren Lippen. Morin stockte das Herz. Sie hielt ängstlich den Atem an. Als Sara und Jason nicht reagierten, atmete Morin erleichtert auf.

Ihr Blick erhaschte Saras pumpende Hüften und Jasons glitschig nasse Finger.

Morin presste die Schenkel zusammen und spürte ein erregendes Prickeln durch ihre Muschi pulsieren. Sie grub die Zähne fest in ihre Unterlippe, um ein Stöhnen zu unterdrücken. Hatte plötzlich metallischen Blutgeschmack auf der Zunge. Das konnte die Lust, die in ihr schwelte, jedoch nicht dämpfen.

Scheiße …

Der scharfe Schmerz in ihrer weichen Lippe schien ihre Erregung eher zu befeuern. Ein bisschen Schmerz stand auch auf Pauls Liste – der hatte aber mit Sicherheit keine hergestellt! Eine steile Falte schob sich zwischen ihre Brauen. Zumindest konnte sie sich das nicht vorstellen.

Paul hatte mit subtilen Andeutungen begonnen, kleine

unterschwellige Hinweise. Wenn sie sich Filme anschauten oder Bilder im Internet, kommentierte er, was er heiß fand und was ihn scharf machte. Verbotenes wie Fesselspiele oder Züchtigung. Ein- oder zweimal hatte er sie sogar geschlagen – ein paar Klapse auf den Arsch, während er sie von hinten fickte. Es ließ sich nicht verhehlen, dass er auf so was abfuhr und gern den dominanten Part übernahm.

Meistens ignorierte sie jedoch seine subtilen Kommentare und lenkte ihn mit anderen reizvollen Aktivitäten ab. Als er damit rausrückte, ob sie nicht mal ein anderes Paar einladen sollten, von wegen Partnertausch und so, hatte Sara ihm einen Korb gegeben. Die Idee spukte ihr aber weiterhin im Kopf herum, halb erregend, halb erschreckend. Seitdem herrschte in ihrem Sexleben tote Hose. Paul schottete sich ab und ließ sie schmoren. Hoffentlich verlor sie ihn wegen ihrer blöden Skrupel nicht an eine andere.

In ihre Erinnerungen versunken, hörte sie nicht, was Sara Jason ins Ohr raunte. Vielleicht hatte sie auch zu leise gesprochen. Jedenfalls hob Jason den Kopf und grinste breit.

»Willst du das echt?« Während er sprach, riss Jason sich die Krawatte über den Kopf.

»Ja.« Sara rieb ihren Körper an seinem. »Will ich.« Sie hielt ihm ihre Hände hin, die Handgelenke dicht aneinandergepresst, ihr Mund zu einem verführerischen Lächeln verzogen. »Klar, mit allem Drum und Dran und so …«

Jason fesselte Saras Hände mit der Krawatte, zog ihr die Arme über den Kopf und band das Ende an einem

Haken fest, der dort für Kleiderbügel und nicht für die Sexspiele experimentierfreudiger Kunden angebracht war. Er kniete sich, schob Saras Schenkel auseinander. Seine Zunge glitt zwischen ihre Furchen.

Morin bekam weiche Knie. Und hielt sich krampfhaft an dem Holzrahmen der Umkleide fest, sonst wäre sie der Länge nach durch den Vorhang gefallen. Konnten die zwei etwa Gedanken lesen? Wussten sie um ihre geheimen erotischen Gelüste?

Verschwinde, kreischten ihre Instinkte, *los, bloß weg*, doch ihre Füße gehorchten ihr nicht. Bilder zogen wie eine erotische Diashow vor ihrem geistigen Auge vorüber: erst Sara, gefesselt an der Wand der Umkleidekabine, Jasons Gesicht steckte in ihrer Möse. Dann Morin, gefesselt auf einem Bett, und Paul versohlte ihr gehörig den Hintern. Dabei fickte er sie hart, und sie hatte keine Chance, sich zu wehren.

»Nein«, hauchte Morin. Was würde Paul von ihr denken, wenn sie sich so was von ihm gefallen ließe? *Wieso musste er sie überhaupt vorher fragen?* Das hatte sie sich im vergangenen Monat bestimmt tausend Mal gefragt. Wenn er statt zu fragen spontan losgelegt hätte …

Sie spannte die Schenkel an, umklammerte die Holzwand und schloss die Lider, als ein Orgasmus sie überkam. Ein scharfes Stöhnen rauschte in ihren Ohren, und sie riss abrupt die Augen auf. Hilfe, war sie das etwa selbst gewesen? Sie linste durch den Vorhangspalt.

Sara, die ihren Blick auffing, behielt es für sich. Stattdessen leckte sie sich mit ihrer feuchten rosa Zungenspitze über die Unterlippe und machte einen Kussmund in Morins Richtung.

Erleichtert trat Morin von dem Vorhang zurück. Ihr Herz raste in ihrer Brust, pochte in ihren Schläfen. Sie schnappte hektisch nach Luft, bis sie fast hyperventilierte. Sie lehnte sich an die Wand und fuhr sich mit den Hände durch ihre verschwitzten Haare.

Saras leises Stöhnen wurde lauter. »Oh ja, Jason. So ist es gut«, keuchte sie. Die Frau wusste genau, dass Morin vor der Umkleide spannte. Ein Glück, dass sie mit ihrer Lautstärke Morins aufgewühlten Atem übertönte.

Morin drehte das Gesicht zur Wand, legte ihre heiße Stirn an die kühle Holzverschalung. Statt diskret zu verschwinden, schlich sie sich abermals zu dem Vorhang und linste durch den Schlitz.

Einer von Saras Schenkeln stützte sich auf Jasons Schulter, ihr angewinkeltes Knie stemmte sich in seinen Rücken. Wieder trafen sich die Blicke der beiden Frauen. Sara schob eine Hüfte leicht vor und enthüllte den kleinen Streifen Haar auf ihrem Venusdelta. Jasons dunkler Schopf versperrte Morin die Sicht auf den Rest. »Das ist sooo verdammt geil.« Ihr Blick auf Morin geheftet, galten die Worte eindeutig nicht dem Mann, der vor Sara kniete.

Jasons Finger, nass von Saras Saft, glitten von deren Taille zu ihrer nackten Brust. Er kreiste mit einem Finger um deren Warzenhof, sparte dabei den geschwollenen Nippel aus.

Wie hypnotisiert, vermochte Morin den Blick nicht von dem weichen Fleisch, dem kreisenden Finger loszureißen. Sie hatte wildes Herzrasen, als sie sich mit zitternden Fingern die Bluse aufknöpfte. Sie zerrte den BH beiseite, presste ihre Hand auf ihre nackten Titten.

Sie begann Jasons Bewegungen zu imitieren. Mit der anderen Hand griff sie nach dem Vorhang und zog den Spalt ein bisschen weiter auf.

Saras Blick glitt zu Morins Brust, und ihre vollen Lippen verzogen sich zu einem breiten Grinsen. Jasons Hand löste sich von ihren dicken Titten. Seine Fingerspitzen wanderten über ihr Dekolletee, den schön geschwungenen Hals und stoppten an ihrem Mund. Ihre Zunge schnellte vor und umkreiste genüsslich seinen Zeigefinger, schleckte ihren Saft ab.

Morin hatte spontan den Geschmack ihres eigenen Nektars auf der Zunge, scharf und süß, von Pauls Lippen, immer wenn er ihre Muschi vernascht hatte. Die Versuchung war groß, ihre Hand in den Taillenbund zu stecken, aber ihre Skrupel waren noch größer.

Sara ließ Jasons Finger los und formte mit den Lippen ein stummes »Tu es«. Sie nickte bekräftigend, ehe sie die anderen Finger ihres Lovers tief in den Mund saugte.

Morins Atem ging in kurzen stockenden Stößen. Ihr Herz trommelte hart gegen ihren Rippenbogen, es fühlte sich an, als würde ihr Brustkorb jeden Moment explodieren. Ihre Muschi juckte trotz des Orgasmus. Sie wollte mehr, und dazu brauchte es mehr als den Druck ihrer zusammengeklemmten Schenkel.

Ihre Hand rutschte zu ihrem Taillenbund. Sie zog den Bauch ein, schob ihre Hand in ihren Rock. Ihr Blick verschmolz mit Saras, um deren Reaktion zu testen.

Saras Lippen lösten sich von Jasons Fingern und formten die Worte: »Zeig es mir.«

Morin japste innerlich auf, gehorchte jedoch dem stumm gehauchten Befehl. Sie umklammerte den Stoff mit den Fingern und zog langsam ihren Rock hoch. Kühle Luft streifte den feuchten Höschenzwickel zwischen ihren Beinen, als sie ihre Muschi wildfremden Leuten zeigte. Dieser ihr völlig unbekannten Frau …

Sara nickte anerkennend. Ihre Hüften bohrten sich in Jasons gierige Zunge. Ihre Schenkelmuskulatur angespannt, presste sie ihre Wade in Jasons Genick. Ihr Stöhnen wurde lauter, rauer.

Morins Finger fummelten am String ihres Tangas, unschlüssig, ob sie es wirklich tun sollte. Masturbation war noch nie ihr Ding gewesen, und hier sollte sie es sich vor einer ihr völlig unbekannten Person besorgen? Irgendwie tickte sie wohl nicht mehr ganz richtig. Da fiel ihr Pauls Vorschlag wieder ein. Im Nachhinein ärgerte sie sich darüber, dass sie nicht auf seine Wünsche eingegangen war. Okay, einmal ist immer das erste Mal. Wann, wenn nicht jetzt?

Saras zunehmende Erregung wirkte ansteckend. Ihre Hände ruckten an den Fesseln, zogen die Schlinge enger, woraufhin sich rote Male auf ihren hellen Handgelenken abzeichneten. Das Stöhnen und Keuchen der beiden Lover vermischte sich in der engen Kabine. »Gott, ja, Jase«, stöhnte Sara abgehackt. Ihr Blick traf sich abermals mit Morins. »Tu es!«

Morin gehorchte und schob den Zwickel ihres Tangas aus dem Weg. Sie tauchte ihre Finger in ihre prickelnde, cremig feuchte Muschi. Und biss sich auf die Lippe, um ein erleichtertes Stöhnen zu unterdrücken. Sie presste ihre Handfläche hart auf ihre Klitoris, rieb das geschwollene Fleisch, während sie mit den Fingern ihre enge Muschi dehnte.

»Fick mich, Jase. Jetzt.« Saras Körper zuckte entfesselt, und Jason sprang geschmeidig vom Boden auf.

Er packte sie an den Hüften und drehte sie frontal zur Wand. Sein Schritt wölbte sich über einer heftigen Erektion. Dabei bildete sich ein verräterisch dunkler Fleck auf dem Stoff seiner Hose, und er riss den Reißverschluss herunter, entblößte seinen langen dicken Ständer. Seine feuchte Schwanzspitze pulsierte blauviolett vor Geilheit.

»Ich werd dich ganz hart rannehmen.« Er schob die Hinterseite von Saras Rock hoch und brachte seinen Schwanz zwischen ihre Schenkel.

»Ja, fick mich.« Sara stemmte sich ihm entgegen. Und stellte sich auf Zehenspitzen, drängte an seine Erektion.

Morins Finger schoben sich tiefer und fester in ihre feuchte Spalte, als Jasons Ständer in Saras williges Loch glitt. Mit ihrer anderen Hand umklammerte sie den Vorhang. Sie spreizte die Beine, bearbeitete ihr verlangendes Fleisch härter. Getrieben von ihrer Lust, ihrem Hunger, konnte sie ihren zerrissenen Atem nicht mehr kontrollieren und stöhnte hemmungslos.

Saras Kopf schwenkte zu ihr und dann zurück, befeuerte sie zum Weitermachen.

Ihre Hand tief in ihrer triefenden Muschi, schwankte Morin kaum merklich in den Eingang der Umkleide.

Jason drang keuchend in Saras Muschi. Als er seinen Schwanz zurückzog, spähte er in Morins Richtung. Statt verblüfft zu sein, schoss er ihr ein breites Grinsen zu, ehe er Sara abermals hart stieß. »Gefällt dir, was du hier siehst?« Er glitt zurück, biss seine feuchte Spitze von Sara freikam. »Willst du noch mehr sehen?«

Seine Finger gruben sich in Saras Hüften, und er stieß sie erneut. Folterte sie mit langen harten Stößen.

Morin tat unschlüssig einen Schritt nach vorn und stand fast in der Kabine. Ihre Faust in den Vorhang gekrallt, fiel der raue Stoff um ihre Schulter. Ihre andere Hand steckte in ihrer Muschi, mit dem Daumen rieb sie ihre Klitoris.

Verlangen und Scheu befeuerten ihre Sinne. Sie sollte verschwinden, und zwar schleunigst. Ihre Kehle war mit einem Mal wie zugeschnürt, sie bekam kaum noch Luft. Ihr Körper brannte von dem Sauerstoffmangel, vor Scham, vor Geilheit.

»Streichle mich«, hauchte Sara zerrissen, während Jason sie penetrierte. Ihre vollen Brüste wackelten mit jedem harten Stoß.

Morin, die verzweifelt versuchte, sich an dem Vorhang festzuhalten, merkte, dass ihre Finger wegen der hektischen Umklammerung keine Kraft mehr hatten. Sie schwankte nach vorn, der Vorhangstoff streifte ihre Brust, ihre Schulter und schloss sich hinter ihr. In der Umkleide, hautnah mit den beiden, roch sie Saras Saft und hörte das schmatzende Geräusch von Jasons wilden Stößen.

Morin schluckte schwer und drängte näher. In der Kabine war es schwülheiß. Saras Körper glühte vor Verlangen – oder war sie das etwa selbst?

»Komm. Streichle mich«, presste Sara stöhnend heraus. »Los jetzt!«

Morin ließ ihre Muschi los und trat zögernd zu Sara. Ihre safttriefende Hand glitt unter Saras angespannten Körper, fasste stoßweise seufzend eine ihrer dicken Titten.

»Mehr.« Saras nacktes Fleisch drängte in Morins Hand.

Diese Fülle faszinierte Morin, die selbst kleine Titten hatte. Sie wog die weiche Fülle in ihrer Handfläche. Der harte Nippel kitzelte ihre Haut. *Wie würde der sich wohl an ihren Lippen anfühlen?* Morin versuchte, den Gedanken zu vertreiben, aber es ging nicht. Die Idee war zu reizvoll.

»Mehr!« Sara schaukelte hin und her, ihr Körper wippte zwischen Jasons Schwanz und Morins Hand.

Irgendwie machte es in Morins Hirn leise *Klick*, als würde ein imaginärer Schalter umgelegt. Sie kniete sich, rutschte in den engen Zwischenraum zwischen Wand und Saras gefesseltem Torso. Sie küsste Saras weichen Bauch, leckte einen feuchten Pfad zu ihrer blassen Brust. Morins Schenkel bebten vor Erregung. Kaum schloss sie ihre Lippen um Saras Nippel, durchzuckte ein weiterer Orgasmus ihre Muschi. Wogen der Lust fluteten ihren Körper, während ihr Mund hungrig an der schweren Titte saugte.

Ihre Hand glitt über Saras weichen Schenkel. Ihre Finger tauchten in die nassen Falten, stießen an Jasons pumpenden Schwanz. Sie rieb mit dem Daumen Saras Klitoris und hing an deren Brust wie ein hungriges Kind. Wenn sie losließ, würde sie bestimmt verhungern.

Spitze Lustschreie drangen aus der kleinen Umkleidekabine. Saras Schenkel umkrampften Morins Hand. Warmer Saft befeuchtete Morins Finger. Sara zuckte wild und schüttelte dabei Morins Mund ab.

Nein, kreischte Morin innerlich auf und schleckte mit der Zunge über Saras Bauch. Zum Dreieck ihrer Schenkel, wo sie tief eintauchte. Der herbsüße Duft von Saras Muschisaft geilte sie auf. Ihre Zunge schnellte gegen Saras geschwollene Klitoris und presste sich in ihre Spalte.

Saras Körper entflammte in wollüstigen Zuckungen. Mit kreisenden Hüften drängte sie ihre Muschi an Morins Gesicht.

Morin umklammerte Saras Schenkelansatz. Ihre Hände steuerten Saras Bewegungen, dabei spreizte sie mit ihren Daumen deren Schamlippen.

Dunkelrosafarbenes Fleisch offenbarte sich Morins hungrigen Lippen. Während sie in die nasse Hitze tauchte, spürte Morin Jasons Schwanz, der Saras heißen Tunnel wichste.

Klebrige Feuchtigkeit bedeckte Morins Gesicht, tropfte ihr übers Kinn, während ihr der eigene Muschisaft über die Schenkelinnenseite lief. Ihre Finger gruben sich in Saras weiches Fleisch, ihr Gesicht in deren geiler Muschi. Mit den Zähnen knabberte sie an Saras Klitoris. Saugte hart, bis die Frau loskreischte.

»Genug!«, wimmerte Sara über Morins Kopf. »Ich halt's sonst nicht mehr …«

Schweren Herzens löste Morin sich von ihr. Sie kannte das Gefühl, übersensibilisiert zu sein. Sie sank atemlos vor die Wand. Ihr Verstand raste. *Was hatte sie da gerade getrieben? Was würde Paul dazu sagen?*

»Jetzt bist du dran, Morin.«

Morins Kopf schnellte zum Eingang der Umkleidekabine. Der Vorhang war halb zurückgezogen, und Paul stand grinsend davor.

»Heilige Scheiße …« Morin rappelte sich auf und stieß beim Aufstehen mit Sara zusammen.

»Ich wusste ganz genau, dass du auf so was abfährst und leidenschaftlich gern rumexperimentierst.« Paul betrat die winzige Kabine und drängte sie gegen die Wand. »Ich wollte bloß, dass du es zugibst.«

»Wie kommst du denn darauf?«, stammelte Morin ausweichend und zog schuldbewusst ihren Rock runter. Abstreiten hatte gar keinen Sinn. Zumal Saras Saft an ihrem Gesicht klebte und sie den Geschmack noch auf der Zunge hatte.

»Ob du es zugibst oder nicht, sobald ich mit dem Thema anfing, wurdest du nass. Du hast dich bloß dagegen gesträubt, weil du dein kleines Geheimnis für dich behalten wolltest.«

Morin gab sich geschlagen. Was hätte sie auch groß erwidern können? Sie hatte sich eingeredet, Paul hätte keine Lust auf sie, dabei hatte er ja sooo recht. Wenn sie für Sex zu müde oder zu gestresst war, brauchte sie bloß an seine geilen Anregungen zu denken, und schon war sie scharf.

»Und jetzt«, Paul streichelte mit der Zunge ihre Unterlippe, »bist du dran.«

Das Kribbeln in ihrer Muschi verstärkte sich, als er Saras Saft von ihren Lippen schleckte. »Aber Sara, Jason ...«

Sein weiches Kichern kitzelte ihre Lippen. »Weißt du noch, mein Vorschlag von wegen befreundetes Paar treffen und so?«

»Scheiße ...« Morin reckte den Kopf über Pauls Schulter.

Sara zwinkerte ihr zu. Jason hatte ihr die Fesseln abgenommen, und sie rieb sich ihre steifen Handgelenke.

Das weich fließende Seidenkleid verhüllte ihre Muschi. »Süße, du kannst mich jederzeit wieder vernaschen, wenn du magst. Für eine Anfängerin hast du echt einen super Blowjob hingelegt.«

»Absolut heiß«, bekräftigte Jason. Er schlang einen Arm um Sara, mit der anderen Hand streichelte er seinen Ständer.

Morin atmete tief durch. »Und jetzt?«

Pauls Hände glitten über ihre Arme und umschlossen Morins Handgelenke. »Jetzt machen wir da weiter, wo ihr vorhin aufgehört habt ...« Er brachte ihre ausgestreckten Arme vor ihren Körper.

Jason schlang seine zerknitterte Krawatte um ihr rechtes Handgelenk. Sara trat auf die andere Seite und wickelte einen dünnen Seidenschal um Morins linkes Handgelenk.

Paul drehte sie zum Eingang der Kabine, dann schob er die drei Kleider von der Vorhangstange.

»Hey, warte ...« Der Eingang zu den Umkleiden war mitten im Verkaufsraum. Was, wenn noch jemand in die Boutique käme? – Sie hatte noch nicht abgeschlossen. Oder wenn Passanten sich intensiver auf das Schaufenster konzentrierten? »Jemand könnte uns sehen.« Morin stockte der Atem. Ihr Magen krampfte sich ängstlich zusammen

»Na und? Dann sieht man uns eben.« Paul hauchte einen zarten Kuss auf ihre Lippen. »Macht dich die Vorstellung nicht an, dass dich jemand beobachten könnte, wie du vorhin Sara?«

Morins Muschi wurde spontan feucht, trotzdem brachte sie keinen Ton heraus.

Paul stupste sie zärtlich unters Kinn und hob ihr Gesicht an seins. Er senkte seinen Blick in ihren, sein Mundwinkel zu einem schiefen Grinsen verzogen. Er hielt ihr die Arme hoch, Sara und Jason banden Morins Handgelenke an die Vorhangstange.

Sie stellte sich vor, eine Sexsklavin zu sein, und erschauerte. Spürte ein heißes Prickeln in ihrer vernachlässigten feuchten Muschi.

Paul schob mit seinem Fuß ihre Beine auseinander, eins nach rechts und das andere links vom Eingangspfosten. Morins Gewicht zog an ihren Handgelenken, während ihre Füße sich gegen den Holzrahmen stemmten.

Die devote Haltung hatte genau die Wirkung, die Morin vorausgeahnt hatte. Sie war geil. Das mochte sie jedoch nicht zugeben – und schon gar nicht betteln.

Paul steckte seine Hand in ihre halb aufgeknöpfte Bluse. Seine Finger streichelten ihren Bauch, schoben sich fordernd unter ihren BH. Unter dem heftigen Druck sprang der Vorderverschluss auf. Und ihre Titten hüpften Sara und Jason buchstäblich entgegen. Instinktiv zerrte sie an den Fesseln, bemüht, ihre Blößen zu bedecken.

»Hör auf damit.« Pauls raues Flüstern beendete ihre Bemühungen. »Ich hab dir nicht erlaubt, dich zu bewegen«, er lehnte sich dicht an ihr Ohr, »wenn du ungehorsam bist, zwingst du mich, dich zu züchtigen.«

Hungriges Verlangen befeuerte Morins Sinne. Sie war hin- und hergerissen zwischen der Lust am demütigen Gehorsam und der verlockenden Vorstellung, dass Paul ihr den Hintern versohlte. Heiße Röte schoss in ihre Wangen. *Nein, ich lass mich nicht züchtigen*, begehrte sie stumm auf, *außerdem wächst mir das hier über den*

Kopf. Ich will das alles nicht. Aber sie zog die Unterlippe zwischen die Zähne und fügte sich in ihr Schicksal.

»Gutes Mädchen.« Paul umschloss mit einer Hand ihr Kinn. Sein Mund senkte sich auf ihren. Er knabberte an ihrer Unterlippe, bis ihre Zähne nachgaben. Schleckte die geschwollene Haut, bevor er seine Zunge in ihren Mund schob.

Seufzend erwiderte Morin sein erotisches Spiel. Der süße Kitzel der Leidenschaft flutete ihre Magengrube. Ihre Muschi war scharf auf Stimulation, aber in ihrer Position waren Morin buchstäblich die Hände gebunden.

Sie schloss die Augen, als Paul ihr an einer Seite den Rock hochschob und den Saum in ihren Taillenbund stopfte.

Kühle Hände mit langen, scharfen Fingernägeln machten das Gleiche auf der anderen Seite, dann vorn und hinten, bis ihr Rock nichts mehr verhüllte. Morin erschauerte lustvoll, als die weichen Hände ihre Haut streiften und Saras Fingernägel ihren Bauch streichelten.

»Möchtest du, dass wir aufhören?«, hauchte Paul ihr ins Ohr. »Du brauchst es mir nur zu sagen, Morin. Ich werde dich zu nichts zwingen, was du nicht willst.«

Morin schüttelte den Kopf.

»Sag es mir, Baby. Sag mir, ob du es willst.«

»Ja.«

Paul schüttelte den Kopf, und seine von dunklem Bartansatz verschattete Wange rieb sich an ihrer. »Das reicht mir nicht. Heißt dieses Ja aufhören oder weitermachen?«

Sie presste die Lippen fest aufeinander und atmete

durch die Nase. Saras Hand löste sich plötzlich von Morins Taille.

»Weitermachen. Nicht aufhören«, stieß sie atemlos hervor. Ihr Körper sehnte sich nach Erfüllung. Sie war noch nie so heiß und so geil gewesen. Pauls Idee, sie zu vögeln, wie Jason vorhin Sara – gefesselt, hilflos ... Paul oder Jason.

»O Gott.«

Sechs Hände streichelten sie, kosten ihre Haut, streichelten ihre Brüste. Weiche Hände glitten über ihren Bauch. Scharfe Nägel schoben sich durch ihr Schamhaar zu ihrer Muschi.

Eine glatt rasierte Wange streifte ihre Brust, eine heiße Zunge leckte deren Nippel. Jason. Sie widerstand der Versuchung, die Augen zu öffnen – sie wusste ohnehin, dass er es war. Seine Lippen umschlossen ihre Knospe, saugten hart.

Jemand drängte hinter Morin. Hauchte fedrige Küsse auf ihren Rücken, kratzte sie dabei mit seinen Bartstoppeln.

Ein langer Fingernagel schob den störenden Tanga beiseite, rieb über die Klitoris, tauchte in deren Falten. Seide raschelte, als weiche Lippen Morins Venusdelta kosten. Kühle Luft strich über das prickelnde Fleisch, als heiße Finger ihr Loch öffneten.

Eine weiche Zunge leckte zärtlich an ihrem Schlitz. Aufgepeitscht von wilder Lust, schob Morin ihr Becken vor, um den Reiz der Stimulation zu erhöhen.

Ein lautes Klatschen, gefolgt von einem schmerzhaften Brennen auf ihrer linken Arschbacke ließ Morin vor Schock und Schmerz aufschreien.

»Böses Mädchen. Du solltest dich doch nicht bewegen«, flüsterte Paul hinter ihr.

Ein weiterer Schlag, ebenso hart, aber nicht so unerwartet, landete auf ihrer rechten Pobacke. Der Schlag stieß sie nach vorn, gegen Saras Mund. Jasons Zähne prallten gegen ihren Nippel, er ließ ihre Brust jedoch nicht los.

»Das gefällt dir, was, Schätzchen?«, wisperte Sara. »Seine Hand auf deinem Arsch, während ich deine Muschi lecke.«

Morin biss sich abermals auf ihre wunde Lippe. Sie wollte nicht antworten. Konnte nicht antworten.

»Wenn du mehr davon willst, brauchst du dich bloß zu bewegen …« Saras Hand strich lustvoll über die Innenseite von Morins Schenkel. »Mach weiter, Baby. Beweg dich.«

Mit rasendem Herzklopfen befolgte Morin Saras Rat und schob ihre Hüften vor. Bekam dafür einen weiteren schmerzhaften Klaps auf den Po, während Sara ihre Lippen auf Morins Klitoris presste. Sie zerrte an ihren Fesseln und wurde abermals gezüchtigt. Jeder empfindliche Schlag steigerte ihre Lust, befeuerte ihre Klitoris.

»Ich glaube, meine Hand allein reicht nicht, um dir Gehorsam beizubringen.« Das Klirren von Pauls Gürtelschnalle unterstrich die Bedeutung seiner Worte. Er ließ das Leder wie eine Peitsche schnalzen, und Morin zuckte ängstlich zusammen. »Wenn du nicht ruhig stehen bleibst, muss ich die einsetzen.«

Raues Leder glitt über ihren brennenden Arsch, und Morin erstarrte.

Jason hauchte Küsse von ihrer Brust zu ihrem Hals. »Ich denke, sie will es so haben.« Seine Stimme war ein kehliges Flüstern an ihrem Ohr. »Oder, Morin? Einen brennenden Arsch von einem harten Ledergürtel. Der Gedanke macht dich heiß, was?«

Saras zartes Lecken verwandelte sich in ein hartes Saugen, während Jason in Morins Nippel kniff.

»Willst du es, Morin?« Pauls Atem kitzelte ihr anderes Ohr. »Sag ja …«

»Ja!«, stöhnte Morin ekstatisch. »Ja!« Das harte Leder klatschte auf ihre Hinterbacken. »Ja!« Sie bog sich Saras Freude spendenden Lippen entgegen. »Ja!«

Sie riss die Augen auf, als Jason ihre Lippen mit einem hungrigen Kuss vernaschte. Er grub seine Finger in ihr Haar, wickelte eine ihrer vollen Strähnen um seine Hand, riss ihren Kopf zurück. Schläge. Küsse. Lecken. Kneifen. Sie hielt das nicht mehr aus. Und kam nicht bloß in ihrer Muschi. Nein, ihr ganzer Körper wurde von einer Welle intensiver Ekstase erfasst.

»Mehr!«, stöhnte sie in Jasons Mund. Ihre Skrupel schwanden dahin wie Butter in der Sonne, und sie ließ sich hemmungslos treiben, etwas, das sie hatte vermeiden wollen. Oh, sie war Wachs in Pauls Händen und ließ sich nach seinen Gelüsten formen. Er war ihr Gebieter und sie seine Sexsklavin, die willig jedes erotische Abenteuer mitmachte.

Pauls abgründiges Flüstern mischte sich in die wilde Erregung, die jede Pore ihres Körpers erfasste. »Willst du, dass ich dich jetzt ficke?«

»Ja«, wimmerte sie, geil und hungrig auf mehr. »Ja … bitte.«

»Oder stehst du mehr auf Jasons Schwanz in deiner heißen engen Muschi?«

Morin wurde abwechselnd glutheiß und eiskalt, wie von einem Fieber erfasst, das sie innerlich verzehrte. Bei der Vorstellung, wie Jasons Schwanz, der länger und dicker war als Pauls, Sara penetriert hatte, stöhnte sie unwillkürlich: »Ja …«

Paul grinste verschlagen. »Vielleicht sollten wir uns den Spaß teilen. Dann haben beide eine Chance.«

»Ja. Wie ihr wollt.«

»Nein, Baby.« Pauls Stimme senkte sich zu einem verständnisvollen Flüstern. »Es geht hier einzig und allein darum, was du willst.«

»Ich will …« Morin schnappte nach Luft und schluckte unbehaglich. Die kleine Stimme in ihrem Kopf flüsterte *aufhören*, aber ihre Lippen murmelte »euch beide«.

Paul küsste den weichen Flaum in ihrem Nacken, während seine Hände verheißungsvoll über ihre Hüften strichen. Seine Finger glitten unter die Spitzenstrings ihres Tangas. Zerrten energisch daran, und das hauchzarte Material zerriss. Morins Klitoris prickelte von dem Schock, als die Spitze sich einen Wimpernschlag lang straffte, bevor sie scharf über ihre geschwollene Haut schrammte.

Sara streifte ihr das zerrissene Dessous herunter und stand auf. »Gutes Mädchen«, flüsterte sie, bevor sie Morin lange und hart küsste. Das herbsüße Aroma von Morins Muschisaft mischte sich mit dem von Sara. Dann tauschte die üppig gebaute, vollbusige Frau mit Jason den Platz.

Groß und muskelbepackt, war Jason ein richtiger Adonis, und sein dicker Ständer ragte aus der offenen Hose in die Luft. Sara griff von hinten um ihn herum und schob ihm ein Kondom über seine Erektion.

Paul umschlang Morins Taille und hob sie hoch. Sie hielt sich an der hölzernen Vorhangstange fest und schloss abermals die Augen.

Die kühle Kondomspitze streifte ihr erhitztes Fleisch. Ein sanftes Stöhnen entwich ihren Lippen, als Jasons Eichel ihre Spalte streichelte. Die dicke Corona presste sich an Morins Öffnung.

»Langsam, Jase. Alles easy …« Pauls beschwichtigende Aufforderung beruhigte Morin. »Mann, ist die heiß«, murmelte Jason, als er sich in sie drängte.

Morin schlug die Lider auf. Jason starrte sie mit einer schockierenden Intensität an. Sein Gesicht war gerötet, verschwitzt, während sein Schwanz sich ein, zwei Zentimeter in sie schob. Er zog ihn behutsam wieder heraus, stieß sie abermals, diesmal fester, steckte seinen Freudenspender jedoch nicht ganz in sie hinein. Dabei hechelte er wie ein Hund an einem heißen Sommertag.

»Gib's mir …«, wisperte Morin. Ihr Blick verschmolz mit Jasons. »Gib mir … was, Baby?«, raunte Paul.

»Alles …« Morin lehnte sich vor Pauls Brust und schlang ihre Beine locker um Jasons Taille. Entspannt in Pauls Umarmung gehalten, fixierte sie Jason. »Los …«

Wie entfesselt pumpte Jason und versank tief in Morins Höhle. Seine Finger gruben sich in ihre Schenkel, hielten sie fest, während er sie hungrig penetrierte.

Morins Erregung stieg. Sie drehte den Kopf zu Paul, brachte ihren Mund auf seinen, drängte mit der Zunge fordernd zwischen seine Lippen. Ihr Lover badete in ihrem Nektar. Dabei fickte Jason sie mit langen, harten Stößen, sein hungriger Schwanz arbeitete synchron mit Pauls gieriger Zunge.

Weiche Hände massierten ihre Brüste, kitzelten ihre Nippel. Ein heißer Mund presste sich auf eine geschwollene Knospe und saugte himmlisch. Ein Feuerwerk der Lust und Leidenschaft überwältigte Morins Synapsen.

Jasons Schambein rubbelte sich an ihrer Muschi. »Wahnsinn …«, stöhnte er, bevor er kam.

»Mehr …«, kam es rau aus Morins Kehle.

Der dicke Schwanz glitt aus ihrer Muschi. Der Saft lief in ihre Arschritze, als Jason ihre Beine von seiner Taille löste. Er küsste Morin, hart, mit Zähnen und Zunge, und stellte sie behutsam auf den Boden.

Paul bog ihr Becken vor, umklammerte ihre Taille und presste seinen Ständer zwischen ihre Schenkel.

Der Schwanz ihres Lovers glitt in ihren gedehnten Kanal, schnell und hart. Dabei versohlte er ihr den Hintern, belebte den prickelnden Schmerz von zuvor erneut. Ihre Muschi umschloss seine Erektion. »Ja!«, keuchte sie in Jasons Mund.

Sara kniete neben ihr auf dem Boden. Morin war klar, was sie vorhatte. Sie spürte die weiche Zunge, die ihren Schlitz leckte.

Von einer neuen Flut der Erregung überrollt, fühlte Morin sich schließlich leicht und schwerelos. *Konnte man von einem Orgasmus sterben?*, fuhr es ihr halb belustigt, halb panisch durch den Kopf.

Pauls wilde Penetration dauerte nicht lange. Er zuckte, stemmte sich stöhnend in sie, und sein warmes Sperma spritzte in ihre Muschi. Auch nachdem er ihn rausgezogen hatte, kitzelte Sara mit der Zunge Morins Spalte.

»Genug …«, röchelte Morin, ihr Körper zitterte von der Überreizung. »Es … reicht für den Augenblick.«

Sanfte Finger lösten ihre Fesseln, dabei hielt Jason sie stützend fest. Morin hatte weiche Knie und war froh darum. Nicht lange, und Paul schlang seine Arme um sie, befreite sie von Jason.

»Bist du okay, Baby?« Er hauchte fedrige Küsse auf ihr Gesicht.

»Mhm-mmmh.« Mehr brachte Morin vor Erschöpfung nicht heraus.

»Du bist nicht sauer auf mich, oder?«

»Mmh-hmmpf ...«

»Möchtest du, dass wir das irgendwann wiederholen?«

Morin nickte an Pauls Schulter geschmiegt. »Wir brauchen eine Shoppingliste ...«

Shada Royce

Zwölf Stufen

Viele Paare machen gemeinsam eine Sextherapie. Ich geh allein hin. Jetzt wollen Sie bestimmt wissen, wieso ich solo einen Sextherapeuten aufsuche? Was bringt das einer gut aussehenden Singlefrau um die zwanzig plus, die null Problem damit hat, flachgelegt zu werden? Die Antwort lautet schlicht und ergreifend: Ich muss lernen, Sex zu genießen. Sie haben mich richtig verstanden, ganz ohne Quatsch. Ich hab mein Problem erkannt. Schritt eins. Der mentale Check-up.

Okay, und zurück zu der Sextherapie und zu meinem selbst entwickelten, selbst auferlegten Zwölfstufenprogramm, um meine »innere« Sexgöttin kennen zu lernen.

Rückblickend betrachtet, hab ich mein Problem wohl im letzten Collegejahr erkannt. Nach der schlappen Ausbeute von bis dahin vier Lovern fragte ich mich irgendwann, wieso manche Frauen vom Sex nie genug bekommen konnten. Meine beste Freundin schwärmte dauernd davon, was ihr Freund so alles mit seiner Zunge anstellte. Andere Freundinnen diskutierten darüber, welche Stellungen sie am liebsten mochten, ob langes oder kurzes Vorspiel, Petting, Bondagespiele oder Züchtigung. Fesseln? Echt? Zu meiner Verblüffung musste ich feststellen, dass Frauen gern und viel über Sex und das große »O« quatschen.

Da traf es mich wie ein Blitz aus heiterem Himmel. Ich hatte noch nie einen von diesen hammermäßigen Wahnsinnsorgasmen gehabt. Klar, Sex ist eine schöne Sache, aber ich wurde nicht fickrig, wenn ich mal sechs Monate enthaltsam war und keinen hatte.

Obwohl ich nie Probleme damit hatte, einen Lover zu finden, entpuppten sich die meisten Typen, mit denen ich geschlafen habe, eher als gute Kumpel. Und die Kerle, die mich echt reizten, kamen mir häufig mit so abturnenden Sprüchen wie »Ich möchte unsere Freundschaft nicht zerstören«, bevor es überhaupt losging.

Ich hatte weder die siebte Stufe der orgasmischen Erleuchtung erreicht, noch schaffte ich es, einen Typen nach allen Regeln der Verführungskunst in mein Bett zu lotsen. Das heißt, einen Typen total heiß und hungrig zu machen. Okay, ich weiß, die meisten College-Heinis vögeln alles, was zwei Beine und eine Muschi hat, aber ich wollte mehr. Ich wollte das, wovon meine Freundinnen schwärmten. Mein heimlicher Traum war, einen Mann dazu zu bringen, die Kontrolle zu verlieren – und dabei selbst auch. Also unternahm ich eine erotische Entdeckungsreise, um zu klären, ob ich – wie viele andere Frauen – sexsüchtig werden könnte.

Ich begann in der Bibliothek. Ich weiß, Sie denken jetzt: »Waaas? In der Bibliothek?« Hab ich noch nicht erwähnt, dass ich Wissenschaftlerin bin? Folglich erschien es mir ganz logisch, mit meinen Recherchen in der Bibliothek zu beginnen. Ich schlug alles nach, was ich finden konnte, von »Wie macht man einen super Blowjob?«

bis hin zu wissenschaftlichen Abhandlungen über Orgasmusschwierigkeiten. Ich war besessen von der Idee, herauszufinden, welcher Typ ich im Schlafzimmer war und was mir wirklich Spaß machte. Ich musste unbedingt wissen, ob es noch Hoffnung für mich gab. Waren Männer tatsächlich immun gegen meine Reize, oder musste ich die Geheimnisse der heißen Anmache erst noch erlernen?

Während meiner Forschungen entwickelte ich ein Zwölfstufenprogramm, das mich bei der Suche nach meinem sexuellen Coming-out unterstützte. Die einzelnen Schritte ähneln dem Programm der Anonymen Alkoholiker, bloß umgekehrt: Ich suchte die Abhängigkeit und kämpfte nicht dagegen. Lachen Sie jetzt nicht. Ich weiß, es klingt absurd, aber sobald ich begann, die einzelnen Schritte meines Programms zu beherzigen, fühlte ich mich spontan wohler in meiner Haut.

Schritt eins ist natürlich klar: Sie müssen erst mal erkennen, dass Sie ein Problem haben und Hilfe brauchen. Das fiel mir nicht schwer: Mit meinen Recherchen habe ich quasi zugegeben, dass ich auf der Suche nach Hilfe war. Die Schritte zwei bis elf beinhalteten beispielsweise den Reizwäschekauf in exklusiven Dessousboutiquen statt der vorteilhaften Vorratspackung Schlüpfer im Kaufhaus, Kneipenabende, an denen ich kein Höschen unterm Rock trug, und Sexspielzeuge, mit denen ich es mir selbst besorgte. Ich machte alles, was mir einfiel und wobei ich rote Ohren bekommen hätte, wenn ich es jemandem hätte beichten müssen.

Danach zog es mich noch einmal in die Bibliothek, aber diesmal ging es mir nicht um Recherche und Bücher. Reichten die elf Schritte als Vorbereitung auf den finalen Show-down? An dem Tag, als ich das Programm im Selbsttest erprobte, änderte sich meine Perspektive in puncto erotische Anmache ganz gewaltig.

»Entschuldigung?«

Der Typ in der Bibliothek drehte sich zu mir um, als ich mich über den Tresen lehnte. »Kann ich Ihnen helfen?« Er grinste, und mein Blick konzentrierte sich spontan auf seine festen, vollen Lippen. Mir fiel auf, dass er eine kleine Narbe auf der Oberlippe hatte. Wie würde es sich anfühlen, wenn dieser heiße, feuchte Mund fedrige Küsse auf meine nackten Schultern hauchte? Bei der Vorstellung wurde mir leicht schwindlig. Eine schamhafte Röte schoss in meine Wangen, immerhin hatte ich mir eine ganze Menge vorgenommen. Ich betete im Stillen, dass ich den Mumm dazu hätte.

Ein leichter Windhauch streifte meine nackten Beine, kitzelte das nackte erhitzte Fleisch unter meinem Rock. Die sanfte Kühlung erinnerte mich daran, dass ich nichts darunter trug. Der Gedanke, keinen Slip zu tragen, erzeugte ein wohliges Prickeln auf der Haut, meine Nippel richteten sich auf. Ich verschränkte die Arme vor der Brust, schubste meine Titten hoch, dass sie sich verführerisch über meinem heißen pinken Tanktop wölbten.

Er schaute mir kurz auf den Ausschnitt, dann wieder ins Gesicht und verzog dabei keine Miene.

Ich räusperte mich, ein bisschen genervt, dass ihn meine reizvollen Auslagen seltsam kaltließen. Ich beugte mich vor und kam im Flüsterton mit meinem Anliegen rüber. »Haben Sie Bücher über Oralsex?«

Diesmal schossen seine Augenbrauen bis zum Haaransatz, bevor sie ein angestrengtes V zwischen seinen blauen Augen bildeten. »Soll das ein Witz sein?«

Ich neigte mich noch weiter vor, bot ihm tiefe Einblicke in mein Top. »Nein, ich brauche das für meine Forschung.«

»Über Oralsex?« Seine Mundwinkel zuckten, und mein Herz flatterte gegen meinen Rippenbogen. Ich widerstand dem Gefühl, betreten die Augen niederzuschlagen. Stattdessen fixierte ich ihn mit meinem heißesten Flirtblick – so hoffte ich jedenfalls.

»Mmh … ja«, brachte ich schließlich heraus und wickelte mir vor Verlegenheit eine lockige Strähne um den Finger. Die Sekunden zwischen meiner Frage und seiner Gegenfrage tröpfelten vor sich hin. Was jetzt? Würde er mir mit Bibliotheksverbot drohen? Oder den Sicherheitsdienst holen? Mein Gesicht glühte, mein Magen verknotete sich vor Scham.

»Fellatio oder Cunnilingus?«, beendete er das peinliche Schweigen. Seine unbewegte Miene verriet nichts von dem, was hinter seinen eisblauen Augen stattfand. Ich schluckte und kämpfte den Reflex nieder, fluchtartig das Weite zu suchen. Pah, das hier war ein Klacks für mich. Ich fasste mich hastig wieder und blickte ihn unter verführerisch gesenkten Wimpern hervor an.

»Cunnilingus«, sagte ich sinnlich-anzüglich.

Er schnaubte leise und zuckte wegwerfend mit den Schultern. Nach einem verdutzten Blick in meine Richtung drehte er sich schließlich zu seinem Computer und tippte irgendwas ein.

Er hatte kinnlange aschblonde Haare, die er sich abwesend hinter die Ohren schob. Ich betrachtete sein kantig geschnittenes Profil, die gerade Nase, den Schwung seiner Lippen, sein breites Kinn. Er gefiel mir schon länger. Seine gebräunte Haut schimmerte kupferfarben in dem morgendlichen Licht, das durch die hohen Fenster strömte. Gelegentlich schaute er zu mir. Dann fing ich seinen Blick auf und starrte zurück. Er sollte ruhig wissen, dass ich ihn für meinen Flirtalarm ausgeguckt hatte.

Entweder interessierte ihn das nicht wirklich, oder er wollte, dass ich schleunigst abschwirrte, denn er verzog keine Miene. »Zweiter Stock. Halten Sie sich oben an der Treppe rechts, den Gang runter, dritte Reihe von hinten.«

Er bedachte mich mit einem schiefen Grinsen und wandte sich der nächsten Besucherin zu, die einen Schwung Bücher zurückbrachte. Sein azurblaues Polohemd spannte über seinen breiten Schultern, als er den Stapel Bücher nahm und sie auf ein Wägelchen lud. Wow, der Typ hatte ja mal einen süßen Knackarsch. Er warf einen Blick über seine Schulter zurück und ertappte mich dabei, wie ich seinen Superbody bewunderte.

»Kann ich Ihnen sonst noch irgendwie behilflich sein?«

Oh ja, fick mich, Baby. Ich sagte es nicht, aber genau das schwebte mir vor. Stattdessen schüttelte ich den Kopf und lief zur Treppe. Dabei wackelte ich ordentlich mit den Hüften. Falls er mich beobachtete, sah er bestimmt, dass ich kein Höschen trug.

Während ich die Stufen hochging, stellte ich alles in Frage, was ich mir in den letzten Monaten erarbeitet hatte. Ich hatte es nicht geschafft, diesen fremden Typen anzumachen! Verdammt, der Kerl sprang nicht mal ansatzweise auf mich an! Ich folgte seiner Beschreibung durch die Bibliothek und überlegte, was zu tun wäre.

Im dritten Regalgang überflog ich die Bücher. Frauenfiktion, hä? Verwirrt schwenkte ich herum und lief den Gang zurück, las noch einmal die Titel. Mitten im Gang packte plötzlich eine Hand nach meiner Taille und hielt mir mit der anderen den Mund zu. Ich wehrte mich natürlich, andererseits war ich neugierig, wer mir da heimlich aufgelauert hatte. Ein Typ presste mich an seinen muskulösen Body, und irgendwas in mir relaxte.

»Haben Sie gefunden, was Sie suchen?«

Mein Verstand raste. Er war es. Die angenehm tiefe Stimme hätte ich überall wiedererkannt. Seine Frage schwang in meinen Ohren, der kehlige Bariton ließ meine Nervenenden vibrieren. Er war mir gefolgt und hatte die Initiative ergriffen. Ich konnte bloß noch fassungslos den Kopf schütteln.

Er streichelte mein Kinn, meinen Hals und mein Schlüsselbein, bevor er mit der flachen Hand über meine Brust strich. Mein Nippel wurden hart unter dem Stoff des Tops. Er umkreiste mit seinen Fingerspitzen die geschwollene Knospe. Ich verfolgte fasziniert, gewissermaßen in Trance, wie mein Nippel ein Eigenleben entwickelte. Der weiche, blonde Flaum auf seinen Fingerknöcheln schimmerte im Sonnenlicht, unterstrich die Bewegungen seiner Hand. Seine starken, langen Finger stimulierten mich durch mein Top hindurch, rieben meine Brustspitze, bis die Erregung meinen Unterleib flutete.

Er hielt mir weiterhin den Mund zu, und ich roch und schmeckte sein schweres Aftershave. Zitrus- und Holznoten hüllten mich ein, befeuerten meine Sinne. Während er sich an meinen Rücken presste, verströmte er eine Glut, die meinen Körper durchdrang und meinen Widerstand gegen seinen Zauber brach.

Er schob mein Haar beiseite, drückte seine Lippen auf meine Halsbeuge. Ich stöhnte leise. Die feuchte Spur seines Mundes prickelte wie ein sinnliches Versprechen auf meiner Schulter. Wogen der Erregung fluteten meinen Körper, und ich erschauerte lustvoll. Er erkundete meine Haut mit Lippen und Zunge, und mir wurde abwechselnd heiß und kalt. Ich drängte mit meinem Rücken an seinen Körper, strich mit meinen Händen über seine Beine, spürte die eisenharten Muskeln unter dem weichen Hosenstoff. Seine Erektion presste sich in mein Kreuz, ich stellte mich auf Zehenspitzen und rieb meinen Arsch an seinem Schwanz.

»Nein.« Er knutschte meinen Nacken und riss dabei meine Haare zurück. Seine plötzliche Brutalität befeuerte meine Erregung, und zwischen meinen Beinen wurde es heißer, geiler und nasser. Seine Lippen glitten von meinem Nacken zu meinem Ohr. Ich wand mich unter der feuchten Attacke seiner gierig plündernden Zunge. Das Kribbeln in meiner Magengrube verstärkte sich, strahlte bis in meine Muschi aus. Ich sträubte mich gegen seinen Arm, der meine Taille umschloss, bemüht, mich selbst zu streicheln, irgendwas zu tun, um den pulsierenden Druck zu lindern. Da ich an meine Klitoris nicht rankam, grub ich meine Fingernägel in seine Schenkel, eine stumme Aufforderung an ihn, die Sache doch endlich in die Hand zu nehmen.

Heiße Röte flammte in meine Wangen, als seine folternde Zunge von meinem Ohrläppchen abließ. »Möchtest du, dass ich aufhöre?«

Zu entrückt, um zu antworten, schüttelte ich bloß den Kopf und stemmte mich gegen seinen Ständer. Er riss abermals an meinen Haaren, bevor seine Hand über meinen Bauch und mein Becken zu meinem Schenkelansatz glitt, dicht an meiner Muschi vorbei, dass ich die Glut seiner Hände spürte. Seine Finger zuckten unschlüssig auf meinem Bein, als müsste er sich erst mal zügeln. Ich wäre am liebsten vor ihm auf die Knie gesunken: *Bitte, bitte, steck deine Grapscherchen unter meinen Rock und streichel meine Muschi, Süßer!*

»Das ist keine Antwort. Sag es«, raunte er an meinem Ohr.

Ich blickte durch den Gang mit den Bücherregalen und bekam Panik bei dem Gedanken, erwischt zu werden. Die Panik verwandelte sich in pure Lust, als ich mir in meiner Fantasie vorstellte, dass uns jemand entdecken und heimlich beim Sex belauschen könnte. Bei der Vorstellung wurde ich noch nasser. »Was, wenn wir erwischt werden?«, hauchte ich und hoffte im Stillen, dass ihn mein Einwand nicht abturnte, sondern, ganz im Gegenteil, genauso aufgeilte wie mich.

Seine Erektion bohrte sich in mein Kreuz, seine Faust grub sich fester in meine Haare. »Gut«, stöhnte er. »Und jetzt sag es. Willst du, dass wir aufhören?«

Ich schüttelte abermals den Kopf, abgelenkt und konzentriert auf seine Finger, die nervös auf mein Bein tippten.

»Nein, bitte hör nicht auf«, stammelte ich weich. Ich brachte mein Becken an seine Hand in der Hoffnung, seine Finger würden an meine Klitoris gleiten und mich bumsen, bis ich kam.

»Mmh-mmh.« Er schob seine Hände auf meine Hüften. »Beug dich nach vorn und leg deine Hände auf die Leiter, da vor dem Regal.«

Das musste er mir nicht zweimal sagen. Ich gehorchte, beugte mich vor, und er schob meine Füße auseinander. Ich stand breitbeinig vor der Leiter und fieberte auf seine Streicheleinheiten. Dann küsste er mich in die Kniekehle, fedrig leicht. Meine Beine zitterten bedrohlich, als seine Zunge über meinen Schenkel wanderte und am Saum meines Rocks stoppte. Er wiederholte das bei dem anderen Bein. Seine Zunge und seine Lippen schmeckten meine Haut, hinterließen einen warmen, kitzelnden Speichelfilm. Sein warmer Atem koste die Rückseite meines Schenkels, jagte Schauer der Wollust durch meine Muschi.

Er leckte die Rückseite meines Schenkels, heiße, hungrige Zungenschläge, bis fast in meine Arschritze. Ich drückte die Pobacken raus, versuchte, seine Zunge zwischen meine Schenkel, an meine Klitoris zu locken. Meine Knie zitterten, als er aufstand und sich von hinten an mich presste, seinen harten Körper in meinen stemmte.

»Nicht bewegen und keinen Laut, okay?«

Er packte mich an den Hüften, riss mich von der Leiter hoch, dass mein Arsch in der Luft hing. Die Stellung öffnete mich, enthüllte meine nasse, prickelnde Muschi. Kalte Luft streifte meinen nackten Hintern, als er meinen Rock hochschob, meinen Körper seinen Blicken enthüllte. Er tätschelte mit der flachen Hand anerkennend meinen Arsch, als wäre ich sein Privatbesitz. Statt sich um meine Muschi zu kümmern, zog er die Hand weg. Ich hätte vor Enttäuschung schreien mögen, aber dann war sein Mund auf mir. Seine Zunge schleckte behutsam über meinen Schlitz – wie ein Vogel, der den Blütennektar probiert, bevor er die ganze Süße aufschlürft. Dann schnalzte er mit harten Zungenschlägen über meine Klitoris. Langsam und herausfordernd vernaschte er mich, schmeckte mich, sein Kinn und seine Nase an mein Fleisch gepresst, vergrub er seine Zunge in mir. Ließ sie in mir kreisen, stimulierte mich mit der symbolischen Bewegung.

Mir wurde glutheiß, ein dünner Schweißfilm legte sich auf meine Haut. Ich konnte nicht mehr atmen, meine Lungen waren paralysiert wie mein ganzer Körper, eine klitzekleine Pause, wie die Ruhe vor dem Sturm. Dann glitt er mit dem Finger tief in meine Muschi, erst mit einem, dann mit zwei Fingern, bis zu den Fingerknöcheln. Mit langen sanften Bewegungen glitt er rhythmisch rein und raus. Eine Hand auf meine Hüfte gepresst, unterdrückte er mein Aufbäumen, mein Betteln nach mehr.

Die Sekunden wurden zu Minuten, während er mich mit seinen Fingern bearbeitete und dabei ein Feuer entfachte, dass ich glaubte, in den Flammen zu verglühen. Er balancierte mich mit geschickten Fingern am Rande eines Höhepunkts. Zwischen meinen Beinen wurde es nasser und heißer, so, als würde ich gleich kommen. Ich biss mir auf die Unterlippe und schloss die Augen, hielt den Atem an. Wie gern hätte ich ihm jetzt ein bisschen Dampf gemacht!

Ich riss entsetzt die Augen auf, denn ich hörte schlurfende Schritte. Zwischen den Bücherreihen hindurch sah ich, wie jemand sich drei Gänge weiter von einem Regal löste. Ich erstarrte, einerseits ärgerlich, meinen Lover, der zwischen meinen Beinen kniete, zu stoppen, andererseits aber auch panisch, erwischt zu werden. Und von Lustempfindungen überwältigt, dass die Welt einen kurzen, unentschlossenen Moment lang aus den Angeln gehoben schien. Das Summen der Neonröhren, der muffige Geruch der Bücher und der Staub lähmten meine übersensibilisierten Sinne. Samstagsmorgens war die Bibliothek immer gut besucht, zumindest diese Abteilung. Eine schwache Mischung von schwülen Zitrus-Holznoten und heißem Sex vernebelte meinen praktischen Verstand und traf die Entscheidung für mich. Ich schloss die Augen und warf den Kopf zurück, dass meine langen Haare meinen Arsch kitzelten, und machte einfach weiter.

Als ob er es spürte, brachte er seinen Mund an meine Klitoris. Er zog die geschwollene Perle zwischen seine Zähne und saugte zärtlich daran. Wogen der Ekstase überwältigten mich, schlugen über mir zusammen wie eine Sturmflut, verschafften mir sinnliche Wonnen. Der Orgasmus durchzuckte mich glutheiß, wie rotglühende Lava, die sich von meiner Magengrube bis zu meinen Fußspitzen wälzte. Mein Körper bäumte sich auf, aufgepeitscht vor Lust. Er saugte mich weiter, trank meinen Tau und verlängerte mein Kommen. Ich biss mir in die Hand, um meine Lustschreie zu unterdrücken, aus Angst, er könnte aufhören, wenn ich auch nur einen kleinen Mucks von mir gäbe.

Als das prickelnde Hochgefühl verebbte, hob er den Kopf, seine Hände streichelten über meine Schenkel zu den Hüften, schoben meinen Rock bis zur Taille. Dann presste er seinen harten Schwanz an meine hungrige Muschi.

»Bitte«, bettelte ich, denn ich wollte nur noch eins: dass er endlich seinen Ständer in mir versenkte und seine Lust an mir austobte.

»Bitte was?«, hauchte er, seine Hände wanderten über meinen Rippenbogen, umschlossen meine Brüste. Ich schnupperte die Süße meiner Creme in seinem Atem, und mein Herzschlag beschleunigte sich. Sein Atem streifte mein Ohrläppchen, und das geile Gefühl prickelte bis ins Zentrum meiner Lust.

Er rieb meine Nippel zwischen Daumen und Zeigefinger, und ich tat einen zerrissenen Atemzug, der leichte Schmerz befeuerte noch die Erregung.

»Fick mich«, stöhnte ich und stemmte mich gegen seinen Ständer.

Dieses Mal drehte er mich um, sodass ich ihn fixierte. Mein Blick schoss unwillkürlich zu seiner Schwanzspitze, die sich an seine Hose presste, und auf den verräterisch feuchten Lustfleck, der sich vorn auf dem Stoff bildete. Ich riss mich von dem Anblick los und senkte meine Augen fragend in seine feurig blauen Tiefen. Womit würde er mich als Nächstes beglücken?

Er betrachtete meine Lippen, brachte seinen Mund auf meinen. Die Berührung sanft – ein Test, um mich zu provozieren. Und ich ergab mich ihm, denn ich wollte mehr, viel mehr.

Ich schmeckte meinen Muschisaft auf seinen Lippen und roch mich selbst in seinem Atem. Ich schob meine Zunge in seinen Mund, presste mich an ihn und grub meine Finger in seine Haare. Dann waren seine Hände überall, ertasteten jede Spalte, jede Furche meines Körpers. Ich fühlte seinen Hunger und sein wildes Verlangen, zu erobern und zu besitzen. Genau das hatte ich mir erträumt. Das war es, was ich wollte. Das war Verführung pur.

Wir küssten uns hingebungsvoll, kosteten die Süße unserer Lippen und berauschten uns an dem Wunder des ersten Kusses. Ich knabberte an seiner Unterlippe, und er stöhnte in meinen Mund. Dann zog er meine Unterlippe zwischen seine Lippen und saugte daran. Ich schlang ein Knie um seine Taille, schmiegte mich an ihn, versessen darauf, ihn überall zu berühren. Ich zerrte an seinem Oberhemd und glitt mit meinen Händen über seinen Waschbrettbauch zu seinem Rücken. Seine Haut fühlte sich himmlisch an, gut definierte Muskeln in seidig-straffer Hülle. Ich seufzte. Wie er wohl unter dem Hemd gebaut sein mochte?, fuhr es mir durch den Kopf. Der brennende Wunsch, meine streichelnden Hände auf seinem nackten Körper zu sehen, explodierte in mir. Ich wollte sehen, wie meine weißen Finger gespreizt auf seinem Brustkorb lagen. Er sträubte sich nicht, als ich an seinem Hemd riss und es ihm über den Kopf zog. Im Gegenzug schob er mein Tanktop hoch und entblößte meine Brüste.

Das Gefühl von nackter Haut auf nackter Haut entzündete meine Libido wie ein Streichholz ein Blatt Papier. Ich versagte mir ein scharfes Stöhnen. Es fehlte nicht viel, und ich hätte mich auf Knien für dieses himmlische Gefühl bedankt. Meine Hände flatterten über seinen Rücken, seine Schultern, krallten sich in sein Haar.

Währenddessen naschte er von meinem Mund, und ich gab ihm alles, was er wollte, forderte ihn heraus zu mehr.

Er drängte sich an mich, schob mich vor, bis ich mit dem Hintern an einen schenkelhohen Tisch stieß. Er neigte sich über mich, stemmte mich mit dem Rücken auf die Tischplatte, drückte heiße, feuchte Küsse auf meinen Hals und meine Brüste. Ich hielt den Atem an, als er einen geschwollenen Nippel in seinen Mund zog. Die andere Spitze rollte er zwischen seinen Fingern, ehe er abwechselnd beide Titten saugte.

Ich ging mental die To-do-Listen durch, die ich mir aus Magazinen und Büchern zusammengestellt hatte. Männer sind visuelle Typen, so viel wusste ich. Also bäumte ich mich lasziv unter ihm auf, bettelte mit meinem Körper abermals um süße Erlösung. Signalisierte ihm mit meinen forschenden Fingern, dass er ruhig weitermachen sollte, an mir rumzufummeln und rumzuspielen. Ließ ihn mit meinen gedämpften Seufzern wissen, dass ich mordsmäßig auf ihn abfuhr. Dabei hatte ich bloß den einen Gedanken: *Würde er es nochmal schaffen, dass ich so kam wie vorhin?*

Ich legte eine Hand auf seine Erektion und umschloss durch den Stoff hindurch seinen Schwanz. Massierte ihn und überlegte dabei fieberhaft, was Männern gefiel. Er stöhnte mit meinem Nippel in seinem Mund. Ich stemmte mich gegen seine Schulter, und er richtete sich etwas verdutzt auf. Bezwirbelte meine Nippel, während ich seinen Gürtel öffnete und ihm die Hose runterstreifte. Ich umschloss seine Erektion, wichste sie mit einer Hand und umkreiste mit der anderen seine Eichel. Über ihn gebeugt, leckte ich mit meiner Zunge seine Nippel. Dabei beobachtete ich ihn unter gesenkten Wimpern, meinen Blick in seinen getaucht, dabei sanfte Küsse auf seinen Körper hauchend, und kniete mich auf den Boden.

Sein Ständer stand wie eine Eins, ein gut zwanzig Zentimeter langer, dicker, seidig glänzender feuchter Schwanz. Ich strich mit meinen Händen über seine Oberschenkel zu seinem Schritt. Schloss eine Hand um seine Peniswurzel, brachte ihn mit der anderen an meinen Mund. Ich schleckte den Lusttropfen von der Spitze, kitzelte den Schlitz mit meiner Zunge. Seine Finger gruben sich in meine Haare, krallten sich fester, als ich seine Schwanzspitze leckte. Dann sah ich ihm lasziv in die Augen und presste ihn entschlossen vollständig in meinen Mund. Er beobachtete mich dabei, bevor er genießerisch die Augen schloss.

Ich wichste ihn mit meinem Mund, benutzte Hände und Zunge, kreiste und saugte. Seine Finger gruben sich in meinen Nacken, zuckten jedes Mal, wenn ich den Kopf zurückzog, und entspannten sich, sobald er in meinen Mund stieß.

Das Tempo steigerte sich, und er pumpte in meinem Mund, während ich mit meiner Zunge um seinen Penis kreiselte. Die Mischung von seinem Moschusduft und seinem Aftershave war so schwer, dass es mir die Sinne raubte. Ich atmete den schwülen Duft ein, während ich seinen Ständer tief in meinen Rachen presste. Ich zog ihn wieder heraus, bearbeitete seine Männlichkeit jedoch weiter mit den Händen, saugte seine Eier in meinen Mund. Strich mit meiner Zunge sanft über sein Skrotum. Presste meine Hand auf seinen Schaft, während ich sei ne Eier streichelte. Plötzlich zog er mich hoch und setzte mich auf den Tisch.

Mein Top hing wie eine Wurst um meinen Nacken, mein Jeansrock bauschte sich um meine Taille. Er spreizte meine Beine und positionierte sich zwischen meinen Schenkeln, wobei seine Schwanzspitze meinen Eingang küsste. Der Anblick seines langen, harten Schwanzes in Action brachte mich fast zum Kommen.

Als er nicht in mich glitt, musterte ich ihn fragend. Er packte meine Hüften und brachte sein Gesicht dicht an meins. »Was willst du?«, raunte er, ein kaltes, hartes Funkeln in seinem Blick.

Sekundenlang hatte ich panisches Herzjagen. Würde er aufhören, wenn ich ihn darum bat? Wollte ich wirklich Sex mit einem Fremden?

Ich blickte mich um, erfasste die lauschige kleine Ecke im hinteren Teil der Bibliothek. Wie viele Male hatte er dieses Spiel schon gespielt? Und? Kümmerte mich das? Einen Herzschlag später wusste ich die Antwort: Ich wollte nicht klein beigeben.

Ich nahm die Schultern zurück, bog meinen Oberkörper vor, dass sich meine Brüste verführerisch vorschoben. Er sah von den maulbeerfarbenen Spitzen zu meinem Gesicht. »Beantworte mir erst mal eine Frage«, forderte ich, während ich meine Beine um seine Taille schlang.

Seine Miene wechselte zwischen Lust und Frust hin und her. Ich sah geradezu die Fragezeichen in seinen blauen Tiefen, deshalb redete ich hastig weiter.

»Wieso Frauenfiktion?«

Seine Brauen schossen verblüfft hoch. Aha, mit der Frage hatte er nicht gerechnet. »Mmh?«

»Frauenfiktion.« Ich drängte an seinen Brustkorb, streifte mit meinen Brüsten seine harten Muskelpakete. Sein Brusthaar kitzelte an meiner sensibilisierten Haut, gab meiner Erregung eine neue Dimension. »Wieso hast du mich ausgerechnet in die Abteilung Frauenfiktion geschickt?«

Er neigte sich vor, sein Atem streifte meine Lippen, als er leise lachte. »Weil ich wusste, was du wirklich wolltest, als du am Tresen standest. Frauenfiktion schien mir zu einer Frau zu passen, die eine Fantasie will.«

Ich lächelte an seinem Mund. »Du denkst, alles was ich will, ist eine romantische Fantasie?«

Er antwortete nicht, aber eine seiner aschblonden Brauen zuckte fragend nach oben.

Ich zuckte mit den Schultern. Sollte er ruhig denken, dass ich eine süße softe Sexfantasie wollte. Ich würde ihm schon beibringen, dass ich gut und hart gefickt werden wollte.

»Ich will dich in mir spüren«, wisperte ich und bog meine Muschi vor, dass seine Schwanzspitze in mir versank. »Ich möchte dich verrückt machen. Keine Tabus, keine falsche Scham. Erzähl mir, worauf du abfährst.«

Er schob sich mit einem geschmeidigen Stoß seiner Hüften in mich. Unter dem unromantisch kalten Licht der Neonröhre beobachtete ich, wie er in mich eindrang. Sein Schwanz versank in mir, und ich fühlte, wie er dabei meine Muschi dehnte. Sein Brustflaum und die Schambehaarung um seinen Schwanz rieben sich an meiner Haut, jagten lustvolle Schauer über meinen Körper. Eine Hand auf seine Schulter gestemmt, schob ich mich an den Tischrand, damit er besser raus- und reingleiten konnte.

Ich wollte ihm dabei zusehen, wie er mich fickte, daher schloss ich meine Beine um seine Taille und zog ihn an mich. Wieder und wieder stemmte ich mich ihm entgegen, meine Titten streiften seine Brust, meine Klitoris rieb sich an seinem Schamhaar. Er überließ es mir, den Rhythmus zu bestimmen, die tiefen Linien, die sich vor Anspannung um seinem festen Mund herum bildeten, verrieten mir alles, was ich wissen musste.

»Fick mich«, hauchte ich und presste mich abermals an ihn. Dieses Mal lehnte ich mich dabei zurück, griff über meinen Kopf und umklammerte die Tischkante. Ich klemmte meine Beine um seine Taille und wiederholte: »Fick mich.«

Seine Finger gruben sich in meine Hinterbacken, und er pumpte in mich, seine Stirn hochgezogen, sein Blick auf das Ziel fixiert.

Ich glitt mit einer Hand zwischen unsere Leiber und streichelte mich, rieb mit meinen Fingern über meine Klitoris. Ich sah, wie die Lust in ihm explodierte, als ich meine sahnigen Finger an meinen Mund brachte und meinen Saft ablutschte.

Sein Rhythmus wurde schneller, und mein Körper rubbelte wie wild über die laminierte Tischplatte. Ich spürte, wie sich unter mir, in meinem Kreuz, eine Schweißpfütze bildete, aber ich konnte nicht aufhören, obwohl mir alles wehtat. Der Tisch schrammte über den Holzboden – es klang wie Meerwasser auf Sand –, ehe er von der Wand gebremst wurde und immer wieder leise polternd dagegenstieß.

Unser aufgewühlter Atem erfüllte die kleine Zimmerecke. Als ich meine Beine noch fester um seine Taille schmiegte, klemmte er sich beide über die Schulter, ohne sein Tempo zu verlangsamen. Er hielt meine Knie mit einer Hand an seine Brust gepresst, dann leckte er sich die Finger seiner freien Hand und brachte sie an die Haube meiner Klitoris. In dieser Stellung penetrierte er mich tief, und das Spiel seiner Finger eröffnete eine neue Dimension der Erregung. Am liebsten hätte ich gleichzeitig gestöhnt, geschrien und ihn angefleht, mich noch härter ranzunehmen.

Als könnte er meine Gedanken lesen, wurden seine Stöße heftiger. Ich stopfte mir eine Faust in den Mund, um nicht zu schreien, als er uns immer höher in den siebten Himmel der Glückseligkeit katapultierte, die orgasmische Sonne verbrannte unsere Haut. Schockwellen der Erregung rasten von meinen Extremitäten in das Zentrum meiner Klitoris, wo seine Finger kreisten, schließlich brach der Damm wie von einem Erdbeben erschüttert. Ich bäumte mich unter ihm auf, doch er stemmte seinen Arm auf meine Schenkel und hielt mich fest, während er schneller in mich pumpte und dabei zärtlich meinen geschwollenen Nippel rieb. Meine Muschi massierte seinen Schwanz, stimulierte ihn zum Höhepunkt. Das Aufeinanderklatschen unserer Leiber hallte um die Ecke, drang in meinen lustvernebelten Verstand. Es war ein himmlisches Geräusch für meine Ohren. Und ich kam erneut, hart und heftig.

Mein wilder Orgasmus entzog ihm die Kontrolle, und er kam stöhnend und keuchend in mir. Stoßweise hervorbrechende gedämpfte Schreie durchbrachen die Stille unserer kleinen Ecke. Sein Schwanz bohrte sich in mich, ergoss sich tief in meiner Vagina. Dann sank er auf mich, fixierte mich mit der Glut seines erschöpften Körpers. Es war mir egal. Ich lag unter ihm und ließ das ungewohnte Gefühl auf mich wirken, hart geritten zu werden und es zu mögen. Grundgütiger, ich hatte darum gebettelt, und alles, was ich wusste, war, dass ich mehr davon wollte.

Es gab kein zärtliches Nachspiel. Stattdessen lagen wir da, bemüht, unseren aufgewühlten Atem zu kontrollieren. Die Gedanken wirbelten nur so durch meinen Kopf. Ich hatte mich mächtig ins Zeug gelegt, aber das Ergebnis war die Mühe mehr als wert. Mein Lover richtete sich mit dem Oberkörper auf – sein Schwanz noch in mir – und schaute mich an. Dann beugte er sich vor und presste seine Lippen auf meine. Ich seufzte in seinen Mund und hielt mich an ihm fest, um aufzustehen.

Ich strich meine Sachen glatt, er zog Hemd und Hose an. Als ich gehen wollte, stellte er sich mir in den Weg.

»Ich hab dich schon mal irgendwo gesehen.«

Ich blickte in sein attraktives Gesicht, und mir blieb spontan die Luft weg. Mein Blick wanderte über sein energisches Kinn und die vollen Lippen, beides war vor nicht mal einer halben Stunde in mir gewesen. Bei der erotischen Vorstellung zitterten mir die Knie.

»Ich war in letzter Zeit öfter hier«, erwiderte ich. Ich versuchte, an ihm vorbeizukommen, aber er schnitt mir den Weg ab. Seine Miene blieb unbewegt, in seinen Augen las ich Fragen über Fragen.

»Nein, du warst vor zwei Semestern in meinem Biologieseminar.«

»Okay. Und? Bringt uns das irgendwie weiter?« Ich mochte nicht undankbar oder patzig sein, aber ein Quickie machte bekanntlich noch lange keine Beziehung.

»Nein. Aber wieso ausgerechnet ich?« Er stand vor mir, die Hände in die Hüften gelegt.

Für gewöhnlich suchen Typen nach dem Sex schleunigst das Weite, aber der da legte es anscheinend auf ein Gespräch an. Vielleicht hatte ich irgendwas richtig gemacht. Ich zuckte vage mit den Achseln. »Ich weiß es ehrlich gesagt nicht so genau. Ich weiß bloß, dass ich dich schon seit Längerem in der Bibliothek beobachtet und mich dabei gefragt hab, wie sich deine Lippen wohl auf meinem Körper, auf meiner Muschi anfühlen mögen.«

»Mmh.« Er zog seine Unterlippe in den Mund, eine verlegene kleine Geste, die ich einfach süß fand.

Er schüttelte den Kopf und blickte nachdenklich zu Boden, dann senkte er den Blick in meinen, als hätte er spontan einen Entschluss gefasst.

»So, nächsten Samstagmorgen, selber Ort, selbe Zeit, hm?«

»Was?«, giggelte ich. Hatte ich das eben richtig gehört?

»Hey, wenn du nicht willst …«

»Nein«, entfuhr es mir wie aus der Pistole geschossen. Ich blickte mich hastig um, denn ich hatte verdammt laut gesprochen. Ihn hier treffen? Jeden Samstag, um umwerfenden, verruchten Sex zu haben? Darauf hatte ich nur eine Antwort.

»Ich meine … ja, ich bin nächsten Samstag wieder hier.«

Und so kam es, dass ich einen Medizinstudenten verführte, der Sextherapeut werden wollte und dann mein Ehemann wurde und damit logischerweise mein Sextherapeut.

blanvalet AVENUE

Ganz ohne Tabus – von Frauen für Frauen!

Erotischer Roman. 240 Seiten. Originalausgabe
ISBN 978-3-442-36821-1

Scharfe Storys. 288 Seiten.
Übersetzt von Claudia Müller
ISBN 978-3-442-37051-1

Scharfe Storys. 320 Seiten.
Originalausgabe
ISBN 978-3-442-37173-0

Lesen Sie mehr unter: **www.blanvalet.de**